KB261199

문학적 지성

문학적 지성

ⓒ 박철화, 2004

초판 1쇄 인쇄일 | 2004년 5월 15일
초판 1쇄 발행일 | 2004년 5월 20일

지은이 | 박철화
펴낸이 | 김현주
펴낸곳 | 이룸

출판등록 | 1997년 10월 30일 제10−1502호
주소 | 121−210 서울시 마포구 서교동 395−101 우신빌딩 5층
전화 | 편집부 (02)324−2347, 영업부 (02)2648−7224
팩스 | 편집부 (02)324−2348, 영업부 (02)2654−7696
e−mail | erum9@hanmail.net
Home page | http://www.erumbooks.com

ISBN 89−5707−092−3 (03810)

값 13,000원

● 잘못된 책은 교환해 드립니다.
● 저자와의 협의하에 인지는 생략합니다.

문학적 지성

박 철 화 평 론 집

이룸

■ 책머리에

문학은 다른 어떤 영역보다 자유롭고 유연한 공간이다. 인간의 일 치고 문학적 대상이 아닌 것은 없다. 옆으로 벌린 품으로는, 역사나 철학은 물론이고 과학과 법률 그리고 경제에 이르기까지. 깊이를 따지자면, 저 위의 고상한 영혼의 자식들로부터 밑바닥의 모든 사소하고 잡스런 일상의 양아치들까지. 문학은 그 전체를 끌어안는 자리다. 그래서 때로 그의 전문성을 물으면 난감해지기도 한다. 도대체 그의 전문적 영역은 무엇일까? 두 해 전에 두 권의 평론집을 내놓은 뒤로 줄곧 나를 사로잡은 물음은 그것이었다.

사회는 어지럽게 변하고 있다. 다른 영역들은 저마다 스스로의 전문성을 획득하여 때로는 문학과 예술의 영역을 넘보고 있다. 헌법재판소 재판관들의 '대통령 탄핵 심판 헌재 결정문'은 한편의 시다. 탄핵 여부와 상관없이 그 간결하고 명확하며 압축된 언어의 힘은 문학의 영예를 안고도 남음이 있다. 또한 정보통신 혁명으로 인해 가능해진 삶의 변화는 현대 예술이 내내 물어온 많은 질문의 수준을 뛰어넘는 것이다. 연구자들이 개발해낸 기술 덕분에 인간과 삶과 세계에 대해 얼마나 많은 새로운 통찰이 가능해졌는가. 그것은 흥미진진한 대하드라마에 조금도 뒤지지 않는다. 기술이 예술의 경지에까지 오르는 일이 가능해진 시대를 우리는 살고 있다.

그에 반해 문학의 영역은 갈수록 줄어들고 있다. 그것이 정신의 상상력이든, 발로 뛰며 얻어낸 실제의 지식과 지혜든, 다른 분야의 전문성과 치열함에 비해 더 나은 경지를 보여주고 있다는 생각은 들지 않는다. 이전 세대의 문학에 비해 상상력이 진부하다고 말할 수는 없으나 그다지 역동적이지 못하고, 말의 빈자리를 메울 지식과 지혜는 용렬하지는 않을지라도 특별히 대단하지 않다. 전문성의 잣대를 들이대기가 조금은 난감해진 것이다. 그리고 그 정도는 갈수록 심해져 이제 문학이 정말 예술일 수 있는지를 스스로 물어야 할 지경에 이르렀다.

그러니 문학은 이중의 과제에 직면해 있다. 자신의 전문 영역을 찾아 새로운 정체성을 갖추는 일이 그 하나고, 찾아낸 영역에서 보다 더 깊이 있는 전문성을 갖추는 일이 그 둘이다. 문자(文字)의 제국에 영상(映像)이라는 이민족이 물밀 듯이 쏟아져 들어오는 이 시대에 장르에 대한 고찰로부터 시작해서 문학의 영역을 새롭게 묻는 일이 앞의 것에 해당된다면, 그 전체에 대한 성찰을 가능케 할 '문학적 지성'을 얻는 일이 결국 두 번째 과제에 대한 답이자 앞의 것의 지향점이 될 것이다.

그래서 책을 내기에 앞서 문학적 지성이란 무엇인지를 적고 싶었다. 하지만 시간의 탓인지, 능력의 탓인지, 제목만 남고 그 글을 적는 일은 뒤로 미루게 되었다. 아쉽긴 하지만 앞으로도 계속해서 문학의 자리에,

특히 비평의 자리에 남아 있을 것이라는 스스로에 대한 다짐으로 생각하고 싶다.

다만 한 가지 미리 적자면, 문학적 지성이란 우선 전체를 끌어안는 열정적인 사랑이며, 그 사랑까지도 성찰의 대상으로 삼는 치열하고도 냉정한 인식의 움직임이라는 것이다. 그러한 문학적 지성을 갖추는 일이란, 열정 없이는 처음부터 불가능한 것이겠지만, 열정만으로 얻을 수 있는 것도 아니다.

조금 풀어서 이야기하자면, 문학적 지성이란 '성숙한 낭만'이라 말할 수 있을 것이다. 현실을 넘어서려 한다는 점에서는 낭만적 열정이며, 현실 도피가 아니라 새로운 인식을 통해서 다시 현실로 돌아온다는 점에서는, 그래서 결국 더 풍요로운 현실을 이룬다는 차원에서는 성숙함이다. 우리 문학은 낭만적 열정에 있어서는 모자라지 않았으나, 성숙함에 있어서는 아직도 아쉬운 부분이 많이 있다. 우리 문학은 보다 더 성숙해져야 한다.

이 책의 몇몇 글은 얼핏 보면 문학의 영역을 벗어나는 것처럼 보인다. 하지만 나는 그것도 '전체에 대한 통찰'로서 문학의 영역이 되어야 한다고 생각한다. 그래서 지난 두 해 동안 제도로서의 문학에 속하지 않는 지면에 적지 않은 글을 썼고, 그 가운데 몇 개를 골라 여기에 실었다. 그 글쓰기는 내게 적지 않은 긴장과 고통을 주었지만, 동시에 문학적 글쓰기의 다른 가능성을 보여주기도 했다. 그래서 기꺼이 그 고통의 축제에 다시 뛰어들곤 했으며, 앞으로도 그럴 것이다.

이 책을 내면서 내게 그러한 새로운 글쓰기의 계기를 마련해준 문학 바깥의 분들에게 먼저 감사의 인사를 드린다. 그리고 자연의 위대한 힘과 인간의 삶에 깃들어 있는 신비의 영역을 알려준 조용헌 선생님, 마지막으로 삶의 구빗길에서 힘겨워할 때 아낌없는 격려와 '생명의 노래'로 다시 나를 추스를 기운을 북돋워주신 동양화가 김병종 선생님께 이 자리를 빌려 절을 올린다. 나를 아껴주신 모든 분께 누가 되지 않기를 바랄 뿐이다.

한강 하구의 들판을 바라보면서,

2004년

일러두기

---

1. 여기에 실린 글들은 2000년부터 2004년까지 지면에 발표했던 것들이다.

2. 본문에서 사용한 약호는 다음과 같다.
   −장편소설, 시사·문예지, 단행본: 《　》
   −작품, 평론, 논문, 신문: 〈　〉
   −그림, 연극, 영화: 〈　〉

3. 본문에 인용되는 글의 출전은 본문 중에 언급되는 경우 따로 밝히지 않았다.
   그리고 인용되는 글에 쓰인 띄어쓰기와 약호는 출전에서 그대로 옮겼다.

I

1990년대 이후의 한국문학과 시민 의식

시민사회와 현대문학의 기원

이론가들 사이에서 현대문학의 기원에 대한 분명한 합의가 이루어진 것은 아니다. 하지만 그 문제에 있어 두 세기도 더 전의 프랑스대혁명이 가장 뚜렷한 가늠자가 되는 것만은 부인할 수 없다. 여러 가지 요소가 그 안에 들어 있겠지만, 무엇보다도 대혁명의 성공으로 자유인이 된 부르주아의 자아 인식이 현대문학을 싹틔운 가장 풍요로운 토양이 되었기 때문이다. 이 부르주아의 자아 인식이란 궁극적으로 천부인권과 사회계약이라는 역설을 이성적으로 그리고 영혼의 차원에서 수락한다는 것이다. 역설? 그렇다. 잘 알려진 대로, 인간은 누구에게도 구속받을 수 없는 자유인이지만, 동시에 타인의 자유 또한 구속할 수 없기에, 사회적 계약을 통해 서로의 자유에 제한을 두기 때문이다. 인간이 사회적 동물인 한에 있어 자유와 구속 사이의 이 역설을 피할 방법은 없다. 존재와 세계에 대한 탐구를 숙명으로 삼고 있는 현대문학은 이러한 역설에 대한 자각과 함께, 계속해서 그 자유와 구속의 경계에 대한 물음을 던져왔다. 문학과 예술에 있어 구체제와 신체제를 가르는 지점이 바로 여기다.

구체제의 문학과 예술이란 자유의 가능성이 누락된, 특권계급만의 가치관과 감수성을 재생산해내는 것이다. 거기에는 삶의 영역의 확장이라는 꿈이나, 존재 구속의 정당성에 대한 비판적 물음이 빠져 있다. 그래서 구체제의 문학과 예술은 모험이라기보다는 확인이며, 창조라기보다는 모방과 반복에 가깝다. 기존의 세계를 강화하는 것을 목표로 하고 있지, 그 세계의 의미를 탐구하는 것이 아니기 때문이다. 실제로 구체제 속의 예술인, 오늘날의 용어로는 장인(匠人, artisan)이라고 불러야 할 사람들이란 자유인이 아니다. 자유란 오로지 특권계급만의 것이었기 때문이다. 물론 상대적으로 고급한 예술 장르인 문학의 경우, 창작자들의 대부분이 특권계급에 속한 것은 사실이다. 그러나 이들의 문학이란 자기 계급의 세계관을 강화, 확대, 재생산해내는 것이다. 전통적인 의미에서 수사학(修辭學)에 가까운 그들의 문학에 창조를 통한 존재와 사회 변화의 가능성은 애초부터 차단되어 있다.

그러니 오늘날 우리가 창조의 차원에서 문학과 예술이라고 부르는 것은 프랑스대혁명 이후의 신체제, 즉 시민사회의 성립과 떼려야 뗄 수 없는 발생사적 동질성을 나누어 갖고 있다. 시민의 자유로운 창조의 모험이 결국 사회의 존재 의의에 대한 물음이자 도전이 되는 것이다. 이 점에서 부르주아의 자아 인식은 곧 사회에 대한 성찰과 같은 궤에 있다. 다시 말해서, 문학과 예술이라는 장(場)을 통해 특정한 사회가 그러한 자유인의 모험을 수용할 수 있는가의 여부를 검증받게 된 것이다. 발자크 또는 플로베르 이후의 현대소설, 보들레르 혹은 랭보 이후의 현대시는 그것의 생생한 예다. 이들의 문학과 예술은 사회의 한계 지점을 드러내면서 동시에 현대인의 자아 인식에 있어 구체성을 부여한다.

문학과 예술의 정치성

자유와 구속이라는 시민 의식의 역설은 당연하게도 현대의 문학예술에 두 가지 지향성을 가져왔다. 한편으로, 문학과 예술이 사회계약의 근원적 틀을 폐기시키지 않으면서 천부인권이라는 존재의 자유를 확대해 나간다는 것이다. 그리하여 존재와 세계의 가능성을 넓힌다는 점에서 그 자신의 소명을 다해왔다. 하지만 그 과도한 자유 속에서 때로 최소한의 정당한 구속이라는 담장마저 훌쩍 뛰어넘으려는 욕구가 있는 것도 사실이다. 사회에 우선하는 극단적 개인주의가 그것이다. 사회 혹은 국가에 대한 무정부주의적 저항을 용인하거나, 더 나아가 부추김으로써 사회의 존립 자체를 위협한다. 다른 한편으로, 문학예술은 각 개인의 자유로운 권리에 정당한 한계를 설정하면서 사회 존립을 위한 최소한의 규율의 중요성을 옹호하기도 한다. 물론 그것은 불완전한 존재 스스로 절대적 자아의 맹목에 빠져드는 위험을 피할 수 있도록 해주는 방부제 역할을 하고 있다. 그렇지만 때로는 존재의 자유를 억압하는 국가 지상주의 또는 애국주의 이데올로기를 강화하는 이념의 선전장이 되기도 한다. 사회에 대한 개인의 종속이라는 위험한 마약이 될 수도 있는 것이다.

어쨌거나 이 두 가지 지향성 모두 현대의 문학예술이 어쩔 수 없이 정치적이라는 점을 증명하고 있다. 비정치적인 문학이란 없다. 있다면, 스스로 '비정치적'이라고 선언하는 '정치적' 입장이 있을 뿐이다. 동어반복이 되겠지만, 프랑스대혁명 이후의 문학과 예술은 이미 당대 사회의 존재 의의를 묻는 비판적 의식의 가장 섬세한 표현이 되었기 때문이다.

여기는 살 만한가? 또 다른 삶의 가능성은 없는가? 그 삶을 위해 우리가 싸워야 할 것은 무엇인가? 등등의 질문을 던지고 또 던지는 일이 바로 현대의 문학예술인 것이다. 따라서 문제는 '정치적/비정치적' 사이의 대립이 아니다. 그것보다는 양극단을 적절히 제어할 수 있는 건강한 정치적 입장이다. 이 질문은 필연적으로 현대의 문학예술이 본질적으로 시민 의식과 맺고 있는 관계에 대한 통찰을 필요로 한다. 문학과 예술의 정치적 성격은 '시민'이라는 개념에 대한 이해에 따라 갈라진다.

시민 의식의 전통

조금 불편한 소리가 되겠지만, 시민이란 개념은 아직도 우리에게 낯설다. 어떤 의미에서 이것은 철저히 서구 사회의 '아름다운' 유산이다. 예를 들면, 고대의 그리스나 로마 문명에서부터 시민이란 철저히 명예의 상징이다. 그것이 명예인 이유는 바로 의무와 결부되어 있기 때문이다. 그것은 무엇보다도 우선 군역(軍役)을 담당하는 사람들을 일컫는 말이다. 그리스에서 투표권을 가진 시민 그리고 자랑스러운 로마인이란 바로 조국을 위해 자발적으로 전쟁터로 나가는 사람들을 가리킨다.[1]

프랑스대혁명 때에도 혁명파가 가장 우선적으로 한 일 가운데 하나가 보통교육을 실시하여 문자 해독 인구를 늘렸고, 법률에 명시된 인간으로서의 권리를 문자로 확인하도록 하였으며, 그들로 하여금 혁명의 대의를 위하여 전투에 나서도록 하였다. 자유와 평등을 위해 전쟁터로 나가는 혁명군이야말로 시민인 것이다. 이것이 오늘날의 '노블레스 오블

---

1) 적절한 예일는지 모르겠으나, 최근의 이라크 전쟁에서도 미국 정부는 자국의 불법체류자들에게조차 군에 지원하여 참전하면 우선적으로 영주권을 주는 정책을 시행하고 있다. 국가를 위해 싸우는 사람이 곧 시민이라는 전통의 반영으로 볼 수 있다.

리주'로 이어지는 서양 시민사회의 가장 명예로운 전통이 되었다. 대서양 바다 건너에서 벌어진, 어쩌면 아무런 상관도 없을, 양차 세계대전에 참전한 미국의 젊은이들은 바로 그런 전통의 계승자들이다. 당사자인 유럽 대륙의 시민들은 말할 것도 없고.[2]

그에 반해, 우리의 경우를 보자면, 양반계급에게는 상대적으로 군역이 면제되었다. 물론 우리에게는 국가가 외침을 당했을 때, 목숨을 던져 의병으로 나선 '선비'의 전통이 있다. 하지만 그것은 제도의 옷을 입고 있지 못하다. 더구나 오래도록 무(武)를 문(文)보다 아래로 치며 멸시하는 문화 속에 살았다. 지도층의 그러한 문약(文弱)함이 결국 왜란(倭亂)과 호란(胡亂)이라는 조선왕조의 치욕과 멸망으로 이어졌다. 비록 민본(民本) 사상과 같은 시민 의식의 싹이 봉건 왕조의 통치 이념으로 존재하고 있었다 할지라도, 그것은 국권의 상실과 함께 역사 속으로 파묻혔다. 사농공상(士農工商)과 노비의 엄격한 신분 체계 역시 자발적 해소를 보지 못하였다. 시민사회의 전통은 우리 손으로 힘들여 얻은 것이라 절대 말할 수 없다.

식민 통치 속에서 시민이 되는 일이란 봉건 왕조의 신분 차별 전통에 대한 배반인 동시에 조국과 민족을 배신하는 일이 되었다. 한편으로는 반(反)봉건으로서 근대로 나아가는 길이지만, 다른 한편 그것은 분명한 반민족 행위였다. 시민이 된다는 것은 나라와 민족을 팔아 일본의 식민 통치에 협력한다는 것을 의미했다. 그 밖의 대다수는 일본 제국주의의 노예였고, 적(敵)의 전쟁에 끌려 나가 헛된 죽음을 겪어야 했다. 따라서 민족과 근대의 불일치, 국가와 시민의 부정교합(不正交合)이 나타났다.

---

2) 이미 잘 알려진 예가 되었지만, 아르헨티나와의 포클랜드 전쟁에서 영국의 앤드류 왕자가 헬기 조종사로서 참전하여 적의 미사일을 유도하는 가장 위험한 업무 가운데 하나를 맡았다는 것은 여전히 감동적인 일화다.

그 안에서 시민의 전통은 뿌리내리지 못하고, 국권의 회복을 기다려야 만 했다. 시민이 될 수조차 없는 역사를 우리는 살았던 것이다.

그러나 일본 식민 통치로부터의 해방 또한 우리 손으로 얻은 것이 아니다. 물론 망명정부가 존재하고, 그 속에 광복군의 존재가 있었다. 하지만 국권의 회복에 그 임시정부와 군대가 커다란 기여를 했다고 보기는 어렵다. 해방은 연합군의 승리에 따른 부산물이었을 뿐이다. 그리하여 세 해가 흐른 뒤에 간신히 반쪽짜리 정부를 수립하였지만, 그것이 온전한 시민사회의 출발이 되기는 당연히 어려웠다. 해방 정국의 이념 갈등과 남한 단독정부 수립 후의 분단 그리고 한국전쟁이라는 엄청난 대가를 치러야 했던 것이다. 무임승차에 대한 빚 갚기 치고는 지나치게 가혹한 형벌을 우리는 치렀고, 지금도 치르고 있는 중이다. 이 미완의 분단 체제로 인해 우리는 아직도 시민사회의 성숙으로 가는 길목에서 많은 진통을 겪고 있다.

한국의 시민사회

분단 체제는 우리로 하여금 자유와 구속 사이의 역설에 대한 실험을 처음부터 불가능하게 했다. 분단이라는 상시적 위협은 사회적 구속의 명분을 주었고, 자유의 자발적 억제를 사회화, 내면화하도록 만들었다. 사회적 구속의 일방적 우위가 자명한 사실이 된 것이다. 게다가 단절된 조선왕조의 봉건적 전통은 '제왕적 권력'이라는 이름으로 다시 등장하여 아직도 그 후진적 잔재를 남기고 있다. 시민은 여전히 성숙의 계기를 갖지 못하고 방황하는 중이다.

여기서 우리 사회의 특수성 가운데 하나가 생겨난다. 앞에서 언급한 것처럼 우리 사회는 개인적 차원에서의 자유의 확대를 위해서도 분단

체제가 극복된 온전한 국가가 필요하다는 것이다. 즉, 국가와 개인의 관계가 반비례하는 것이 아니라, 오히려 서로가 서로를 필요로 하고 있다. 이 점이 바로 우리가 아직 근대적 시민사회를 완수하지 못했다는 증거가 된다. 그리고 그것은 근대적 시민 국가의 완성을 이미 경험한 서양의 경우, 개인의 자유를 위해 가급적 국가권력의 확대를 경계하고 있다는 사실과 비교하면 쉽게 파악이 된다.

거기에다 우리는 역사 내내 외침에 시달렸고, 적지 않은 기간 동안 이민족에 의한 굴종의 상태에 처해 있었다. 약한 국가의 국민이라는 집단 무의식은 거꾸로 강한 국가에 대한 선망을 불러일으켰다. 역사적 의미가 그다지 특별하지 않은 '단일 민족'에 대한 과도한 집착, 과잉의 민족주의, 이민족에 대한 공포와 유혹의 이중의식 등은 모두 그러한 역사적 산물이다. 어쨌거나 우리가 지금도 강한 국가를 지향하는 욕망을 갖고 있음을 인정하지 않을 수 없다.

국가와 개인 사이의 서로 어긋나는 이 부조화는 우리 사회가 그만큼 균질적이지 못하다는 것을 증명한다. 식민지와 전쟁은 한편으로는 전통과의 단절을 가져오면서도, 다른 한편으로는 새로운 전통이 설 수 있는 계기를 박탈하였다. 그 결과 봉건과 근대 그리고 탈근대의 착종(錯綜)이 불러일으킨 여러 가지 모순에 우리는 아직도 시달리고 있다. 집안의 뿌리에 대한 근거 없는 선민의식, 완성된 시민 국가에 대한 열망, 극단적 개인주의 등이 서로 뒤섞이며 시민사회의 주인으로서의 자각을 어렵게 만드는 것이다. 자유와 구속 사이의 역설을 극한까지 추구한, 주체로서의 '나'에 대한 인정 투쟁의 경험이 그래서 거의 없다. 그리고 이러한 불철저한 자아 인식이 결국 미성숙한 시민을 낳고 있다.

한국 문학의 특수성

서양과의 만남을 계기로 급격히 근대의 길을 걸어온 우리 문학은 한편으로는 자유와 책임의 주체로서의 자아에 대한 인식을, 다른 한편으로는 결핍으로 남아 있는 국가의 회복을 꿈꾸는 자리가 되어왔다. 비록 식민 통치와 분단 상황으로 인해 단절의 위험이 없었던 것은 아니나, 애국 계몽기의 문학에서부터 이미 그것은 우리 문학의 가장 커다란 흐름을 이루어 지금에까지 이어지고 있다.

누구나 다 알고 있는 바이겠지만, 그것은 4·19세대에게서 아주 잠깐 행복한 일치를 본다. 국가를 스스로의 의지로 재편해나간, 따라서 근대적 자아 인식과 온전한 시민 국가의 성립이 조화를 이룰 수 있었던 최초의 경험인 것이다. 개인에 대한 자각과 아울러 그 개인이 자유롭게 숨쉴 수 있는 요람으로서의 국가가 의식의 차원에서든, 실제 차원에서든 이제야 비로소 가능해졌다.

그 이전까지의 국가란 많은 경우 봉건적 수탈의 주체로서 지옥이나 마찬가지였다. 이민족의 위협 앞에서 국민을 보호하기에는 한없이 나약했고, 특권계급을 위해 국민을 착취하는 데는 지나치게 가혹했던 국가 말이다. 지난해 여름에 간행된 김영하의 《검은 꽃》은 그 참혹한 모습을 고스란히 그리고 있다. 스스로 선택할 수 있는 대상이 아니지만, 그로 인한 고통은 다 짊어져야 했던 지옥으로서의 국가 말이다.

이렇게 지옥으로부터 요람으로 뒤바뀐 국가의 가능성, 그 '파란 하늘'은 이후 지워지지 않는 상징으로 여전히 남아 있다. 그리고 그 상징을 표현하는 일에 있어 문학은 가장 효과적인 싸움터가 된다. 문학이야말로 개인의 가장 내밀한 표현이면서, 동시에 보편적인 민족어, 국가의 언어가 될 수 있기 때문이다. 더구나 국가의 통치 이념이 되기까지 했던 우리 문화의 유교적 전통은 문학에 보다 더 큰 소명 의식을 부여하기도 했다. 식민지, 분단, 산업화, 민주화 등의 굴곡을 거치며 진행된 우리 역사에서 문학은 개인과 사회의 성숙과 조화를 꿈꿀 수 있었던 몇 안 되는 자리였다. 그리고 1960년대 이후 4·19세대의 문학은 그것을 위해 가장 힘차게 그리고 성공적으로 싸워온 주역이다.

국가라는 환멸

물론 문학적 성취가 반드시 실제의 성공으로 이어지는 것만은 아니다. 관념적 차원에서 개인의식의 비약적 성장을 뒤따르지 못한 우리의 근대국가 체제는 어느 순간 국가에 대한 환멸로 나타났다. 미완의 국가는 완성을 추구해야 할 대상인 동시에, 일상을 옥죄는 억압이 되기도 하기 때문이다. 더구나 1980년대의 폭압적 정권은 그러한 국가에 대한 환멸에 정당성을 부여해주었다. 스스로 시민을 살해한 국가란 당연히 타도와 환멸의 대상이 되기 때문이다. 그리하여 민주화의 상대적 성취와 함께 폭력적 정권이 사라지자, 그 자리에는 국가에 대한 환멸만이 남게 되었다. 1990년대 이후의 문학은 많은 부분 이 자장 속에서 자란다.

그것을 가장 적극적으로 표현한 작가는 장정일이다. 1980년대 중반 이후는 시 작업을 통해, 그리고 1990년대 들어서는 소설을 통해 그는 '신버지' [3]라는 이름을 얻은 국가에 대한 편집증적 결벽을 드러낸다. 그에게는 '숨어 있기 좋은 방'이 필요할 뿐이었는데, 그 방이 자리 잡은 대지의 국가는 그 숨어 있음을 원치 않기 때문이다. 국가권력이란 모든 것을 통제할 수 있는 절대성을 추구한다. 그런 면에서 장정일에 대한 국가권력의 단죄는 필연적인 것이었다. 그의 소설 《내게 거짓말을 해봐》에

---

3) 신(神)과 아버지라는 두 단어를 합성한 장정일의 신조어다.

대한 판매 금지 처분과 작가의 구속은 겉으로는 음란죄를 명분으로 하고 있지만, 실질적으로는 국가를 거부한 것에 대한 권력 차원에서의 징벌로 이해해야 한다. 실제로 이 사건은 국가권력과 개인 사이의 대립을 보여주는 상징적 사건이다. 여기에 대해서는 당시 사건의 변호를 맡았던 변호사의 변론 기록을 읽어볼 필요가 있다.

사람의 사회는 그침 없이 변화하고 무엇 하나 고정된 것 없다는 점에서 원천적으로 불안하고, 그러나 모여 살기 위하여는 안정과 정착이 필요하므로 일정한 질서와 통제가 필연적으로 요구된다. 그래서 불안과 안정성의 지향이 항상 이중적으로 존재하고 충돌하는 고통 속에서 살 수밖에 없다. 이 세계에서는 언제나 통제의 집중과 과도함으로 탄생한 국가권력의 억압성이 문제되어왔다. 권력 통제의 가장 직접적이고 근원적인 대상은 개인의 몸이다. 개인의 몸을 길들여야 순종하는 정신이 따라오고 질서는 유지될 수 있기 때문이다. 그래서 국가권력과 개인이 가장 첨예하게 대립하며 충돌하는 전장은 바로 개인의 육체 그 자체가 된다. 고문·학살·의문사와 같은 언어군은 이러한 육체에 가하여지는 국가권력의 부당한 통제를 표현하는 상징들이다.

육체는 권력에 길들여져야 하며, 그런 의미에서 성의 관계망과 육체의 자유를 표현하는 쾌감은 철저히 통제될 필요가 있는지 모른다. 따라서 사회가 도덕의 이름으로 용인하는 범위를 넘어 육체의 이면으로 들어가 성 관계를 헤집어놓거나, 쾌감을 확장시키는 어떠한 실험적 시도도 통제의 뇌관을 건드리는 가장 위험한 행위가 될 것이다. 장정일은 이 세계의 정체를 들여다보는 깨어 있는 정신으로 바로 그 뇌관을 건드린 우리 시대의 유일한 작가가 아닐까 하는 생각이다.

육체와 성의 표현으로서의 언어는 가장 은폐된 하층의 수위에 있고, 점잖음·고상함과 천박함·불경함이라는 언어문화의 계급을 형성하고 반영한다. 성 표현이 외설이냐 여부가 문제되었을 때 사람들이 선뜻 그 다툼에 뛰어들어 통제의 본질을 공격하고 드러내기보다는 뒷걸음질치게 되는 것도 이러한 사람들에게 체화되고 입력된 성 문화와 언어의 한계를 뛰어넘지 못하기 때문인 것 같다. 나 자신이 장정일을 만나기 전에, 장정일을 만나서, 재판이 끝난 후에 성과 권력 통제라는 보이지 않는 거대한 대립 구조의 실체를 서서히 깨달아왔듯이.[4]

흥미로운 것은 이 변론의 주인공이 이제 개인들의 위법성을 조사, 감시하고, 국가권력을 합법적으로 행사하는 기관의 수장이 되었다는 사실이다. 개인과 국가 사이의 역동적 긴장의 자리가 될 시민의 영역은 과연 어떻게 조정될 것인지 관심이 가지 않을 수 없다.

어쨌거나 이후 윤대녕의 《은어낚시통신》에 그려진 비밀스런 소집단의 아지트, 대부분의 여성작가가 가꿔나가고 있는 자기만의 방, 배수아의 고독한 밀실 등은 알게 모르게 이러한 국가에 대한 환멸과 끈이 닿아 있다. 그들은 그 속에 파묻혀서 자기의 욕망을 들여다보고 있다. 그런데 이러한 욕망의 탐구는 어떤 면에서는 욕망으로의 도피이기도 하다. 미완의 국가를 회복하려는 움직임 속에서 사회에 의해 억눌려진 개인의 세계를 밝히려는 노력으로서의 욕망의 탐구는 충분한 의의를 갖는다. 하지만 그것은 다시 사회와의 관계 속에 놓여 그것의 의미를 묻는 작업을 거쳐야 한다. 그렇지 못하다면 그것은 잠시의 도피에 불과하기 때문이다. 누구도, 어떤 순간에도 사회와 국가의 틀을 벗어나는 것은 불가능하다. 단지 차선으로서, 가장 합리적인 절충의 영역을 찾을 수 있을 뿐

---

4) 강금실, 〈장정일을 위한 변론〉, 《장정일: 화두, 혹은 코드》, 행복한책읽기, 2001년, 197~198쪽.

이다.

개인과 시민

그래서 질문은 다시 시민으로 돌아온다. 국가라는 환멸로 인해 욕망의 주체로서 한사코 개인의 밀실에 파묻히려는 심리적 편향은 어쩌면 자연스러운 일일 것이다. 하지만 그것이 과연 주체의 자유를 확대하며, 자아에 대한 보다 깊이 있는 의식을 얻는 일인지에 대해서는 비판의 여지가 있다. 그 밀실 속에서의 개인의 자유는 광장에서의 사회적 구속을 조금도 대체할 수 없기 때문이다. 장정일 구속 사건에서 보듯 국가권력은 엄존하며, 수시로 개인의 영역에 사법의 칼날을 겨눈다. 문제는 그것의 합리성, 적법성을 물어 개인에게 보다 더 많은 자유의 숨길을 열어주는 일이다. 그러한 주체를 우리는 성숙한 시민이라 부를 수 있다.

1998년 계간《작가세계》에 발표된 배수아의 〈은둔하는 北의 사람〉은 국가권력과 개인의 관계를 물은 탁월한 작품이다. 그것은 1990년에 선을 보인 최윤의 〈아버지 감시〉와 더불어 1990년대의 우리 문학이 거둔 분단소설의 백미 가운데 하나이기도 하다. 어쨌든 개인의 사적인 선택과 가장 내밀한 욕망의 세계조차도 국가와 사회라는 공적 영역의 틈입으로부터 자유로울 수 없고, 늘 긴장 관계에 놓여 있다는 것을 배수아는 드물게 보여주고 있다. 나는 나를 파괴할 권리가 있지만, 국가와 사회는 그 파괴를 금지할 권력과 의무를 또한 갖고 있는 것이다. 따라서 그가 그리는 무심하고 고독한 인물들은 그래서 한편으로는 탈근대의 극단적인 개인적 면모를 보이지만, 동시에 근대적인 의미에서의 시민이라는 문제를 날카롭게 지적하고 있다.

그런데 개인과 사회와의 관계에 대한 통찰을 담고 있는 이러한 시민으로서의 자의식이 아직까지도 충분히 성숙했다고 말하기는 어렵다. 우리의 국가는 아직도 분단 상태의 불구이며, 주변의 열강에 비해 상대적으로 스스로의 운명을 개척할 능력이 없다는 차원에서 자주성이 부족하고, 또 그에 반해 민주적 합리성은 결여되어 있다. 그래서 국가는 여전히 조소(嘲笑)의 대상이거나, 환멸의 원인 제공자다. 과잉의 민족의식과는 달리, 우리의 국가는 자부심을 갖고 선택하여 가꿔나가기에는 여전히 옹색한 것도 사실이다. 물론 이민(移民)과 같이 그것을 일거에 해소하는 길이 없는 것은 아니다. 그러나 대부분의 사람에게 있어 한 국가의 국민이라는 것은 선택 이전의 운명적 결정이다. 이민조차도 국민과 민족 사이의 괴리를 해결할 수 있는 완전한 대안은 아니다.

그렇다면 피할 곳은 없다. 우리는 국가의 회복, 개인의 자유 신장이라는 일견 모순처럼 보이는 과제 속에서 시민으로서의 합리적 정체성을 탐구해나가야 한다. 1990년대 후반 들어 문학이 독자로부터 멀어진 이유에는 물론 영상 문화와 같은 물질적 환경의 변화가 일차적으로 들어 있겠지만, 독자 대중의 가장 민감한 과제와 관심사로부터 등을 돌린 문학 내적인 패착도 그에 못지않게 큰 부분을 차지한다. 문학은 폐쇄적 자의식이 가득한 작가의 내면만이 아니라, 그리고 가족사나 연애와 같은 사적인 영역만이 아니라, 일상의 가장 심층적 무의식을 이루는 시민으로서의 자아 인식과 가장 내밀한 개인의 욕망이 만나는 자리까지 나아가야 한다.

애국주의와 세계시민주의

이 과정에서 우리는 불가피하게 또 다른 선택의 갈림길에 서게 된다. 그것은 바로 애국주의와 세계시민주의의 대립이다. 시민이 이루는 국가는 나라마다 다른 개별적 세계인가, 아니면 인류로서의 보편적 모델인가? 그에 따라 시민으로서의 정체성은 얼마든지 달라질 수 있다.

앞에서도 말했지만 우리는 아직 미완성의 국가를 갖고 있다. 그것이 어떤 형태로 완성된 결말을 보여주어야 하는지에 대해서도 아직 논란이 끊이지 않는다. 자본주의의 승리에 따른 남한의 흡수 통일이 될 것인가, 아니면 어느 한쪽의 일방적 승리가 아닌 새로운 유형의 통일 국가가 될 것인가? 거기에 따라 시민으로서의 삶의 실질적 내용은 바뀐다. 그래도 어쨌든 이 분단의 상태를 극복하고, 보다 더 합리적이며 독립적이고, 그러기 위해 강한 국가를 만들어야 한다는 것에는 이견이 없을 것이다. 그럴 때 과연 필요한 것은 개별 국가 지상주의로서의 애국주의일까? 답은 쉽지 않다.

그렇다고 1990년대 이후의 급격한 개방, 그리고 정보통신 혁명과 물류 혁명에 힘입어 가능해진 국경선 없는 삶이 그 대안이 될 것인가? 물론 모든 인간이 보편적으로 합의할 수 있는 삶의 양식과 그에 걸맞은 새로운 윤리를 찾아야 한다는 세계시민주의의 이상은 아름답다. 하지만 그 안에는 여전히 민족의식이라는 결정적 장애물이 자리 잡고 있다. 게다가 자칫하면 제1세계 국가들의 은밀한 간접적 지배 체제를 용인하는 결과를 낳을 수도 있다.

1990년대 이후 우리 작가들에게서 두드러진 여행 문학은 사실 애국주의와 세계시민주의의 충돌로 읽힐 수 있는 부분이 많다. 우선은 폐쇄적인 삶을 연다는 차원에서 중요한 의미를 갖고 있지만, 동시에 우리만의 특수한 과제를 회피한다는 비난에서 그다지 자유롭지 않다. 문제는 그러한 세계시민주의의 보편적 삶과 우리 삶의 특수한 맥락을 연결시킬 수 있는 성숙한 지적 시선의 확보일 것이다.

그런 점에서 21세기의 우리 문학은 한국 사회의 구성원으로서의 시민

의식을 획득하는 것과 아울러, 민족주의의 과잉을 제어하며, 세계 사회의 일원이 된다는 것이 무엇을 의미하는가에 대한 물음을 계속해서 던져야 한다. 그것은 우리만의 과제도 아닌, 누구도 외면할 수 없는 운명이다. 그 운명을 적극적으로 껴안는 것, 그것이 문학적 지성의 성숙을 향한 발걸음이 될 것이다.

전환기의 사회와 개인의 각성

'1990년'의 이중성

1990년부터 1994년에 이르는 1990년대 상반기의 문학을 돌아보는 일은 아프다. 그 안에 들어 있는 희망과, 결국은 배반당한 절망을 다시금 되풀이해 앓아야 하기 때문이다. 특히 소설은 장르 자체의 속성상, 개별적 존재들의 자기표현을 넘어서, 그 존재가 속해 있는 전체로서의 시대를 그리는 역할을 떠맡아왔다. 따라서 소설을 읽는 일이란 그것이 발생한 시대로 돌아가야 하는 고고학적 탐구를 분명하게 요구하고 있다. 소설은 개인의 창조물인 동시에 시대의 산물이다.

그래서 1990년대로 되돌아가면, 가장 먼저 주목해야 할 것이 1990년이 갖는 상징적 의미다. 1990년대는 베를린 장벽의 붕괴에 이은 소비에트 블록의 해체와 함께 시작되었다. 우리 현대사가 식민 통치의 억압에서 벗어나자마자 냉전 이데올로기의 희생양이 되었음을 떠올리면, 소비에트 블록의 해체가 무엇을 의미하는지는 분명해진다. 대한민국 탄생 이후 가장 극명한 세계사적 변화인 것이다.

사실 대한민국은 냉전이라는 외적 조건 속에서 탄생하였다. 1945년 식민 통치에서의 해방과 동시에 그어진 분단의 38선, 남한의 단독정부 수립에 이은 분단 고착화, 그리고 분단의 가장 아픈 상처인 한국전쟁이 모두 그러하다. 또한 이 냉전이 아시아의 신생 독립국 한반도를 자본주의와 공산주의 양 체제의 전시장으로 탈바꿈시키며 1990년까지 끌고 온다. 이 결과로 남한은 자본주의 경제 발전의 모범적인 예로서 세계시장의 당당한 주역이 되었고, 반면에 북한은 몰락해간 공산주의와 함께 가장 폐쇄적이고 낙후된 국가의 하나로 남게 되었다. 그런데 그 냉전이라는 외적 요인이 사라진 것이다.

동시에 1990년대는 우리의 내부 역량이 급격히 증폭된 시기이기도 하다. 그것은 이미 1987년부터 시작되었다. 왜 1987년인가? 시민 학살이라는 원죄를 안고 태어난 제5공화국은 1980년대 내내 온갖 사회적 갈등을 증폭시키며 위기 상황에 놓여 있었다. 국가권력의 폭력성을 목도한 시민들은 각성을 통해 민주주의에 대한 열망을 증대시켜왔던 반면, 권력은 여전히 권위주의와 폭력적 통치 기구의 틀 속에 안주해 있었기 때문이다. 따라서 시민과 국가의 충돌은 불가피한 것이었고, 그 대립은 1987년 4·13 호헌 조치에 이르러 극대화된다. 이 싸움은 당연하게도 시민의 승리로 이어진다. 그 결과 대통령 직선제와 언론 자유화라는 가시적 성과를 얻는다.

비록 그것이 형식적 민주주의의 확대에 불과한 것이었다 할지라도 시민의 승리는 민주 역량의 강화로 나타났고, 그 흐름은 아무도 되돌릴 수 없는 역사의 대세가 되었다. 게다가 4·19의 승리를 뒤엎은 5·16의 쓰린 기억을 잊지 않았던 시민들은 훨씬 체계적으로 권위주의의 타파와 국가 기구의 민주화를 진행시킨다. 야당의 분열로 대통령 선거에서는 민주 세력이 무릎을 꿇었으나, 국민은 총선(總選)에서 여소야대(與少野大) 상황을 만들어냄으로써 다시 한 번 민주화의 흐름에 손을 들어주었다. 그리하여 외적으로는 냉전 체제의 해체, 내적으로는 민주 사회의 정착이라는 극적 호기(好機)를 맞게 된다.

하지만 권위주의의 타파와 민주 사회의의 정착은 우리 역사에 일찍이 없었던 새로운 실험이었다. 따라서 적지 않은 시행착오를 낳는 것도 사실이다. 우선은 개인들의 과도한 욕망 분출을 들 수 있다. 오래도록 권력의 억압 아래 숨을 죽이고 있던 개인들의 욕구는 그 어떤 명분으로도 막을 수 없게 되었다. 그것은 당연한 일이다. 하지만 시민사회라는 것은 절대적인 권리의 쟁취와 함께 공동체의 사회계약에 따른 권리의 제한 위에서 존립이 가능하다. 이 점에서 개인들의 무제한적인 욕구 표현은 결국 이익 당사자들 사이의 사회적 충돌로 이어지게 되어 있다. 낡은 비민주적 규율은 사라졌지만, 서로 어긋나는 욕구 표현을 조정할 공동체의 새로운 규약은 아직 만들어지지 않았기 때문이다.

그래서 새로운 시대에 대한 시민들의 희망은 사실 그 어느 시대에 못지않은 전환기의 혼란과 얼굴을 마주해야 했다. 이것이 바로 1990년이라는 상징적 해의 이중성을 이룬다. 1990년대 전반기의 문학은 이런 시대 상황 속에서 태어나 우리의 희망과 절망을 아울러 비추는 거울이 되었다. 그것은 전환기적 시대의 '안개' 속에서 '방황'하며 그래도 희망의 근거가 될 개인의 '아름다운 얼굴'을 발견해나가는 과정을 그대로 보여준다.

이제 차례대로 그 발자국을 쫓아가보자.

'안개'의 시대

김향숙은 인물 심리의 극한적 묘사를 통해 인물들 사이의 '관계'를 드러내 보이는 데에 뛰어난 역량을 보인 작가다. 그런데 그것은 단순히 심리소설의 차원에 머물지 않는다. 이 관계가 언제나 사회적 차원을 껴안고 있기 때문이다. 즉 인물들 사이의 심리적 얽힘이 계층 혹은 계급 사이의 대립과 충돌을 보여주는 은유로 거의 예외 없이 이어진다는 것이다. 따라서 1990년 전후의 상황을 그리는 데에 있어 그만큼 적합한 자리에 선 작가를 찾아보기도 쉽지 않다. 실제로 그는 1980년대 중반부터 1990년대 초반에 가장 활발하게 움직인 작가다. 그렇다면 그의 자리란 어디인가?

그의 작품의 화자들은 쉽게 어느 한쪽을 편들지 않는다. 중간자적 위치에 서 있는 것이다. 그렇다고 양시쌍비론(兩是雙非論)를 설파하지도 않는다. 오히려 혹독한 자기반성의 시선이 두드러진다. 앞의 것이 우월한 자의 계몽적 담론에 가깝다면, 뒤의 것은 겸손한 세계 이해라고 할 수 있다. 중산층의 허위의식과 자기기만을 예리하게 파고드는 김향숙의 세계는 이런 점에서 존재 의의를 갖는다. 전환기의 혼란과 갈등을 자신의 몫으로 삼아 성찰이 가능한 공간을 열기 때문이다. 1990년 동인문학상 수상작인 〈안개의 덫〉이 그 한 예다.

이 작품에서 화자(話者)는 노사 쟁의가 한창 벌어지고 있는 의류 생산 업체의 노조 위원장 장준구다. 어려웠던 유년 시절을 보내고, 공장의 가장 밑바닥인 시다 생활부터 시작해 노조 위원장에 오른 인물이다. 하지만 그는 노동계급의 전면에 나서서 계급의 이익을 옹호하는 인물이 아니다. 이미 회사 측과의 타협을 통해 자기 이익을 추구하는 노동 귀족의 일원이 되었기 때문이다. 그래서 결연하게 노동자의 입장에 선 박선욱에게 밀려 어정쩡한 입장을 취하고 있다. 그러니 그의 눈에 시대는 모호할 뿐이다.

　이놈의 시대. 도무지 종잡을 수 없는 괴물의 아가리 같은 시대. 장준구의 입가의 웃음은 스러졌다. 자잘한 유리 파편이 되어 그의 가슴속에 박혀 있던 낱낱의 어휘들이 아우성치며 되살아나고 있는 참이었다.

　노동자의 편에도, 그렇다고 사용자의 편에도 설 수 없는 그의 위치는 아내 정원의 존재를 통해 상징적으로 표현된다. 중산층 출신의 정원은 하층계급 출신인 그의 욕망의 대상이자 동시에 콤플렉스의 발원지다. 정원으로 인해서 그는 동료들에게서 배척당하면서도 정원과의 삶을 포기하지는 못한다. 여기에는 어린 시절의 고난에 대한 보상 심리가 짙게 깔려 있다. 정원은 극빈에서 시작한 자신의 삶이 성취한 것의 최대치이기 때문이다. 정원의 집안으로부터 모멸스런 거부를 당하고서도 그 손에 쥔 과실을 놓지 않는다. 따라서 그는 노동계급에도 그리고 중산층에도 속하지 못하고 떠돌게 된다.

　마루의 앞 유리문, 주방 벽면의 뒷 사각창 모두에 비쳐드는 것은 정말이지 안개뿐이었다. 장준구는 좁은 마루 안을 왔다갔다하기 시작했다. 갑자기 안개 감옥에 갇힌 느낌이 밀려 들면서의 일이었다. 자신은 강 위의 안개 감옥에 갇힌 한 사람의 수인이라는 생각을 떨쳐버릴 수 없질 않았던가. 세상으로부터 완전히 고립된 듯한 단절감 또한 그를 사로잡고 있었다. 이 모두가 저 여자 때문이다.
　정원을 용서할 수 없다는, 괴롭혀주고 싶다는 충동에 휩싸여든 장준구는 안방을 노려보고 있었다. 이 따위 집을 마련하게 한 것도 결국 그 여자라는 생각 때문이었다. 이 집 때문에 장준구 진영의 사람들 대부분이 박선욱에게 넘어갔었다. 이 집이 조합원들에게 어떤 기분을 불러일으킬지 짐작 못할 바가 아니었는데도 그는 정원과 예인 앞에 뭔가 그럴싸한 것을 보여주고 싶어했던 것이었다.

지금껏 모녀가 살아온 열다섯 평짜리 아파트보다는 큰 것을 마련하고 싶었었다. 피아노를 공부했고 또 가르치는 정원에게 뭔가 예술적인 분위기를 제공해주고 싶다는 마음이 이 연립주택을 선택하게 했던 것이었다. 그 다음엔 그의 주위 사람들을 차례차례 자신의 새 둥지로 데려왔었다. 그 대가로 치러야 했던 것은.

이처럼 현실은 단순히 사회적 관계로만 표현되지 않는다. 개인의 지극히 우연적인, 동시에 운명적인 인간 조건이 그 안에는 들어 있다. 그래서 장준구와 박선욱 사이에서 기회를 엿보며 자기 이익을 추구하는 문도식조차 단순한 비판의 대상이기보다는 상황에 따라 이기적인 인간 본성의 한 측면을 구현하는 인물이 된다. 김향숙의 작품이 갖는 복합성은 거기에서 나온다. 그리고 사회와 실존이 안개처럼 뒤섞인 이 복합성이 세계와 인간을 이해하는 작가적 시선의 성숙을 가능케 한다. 때로 판단이 중지된 중성의 지대처럼 보이는 그의 자리가 실은 그 어느 곳보다 치열한 정치적 성찰의 장소가 되는 것은 그 때문이다. 우리 모두는 안개 속에 있다. 방황은 그래서 피할 수 없다.

방황하는 개인들

김원우의 〈방황하는 내국인〉은 세태소설이다. 하지만 그것은 사회에 대한 단순한 풍자를 넘어, 사회를 객관적으로 재현해냄으로써 한 시대의 총체적 풍경을 완성하려는 노력이다. 이 작품 안에서만 보아도 1990

년대 우리 사회는 급격하게 요동치고 있다. 중산층의 삶까지 넘어 들어 올 정도로 새로운 국면을 맞는 노동조합 운동, 독일 통일을 바라보는 실향민 세대의 시선, 변모 재구성되는 가족, 산업구조와 삶의 양식의 변동 등등.

여기서 선과 악은 쉽게 갈리지 않는다. 전통적인 가치관은 무너지기 시작했고, 새로 합의된 가치관은 아직 없다. 저마다의 입장에 따라 움직이는 '욕망의 기계'가 있을 뿐이다. 그러니 우리는 그 욕망의 조정을 위한 사회 시스템을 갖출 때까지 방황하는 삶을 살 수밖에 없다. 김원우는 그런 점에서 비관주의자다. 쉽사리 어떤 전망을 내세우지 않기 때문이다. 그의 인물들은 오히려 전망을 내세우는 사람들에 대해 냉소적이기까지 하다. 사회의 민주화는 그 원리의 일상적 내면화로 이어지지 않고, 통일에 대한 열망은 남북 이질성의 해소라는 최소한의 단계조차 극복하기가 쉽지 않다는 진술 등이 그 냉소를 이룬다. 형식적 민주주의의 진전을 이룬, 불꽃과도 같은 잠시의 흥분 이후에 이제 욕망과 권태의 일상과 싸워야 하는 개인들만이 남게 된 것이다. 따라서 그 무대로서의 1990년대는 새로운 괴물이다.

이 싸움을 치르기 위해 작가는 만화경(萬華鏡)과도 같은 어지럽게 단절된 삽화를 제시하며, 각각의 삽화에 걸맞은 진술과 대화의 양식을 선보이고 있다. 물론 그의 작품이 김우창이 잘 지적하고 있듯이 '사실과 의미의 구조적 일치'를 보여주는 데까지 이르렀는가에 대해서는 의문의 여지가 있다. 하지만 그의 새로운 소설 양식이 전환기의 혼돈에 대응하려는 작가적 노력의 하나임을 부인할 수는 없을 것이다. 염상섭 이후 서정인에게서 나름대로의 실험을 거친 어떤 문체의 전통이 김원우에게로 이어지고 있음을 확인하는 것은 그 때문이다. 생활과 밀착해 있으면서도, 결코 그 생활에 함몰되지 않는 성찰의 긴장이 그 안에는 들어 있다.

녹지 않는 눈사람, '새로운 과거'로서의 후일담

외적 현실이 혼돈스러울수록 과거를 들여다보려는 존재의 움직임은 자연스러운 것이다. 새로운 출구를 찾기 위해서는 '지금/여기'의 연속으로서 과거를 들여다볼 필요가 있기 때문이다. 이미 언급했듯이 형식적 민주주의의 진전과 맞물려 독일 통일, 소비에트 블록의 해체 등 일련의 역사는 마치 벼락처럼 주어졌다. 이 변화된 현실에서 출구를 찾기 위해서 사람들은 과거를 돌아다보기 시작했다. 그 과거는 단순히 흘러간 과거가 아니라 미래의 전망을 찾기 위한 '새로운 과거'였다. 흔히 후일담이라 뭉뚱그려 불러지는 소설들이 바로 그것이다.

그 가운데서도 최윤의 〈회색 눈사람〉은 빼어난 미적 성취를 보여주는 작품이다. 물론 진실 치고 아름답지 않은 것이 없지만, 최윤은 현재로 이어지는 과거를 불러내는 데에 있어 새로운 경지를 열어 보인다. 절제된 묘사, 시적으로 압축된 독백을 통해 개인사에 대한 단순한 회고나 시대에 대한 주관적 분석을 벗어나 '운명'이라고 부를 수 있을 보편적 상황을 창출하는 데에 성공하고 있기 때문이다. 역사라는 무대에 올랐다 사라지는 무수한 인간 존재의 얼굴이 여기서는 하나의 상징으로 모아진다. 그것은 '희망'에 몸을 던졌던 모든 사람의 얼굴이다.

거의 이십 년 전의 그 시기가 조명 속의 무대처럼 환하게 떠올랐다. 그 시기를 연상할 때면 내 머릿속은 청록색으로 뒤덮인 어두운 구도가 잡힌다. 그렇지만 어두운 구도의 한쪽에 처진 창문의 저쪽에서 새어들어오는 따뜻한 빛이 있는 것도 같다. 그것은 혼란이었다. 그리고 무엇보다 아픔이었다. 그것이 미완성이었기 때문에? 그러나 삶의 단계에 정말 완성이라는 것은 있기라도 한 것인가. 아, 그때… 하고 가볍게 일축해버릴 수 없는 과거의 시기가 있다. 짧은 시기지만 일생을 두고 영향을 미치는 그러한 시기.

그래도 일상의 반복의 힘은 강한 것이어서 많은 시간 그 청록색의 구도 위에도 눈비가 내리고 꽃이 지고 피면서 서서히 둔감한 상처처럼 더께가 내려앉아 있었던 모양이다.

무대는 1970년대 서울의 한 구석. 가난과 외로움의 어두운 그림자가 절망이 되어 무너지기 일보 직전의 여대생 화자 강하원. 별 뜻 없이 취미 삼아 사들인 금서(禁書) 하나가 인연이 되어 그는 '우리'의 무리 속에 끼게 되고, 거기서 '희망'을 발견하게 된다. 그 희망은 강하원 자신의 삶의 출구이자, 한 시대 사람들의 집단적 꿈이다. 날이 어두워지면 그들이 모이는 인쇄소. 거기서 그들은 더 나은 삶을 위한 희망을 책으로 묶어내는 일을 하기 때문이다. 하지만 끝내 그들의 비밀은 발각이 된다. 그때 미군과 결혼하여 떠난 어머니를 통해 별 뜻 없이 미국으로 가는 여권을 갖게 된 강하원은 더 큰 위험에 처하게 된 김희진에게 그 여권을 양보한다. 많은 시간이 흐른 뒤의 어느 날, 미국에서 강하원이라는 가명으로 살아가던 한 여인이 굶어 죽었다는 기사를 신문에서 보게 된다.

사실 이 작품은 이러한 줄거리만으로는 요약될 수 없다. 있는 듯 없는 듯 숨어 있는, 삶의 진실에 관한 작가의 혜안을 놓친다면 말이다. 강하원이 이 사건에 휘말리게 된 순간에 대한 진술 같은 것이 그 한 예다. 시작은 아주 단순한 우연에 불과하지만 그 사소함은 돌이킬 수 없는 운명이 된다는 인식 말이다.

오래 전의 그 시기, 술병 밑바닥 유리의 어두운 두께로 다가오는 그 시기는 어쩌면 내 일생에서 가장 사건적인 시기인지도 모르겠다. 그 시기라도 없었다면 나는 나의 삶에 대해 정말 이야기할 만한 것이 없어져 버린다. 비록 그것이 많은 곡해와 불안과 의혹의 시기였다 할지라도 그때부터 무언가가 다시 시작되었기 때문에.

비록 두 번째 문장은 오문이지만, 이러한 운명의 순간에 대한 작가의 동화(同化)와 공감이 없었다면 한 시대에 대한 정치·사회적 비판의 시선도 생생하게 살아나기 어렵다. 작가의 또 다른 작품들에서도 확인되는 바인데, 인간 실존에 대한 그의 관심은 훨씬 더 복합적인 의미를 획득한다. 그런 점에서 최윤을 후일담 소설의 가능성을 가장 개성적으로 펼쳐 보인 작가로 평가할 수 있다.

나는 늘 그 시기에 대한 짧은 보고서 형식의 글을 쓰고 싶어했다.
"아, 그 길고도 긴 길의 우울한 초겨울 풍경이라니! 사방은 술병 바닥 두꺼운 유리의 짙은 색깔처럼 흐렸지만 나는 그때 처음으로 희망이라는 단어를 만났다…" 이렇게 시작되는 글을.

얼굴 찾기, 존재의 긍정

혼란스런 현재와 마주 서기 위해 과거를 돌아보는 일은 자기 존재의 정체성에 대한 확인으로 이어진다. 삶과 사회와 세계의 의미는 결국 '우리' 안에 있는 '나'에 대한 자각과 인식으로부터 출발하기 때문이다. 그런데 우리는 오래도록 그 질문을 던지지 못했다. 1980년대가 개별적 존재에 대한 자각보다는 공동체의 대의(大義)가 선험적으로 전면에 부각되는 집단의 시대였기 때문이다. 하지만 그 공동체의 대의가 어느 정도 현실화된 순간 몸을 낮추고 있던 존재에 대한 물음이 고개를 든다. 개인의 시대가 시작되는 것이다. 게다가 외적 현실은 급격한 변화 속에서 쉽사리 그 지향점을 보여주지 않는다. 미래로 이어지는 보이지 않는 전망을 찾으려는 움직임은 그래서 현재의 출발인 과거로 돌아간다. 송기원의 〈아름다운 얼굴〉은 그 노력의 과정에서 거둔 열매다.

사실 이 작품은 소설이라기보다는 자전 에세이에 가깝다. 사생아로 태어나 장돌뱅이이자 건달패 똘마니로 살아온 소년이 어떻게 문학을 만나 시인이자 소설가가 되고, 문학 운동가이자 출판사 경영자로서 당대 현실과 어떻게 부딪치며 헤쳐 나왔는가를 연대기적으로 그려나가고 있다. 이것은 자신의 출신 계층에 대한 귀속감과 동시에 그들과 하나가 되지 못하는 죄의식 사이에서 '자기혐오'에 시달리던 존재가 어떻게 자신을 긍정하게 되는가의 과정이다. 존재의 분리에서 비롯된 자기혐오 때문에 졸업 앨범에서 자신의 얼굴을 면도칼로 도려내던 내가 사실은 그 얼굴이 무수한 상처 위에서 피어난 아름다운 꽃이었음을 깨닫는 것이다. '생의 미학화(美學化)'라고 부를 수 있을 그 과정이 직설적으로 그러나 아름답게 그려져 있다.

손등으로 눈물을 훔치며, 왜 나는 분한 느낌이 들었던 것일까. 아직 스스로 깨닫지 못하지만, 어쩌면 그 순간 자신의 얼굴에서 어떤 아름다움을 발견했던 것은 아닐까. 그럴지도 모른다. 흔히 사람들은 더 이상 자기혐오를 견뎌내지 못하지 끝 모를 나락으로 자신을 던져버릴 때, 그렇듯 자신을 온전히 포기해버릴 때, 거기에서 발견하는 것은 짓뭉개진 자신이 아니라 엉뚱하게도 자기애(自己愛)이기 십상이다. 가등마다 겹겹이 피어나는 안개꽃을 꿈결처럼 바라보며, 나는 그렇게 처음으로 자기를 사랑하는 법을 배웠던 것일까. 그리고 그것이 나에게 바로 아름다움이 된 것일까.

존재의 상처가 아름다움의 근거가 된다는 이 깨달음은 야만의 시대에 무수한 상처를 입은 사람들이 다시금 생을 시작할 수 있는 커다란 힘이 될 수 있다. 그래서 혼돈의 시대에 미래의 출구를 찾지 못해 방황하는 사람들에게 따뜻한 격려가 된다. 정체성으로서의 얼굴 찾기는 그러한 의미를 갖는다.

그래도 우리는 살아가리라

혼돈과 방황, 아픈 과거와 보이지 않는 미래 사이에서 그래도 포기할 수 없는 마지막 한 가지는 살아내야 한다는 것이다. 박완서의 〈나의 가장 나종 지니인 것〉은 그 살고 있음을 증언하는 아프면서도 힘 있는 작품이다. 그것은 어머니들의 일생이 고통스러우면서도 그렇기에 위대한 것과 마찬가지다. 이 작품도 우리 역사의 한 얼굴이자 박완서 문학의 가장 대표적인 풋말인 '억척 어멈'을 다루고 있다. 다만 새로운 점이 있다면, 이전의 많은 작품이 작가의 어머니를 다루었다면, 여기서는 스스로 그 어머니의 위치에서 진술을 하고 있다는 것이다. 이 긴 독백의 모성은 아프고 힘들었던 1980년대에 대한 회환과 위무, 그럼에도 불구하고 포기할 수 없는 생명의 소중함과 삶의 의지의 상징이다.

명문 대학 학생으로 미래가 보장된 착실한 아들을 시위 현장에서 잃게 된 여인. 더구나 아들은 열렬 운동권 학생도 아니었다. 단지 시대의 아픔을 외면하지 못한 순정한 젊은이일 뿐이었다. 그런데 시위 현장 진압대의 쇠파이프에 희생된 것이다. '생때같은 아들'을 잃은 이 여인은 이후 극적인 존재의 변환을 겪는다. "그 지경을 당하고도 죽은 목숨처럼 살지 않을 수 있는 유일한 방법"을 선택한 것이다.

처음에야 저도 그게 미치게 억울했죠. 그놈의 쇠파이프가 눈이 멀어도 분수가 있지 앞장선 열렬한 투사는 다 제쳐놓고 하필 우리 창환이었을까,

하구요. 그러나 죽음은 어차피 돌이킬 수 없는 운명인 거 아닌가요? 게다가 철저히 개개의 것이구. 그게 너무 무서워서 우선 피하고 싶었어요. 우선 개별적인 것에서 피하는 방법은 휩쓸리는 일이었죠. 집단적인 열정 속으로. 형님도 기억하시죠. 우리 창환이의 장엄한 장례식을요. 백만 학도가 창환이를 열사로 떠받들었죠. 형님, 제발 그렇게 말씀하시지 마세요. 젊은이들이 제 몸에다 불을 붙여 시대의 횃불을 삼으려 든 세상이었잖아요? 죽음 목숨을 횃불 삼으려 든 것쯤 아무것도 아니었죠. 형님이나 저나 하도 궁핍한 어린 시절을 보내서 그랬던가, 먹을 것 흔하고 흥청망청 물건 아쉬운 것 모르는 세상이 꿈인가 생신가 좋기만 하던데, 젊은이들 눈엔 세상이 얼마나 깜깜했으면 제 몸으로 불을 밝히려 들었을까요? 중요한 건 창환이가 운동권이었나 아니었나가 아니라 죽음까지 횃불로 삼지 않을 수 없을 만큼 시대가 깜깜했다는 거 아닐까요.

하지만 이 여인이 결국 확인하게 되는 것은 생명이라는 엄연한 실체다. 교통사고를 당하여 몸도 움직이지 못하는 장애인 아들을 둔 친구를 보면서 느끼는 "견딜 수 없는 질투"는 그런 점에서 조금도 억지스럽지 않다. "볼 수 있고, 만질 수 있고, 느낄 수 있는 생명의 실체"가 그 어떤 대의명분 못지않게 소중하다는 것을 깨달았기 때문이다. 따라서 그 깨달음 뒤에 이어지는 "대성통곡, 방성대곡보다 더 큰 울음"은 생명의 가치에 대한 가장 원초적인 역설(力說)이라 할 수 있다.

자칫하면 지루해질 수도 있을 짧지 않은 독백을 끌어나가는 힘은 바로 거기에 있다. 게다가 독백 중간 중간에 예리한 송곳처럼 나타나는 다양한 인간 심리에 대한 적확한 이해는 이 작가의 삶에 대한 통찰이 어느 수준인지를 확연히 보여준다. 운동권 이야기이자 후일담 소설은 이 '모성'을 만나 생명과 삶이라는 보편성을 획득한다. 그것은 싸움에 몰입해

있던 1980년대의 우리 문학이 새로운 시대와 만나기 위해 반드시 거쳐
가야 하는 부분이었다. 이 어멈들의 '통곡의 벽'은 제의의 자리였던 것
이다.

일상과 개인 그리고 여성, 1990년대 후반의 문학

이처럼 1990년대 초반의 많은 작품은 1980년대의 어두운 그림자를
배경으로 1990년대 사회의 혼돈과 희망이 교차하는 지점을 지나갔다.
예외 없이 나타나는 후일담과 당대 사회 변화에 대한 관심은 포스트모
더니즘이나 탈현대의 요란한 나팔 소리에도 불구하고 1990년대의 문학
이 근대의 연장에 있음을 확인하도록 만든다. 문학적 근대란 소박하게
말하자면 역사의 의미에 대한 믿음이다. 물론 그 믿음에도 불구하고 희
망이 쉽사리 자기 모습을 갖추지는 못했다. 1990년대 후반의 새로운 변
화가 이미 그 안에서 자라나고 있었기 때문이다.

이념은 빠른 속도로 낡은 것이 되었다. 역사의 의미로도 더 이상 제어
하지 못하게 된 욕망, 고도의 자본주의 사회에서 소비의 주체가 되는 길
말고는 사회와 단절된 개인들만의 세계, 인간에 대한 고전적 이해를 훌
쩍 넘어서는 문명의 변화와 무서운 과학, 이 모든 것이 문학에 새로운
질문을 던지고 있다. 답은 쉽게 주어지지 않을 것이다. 어쩌면 답보다도
더 많은 물음에 직면하고 있는지도 모른다. 과연 그때에도 문학의 영역
은 남아 있을 것인가?

그러나 어쨌든 그 가운데서 존재의 기원과 본질로 돌아가기를 꿈꾸는
윤대녕, 여성이라는 타자에 뜨거운 피와 살의 존재를 부여한 전경린, 위
험한 운명이 곳곳에 박혀 있는 견고하지 못한 일상을 드러내는 배수아
등은 1990년대 후반의 문학이 새롭게 거둔 값진 성과다. 그들의 작품에

서 예외 없이 얼굴을 내밀고 있는 밋밋한 일상과, 절대적 성채인 개인, 그리고 여성이라는 화두는 이후 1990년대 후반의 문학의 공통적인 배경을 이룬다. 그것이 성공적이었는지 아닌지는 별개로 하고서 말이다. 다만 한 가지, 우리가 위에서 살핀 작품들이 1980년대 문학과 1990년대 후반의 그것을 잇는 돌다리로서 손색이 없었다는 것은 분명하게 말할 수 있다.

역사로부터의 탈출과 역사의 부재(不在)

−1990년대 소설의 행방과 새로운 작가들

새로운 작가들의 출현

우리 소설계에 변화가 일어나고 있다. 크게 1990년대의 '신세대'로 묶였던 작가들의 뒤에서 혹은 빈자리에서 새로운 얼굴들이 분명한 모습을 드러내고 있다. 김경욱, 김연수, 백민석, 윤성희, 이신조 등이 그 주인공들이다. 그들은 환상과 현실을 넘나들고, 과거와 현재를 오가며, 이념형으로서의 '가치'와 몰(沒)이념의 '실재'를 뒤섞는 방식으로 자신만의 세계를 그려나간다. 제각각의 '작은' 시작이었던 그 세계는 그러나 이제는 부인할 수 없는 하나의 흐름을 형성하고 있다. 그들의 생산력은 이미 어느 세대에게도 뒤지지 않으며, 그 생산 자체의 질적 성취 또한 충분히 주목을 받을 만하다. 그리하여 문학의 위기라는 담론과 싸우며 그들은 자기 세대의 새로운 길을 열고 있다.

그런데 문제는 이들을 하나로 묶기에는 그 다양성의 편차가 적지 않다는 것이다. 어쩌면 그렇게 같지 않다는 것이 이들 세대의 특징일 수도 있다. 대략 1970년 이후에 태어난 이 세대는 가장 민감한 스무 살 근처에 국내적으로는 대통령 직선제와 언론 자유로 대변되는 형식적 민주주의의 실현, 대외적으로는 독일 통일과 공산주의 블록의 몰락을 경험한 사람들이다. 그래서 역사에 투신할 기회를 제대로 갖지 못한 세대가 된 것이다. 그만큼 이들 세대의 원체험에는 공통분모가 많지 않으며, 결국 개인주의의 약진이 두드러지게 되었다. 그때의 개인주의는 적극적인 이념형으로서의 그것이라기보다는, 도대체 나는 무엇인가, 지금 어디에 있는가 하는 자기 정체성에 대한 물음을 찾는 과정으로서의 개인주의에 가깝다. 집단의 역사보다는 개인이 두드러진 세대인 것이다. 이들의 서사(敍事)에 공통의 체험보다는 개인의 사적 체험이 두드러지는 것은 그 때문이다. 집단의 역사는 그들 세대에게 존재하지 않는다.

그에 반해서 그들의 조금 앞에 놓인 작가들, 흔히 1990년대의 개화와 함께 신세대 작가군(群)으로 묶인 사람들의 경우는 그래도 공통의 체험이 지워지지 않는 그림자로 남아 있다. 마치 달의 어두운 저편이 존재하듯이 그들의 자아에는 역사의 흔적과 그늘이 짙게 드리워져 있는 것이다. 물론 그들도 '나'라는 개인의 성채 속으로 숨거나 달려간다. 하지만 거기에는 자아의 정체성 추구 이전에 역사와 현실에 절망한 자의 자기 보호가 있다. 그래서 때로 그것이 자기 연민에 빠지기도 하지만 그래도 거기에는 역사와의 최소한의 긴장이 있다. 자아 발견의 사회적 의미에 대한 믿음이 들어 있는 것이다. 집단주의의 신화를 깨고서 '나'의 세계를 발견해간 이들이 없었다면, 이들의 '역사로부터의 탈출'이 이루어지지 않았다면, 위에서 언급한 새로운 작가들의 '역사의 부재' 또한 쉽지 않았을 것이다.

그래서 나는 이 글에서 과연 '역사의 부재'를 가능케 한 새로운 움직임이 어떠한 것인가를 말하기에 앞서, 과연 그것이 어디에서 시작되었는지를 살피기 위해 먼저 1990년대 소설을 들여다보고자 한다. 주류(主流) 교체라는 한국 사회의 급격한 변화와 밀레니엄의 교차가 맞물려 제대로 된 정리조차 없이 흘러간 이들 세대의 문학에 대한 이해가 새로운 흐름을 아주 우회적으로 그러나 설득력 있게 해명해줄 것이라는 기대와 함께 말이다.

1990년대와 1980년대의 경계

이미 많은 사람이 지적한 바 있듯이 1980년대는 어쩔 수 없이 강렬한 집단적 전망의 자장 아래 놓여 있는 시대였다. 자기의 목소리를 쫓아가기보다는 전체의 목소리를 따라야 하는 시대 말이다. 물론 그렇다고 집단이 개인에 비해서 특별한 선(善)은 아니며, 우월한 것도 아니다. 단지 한 시대가 그것을 요구한 역사의 우연일 뿐이다. 그런데 역사가 부여한 이 우연의 절실함을 인정할 때, 그것은 한 개인에게 필연이 된다. 1980년대의 작가들은 바로 그 우연을 받아들여 '나'가 아니라 '우리'가 되어 역사와 사회와 거세게 부딪침으로써 시대의 필연을 만든 사람들이다. 그 속에서 문학은 당대 지식인의 양심과 사명을 대변하는 자리가 되었다.

하지만 그것이 반드시 문학적으로 옳은 유일한 길은 아니었다. 문학의 존재 의의는 존재의 자유와 그것을 표현하는 다양성이기 때문이다. 1980년대의 문학은 집단적 전망을 공고히 해나감으로써 시대의 환호를 얻었지만, 때로 그것의 유일함을 주장함으로써 어떤 사람들에게는 구속이 되기도 했다. 개인의 자유를 보호하는 울타리가 되지 못한 것이다.

따라서 민주주의의 가시적 실현과 공산주의의 패배를 확인하면서 급격한 혼란에 빠지게 된다. 그들의 헌법이었던 역사는 바뀌었고, 그들을 받쳐줄 개인을 갖지는 못한 것이다. 1990년을 앞뒤로 한 한 시기 우리의 문학을 수놓은 '후일담'이란 것은 갈 곳 잃은 1980년대의 문학이 역사의 그 파편을 붙들고서 역사의 연장을 추구해본 것이다. 하지만 그것은 이미 시효가 다한 문학이었다. 1980년대의 문학은 바로 자신들의 집단적 전망 속에서 숨을 죽이고 있던 개인을 발견하고 그들의 목소리에 길을 열어주는 것으로 마지막 소명을 다해야 했다. 1990년대는 누가 뭐래도 개인의 시대였던 것이다.

하지만 불행하게도 우리에게는 개인주의의 경험이 없었다. 봉건적 신분 질서 속의 조선, 일제의 식민지 침탈, 냉전과 이데올로기 갈등, 개발독재 권위주의 정권의 억압으로 이어지는 우리의 역사는 개인주의를 훈련할 그 어떤 기회도 부여하지 않았던 것이다. 그래서 우리의 개인은 대단히 미숙하고 연약했다. 존재에게 주어진 절대적 자유와 함께 그 자유를 동반하는 무한대의 책임, 그리고 그 책임에 숨겨진 절대 고독을 이해하지 못했다. 그래서 우선 모습을 드러낸 것이 '상처 받은 개인'이었다. 바뀐 현실을 헤쳐나갈 성숙한 의식은 부재하거나 미미하고, 더 이상 과거로 돌아갈 수는 없는 슬픈 존재들, 그래서 자신의 내면으로 숨어드는 존재들 말이다. 1990년대의 독자들이 신경숙의 문학에 젖어든 것은 바로 그의 인물이 상처 받은, 연약하고 슬픈 개인들이었기 때문이다. 그런 점에서 신경숙의 문학은 1990년대의 새로운 미학을 보여준다기보다는 1980년대의 마지막 유탄(流彈)에 가깝다. 그의 문학이 1980년대와 1990년대를 연결하는 사다리는 될 수 있을지언정, 새로운 시대를 여는 전망은 될 수 없었던 것이다.

1990년대 문학의 시작

1990년대 문학의 소명을 개인의 발견이라고 할 때, 그것은 내면으로의 퇴행적 망명보다는 분명한 자의식을 말한다. 세계와 소통하지 못하는 한이 있더라도 자유로운 존재의 고독을 결코 양보하지 않겠다는 의지 말이다. 그런 점에서 1990년대 문학의 새로운 미학은《은어낚시통신》의 윤대녕에게서 시작되었다. 그리고 결론부터 미리 말하자면, 배수아에 와서 만개한다. 그리고 이들 사이에 여성의 정체성과 관련하여《염소를 모는 여자》의 전경린이 자리 잡을 수 있을 있을 것이다.

반복하지만 1990년대의 작가들에게 역사는 전면 무대가 아니다. 하지만 그렇다고 뗄 수 있는 부착물도 아니다. 존재의 그림자로 개인을 따라다니는 지워지지 않는 흔적이다. 다른 것으로 덮긴 했지만 격류의 흐름은 고스란히 상처의 자국으로 남아 있는.

6·29 선언 직전이었다. 부화뇌동하다 다치지 말고 중용하라, 고 그는 내게 말했다. 다시 나는 거역했다. 그러나 얼마 후 나는 그의 말을 따르고 있었다. 나는 두려워 도망치고 있었던 것이다.
　　　　—윤대녕, 〈銀魚〉,《은어낚시통신》

남편의 꿈은 좀 역설적이다. 농담 같기도 하지만 그러나 그 속에 간절한 어떤 진심이 들어 있을지도 모를 일이다. 어쩌면 그것은 농담이면서 진심이기도 한, 상처의 이름인지도 모르겠다. 그의 꿈은 감방에 들어가 책만 읽는 것이라 한다. 그는 전에 시국사범으로 들어가 정말로 일 년 동안 책만 보고 갇혀 있었던 경험을 갖고 있는 사람이다.
　　　　—전경린, 〈염소를 모는 여자〉,《염소를 모는 여자》

그 상처 속에서, 아니 그 상처에도 불구하고 현실의 새로운 면을 발견하려는 영혼의 모험이 바로 1990년대 문학의 시작이다. 저마다 상처에 짓눌려 있거나, 혹은 그 상처에 집착하며 변화된 현실과 마주하려는 용기를 내고 있지 못할 때, 1990년대의 작가들은 고독하고 힘겹지만 그만큼 용기 있는 여정을 시작한 것이다.

윤대녕 : 나의 본질을 찾아가는 항해

상처로 남아 있기 때문에 그만큼 다른 생에 대한 희원(希願)이 강했을 수도 있다. 그런데 문학에 있어 그 희원은 새로운 표현을 필요로 했다. 잘 알려져 있다시피 집단적 전망이 압도적 우위를 점하던 1980년대의 문학은 그 전망을 성취하기 위한 창작 방법론까지 알게 모르게 강요받곤 하였다. 보고자 하는 현실만이 가치를 지니던 시기였기에 그러한 현실을 그릴 언어까지 정해져 있었던 것이다. 흔히 이념과 기법으로서의 리얼리즘이라고 지칭되는 것 말이다. 1990년대의 문학은 바로 그러한 교조적 리얼리즘에 대한 거부로부터 시작해서 존재와 세계와 관련된 모든 사실이 다 저마다의 가치를 지니는 것이라는 새로운 다원적 인식에서 출발한다. 그리하여 1990년대 문학은 개인과 내면, 여성, 환상 등등의 새로운 영역을 헤쳐나가며 새로운 풍경을 선보이게 된다. 어쨌든 그것은 지난 시대와의 단절을 거쳐서만 닿게 되는 곳이다. 윤대녕의 '은어'는 그러한 상징적 의미를 품고 있다.

그리고 나서 우리는 쉼 없이 술잔을 들었다 놨다 하며 또 은어 얘기를 했다. 우리는 끊임없이 시간의 쓰레기를 게워내면서 어디론가 떠내려가고 있는 것이다. 그래, 우리는 모든 걸 뒤에 두고 있는 모양이다. 그리고 우리는 어느덧 거슬러오르고 있다. 우리의 경과가 시작된 곳으로, 부활하기 위해, 지금 수만의 은어떼들이 나와 함께 강물을 거슬러오르고 있다. 그래, 우리는 다시 무언가가 되고 싶다. 그리하여 뒤로 가기 위해, 끊임없이 벗어던지기 위해 정든 너를 처단하기도 한다.

　　―〈銀魚〉,《은어낚시통신》

지난 시대에 속해 있는 '정든 너'를 처단하고 존재의 본질을 찾아나서는 고단한 항해를 시작하는 것이다. 회귀하는 은어처럼. 윤대녕의 인물들이 현실 속에 적응하지 못하는 것은 그 때문이다. 그들이 원하는 개인의 삶에 대한 자유의지와 생명 의식은 사실 1980년대의 시각으로는 '존재의 외곽'에 버려져 있던 것이기도 하다. 하지만 어쩌면 그것이야말로 '존재의 시원'인지 모른다. 윤대녕의 소설은 그래서 '이쪽'과 '저쪽' 사이에서 방황하는 여정을 보여준다. 마치 본질과 현상을 오가는 인간의 숙명처럼. 본질을 추구하면 현실의 삶으로부터 거부당하고, 그렇지만 현상에 안주할 수는 없는 인물들. 그것이 바로 1990년대 우리의 자화상인 것이다.

물론 그들은 겉으로는 아무 이상이 없는 사람들처럼 살아요. 하지만 역시 삶에 제대로 뿌리박지 못하는 사람들이죠. 아무튼 우리는 한두 달에 한번쯤 은밀히 모였다가 헤어지곤 해요. 어떻게 보면 두 겹의 삶을 살고 있는 사람들이죠. 현실적인 삶을 더이상 용납할 수 없으니까, 그렇게는 살아지지 않으니까, 말하자면 지하에다 다른 삶의 부락을 하나 더 세운 거예요. 우리가 은어를 문장으로 한 것도 다른 뜻이 아녜요. 말하자면 우린 여기서 거듭나기 연습을 해요. 어떻게든 우리 방식으로 버티고 사는 법을 배운단 말이죠.

그래서 그들은 두려워하면서도 조심스럽게, 아주 조심스럽게 존재의 본질을 찾아나서는 것이다.

나는 두려워하고 있었던 것이다. 일찍이 나는 나와 전혀 다른 삶과는 만나본 적이 없었다. 그리고 그러한 삶을 차마 꿈꿔본 일조차도 없었다.

그것은 우리가 1980년대라는 야만 속에서 잊고 있었던 영역으로, 그의 존재의 회귀는 따라서 1980년대에 대한 거부라기보다는 오히려 균형의 회복으로서의 성숙을 의미한다. 그것은 첫걸음이며 그만큼 고독하고 힘겨운 싸움이었다. 1990년대 내내 지속된 그의 영혼의 고행을 통하여 우리 문학은 새로운 미학을 하나 얻게 된다. 그것은 물살을 거슬러 오르는 은어의 몸짓처럼 역동적인 것이다.

그러나 그 먼 존재의 시원, 말하자면 내가 원래 있어야만 하는 장소로 돌아가기까지 나는 보다 많은 밤과 낮을 필요로 해야 했다.
긴 흐느낌의 시간이 흐른 뒤, 나는 가까스로 그녀에게 다가가 살아 있는 자의 온기라곤 느껴지지 않는 그녀의 차디찬 손을 완강하게 거머쥐었다.
아침이 오기까지 나는 그녀의 손을 잡고 내 살아온 서른 해를 가만가만 벗어던지며, 내가 원래 존재했던 장소로, 지느러미를 끌고 천천히 거슬러 올라가고 있었다.

전경린: 남성의 바깥, 야생의 습성
집단적 전망이란 기성의 제도를 또 다른 제도로 대체하려는 노력이다. 하나의 집단이란 이미 제도가 될 숙명에서 벗어날 수 없는 것이다.

1980년대는 따라서 사회적 저항과 거부에도 불구하고 제도 바깥의 개인까지 허용할 수는 없었다. 그 개인이 바로 자신의 제도를 위협하는 적이 될 것이기 때문이다. 실제로 1980년대의 문학은 악의 상징인 권력만큼이나 개인에 대해서도 적의(敵意)에 가까운 반감(反感)을 표현하길 주저하지 않았다. 개인에게는 그 누구도 관대하지 않았다. '나'를 추구하는 삶은 폭력에 부딪쳐야 했다.

> 그러니 제발, 이 참을 수 없는 생도 내게 조금은 관대해주었으면 좋겠다.
> ―〈염소를 모는 여자〉,《염소를 모는 여자》

그렇게 제도화된 삶의 시각에서 보면, 그 바깥은 야생이다. 전경린은 삶에서 그림자의 어둠처럼 웅크리고 숨어 있는 '야생의 기미'를 그려나간 작가다. 그에게 있어 1980년대에 버려졌던 존재의 외곽이란 바로 여성 자신이었다. 그에 앞서 박완서나 오정희처럼 여성의 삶을 들여다보고 형상화한 뛰어난 작가가 없었던 것은 아니다. 그러나 한편으로는 제도의 억압을 내면화하며, 다른 한편으로는 금기 위반을 통해 그 제도를 거부하고 거기에 반항하는 여성의 상반된 모습을 그토록 격렬하게 표현한 예는 없었다. 물론 그는 후자의 열혈 당원이다. 야생이란 바로 그러한 일탈을 통해 자신을 확인하고 자유를 얻고자 하는 전경린의 유토피아다. 윤대녕에게 있어 은어가 야생의 한 상징이듯, 전경린에게 그것은 고양이나 염소로 표현된다.

그리고 가끔, 냉정하게 표정을 바꾸며 돌연하게 내 손등을 할퀴고 빠져나갈 것이다. 고양이 키우기의 묘미는 거기에 있다. 가끔씩 돌연하게 주인을 할퀴고 카르릉 울며 달아나는 야생의 습성…… 어린 티를 벗으면 고양이는 필시 어둠 속으로 박차고 나가겠지. 그리고 어느 날 하루 이틀 사흘이 지나도 돌아오지 않을 것이다. 일 주일이 가고 한 달이 지나도 돌아오지 않으면 나는 그 고양이를 더이상 기다리거나 그리워하지 않고 잊을 것이다. 그리고 다른 새끼 고양이를 또 키울 것이다.

"염소들은 야생적입니다. 해안 벼랑 끝에 노숙을 시켜도 끄떡없습니다. 그러나 비를 맞혀서는 안 됩니다. 비 오는 날은 공포에 빠집니다. 모든 떠다니는 것들이 그렇듯이 염소는 젖는 것을 가장 두려워합니다. 산을 넘는 나비, 강을 건너는 갓털 씨앗들, 대양을 횡단하는 새떼, 삶의 지붕 위에 떠오르는 영혼들, 그리고 당신…… 생각해보세요. 젖은 숲을, 비에 젖은 어둔 숲을요. 당신은 너무 오랫동안 그것을 견뎌왔습니다."

그러한 야생은 '자의식'으로부터 싹튼다. '나'에 대한, 내 삶에 대한 의식 말이다. 반복해서 말하지만 1980년대의 문학은 '우리'에 대해서만 말할 것을 요구했다. 그리고 그런 '우리'를 위해 무엇을 할 것인지를 물었다. 거기에 '나'라는 존재가 들어설 자리는 별로 없었다. 하지만 그렇다 하더라도 그 '나'는 보이지 않게 숨쉬고 있었다. 나는 나인 것이다. 전경린의 문학은 바로 그런 자의식에서 출발한다.

이른 아침부터 정오까지, 정오부터 늦은 오후까지, 이른 저녁부터 자정까지…… 저녁 일곱시부터 아침 일곱시까지, 나는 어느 누구의 간섭도 받지 않고 의무도 지지 않을 것이다. 저녁에 스스로 불을 켜고 그리고 스스로 불을 끌 것이다. 누구에게도 감시받거나 검토당하지 않는 인생이 있을 뿐이다. 무엇을 할 것인가는 중요하지 않다. 그렇게 사는 것이 중요할 뿐, 그곳은 다만 내 생의 중립국이며 완충지대인 것이다.

그러한 '나' 안에는 당연히 여성으로서의 자의식이 들어 있다. 그러니 여성임을 주장하지 말고 가부장제의 집단 전통 속에 순응하며 살기를 요구하는 제도를 작가는 받아들일 수 없다. 화자인 미소, 이름만큼이나 관대한 그녀이지만 제도에 맞춰 변하기를 요구하는 목소리에 대해서는 결코 응하지 않는다. 그것이 결국 파탄의 냄새 가득한 꿈에 불과할지라도 말이다.

"변하지 않고는 왜 살 수가 없는 거지. 왜 자기를 포기하라고 강요하는 걸까. 난 나 이외의 아무것도 되고 싶지 않아. 그저 나인 채로 끝까지 가보고 싶어."

그 꿈은 그래서 그리워하는 대상이면서 동시에 두려운 것이기도 하다. 나의 본질을 찾는 일이 곧 제도의 바깥으로 내팽개쳐지는 일이 될 것이기 때문이다.

우리는 꿈을 이루게 될까. 우린 그 꿈을 진정으로 그리워하는 것일까, 아니면 두려워하는 것일까.

전경린에게 자아를 찾는 일은 따라서 개인으로서의 고독을 두려워하지 않는 것에서부터 시작한다. 그것은 동시에 개인으로서의 억압과 여성으로서의 억압, 그 이중적 억압을 풀어내는 일이다. 즉 남성의 언어와 그들의 가치가 바로 제도라는 것을 깨닫는 데 있는 것이다. 남성은 금지하고, 여성은 위반한다. 전경린의 여인들이 마치 《인형의 집》의 로라처럼 예외 없이 '밖'으로 나가는 것은 그 때문이다.

그가 일언반구도 없이 베란다에 묶여 있던 염소를 풀어 계단 밖으로 내몰고 현관문을 꽝 닫았을 때 내 몸을 뚫고 갔던 전율이 되살아났다. 그의 몸을 향해 날아가 꽝 부딪쳐 깨어지고 싶은 폭력적인 충동. 산산이 깨어져 내가 나의 복부를 가르고 영원히 밖으로 나가버리고 싶은 격렬한 욕망……

염소를 밖으로 내모는 남편으로 상징된 제도는 폭발의 에너지 없이는 벗어나기가 쉽지 않다. 그 에너지는 밖으로 쫓겨나간 염소가 바로 자신임을 깨닫는 데서 온다. 그래서 어둡고 비를 몰아가는 바람이 부는 바깥을 향해 뛰쳐나갈 수 있는 것이다. 그만큼 힘들고 두렵겠으나 여인들은 자신의 격렬한 욕망에 결국 몸을 맡기게 된다. 그리움이 두려움을 이긴 것이다. 이제 여인들의 언어와 함께 야생의 삶이 시작된다. 이 작품은 마치 한 편의 완결된 드라마처럼 그러한 인식이 성숙해나가는 과정을 차례대로 그려 보인다.

마치 나 자신이 한밤중에 울었던 그 염소인 것처럼, 나 자신이 한밤중에 그에게 의지했던 바로 그 염소인 것처럼, 슬픈 추억이 가득한 친숙함이 몰려왔다.

나는 염소의 가지런한 뿔 위에 가만가만 손을 얹어보았다. 인간에게는 단 한번도 뿔이 없었던 게 확실한 모양이다. 손끝으로부터 섬뜩하도록 낯선 느낌이 전해왔다. 살을 꿰뚫을 듯한…… 야생의 기미.

염소는 누구와도 사귀려 하지 않았다. 염소는 철저히 다른 언어로 고집을 부렸다. 염소가 그리워하는 것은 숲속의 염소 무리뿐이었다. 염소는 밥도, 채소도 라면이나 과자도 거의 먹지 않았다. 그의 몸속에는 숲속에 묻혀 있는 칡뿌리와 나무등걸들과 푸른 풀밭을 향한 그리움이 갇혀 있었다.

염소는 자신이 단지 염소일 뿐이라는 그 태연한 사실을 통해 닫힌 우물처럼 내 몸속에 묻혀 있던 또하나의 염소의 얼굴을 비추어주는 것이었다.

따라서 전경린에게 여성이 된다는 것은 "이 세상의 신랄함을, 세상의 혼돈과 폭력성을, 불안과 그 무의미한 경직성을" 거부하고 자신의 숲을 향해 가는 것이다. 그래서 마지막에 "두 눈에서 푸른빛을 흘리며 먼 곳을 향해 신호를 보내는 듯 더 높은 목소리로 에에에— 에에에" 울음 우는 염소와 함께 길을 간다. 지금껏 "자신을 방치해왔"던 세계로부터 "몸을 돌려 걷기 시작"한다. 야생의 삶이 펼쳐질 숲을 향해 '구름 다리'를 건너.

나아가기 위해서는 끊긴 길 앞에서 두 눈을 감고, 두 귀도 닫고 자신의 본질을 향해 어느 순간 훌쩍 뛰어내리지 않으면 안 된다. 그리고 뛰어내려 본 사람은 알게 될 것이다. 있는 것과 없는 것 사이의 심연 속에 현실보다, 현실의 현실보다도 더 강한 구름의 다리가 있다는 것을. 자신의 숲을 향해 가는 구름처럼 가벼운 구름의 다리……

배수아: 도시의 늑대

윤대녕이 '존재의 시원'을 향해 한 마리 은어가 되어 생을 거슬러 올라가고, 전경린이 뿔 달린 염소가 되어 자신의 숲을 향해 걷고 있다면, 배수아는 우리의 일상 속에 블랙홀처럼 들어앉아 도시를 지켜보는 형형

한 눈빛의 늑대에 대해 말한다.

> 늑대에 대해서 생각한 것은 아주 잠깐이었다. 늑대는 동물원의 우리 안에 있을 것이고 한가한 걸음으로 유모차를 끌고 있는 사람들이 그 앞을 지나갈 것이다.
>
> ─〈검은 늑대의 무리〉,《푸른 사과가 있는 국도》

그런데 동물원의 늑대는 앞의 두 작가와는 달리 존재의 지향점이 아니다. 단지 엄연한 사실이다. 비록 그 사실이 타인들로부터는 인정받지 못하지만 말이다.

> 나는 분명히 늑대가 있을 거라고 말하였고 남자 아이는 이제 더 이상의 짐승 우리는 없다고 하였다.

이 지점에서 그는 개인의 자폐에 가까운 고독이라는 고도 산업사회의 인간형을 찾아낸다. 이처럼 집단의 관습적 믿음과 개인의 진실 사이의 불안한 거리를 서술하는 데에 있어 그는 가장 멀리 갔다. 우리 문학사에서 그처럼 낯선 언어는 일찍이 없었다.

그런데 이러한 불감(不感)의 언어는 단순한 취향을 넘어 1980년대의 집단적 전망을 가능케 한 이성에 대한 비판이라는 의미를 갖는다. 배수아가 종종 자신의 서사(敍事)에 환상을 끌어 오는 것은 그 때문이다. 우리를 둘러싼 일상적 현실은 생각보다 견고하지 않다. 사실이라고 알려진 것도 실제로는 불확실하다. 신문에 실리는 것과는 다른 알 수 없는 일들이 우리 주변에서 일어나는 것이다.

때로는 신문에 나지 않는 일들도 있는 거라고 생각해요.

그것이 우리 인간의 삶의 진실이다. 그런데 배수아의 세계가 남다른 것은 그런 진실을 소리 높여 주장하거나, 제도에 대한 반항을 드러내 외치지 않는다는 점이다. 처음부터 그런 소통은 불가능하다고 믿고 자기의 길을 찾아갈 뿐이다. 이해받지 못하는 것에 대해 괘념치 않는 극단적 개인주의의 세계가 그 안에 있다. 나는 내 환상이 진실임을 알고 있다는 확신 말이다. 그래서 그런 믿음에 대해 항의를 받기도 하지만, 그것은 어쩔 수 없는 존재의 운명이다. 그래서 다음과 같은 질문이 아무리 쏟아져도 화자는 흔들리지 않는다.

넌 구제불능이야. 왜 그렇게 쓸데없이 묻고 다니는 거니.

넌 정말 제멋대로야. 알고 있니.

유리처럼 연약한 현실, 각자에게는 진실이지만 전체로 보자면 소통이 불가능한 암호와도 같은 세계, 그것을 살아가는 인간들의 고독, 아무런 온기도 남아 있지 않은 세기말의 황량한 풍경. 그것이 주체의 절대성과 세계의 객관성을 해체하는 배수아의 언어다.

이 세상에는 몇 개의 블랙홀이 있어서, 어린 시절부터 나에게 익숙하였던 일들로 가득 차 있는 세상이 그곳으로 빠져들게 되면서부터는 절대로 알 수 없는 것들이 되어 버린다. 사람들의 표정이나 쇼 윈도의 마네킹이나 뜨거운 햇빛이나 하나도 변하는 것이 없지만 그곳에서 일어나거나 알 수 있는 것들은 뭔가가 아주 다르게 된다. 모자의 안과 겉처럼 그것은 다르다.

사라진 검은 늑대의 무리라든가, 신문에 나지 않는 죽음 같은 것은 알 수 없도록 나에게는 되어 있었다.

그것은 합리주의로 무장된 이성에게는 대단히 불편한 무의식의 언어다. 그래서 적지 않은 항의와 비난을 받기도 하였다. 그러나 카프카의 언어가 분명한 진실이듯 배수아의 그것도 부인할 수 없는 진실이다. 그리고 이 진실을 받아들여야만 《철수》나 〈은둔하는 北의 사람〉과 같은, 1990년대 후반 우리 문학이 거둔 가장 값진 성과를 이해할 수 있게 된다. 환상과 현실을 오가는 그의 낯설고도 건조한 동물성의 언어와 함께 윤대녕에게서 시작된 1990년대의 한 미학이 완성된다.

갑자기 아주 낯설고 익숙하지 않은, 그리고도 같은 표정을 하고 있는 세계가 언제나 내 곁에 있었음을 때때로 느끼게 된다.
나에게 일어난 많은 일들이 어쩌면 꿈이었을지도 모른다는 생각을 때때로 하였다.

그것을 나는 역사로부터의 탈출과 개인주의의 승리라고 부르겠다. 배수아는 여기서 후기 산업사회의 조직 속의 인간을 파고드는 정치학의 세계로 옮아간다. 여성 화자에 의해 거의 최초로 옮겨지는 그것은 아직 미완이다.

동물의 상상력과 그 이후

1990년대 문학은 이처럼 윤대녕의 '은어', 전경린의 '염소', 배수아의 '늑대' 등을 통하여 동물적 상상력을 보여주었다. 공교롭게도 이들 작품은 1995년과 1996년 동안에 책으로 묶여 나왔다. 그래서 1980년대의 문학과 분명한 단절을 보이면서 자신들만의 새로운 미학을 만드는 데 성공했다. 실제로 그런 동물성의 폭발적인 에너지가 없었다면 1990년대 문학, 특히 소설은 문학의 위기를 설파하는 담론에 파묻혀 옹색해졌을 것이다.

물론 여기에서 누락된 작가들이 있다. 김소진, 은희경, 심상대, 김영하 같은 이들이다. 앞의 두 사람은 신경숙과 함께 묶이겠으나, 뒤의 둘은 별도의 고찰을 요한다. 심상대의 〈美〉나 김영하의 《나는 나를 파괴할 권리가 있다》는 1990년대 서사에 자부심을 가져다 준 작품들임에 분명하다.

어쨌든 이들의 뒤를 이어 새로운 작가들이 등장하고 있다. 그들이 과연 1990년대 작가들의 동물적 상상력과 같은 신생의 미학을 선보일 수 있을 것인가? 이 질문은 새로운 세기에도 여전히 우리의 소설이 자신의 영예를 지키기를 바라는 희망과 맞닿아 있다. 그러나 아직은 확신할 수 없다. 역사로부터의 탈출이라는 에너지 없이, 이미 선험적으로 역사가 사라진 자리에서 과연 어떤 풍경이 펼쳐질 것인지? 오로지 자신과 마주하여 자신의 정체성을 추구하는 싸움에서 어떤 관계와 맥락의 언어가 솟아오를 것인지? 이제 새로운 작가들이 스스로를 증명해 보여야 한다. 문학의 죽음이 함부로 운위되는 시대에 나는 그것이 성공으로 이어지기를 간절히 바란다.

순수와 대중을 넘어

문학이라는 혼돈과 생성

　문학이라는 개념은 자칫 잘못 물으면 더욱 모호함 속으로 빠져들게 된다. 그것은 우선 19세기까지 우리가 전통적으로 지녔던 문학 개념과 20세기 이후 받아들인 서양의 그것이 같지 않다는 점에서, 그리고 서양에 한정시켜보더라도, 근대 이전의 문학 개념과 프랑스대혁명 이후의 새로운 문학 개념이 다르다는 점에서 또한 비롯된다. 그래서 문학이 무엇이냐는 물음은 그 앞에 적절한 한정(限定) 어구가 붙지 않으면 지나치게 폭이 넓어져 그 의미의 적실성을 잃는다. 롤랑 바르트나 츠베탕 토도로프 같은 연구자들이 잘 지적하고 있듯이, 우리가 요즘 사용하는 개념으로서의 문학(literature), 즉 작가의 개성과 절대적인 창작의 자유를 핵으로 하는 그것은 엄밀하게 말하면 근대의 창조물일 뿐이다. 그것을 통

(通)시대적인 보편적 문학 개념으로 확장할 수는 없다.

　물론 이런 구분에도 빈자리가 없는 것은 아니다. 조선시대 후기에 일반 백성들 사이에서 번져나간 '잡가(雜歌)'와 같은 것이 그 예다. 오늘날 대중가요의 가사에 해당될 잡가는 사대부들의 자기 수양과 세계 이해를 목적으로 하는 문학 개념에 비추어 당대에는 문학으로 인정받지 못했지만, 지금은 어엿한 연구 대상이 되었기 때문이다. 미술계에서 담벼락에 그린 그림이나 낙서와 같은 것이 어느 순간 작품으로 인정된 것과 마찬가지다. 서양의 경우, 볼테르, 몽테스키외, 디드로, 루소 같은 계몽주의자들의 철학적 저작물은 중요한 문학 텍스트다. 포스트모던한 문학관의 영향이기도 하겠지만, 심지어는 미슐레의 방대한 《프랑스사》도 롤랑 바르트에 의해 문학 연구의 대상이 되기도 했다. 그러니 꽤 오랜 시간의 논란이 필요하겠으나, 대중 가수들의 노랫말이 시(詩)로, 영화 시나리오가 희곡과 마찬가지의 문학으로 인정받을 가능성도 없지 않다. 문학은 내내 변해왔고, 지금도 변하고 있기 때문이다. 그러니 통시(通時)적 관점에서 볼 때, 문학이란 개념은 상대적인 것이다.

　시간의 흐름과 함께 인식론상의 패러다임이 달라짐에 따른 곤란만 있는 것은 아니다. 같은 패러다임 속에서도 문학 개념의 불분명한 테두리를 적지 않게 발견할 수 있기 때문이다. '허구(虛構)로서의 언어'라는 문학의 근대적 통념을 벗어나, 나날이 자기 삶을 기록한 일기(日記)도 문학 텍스트가 될 수 있으며, 자신이 지나온 삶을 돌이켜 기술한 자서전(自敍傳)도 마찬가지다. '자전(自傳)소설'이 문학이듯이 말이다. 실제로 정치인 윈스톤 처질의 《회고록》이 노벨문학상의 영예를 안은 바 있으며, 허구로서의 그 어떤 저작물도 남기지 않은 철학자 앙리 베르그송도 수상자 목록에 자신의 이름을 올리고 있다. 공시(共時)적 관점에서도 문학 개념은 역시 상대적인 것이다.

이렇게 보면, 말과 글로 이루어진 기록 치고 문학의 대상이 되지 않을 것은 없어 보일 지경이다. 그것은 문학이 그만큼 유연하며 폭이 넓다는 것을 증명한다. 계속해서 신천지(新天地)를 찾아왔고, 그에 따라 얼굴로서의 개념을 끝없이 갱신해온 것이다. 그런 점에서 문학은 오래된 영지(領地)와 미지(未知)의 땅이 뒤섞인 혼돈의 영역이다. 그 혼돈으로부터 새로운 문학적 질서가 태어난다. 이때 문학 연구는 보다 더 힘 있는 질서가 생성되도록 그 혼돈을 구성하는 여러 요소들을 서로 떼어내 나누고 이름을 붙이는 일로부터 시작되는 것이다. 그 일을 위해서는 얽혀 있는 개념의 실타래를 풀어낼, 말하자면 가닥을 찾아가는 '지식의 고고학' 적 시선이 필요하다.

전(前)근대의 예술과 장인(匠人)

프랑스대혁명 이전의 전근대 사회에서 예술은 오늘날과 같은 의미를 갖지 않았다. 당시에 예술을 감상하며 즐기고 소비할 수 있는 집단은 소수였다. 사회의 최상층 특권계급을 구성하고 있던 그들에게는 상대적으로 분명한 취향(趣向)과, 그 취향의 총합으로서의 규칙이 있었다. 예를 들면, 프랑스대혁명 이전의 회화(繪畵)는 당대의 삶을 그리지 않았다. 대부분 성경이나 신화에서 모티프를 얻었고, 당대의 것으로는 귀족들의 초상화나 정물화가 다였다. 물론 보쉬나 브뤼겔, 고야 같은 극소수의 예외가 없는 것은 아니지만 거의 모든 작품이 지배계급의 취향과 규칙을 벗어날 수가 없었다. 그들이 예술의 유일한 후원자(patron)였기 때문이다. 그러니 전근대의 예술은 그들의 취향과 규칙에 맞추어 작품을 생산하는 기술(technique)에 가깝고, 이런 작업에 종사하는 사람들은 오늘날의 예술가(artist)라기보다는 장인(artisan)이라는 말에 더 어울린다. 실제로 우리가 오늘날 예술가의 전범처럼 생각하는 바흐나 모차르트도 굳이 따지자면 '아랫것들'의 신분이었다. 그들은 후원자들의 요청에 따라 작품을 생산하던 기술자였던 것이다. 주문에 따라서 향수(香水)를 제조하고 옷감을 짜던 사람들과 마찬가지로. 이런 흔적은 알파벳을 사용하는 문화권의 예술(art)이라는 단어의 어원(語源) 속에 고스란히 남아 있다. 따라서 서양에서 흔히 순수한 예술이라고 부르는 것, 즉 예술가의 자유와 개성을 전면에 드러낸 예술은 근대 이후에나 가능한 일인 것이다.

문학은 사정이 조금 다르긴 하다. 교육과 문자 해독의 가능성이 워낙 소수의 특권계급에만 열려 있었기 때문이다. 고대 그리스의 시민사회에서부터 시를 짓는 일은 당대 엘리트 지식계급의 몫이었다. 프랑스대혁명이 성공하고 나서 혁명파가 가장 먼저 착수한 일 가운데 하나가 보통교육이라는 것은 대단히 상징적이다. 그 이전까지 문자는 귀족이나 성직자들의 전유물이었다. 수도원이나 귀족 자제들의 개인 교습 공간을 제외하고 문자가 전승되는 곳은 없었다. 종교의 근원을 찾고자 하는 고문헌 연구, 인쇄술이 발달하기 전의 소장 도서 베껴 쓰기 작업 등은 전적으로 성직자들의 몫이었다. 귀족 자제들의 교육 또한 학식이 출중한 이들 성직자들에 의해 수도원의 기숙학교나 개인 교습을 통해 이루어졌다. 그런데 성직자들 자신이 귀족계급 출신이었다. 그러니 문자야말로 특권계급의 상징이요, 기반이었던 것이다.

따라서 그들에게 문학은 존재와 세계에 대한 물음이 아니다. 지배계급에게 권력과 체제는 주어진 자연과 같은 것이어서 질문이 필요 없기 때문이다. 그들에게 글쓰기는 그저 자기와 세계에 대해서 '잘' 표현하는 기술, 즉 수사학에 가까운 것이다. 애초에 웅변술이란 뜻을 갖고 있는 수사학이란 명칭의 기원이 그것을 말해주고 있다. 실제로 오늘날 우리가 사용하는 문학이란 개념 이전의 글쓰기는 습득해야 할 실용적 기술의 일종이었다. 그것은 전근대의 문학을 지칭하는 프랑스어 표현 'Belles-Lettres(벨-레트르)'[1]라는 용어 속에 그대로 남아 있다. 반복하는 말이 되겠지만, 개성의 표현과 창작의 자유를 근간으로 하는 문학은 오로지 근대의 산물이다. 다른 예술과 달리 창작 주체가 지배계급이긴 했지만, 전근대의 문학도 역시 그들의 취향과 규칙을 표현하는 공간이었다는 점은 마찬가지다.

이 점은 유교 문화권의 문학 개념과 비슷하다. 서양의 근대 예술과 맞부딪치기 전까지, 그러니까 19세기까지의 문학이란 문자를 독점하던 지배계급의 이념의 표현이었다고 보아야 한다. 물론 조선 후기 실학의 등장과 함께 당대 사회에 대한 비판의 언어가 생겨난 것은 사실이다. 하지만 그 시기는 상대적으로 짧고 분량도 많지 않다. 게다가 그 글의 주체들 또한 피지배계급이 아닌, 당대의 권력 질서에서 배제된 엘리트들이었다. 이들의 문학이 반성과 비판이라는 근대 예술의 테제를 성취하기에는 어쩔 수 없는 한계를 가질 수밖에 없는 이유가 거기에 있다. 허균의 《홍길동전》 같은 예외적인 작품이 없는 것은 아니나, 그 외의 대부분의 글쓰기는 당대의 전복을 꿈꾸지 않는다. 지배 이념 자체에 대한 물음을 던지지는 않는 것이다. 이것 또한 서양의 '잘' 표현하는 기술로서의 '벨-레트르'에서 그다지 멀지 않다. 개성과 자유보다는 '이상적 지배 이념의 현재화'를 지향한 봉건시대 유교 문화권의 문학도 결국 지배계급의 취향과 규칙 안에 있을 뿐이다.

---

1) 굳이 영어로 옮기자면, Beautifuls-Letters인 이 용어는 기술적으로 잘 쓴 글이란 뜻을 갖고 있다.

비판 미학의 싹

서양에서 특권계급의 문학과 예술은 프랑스대혁명의 성공과 함께 무너진다. 하지만 그것은 단순히 사회체제의 변화에 따른 결과만은 아니다. 오히려 어떤 점에서는 글쓰기가 이 체제 변화를 앞당겼다고도 말할 수 있다. 그 역설을 풀어줄 수 있는 열쇠가 유럽의 '살롱(Salons) 문화'다.

17세기 후반 왕궁의 응접실을 가리키기 위한 순수한 공간적 개념으로 탄생한 살롱이란 용어는 19세기 들어 대화를 위한 장소라는 의미를 갖기 시작한다. 그런데 사실 이런 개념의 탄생과 의미 부여 이전부터 풍부한 학식과 섬세한 예술적 감수성을 소유한 여성들이 이끌어나간 지식인과 문화 예술인 들의 대화 모임이 있었다. 물론 프랑스대혁명 이전의 구(舊)체제에서 그 여성들이란 당연히 수준 높은 교육을 받은 특권계급 출신의 귀족들이었다. 이 공간의 주재자가 귀족 여성들이었다는 점은 상당히 중요한 대목이다.

우선 하나는 그들 또한 지배계급의 일원으로서 자신들의 취향과 규칙을 세련되게 만드는 것을 이 모임의 목표로 했을 가능성이다. 이 점 사실이다. 하지만 다른 하나는 봉건시대의 여성으로서 현실에 참여할 길이 막힌 상황에 대한 비판적 인식을 소유했을 가능성이다. 이 점 역시 사실이다. 특권계급의 남성들과 대등한 교육을 받고, 같은 교양과 학식을 갖추고도 그들은 어쩔 수 없이 아웃사이더였던 것이다. 조선 후기의 실학파 지식인들이 그러했듯이 말이다. 그리하여 살롱은 한편으로는 궁정의 연장으로서, 다른 한편으로는 궁정에 대한 거부의 공간으로 자리를 잡게 된다.

처음부터 살롱의 역사는 당대 궁정에 대한 의존과 거리 두기라는 긴장

상태의 지속이었다. 그러나 살롱은 궁정 인사들이 문예를 대표하는 인물들과 교제하는 곳이었기 때문에, 점차 궁정 문화와 문단 사이의 대립을 해소시키면서 양자의 간격을 좁혀갔다. 귀족, 시민, 지식인과 예술가, 그리고 18세기와 19세기에 와서는 성직자들에 이르기까지, 상호 교제가 이 만남의 장에서 열리기 시작했다. 이러한 만남들은 새로운 엘리트 문화를 만들어냈다. 이것이 여론 조성이라든가 그 사회가 당대에 겪는 변혁과 관련해 지니는 중요성은 간과할 수 없는 것이다.[2]

특히 18세기 들어서는 '살로니에르' 라 불린, 이 살롱의 여주인들이 계몽주의 사상을 설파하는 시민계급의 지식인들을 적극적으로 보호하고 후원해준다. 비판적 문인의 무리가 등장하게 되는 것이다. 그들의 새로운 사상이 정치적으로 문제 되어 위험에 처했을 때는 살로니에르들이 나서서 자신들의 지위를 이용하여 기꺼이 보호자가 되었으며, 경제적인 곤경에 빠졌을 때는 든든한 후원자가 되어주었다. 프랑스대혁명에 불을 지핀 계몽주의 사상가들의 《백과전서》는 마담 조프랭의 노력과 후원이 없었다면 빛을 보기 어려웠다. 이렇듯 '또 다른 궁정' 이었던 살롱에서 원래의 궁정을 부수어나갈 새로운 비판적 인식의 싹이 터 나왔다는 것은 무척 흥미로운 사실이다. 문학예술이 체제의 안을 향해서만이 아니라 바깥으로 나갈 수도 있다는 가능성을 깨닫는 공간이자 계기가 되었기 때문이다. 뒤에 프랑스대혁명이 성공하고 나서 근대의 문학예술이 일탈과 해방의 언어로서 스캔들이 됨으로써 이 가능성은 명확한 현실이 된다.

---

2) 하이덴 린쉬, 김종대·이기숙 옮김, 《유럽의 살롱들》, 민음사, 1999년, 12쪽.

시민사회와 대중의 등장

'자유·평등·박애'를 이념으로 한 프랑스대혁명의 성공은 특권계급을 해체시킨다. 사실상 봉건 유럽을 양분(兩分)하던 프랑스의 부르봉 왕가와 오스트리아의 합스부르크 왕가의 적통인 루이 16세와 마리 앙투아네트가 단두대에서 목이 잘린 것이다. 이제 모든 인간은 동등한 권리를 갖게 되었다. 그 권리를 확인하듯 그들은 자유로운 신분이 되어 거리로 쏟아져 나온다. 발터 벤야민이 《제2제정기의 파리》에서 지적하고 있듯이, 이 거리로 나온 자유인들이 바로 시민사회의 새로운 주인공인 부르주아다. 그들은 자유로운 신분임을 확인하기 위해서 아주 천천히 새로 단장된 거리를 걷는다. 인류의 역사상 처음으로 산보객(stroller)이 모습을 드러낸 것이다. 이 자유인들을 달리는 마차로부터 보호하고자 보도(步道)가 놓이고, 보도를 따라 상점이 생겨난다.[3] 자유인들은 그 거리에서 대중 속에 파묻힌다.

이런 대중의 등장은 산업혁명의 산물이기도 하다. 농업을 근간으로 하는 봉건제도 아래서는 다수의 대중이 모일 이유가 없었다. 공장의 증설과 노동자의 증가, 그로 인한 도시화가 대중의 탄생을 가능케 한 것이다. 그리하여 공장에서 쏟아져 나오는 상품은 상점 진열대에 오르고, 상점의 전면 유리창 앞으로는 대중이 걸어 다닌다. 봉건제도 아래서의 상품이 정해진 생산자와 정해진 소비자 사이에서 보다 직접적으로 소통되었다면, 근대사회와 함께 상품은 대량생산과 불특정한 소비자 사이에서 훨씬 더 간접적인 방식으로 거래된다. 그러니 정해진 취향은 없다. 너무

---

3) 물론 도시의 재정비는 시민 보호만을 목적으로 하지는 않는다. 빈발하는 민중 폭동의 진압을 용이케 하기 위한 공간의 확보라는 의미도 그 안에는 들어 있다. 실제로 구(舊)시가의 좁은 골목길은 폭동 봉기 세력의 바리케이드에 의해 손쉽게 점거당한다. 거리를 정비하여 넓혀놓으면 바리케이드는 별 소용이 없게 된다. 진압군의 침투가 쉬워지는 것이다.

나 많이 뒤섞인 다수(多數)라서 정체조차 알 수 없는 대중의 정해지지 않은 취향이 있을 뿐이다. 심지어는 문학예술 작품의 경우도 상품의 이러한 유통 방식을 피해가지 못한다. 대중을 따라가야만 하는 운명에 처하게 된 것이다. 근대의 문학예술에서 대중성은 피할 수 없게 맞닥뜨린 운명이다.

예술의 대중성

이미 여러 사람에 의해 지적된 것이지만, 문학예술과 관련하여 프랑스 대혁명이 가져온 가장 큰 변화는 후원자가 사라졌다는 점이다. 가혹한 지배자였는지는 모르나, 전근대의 특권계급은 문학과 예술을 사랑하고 보호해준 사람들이었다. 부(富)를 바탕으로 문학예술에 대해 어릴 때부터 가꾸어온 그들의 감수성과 감식안은 상당한 것이었다. 그런데 반면에 이제 새롭게 사회의 주인이 된 부르주아들은 문학예술을 사랑할 만한 교양을 갖추고 있지 못했다. 특권계급에 비해 상대적으로 부의 수준이 낮은 그들로서는 무엇보다도 부의 축적이 우선적인 생의 과제였다. 게다가 산업혁명의 성공으로 인한 급격한 사회 변화와 자연과학의 비약적인 발전 앞에서 문학예술은 부차적인 것이었다. 작품은 더 이상 구매자를 찾지 못했다. 여기서 장인들의 고뇌가 시작된다. 섬세한 감수성과 고도의 감식안을 가진 소수의 특권계급은 사라지고 없는 대신 상대적으로 거칠고 속된 다수의 부르주아들만이 남았다. 이전의 방식대로 살아갈 방법은 없다. 자존심 상하는 일이지만, 보도를 걸어가는 대중의 저속한 취향과 낮은 수준에 맞추려 애쓰는 수밖에. 장인들의 작품은 이제 공장에서 대량생산 되는 상품과 마찬가지의 처지에 놓이게 된 것이다.

문학은 특히 더 그러하다. 대혁명의 성공과 그로 인한 보통교육의 시행은 문자 해독 인구의 급증을 가져왔다.[4] 산업혁명으로 인한 인쇄술의 발달과 함께 문자 해독 대중을 위한 신문 잡지가 발행되기 시작했다. 우리가 알고 있는 19세기 전반 낭만주의 문학의 상당 부분은 그런 지면을 채우는 것이었다. 근대소설의 시조라고 일컬어지는 발자크 같은 경우가 대표적이다. 당시의 신흥 벤처 산업이라고 할 인쇄업에 손을 댔다가 실패하여 커다란 빚을 지게 된 그는 엄청난 양의 글을 씀으로써 경제적 곤궁에서 벗어나고자 했다. 그만한 양의 글을 받아줄 곳은 대중을 상대로 한 신문 잡지뿐이었다. 거기서 그는 독자 대중의 호기심을 이끌어낼 이야기를 적어야 했는데, 그것이 바로 발자크 리얼리즘의 핵심이다. 즉, 한 개인으로서 발자크는 왕당파였지만, 독자 대중인 부르주아의 비위를 거스르지 않기 위해 그들의 세계관을 표현했던 것이다. 발자크의 전형적인 예에서 보듯, 근대문학은 처음부터 대중성의 요람에서 자라났다. 유일한 구매자가 대중이었기 때문이다.

순수성의 신화

하지만 장인들의 고뇌가 반드시 현실에 대한 투항으로만 나타난 것은 아니다. 자신들의 미적 감각과 세계관을 도저히 부르주아에게 맞출 수 없었던 일군의 장인들이 바뀐 현실에 저항했기 때문이다. 그들은 대중에 대한 경멸을 숨기지 않으며 자신들의 세계를 고수한다. 전통적인 후원자가 사라진 뒤 유일하게 가능한 물적 기반을 스스로 거부하는 위험한 도박에 나서는 것이다. 장인들의 자존심 지키기라고나 할 그 도박

---

4) 혁명파는 가톨릭이 관할하던 교육을 금지시키고, 모든 교육기관을 국가의 관할 아래 두었다. 그리고 혁명 사상을 고취하기 위해서 대대적인 보통교육을 실시하였다.

에서 그들은 마지막에 쓸 카드를 찾았는데, 그것이 바로 개성과 창조성이다. 나는 너희 저속한 대중과는 다르며, 내 존재의 정체성은 내 감수성과 내 기술 안에서 나온다. 그것이 당시의 현실을 거부한 장인들의 주장이다. 또한 사라지고 없는 특권계급의 취향과 규칙을 충실하게 따르던 기술이 근대 예술로 바뀌는 대목도 여기다. 스스로를 대중과 차별화하기 위해서라도 장인들은 개성과 창조성을 표 나게 내세워야 했던 것이다.

당시의 문예사조가 낭만주의였던 것은 그래서 단순한 우연이 아니다. 장인들로서는 현실을 넘어서기 위한 생을 건 싸움이었기 때문이다. 안으로는 개인의 감정이라는 미지의 심연을 향해, 밖으로는 다른 세계로의 소통을 위해 혁명까지 무릅써가면서 말이다. 낭만주의는 그런 점에서 문학예술에 한정된 사조(思潮)가 아니다. 그것은 정치·경제·사회를 포함한 전체로서의 근대를 이끌어나가는 거대한 변혁 에너지다. 문학예술이 금과옥조처럼 여기는 순수성의 신화는 여기서 태어난다. 그것은 문학예술이 현실을 그리지 않는다는 의미에서의 비정치적 순수가 아니라, 대중이 주인이 된 현실에 투항하지 않겠다는 정치적 의지로서 '비(非)순응'의 표현인 것이다. 자신이 원하는 현실을 자신의 방식으로 그리겠다는 개성, 그래서 새로운 현실을 보여주겠다는 창조성이 바로 예술에 있어서의 순수다.

당대 현실에 대한 고발로서의 리얼리즘 못지않게 19세기의 댄디즘이 세계에 대한 미학적 비판이 되는 것도 그러한 이유에서이다. 그것은 단순한 자기 장식이 아니다. '시민의 세속화'에 맞서 '시민의 귀족화'를 지향함으로써 대중의 정신적 각성을 요청하는 행위였기 때문이다. 실제로 이후의 근대 예술은 스스로 사회의 스캔들이 됨으로써 대중이 주인이 된 현실에 비판적 질문을 던지는 소임을 계속해왔다. 플로베르의《마담 보바리》가 그러하고, 보들레르의 《악의 꽃》이 그러하며, 마네의 〈올랭피아〉가 그러했고, 또한 피카소의 〈아비뇽의 처녀들〉이 그러했다. 주어진 현실을 거부하고 새로운 현실을 찾아 나섬으로써 현실에 출구를 여는 싸움, 그것이 바로 문학예술의 순수성이며 존재 이유다.

순수와 대중의 변증법

따라서 문학예술에 있어 대중성과 순수성은 근대라는 한 엄마의 자궁에서 나온 샴쌍둥이나 마찬가지라 할 수 있다. 순수성을 잃으면 존재 이유가 사라지고, 대중성을 잃으면 존재 근거가 없어지기 때문이다. 이처럼 모순어법과도 같은 역설 위에 근대의 문학예술이 위태롭게 자리 잡고 있다. 그러니 순수성과 대중성은 동시에 밀고 나가야 할 과제다. 문제는 둘 사이의 우열과 선택에 있는 것이 아니라, 새로운 현실의 가능성을 고려하지 않는 안이한 대중성의 대중 영합주의와, 대중의 현실 인식 가능성을 부정하는 오만한 순수성의 배타적 엘리트주의다. 이 극단으로의 유혹을 경계하면서 살펴보면, 많은 한계에도 불구하고 근대 예술은 이 순수와 대중 사이에서 조화와 극복의 좁은 길을 잘 뚫고 나오는 중이라는 것을 확인하게 된다. 대중은 문학예술의 순수 지향에 결국은 환호했으며, 문학예술은 또 대중의 의식·무의식적 갈망 속에 언제나 새로운 현실의 가능성이 숨어 있다는 것을 발견해왔기 때문이다. 그러니 문학예술에 있어 순수성과 대중성은 대립의 이항 개념이 아니다.

엘리트주의의 흔적

하지만 그럼에도 불구하고 대중성에 대한 부정은 나름대로의 근거를 갖고 있다. 근대가 갖고 있는 계몽의 전통이 그것이다. 이성의 빛이 아직 가닿지 않은 어둠 속의 대중을 일깨워야 하는 전통 말이다. 문자(文字)의 인류학은 다른 어떤 분야보다도 문학이 왜 그 전통 속에서 근대의 예술을 이끌게 되었는지를 잘 보여준다. 앞에서 이미 지적했듯이, 근대의 시작과 함께 시행된 보통교육을 통하여 대중이 문자와 마주쳤기 때문이다. 동·서양을 가리지 않고 이미 문자를 숙지하고 있던 작가들이 계몽의 엄숙주의에 젖는 것은 그러니 어쩌면 당연한 일일 것이다. 대중이 보지 못하고 있는 현실을 드러내 밝히겠다는 리얼리즘의 포부는 거기에서 나왔다.

게다가 개성과 창조성을 앞세워 '시의 종교'를 지향했던 문학예술은 희소성의 가치를 획득하며 새로운 구매자들을 만나기 시작했다. 일종의 '문단 공화국' 혹은 '예술 공화국'이 형성된 것이다. 문학의 장에서는, 전문 잡지가 등장하고, 민족국가 형성과 관련하여 문학이 교육제도와 접목되는 등 이제 엘리트주의 문학은 구매자 대중의 눈치를 보지 않아도 되게 되었다. 그리고 다른 예술의 장에서는, 화랑(gallery)이 생겨나고, 미술관과 전문 연주장이 세워졌다. 대중을 거부함으로써 고상하고 우월한 것으로서의 신화를 만드는 데 성공한 것이다. 우리가 흔히 모더니즘이라고 부르는 문예운동이 엘리트주의를 지향하게 되는 것은 그 때문이다.

이처럼 리얼리즘과 모더니즘을 가릴 것 없이 근대의 문학예술은 존재 근거인 대중과 거리를 둠으로써 스스로의 존재 이유를 만들어왔다. 그리고 엘리트주의의 제도화에 성공함으로써 자연스러운 것으로 자리 잡는다.

예술의 민주주의

하지만 그것은 두 가지 차원에서 위협을 받고 있다. 하나는 창작 주체에 이동 현상이 일어나면서 창작자와 대중의 서열 체계가 뒤바뀌는 것이고, 다른 하나는 문학예술의 장르에 변화가 생기는 것이다.

창작 주체의 이동은 우선 교육의 확대에 따른 결과다. 근대 이후 문학예술의 생산자는 해당 분야의 전문가들이었다. 대중은 그들의 창작물을 감상하고 감탄하는 것으로 만족했다. 하지만 교육제도가 확충되면서 대중도 상당한 수준의 전문적 지식과 경험을 소유할 수 있게 되었다. 이제 그들은 단순한 소비자로 머무르지 않는다. 스스로를 표현하기 시작했다. 정치·사회적 민주주의가 예술의 민주주의를 낳음으로써 창작자와 대중의 구분이 모호해진 것이다. 거기에 덧붙여 인터넷이란 새로운 매체는 기존의 문예 제도 바깥에서 이런 대중에게 자기표현의 공간이 되고 있다. 쌍방향 소통을 특징으로 하는 디지털 기술 또한 대중의 자기표현 욕구에 동기를 부여하고 있다. 예술의 민주주의가 첨단 기술과 결합하면서 급격한 변화를 일으키고 있는 것이다. 이 경향은 갈수록 심화될 것이다.

문학예술의 장르 변화 또한 대중사회의 필연적인 결과라 할 수 있다. 제도화된 문학예술의 바깥에서 대중의 몫이라고 여겨졌던 하위 장르가 새롭게 제도의 경계를 허물며 안으로 들어오고 있기 때문이다. 만화와 영화가 그 대표적인 예다. 많은 영화제나 페스티벌은 영화와 만화가 어엿한 예술의 반열에 올라 있음을 보여주고 있다. 여기에 덧붙여 클래식 음악과 대중음악과의 결합인 크로스 오버, 백남준의 비디오아트, 판타지와 추리소설의 각광, 드라마 대본과 영화 시나리오에 대한 관심 등등은 모두 대중성과 엘리트주의의 순수성이 결코 고정된 것이 아니라는 사실을 증명하고 있다. 대중의 자기표현이 깊이를 얻어감에 따라 폐쇄적인 엘리트 예술의 장르 구분에 변화가 일어나는 것이다.

물론 아직까지 적지 않은 위험이 있는 것은 사실이다. 대중의 목소리가 커짐에 따라 개인의 취향이 강조되는 것까지는 좋으나, 이것이 절대화됨으로써 한 시대의 문학예술을 분류하고 평가할 표준으로서의 규칙을 만들어내지 못하고 있기 때문이다. 문제는 단순한 규칙 없음이 아니라, 규칙이 없는 그 빈자리에서 또 다른 전체주의의 위험이 싹튼다는 사실이다. 다음과 같은 발언은 그 점을 잘 지적하고 있다.

그것은 뒤집어 말하자면 대중문화가 그만큼 개인성에 덜 집착하고 있다는 말이다. 그것은 누구나가 그럴듯하다고 느끼는 것에 매달려 삶 자체를 쉽게 유형화할 수 있게 한다. 대중문화 속에서는 그럴듯하지 않은 삶은 삶이 아니며, 그럴듯하지 않은 상상은 상상이 아니다.[5]

따라서 대중의 취향이 몰(沒)개성의 단순한 자기표현을 넘어서, 다른 너와 내가 소통하는 관계로, 그럼으로써 전체로의 함몰이 아닌 전체에 대한 통찰에 이를 수 있는 길을 찾아야 한다. 대중성의 순수화, 순수성의 대중화를 통해 스스로 생산하고, 향유하며, 성찰하는 데까지 나아가야 하는 것이다. 그리하여 표현과 소통과 즐김이 어우러지는 지점에서 자기 존재와 세계에 대해 질문을 던지는 새로운 문학예술이 나타날 수 있도록 말이다.

---

5) 김현, 〈수사학 연구의 방향〉, 《수사학》, 문학과 지성사, 1985년, 14쪽.

서사(敍事)의 힘과 영상 문화

우리 영화의 명암

이탈리아의 베니스로부터 기쁜 소식이 날아들었다. 지난 5월의 칸 영화제에 뒤 이어 베니스 영화제에서도 우리 영화가 좋은 성과를 거둔 것이다. 지난 몇 해, 〈쉬리〉의 성공과 〈친구〉의 흥행에 힘입어 우리 영화계는 비약적인 성장을 보였다. 그것이 양적인 차원만이 아니라 질적인 면에서 임권택 감독의 〈취화선〉과 이창동 감독의 〈오아시스〉로 이어진 것이다. 그래서 이제 영화인들은 자신감에 찬 목소리로 우리 영화의 르네상스를 말하기도 한다. 실제로 많은 투자와 관객의 호응은 이를 뒷받침하고 있다.

하지만 그 바람이 반드시 낙관적인 것만은 아니다. 양적 성장의 분위기를 타고 만들어진 〈무사〉나 〈화산고〉 같은 블록버스터는 거의 예외 없이 실패했고, 그 사이로 '조폭' 코미디만이 상업적 성공을 거두었다. 그리고 아직도 스타급 배우에 의존한 작품 제작이 대부분이며, 그들의 출연료는 제작비의 상당 부분을 차지한다. 여기에서 홍보 마케팅 비용을 빼고 나면 계산이 무의미해질 정도이다. 따라서 영화제작을 위한 기술 개발이나 영화제작 스태프의 양성은 제대로 이루어지지 않는다. 카메라는 그나마 정일성 이후 몇몇 장인들의 출현을 보았지만, 조명이나 녹음 등은 아직도 세계 수준에 가닿지 못한 것이 사실이다.

물론 그렇다고 비관할 일만은 아니다. 무엇보다도 낙관적인 점은 최근 우리 영화의 열기를 따라 우수한 인재들이 이 분야로 몰리고 있다는 것이다. 여러 대학에 개설된 영화학과에 우수한 학생들이 몰리고 있으며, 여기서 교육받은 우수한 전문 인력들은 조만간 제작 현장에서 자신들의 역할을 맡게 될 것이다. 다른 한편, 올 초에 개봉되어 커다란 성공을 거둔 〈집으로〉는 우리 영화의 관습적 제작 방식을 탈피하고도 얼마든지 관객의 호응을 이끌어낼 수 있다는 것을 보여주었다. 그 흔한 인기 배우 한 명 등장하지 않은 이 작품은 앞으로 우리 영화가 나아갈 수 있는 한 출구를 제시하고 있다. 할리우드 제작 시스템을 따르지 않고도 충분히 좋은 영화, 사랑 받는 영화를 만들 수 있는 것이다. 우리에게도 그리 낯설지 않은 동유럽이나 이란 영화가 그 점을 잘 보여주고 있지 않은가?

사실 〈취화선〉과 〈오아시스〉의 성공도 이런 맥락 속에 있다. 그래도 잘 알려진 최민식이나 설경구 같은 배우가 주연으로 등장하긴 하지만, 그들은 이미 연기자로서의 능력을 검증받은 뛰어난 사람들이다. 대중문화의 단순한 아이돌 스타가 아닌 것이다. 그리고 그 외의 연기자들은 대부분 스타 시스템과는 거리가 있는 사람들이다. 그럼에도 불구하고 두 작품은 모두 예술성에서 높은 평가를 받았으며, 상업적으로 그에 못지 않은 성공을 거두었거나, 거둘 것으로 예상된다. 그 흔한 컴퓨터 그래픽

효과도 없이, 시류에 영합하는 '트랜드'를 지향하지 않으면서도 이 작품들이 성공할 수 있었던 요인은 무엇일까?

서사의 힘

많은 요인이 거기에 담겨 있겠지만, 이들 작품의 공통적인 요소 가운데 가장 두드러진 것은 이야기의 힘이다. 장승업이라는 실존 인물을 둘러싸고 내려오는 '신화'는 이미 〈취화선〉에 서사의 틀을 제공하고 있으며, 〈오아시스〉의 이창동 감독은 그 자신 소설가라는 점을 기억할 필요가 있다. 〈집으로〉 또한 우리의 유년의 한 페이지를 장식할 만한 개연성 있는 이야기이다.

또한 애니메이션의 칸라고 불리는 안느시 페스티발에서 대상을 수상한 〈마리 이야기〉 또한 권대웅 시인의 글이 원작으로 존재한다는 점을 놓치지 말아야 한다. 심지어는 조폭 코미디 영화들 가운데서도 그나마 성공을 거둔 것들은 상대적으로 '그럴듯함'을 덜 벗어난 것들이다. 아무리 컴퓨터 그래픽으로 도배를 했어도 이야기의 지나친 황당함, 일관성을 유지 못한 서사는 예외 없이 대중으로부터 거부당했다. 적어도 두 시간 가까이 관객들의 몰입을 이끌어낼 서사의 구조와 힘이 영화 성공의 핵심적인 열쇠인 것이다.

특히 이창동 감독의 경우, 데뷔작인 〈초록 물고기〉나 출세작인 〈박하사탕〉은 모두 사실주의적 이야기의 전통을 그대로 따르고 있다. 산업화·물신화 과정 속에서 무너져가는 도시 변두리의 삶이나, '광주'라는 역사적 사건에 휘말려 파멸하는 인물은 우리가 문학 속에서 익히 보아온 것들이다. 이런 점에서 그는 영상소설가이다. 다만 이번 작품 〈오아시스〉에서는 사실 속에 환상을 끼워 넣는 새로운 변화를 시도하고 있다.

하지만 자신의 전형적 특성을 이어나가면서 시도한 그런 수혈 행위 또한 문학에서는 이미 수년 전부터 초미의 관심사가 되어온 것들이다. '환상'을 둘러싸고 진행된 문학적 논의는 적지 않으며 지금도 이루어지고 있다.

영화로만 보자면, 이창동 감독이 걸어간 이 변화의 길은 옛 유고 연방의 에밀 쿠스투리차 감독이 〈아빠는 출장 중〉으로부터 〈애리조나 드림〉이나 〈언더그라운드〉로 나가면서 선보였던 것과 비교할 수 있다. 쿠스투리차의 작품 세계 역시 탄탄한 서사의 힘이 가장 두드러진 것이라 말할 수 있다. 또한 이 두 감독 모두 자신들의 서사를 한 국가나 지역의 특수성으로부터 시작해서 보편적인 것으로 끌어나가고 있다는 점을 지적할 수 있다. 그래서 〈초록 물고기〉나 〈박하사탕〉의 경우 국내에서는 호평을 받았음에도 불구하고 해외에서 그다지 높은 점수를 얻지 못했음에 반해, 〈오아시스〉는 세계 무대에서 공감을 얻은 것이다. 가르시아 마르께스의 《백 년 동안의 고독》이 역사적 배경이 전혀 다름에도 불구하고 우리의 공감을 이끌어냈듯이 말이다. 서사는 그런 점에서 보편적이다.

시나리오의 중요성

여기에 이르면 우리 영화에서 시나리오가 차지하는 중요성을 분명히 짐작하게 된다. 임권택 감독이야 오랜 관록으로 특별히 시나리오에 의지하지 않고 작품을 찍는 것으로 알려져 있지만, 거기에 이르기까지는 송길한이라는 뛰어난 시나리오 작가와의 협업 체제가 있었다. 이창동 감독은 소설가답게 자신이 연출할 작품의 시나리오를 직접 쓴다. 그것은 감독이 이미 작품의 서사 전개를 장악하고 있다는 말이다. 〈집으로〉의 이정향 감독을 포함해서 우리 영화의 성공작을 낳은 이들의 연출은 대부분 특수효과보다는 내러티브를 중시하고 있다. 그것은 절대적으로 서사 구조의 짜임새와 힘을 바탕으로 이루어지는 것이다.

이들의 성공이 있기 전, 그러니까 우리 영화의 황금기라 일컬어지던 때의 성공작들도 마찬가지다. 유현목 감독의 〈오발탄〉은 문학작품을 원작으로 하고 있으며, 당시에 속칭 문예영화로 불리던 많은 작품이 대개 문학 텍스트에서 출발하고 있다. 그것은 좋은 영화가 기술적인 것이라기보다는 우선 잘 짜여진 이야기라는 것을 증명하고 있다. 그 점 '신지식인' 운운한 〈용가리〉 해프닝만 보아도 충분히 알 수 있는 것이다. 좋은 영화가 서사만으로 이루어지진 않으나, 어쨌든 서사의 힘 없이는 영화의 성공은 불가능하다.

그런데 문제는 이런 서사의 중요성에 대한 인식이 아직도 모자라다는 점이다. 현상적으로는 영화제작에서 시나리오가 차지하는 비중이 높지 않다. 물론 영화제작의 특성상 연출과 연기자의 중요성은 당연한 것이지만, 우리 영화계에서 시나리오는 아직까지 전문적인 특화 분야로 인정받지 못하고 있다. 실제로 3천만 원 이쪽저쪽의 시나리오 비용이 제작비에서 차지하는 비중이 그러하다. 그리고 보다 더 심층적인 문제는 시나리오에 대한 체계적인 교육이 그 어느 곳에서도 이루어지지 않는다는 사실이다.

우선 대학의 영화학과들의 경우, 가장 오랜 역사를 가진 한 대학의 영화학과 커리큘럼을 보면, 시나리오 쓰기 교육은 '문학작품의 각색'이라는 3학점짜리 단 한 과목에 불과하다. 유사한 과목을 찾아보아도 하나 더 추가할 수 있는 정도이다. 그것은 대학원의 경우에도 마찬가지다. 다른 한편, 전문적으로 글쓰기를 가르치는 문예창작학과의 경우에도 사정은 크게 다르지 않다. 희곡과 드라마 수업에서 크게 벗어나지 않는 것이다. 현대 문화에서 영화가 차지하는 자리, 그리고 영화에서 시나리오의 중요성을 생각해볼 때, 안타까운 대목이 아닐 수 없다.

영상문예학의 탄생

이 점을 외국의 경우와 비교하면 확연히 드러난다. 실기 위주의 미국 대학의 영화학과는 물론이고, 이론 중심의 프랑스 대학들도 문학부에서 '영화 서사학'을 연구하는 것은 드문 일이 아니다. 그들에게 시나리오는 이제 문학적 연구를 기다리고 있는 당당한 텍스트인 것이다. 새로운 장르의 글쓰기로 편입되어야 할 것으로서 말이다. 이창동 감독의 경우처럼 작가로부터 시작해서 영화 연출로 넘어간 '누보로망'의 기수 알렝 로브그리에의 예는 이미 고전이다. 《연인》의 작가 마르그리트 뒤라스도 〈히로시마, 내 사랑〉의 시나리오를 직접 썼고, 또한 영화 연출에도 나선 적이 있다.

그보다는 훨씬 젊은 알렉상드르 자르뎅 또한 자신의 소설 《팡팡》을 직접 영화화했다. 게다가 영화 텍스트와 영상과의 관계를 묻는 박사 학위 논문은 이미 30여 년 전부터 나오고 있는 것이 그들의 현실이다. 그에 반해서 우리는 아직도 순수와 실용의 이분법 속에서 시나리오를 질 낮은 불순한 글쓰기로 간주하고 있다. 그 와중에서 시나리오에 대한 전문적인 교육은 대학 제도의 바깥에서 휘청거리고 있다.

하지만 현대는 영상의 시대다. 그것은 거스를 수 없는 문명사적 대세다. 문맹자가 대부분이던 19세기 이전까지, 교육적 목적 때문에 연극이 부흥했던 것과 마찬가지로, 이 디지털 문화 시대에 영상 문화의 확대는 자연스럽고 또 필요한 것이다. 따라서 텍스트 중심의 문예학은 이제 울타리를 열어 영상문예학으로 확장되어야 한다. 중요한 것은 문학적 인식이지, 정해진 장르가 아닌 것이다. 시의 시대가 있었고, 연극의 시대가 있었으며, 소설의 시대가 있었다. 그 속에서 문학은 지속되었다. 드라마나 시나리오의 시대가 설령 온다고 해도 문학은 지속될 것이다. 오히려 드라마와 시나리오의 질적인 성숙을 위해서도 서사의 힘에 대한 관심은 더욱 필요하다.

디지털 시대의 콘텐츠와 문학

그것은 단순히 텍스트와 영상만의 관계는 아니다. 미술이나 음악에 있어서도 문학적 인식의 중요성은 아무리 강조해도 지나침이 없기 때문이다. 특히 19세기 이후의 현대 예술사는 문예사조 형성에 있어 문학이 다른 장르의 예술과 늘 함께해왔다는 점을 부인할 수 없게 만든다. 낭만주의에서 문학의 빅토르 위고, 회화의 들라크르와, 음악의 쇼팽은 서로 뗄 수가 없다. 그것은 이후 사실주의, 자연주의, 상징주의, 그리고 초현실주의에 있어서도 지속된다.

《초현실주의 선언》의 앙드레 브르통 자신이 시인이자 소설가이며 미술이론가이지 않았는가. 그리고 그의 초현실주의적 사유는 많은 영화작가에게 영향을 끼쳤다. 군이 드뷔시의 〈목신의 오후〉를 예로 들지 않더라도, 음악 또한 '라이트-모티프'로부터 시작되는 하나의 이야기이다. 그러니 텍스트의 서사에 대한 사유로부터 그 어떤 예술도 자유롭지 않다는 점을 알 수 있다.

따라서 디지털 문화 시대에 요구되는 많은 콘텐츠가 비록 영상의 형태를 띨지라도 그 안에서 결국 중요한 것은 서사의 힘이란 사실이다. 이야기는 호랑이 담배 피던 시절부터 인간 존재의 목숨을 건 호기심이자 욕망의 표현이다. 죽지 않기 위해 이야기를 지어내야 했던, 그래서 마침내 자신의 목숨을 구하고 사랑을 얻었던 샤흐라자드의 《천일야화(千─夜

話)》가 바로 그 생생한 표현이다. 이만큼 오래, 그리고 이토록 강렬하게 인간을 사로잡은 것도 없다. 문학은 그런 점에서 이 영상 문화의 한복판을 가로지르며 유유히 흘러간다. 영상은 문학으로부터 떨어져나간 것도, 우월한 것도 아니다. 영상과 서사는 함께 여기까지 왔고, 앞으로도 함께 가야 하는 동반자다. 이창동 감독의 〈오아시스〉가 그것의 한 예가 아닌가. 그런 점에서 이야기는, 문학은 영원한 것이다.

II

작아지고 싶은 존재의 꿈

— 함동선의 시 세계

산문시가 출현하기 전까지 오래도록 시는 '사실'에다 리듬을 붙이는 일이었다. 그 사실이 심정적인 것이건, 아니면 객관적인 풍경 혹은 사물이거나 간에 말이다. 운율이 없다면 더 이상 시가 아닌 것이다. 시란 운문이다. 그런데 보들레르의 산문시 《파리의 우울(Le Spleen de Paris)》이 나타난다. 이런 역설이 있는가? 산문으로 된 운문이라니! 하지만 이후에도 산문시는 계속해서 나오고 있다. 마치 시에 있어 리듬은 부차적인 것이기라도 한 것처럼 말이다. 그렇다면 시의 본질은 무엇인가? 말라르메는 이렇게 답한다.

시란 실존의 겉모습 뒤에 숨겨진 신비한 뜻을 자신의 본질적인 운율을 되찾은 언어로써 표현한 것이다. 시는 그래서 현세의 우리 머묾에 정당성을 부여하며 하나뿐인 영적 업무의 근본을 이룬다.

쉽게 드러나는 운율 대신 '본질적인 운율'을 찾아야 한다고 그는 말했다. 아폴리네르는 그래서 시에서 마침표를 없애버렸다. 행(行)이 되든, 연(聯)이 되든, 운율을 가두던 울타리를 치운 것이다. 저마다 시의 본질을 찾아 미지(未知)로 뛰어들 수 있도록. 그래서 많은 새로운 깃발이 그 미지의 땅에 꽂히게 되었다. 그런데 아직도 아득한 대지가 펼쳐져 있다. 그 비어 있음은 우리에게 더 나아가라고 말하고 있는 것 같다.

그러니 어쩌면 시의 본질은 유일한 것이 아닐지도 모른다. 언어가 여전히 신비에 싸여 있듯이 시의 본질도 신비에 싸여 있는 한, 우리는 그저 있을 수 있는 여러 개의 본질을 제시할 수밖에 없으니 말이다. 그래서 언젠가 밝혀질, 혹은 영원히 밝혀지지 않을 그 본질을 위해 지금은 다양한 본질을, 그리고 그것들 사이의 관계를 알아볼 때다. 그런 '작은 본질'들, 그것이 시인들의 시론(詩論)이다.

그런 의미에서 시론을 밝힐 수 없는 시인은 엄밀한 의미에서 시인이 아니다. 그는 그저 행갈이가 된 산문을 적고 있을 뿐이다. 산문의 긴 노동을 피하기 위해서, 또는 시적 탐구의 강렬한 집중력이 부족하기 때문에 그는 그저 시를 흉내 내는 것이다. '영감(靈感)'이라는 한 세기도 더 전의 낡은 개념으로 자신의 게으름에 방패막이를 하면서. 아니면 시 자체보다는 시의 대상에 대한 그럴듯한 말을 늘어놓으며 비어 있는 시론의 난처함을 피해나간다. 그런데 그 대상이란 시 이전에 이미 존재하고 있었으며, 시가 아니라도 다른 언어에 의해 옮겨질 수 있는 것인데도 불구하고 말이다.

그렇다면 결국 시만으로, 시가 뇌관이 되어 스스로가 가진 강렬한 에너지를 분출할 어떤 대상, 요약하자면 언어와 대상의 굳건한 결합에서 우선 시의 문을 열어야 할 것 같다. 이때 시는 문학의 대표 단수(單數)다. 오래도록 운문으로 쓰였던 희곡은 물론이고, 소설이나 비평조차도 어느 순간 시가 되지 않으면 좋은 문학으로 자리 잡을 수 없기 때문이다. '언어와 대상의 굳건한 결합', 언어가 최적으로 자신의 가능성을 꽃피울 대상, 대상을 극한으로 몰고 가 스스로 드러나도록 만들 언어, 이 둘 사이의 긴장선 위에 시가 놓여 있지 않을까?

다소 추상적인 이런 생각을 하게 된 것은 함동선의 작업 때문이다. 1958년 미당 서정주의 추천으로《현대문학》을 통해 문단에 나온 이래 40년이 넘도록 시의 발걸음을 힘차게 이어가고 있는 시인. 조로(早老)가 상식처럼 되어버린 이 땅의 문학 풍토에서 그것은 쉬운 일이 아니다. 그렇다면 그를 지금도 시의 땅 위에 세워둔 힘은 무엇인가? 이런 의문과 함께 그의 시집을 읽어나가며 나는 시의 본질에 관한 생각을 내내 했다. 아마 그의 시론 때문이었을 것이다.

오늘의 시는 노래하거나 절로 나타나기보다 짓고 만드는 것이다. 짓고 만듦으로써 시는 세계와 사물의 본질을 깨우치고 스스로의 존재에 근거를 마련한다. 그것은 시인 자신의 원심적 확대일 수도 있고 구심적 응집력일 수도 있다.

시 쓰는 일은 새로운 정서를 찾는 것이기보다 보편적인 정서를 활용하는 데 있다. 보편적인 정서를 활용함으로써 누구에게나 강력한 호소력을 발휘한다는 것은 시가 누리는 가장 중요한 기능의 하나다. 이렇듯 시의 중요한 기능의 하나가 새로운 소재 못지않게 이미 있어온 보편적인 정서를 표현하는 것이라면 역사 앞에 내 고향만큼 우리의 동의와, 탄복을 보장하는 보편적인 정서나 이야기도 드물 것이다. 이와 같이 나의 시는 나의 삶에 있어서 고향이 무엇인가를 찾는 일이고, 고향 앞에서 나란 무엇인가를 알아내는

일이다. 그리하여 내가 고향의 뜻을 열고 내가 열릴 때 우리 역사도 열리게 될 것이다.[1]

첫 번째 단락만 보더라도 그는 이미 '영감'을 기다리는 나태함에서 멀찌감치 벗어나 있는 시인임을 알 수 있다. 그는 드러난 세계와 사물 그대로가 아니라, 그 너머에 존재하는 본질을 찾으려는 사람이다. 게다가 그 본질은 자아와 무관한 객관이 아니라, 자아의 실존과 연결된 '관계로서의 본질'이다. 이미 그는 세계와 시 모두에 참여되어 있다. 현대시의 기원이라고 일컬어지는 보들레르는 일찍이 그것을 '자아의 확산과 집중'이라고 표현한 바 있다.

거기에 덧붙여 그는 지금까지 쌓여온 시의 전통을 존중한다. 두 번째 단락의 앞부분이 말하는 바가 그것이다. 그는 감히 자신이 이전의 모든 전통을 해체하고 새로운 것을 찾겠다는 식의 오만으로 기울지 않는다. 그의 시론은 오히려 '작은 본질'의 다양함을 받아들이는 것이다. 그리하여 얻은 '보편적인 정서'란 세계와 존재, 사물과 존재의 관계는 물론이고, 이 관계가 시인과 독자, 독자와 독자 사이의 관계로까지 확대되어야 한다는 것을 의미한다. 이것을 전제해야만 고향에 대한 그의 시 작업을 온전히 이해하게 된다.

물론 그는 비극적인 역사의 희생자인 실향민이고, 스스로도 실향민임을 적극적으로 밝히고 있다. 하지만 실향이 꼭 시인만의 주제는 아니다. 그것은 정치학의, 사회학의 그리고 경제학의 주제이며, 심리학의 주제이기도 하다. 그런 점에서 함동선의 고향 혹은 실향은 단순한 시적 대상이 아니다. 그의 시가 고향을 찾는 것이지, 실향민이기 때문에 시를 쓴

---

1) 함동선, '서문', 《짧은 세월 긴 이야기》, 散木, 1997년. 이후 이 시집은 로마자 'I'로 표시한다.

것이 아니라는 말이다. 따라서 고향에 대한 시편도 그것이 함동선 개인의 개인사를 밝히는 데 그칠 것이 아니라, 시의 본질을 찾는 과정으로 이해되어야 한다. 나 → 고향 → 역사 → 나로 이어지는 시적 고리는 시인의 전기적 사실을 확인하는 작업이기보다는, 언어의 열림을 통한 시의 추적인 것이다. 그래야만 시인으로서의 함동선과 온전한 모습을 보게 된다.

그가 겉으로만 보자면 반복의 위험을 무릅쓰면서까지 계속해서 고향 또는 실향을 시적 공간으로 끌어들이는 것도 그런 이유에서이다. 여기에 대해서는 역시 함동선 자신의 다른 글이 좋은 설명이 될 것이다. 가장 최근에 간행된 시집의 '서문'에 해당하는 글에서 그는 다음과 같이 진술하고 있다.

또 하나는 시란 살아 있는 사람의 확인이라는 것이다. 살아 있는 사람의 확인이란, '사람이란 무엇인가', '사람은 어떻게 살아야 하는가'의 총체적인 물음이기도 하다. 하지만 이 사람은 그렇게 변하질 않고 사람의 본능 또는 감정도 그렇게 변하질 않는다. 변하는 것은 사람과 사람의 관계, 사람과 대상과의 관계가 시대에 따라 변하는 것뿐이다. 그것은 사람과 사람 또는 사람과 대상을 새롭게 해석하고 새롭게 발견하는 경우를 말한다. 따라서 시란 소재의 새로움이 아니라, 소재의 새로운 해석과 발견에서 형상화되는 것이다. 그것은 Y축과 X축에 의해 결정되는 함수와 같다. Y축에서는 지속성을 살피고 X축에서는 변화를 보여준다. 이런 의미에서 시란 변하지 않는 것과 변하는 것과의 교류에서 현상화되는 것이다.[2]

---

2) 함동선, '변하지 않는 것과 변하는 것', 《인연설》, 散木, 2001년. 이후 이 시집은 로마자 'Ⅱ'로 표시한다.

그의 고향은 고정된 대상이 아니다. 시인 자신이 변해감에 따라 '관계' 속에서 그 대상도 의미가 변화하기 때문이다. 그것은 시간이 흘러가면 모두 변한다는 단순한 자연현상을 말하는 것이 아니다.

> 어제 세상을 떠난 사람이
>
> 그렇게도 보고 싶던 이 아침
>
> 차례를 지내면서
>
> 내 생애 중 가장 오랫동안
>
> 할아버지와 증조할아버지는 거리를 좀 두고
>
> 아버지 곁에 머물러 있다
>
> 분향을 할 때마다
>
> 무엇인가 보면 느껴지고 느끼면 보이는 게
>
> 시간이 가는 것이 아니라
>
> 내가 가고 있는 것을
>
> 알게 되었다
>
> ─〈시간이 가는 것이 아니라〉 부분, II

나와 대상은 우선 변하지 않는 어떤 실체이다. 하지만 그것들은 관계 속에 놓여 다른 의미를 갖게 될 수 있다. 그래서 나와 대상은 변하는 것이기도 하다. 그렇기 때문에 나와 너, 나와 대상과의 관계를 계속해서 추적해야만 한다. 함동선에 따르면, 그것이 시적 인식이다. "시란 변하지 않는 것과 변하는 것과의 교류에서 현상화되는 것이(기 때문이)다." 19세기 중반에 이미 보들레르는 〈현대성의 화가〉라는 글을 통해서, 현대성의 미학이란 일시적인 것이자 흘러가는 것인 동시에 영원하며 불변인 것이라 말한 바 있다. 그런 의미에서 함동선의 시론은 시적 현대성의 핵심을 예리하게 포착하고 있다.

　그래서일까? 그는 같은 대상을 시차를 두고서 반복해서 시로 옮기고 있다. '강화도' 같은 지리적 공간은 물론이고, '나비' 와 같은 동물, '들 꽃' 같은 식물, 그리고 '보름달' 같은 풍경까지. 그런데 그 모든 것은 잃어버린 고향의 기억으로 모인다. 왜 아니겠는가. 그의 고향이야말로 시인이 마지막으로 떠나오던 순간에 고정된 '불변(不變)의 것' 이자, 다시 돌아가지 못하게 된 뒤로 시인과 함께 그 의미가 '변하는 것' 의 상징이다.

바람 부는 쪽으로 가지 뻗는다는

팽나무 열매가 서낭당을 에워싼다

어둠이 더는 보이지 않게

소복을 한 어머니는

보름달을 물이 가득한 물동이처럼 이고 온다

치성을 드릴 때마다 물이 쏟아져

귀신이 붙은 이 땅 구석구석을 씻어 내는데

피란 떠난 막내아들은 아직도 돌아오질 않는다

쑥이 키를 넘고 또 넘으니

다시 보름달이 뜰 때까지

그게 나 때문이야 하면서

촛불을 켠다

　　ー〈보름달〉 전문, I

담장 넘는 대추나무 가지에 걸린

보름달을 보고

'넌 또 왜 거기 앉아 있니

어서 떠나지 않구'
만신 할머니는 손녀에게 하듯 타이른다
그 때 나무다리를 건너오는 사람에게
'거 누구요' 하고 소리친다
'고향 떠난 떠돌이요'
'보름달 뜨니 난리 통에 죽은 아일 찾고 있구만'
　　　　　—〈보름달 뜨니〉 전문, II

　약 5년의 시차를 두고 쓰인 이 두 작품은 비슷하면서도 다르고, 틀리
면서도 닮아 있다. '서낭당'과 '만신'에서 보듯 우선 둘 다 무속과 관련
이 있다. 그리고 '소복'과 '죽은 아이'에서 알 수 있듯이 여기에는 죽음
의 어둠이 짙게 깔려 있다. 비록 대화체의 형식이 다르고, 등장인물이
다르긴 하지만, 보름달과 관련된 시인의 의식 세계가 어떠한지를 엿볼
수 있다. 돌아가지 못한 막내아들은 어머니에게 죽은 아이일 수도 있는
것이다.
　사실 시인에게 죽음은 원초적이다. 그것은 아버지의 죽음 때문인데,
그 풍경 속에 역시 달이 들어 있다.

노을이 북한산 숲 속에 숨었는지
달이 큰 나뭇가지에 걸리더니
아버님 모신 상여가
하얀 개망초 꽃밭을 질러간다
　　　　　—〈下山酒〉 부분, I

8·15 광복 두 달 전이었지

독립운동을 하다 감옥에 간 형님을 부르다가
가신
아버지의 상여 따라 피던 들꽃이 말야
허물어지기는커녕 더욱 꼿꼿한 자세로
피었었지
　　　　—〈뉴욕 힐튼호텔에서〉 부분, I

　이것이 얼마나 강렬한지는 고향과 관련해서는 거의 어김없이 들꽃이
등장하는 데서 알 수 있다. 그 꽃은 나비를 부르고, 이 나비가 고향에 가
고 싶은 시적 자아의 분신이 되는 것도 마찬가지 이유에서이다. 그 고향
에는 아버지의 산소가 있다.

꽃을 찾는 너를 따라
어릴 때의 들이 되기도 하고
비가 내린
어제는
부엉이 소리 은은한 가랑잎 되어
여린 날개를 가렸다
내.이마의 주름처럼
굵어만 가는 철조망 건너
아버지 산소가
목구멍에 걸린 생선가시가 되어
밥 먹을 때마다 뜨끔거린다
가진 것은 시간밖에 없으니
오는 한식에는

작고 무리 지으면 더 예쁜

꽃다지로 피어

내 고향을 들러올 너를 기다릴거다
      —〈나비〉 전문, II

고향에서 그는 꽤 사는 집의 막내아들이었던 것 같다. 집에서 '판소리 가락' 이 흘러나오고, 바이올린을 켜는 '떠돌이 악사' 가 사랑방에 머물다 갈 정도였기 때문이다. 거기서 장난꾸러기였던 시인의 유년은 따듯하고 행복했을 것이다. 손톱에 물들인 봉숭아 빛이 두고두고 그의 뇌리에 남는 것을 보면.

내 어릴 적 기억의 벽에

발톱 세우고

그 벽 긁던 장난꾸러기도 있다
      —〈운주사〉 부분, II

어렸을 적 물들인 봉숭아 빛으로

독경 소리가 들린다
      —〈산에서 만난 스님의 말씀〉 부분, I

그 '봉숭아 빛' 이 시인의 의식 속에다 '들꽃' 의 이미지를 더 분명하게 만들었는지도 모른다. 그래서 들꽃은 자연으로 돌아가려는 현재의 자아를 계속해서 과거와 연결시킨다. 그런데 그 과거는 고정된 것이면서도 또 변하는 것이다.

과거는 용서해야지
그러나 과거는 잊어선 안되지
그렇게 들꽃은 말하고 있구만
　　－〈뉴욕 힐튼호텔에서〉 부분, I

　잊을 수 없는 과거 속에서 시인은 늘 행복한 막내아들로 있고 싶으나,
그 과거를 용서하고 현실 속의 자아로 변해갈 수밖에 없다. 그래서 마치
《최초의 인간》의 알베르 카뮈가 처음으로 아버지의 묘비 앞에 섰을 때,
묘비에 적힌 아버지의 나이가 자기보다 적은 것을 안 그 순간처럼, 그렇
게 변하지 않는 것과 변한 것 사이에서 스파크가 일어나는 시간이 온다.
자아의 분화가 일어나는 순간이다.

아버지보다 더 많은 나이가 되면서
아버지가 보이기 시작하는
가을이 온다
　　－〈강촌에서〉 부분, I

　그 자아는 그러나 행복했던 '막내아들' 의 시간으로 더 가고 싶어 한
다. 그 시간은 자아의 경우는 물론이고 국토와 역사까지 둘로 나뉘기 이
전의 시간이다. 그래서 마치 《성경(聖經)》의 요나처럼 작은 존재가 되어
고향으로 가고 싶어지는 것이다. 그러기 위해 어떻게든 작아져야 한다.

눈오는 소리는
창호지 문을 열고 들어오다가
이내 어둠으로 밀려 나간다

낯익은 발자국 소리가 나뭇가지에 매달리는지
고드름이 다 된 불안은
바람이 불 때마다 후두둑 무너져 내린다
어둠은 더 단단한 입자로 엉키면서
어깨에 켜로 앉은 치악산의 무게가
얼음을 깨는 물소리로 커진다
먼 곳 보려고 앉아 있는
내 안의 또 다른 나는 자꾸 키만 작아진다
　　－〈암자에서〉 전문, I

　물론 이 작품만을 놓고 보자면, '내 안의 또 다른 나'는 자연의 힘 앞에서 움츠러드는 인간을 의미한다고도 볼 수 있다. 그러나 시인의 심층 의식 속에 있는 자아의 모습을 염두에 두면, 정신분석 혹은 심리학에 의거하여 행복했던 과거의 시간으로 거슬러 오르려는 시적 자아를 만나게 된다. 이것은 역시 암자(庵子)를 배경으로 지어진, 비슷한 시기에 발표된 다른 작품에 등장하는 아버지를 보면 알 수 있다. 아버지가 살아 계신 시간이란 시인에게 십대 중반을 넘어서기 이전이다.

나뭇가지의 그림자만 가득한 뜨락에
방 깊숙이 든 햇빛이
조금씩 빠져나간다.
그 서슬에
스님 손등의 핏줄이 파아랗게 얼비친다
젖은 눈동자에
먼 들녘이 펼쳐진다

황소의 고삐를 당기는
아버지의 모습이 보이는 걸까
방문을 닫자
먼길을 달려온 강이 바다와 합친 것처럼
등산객의 옷자락이 밀려온다
　　―〈관음사〉 전문, I

　그 시간의 작은 장난꾸러기로 가고 싶은 소망은 어쩌면 당연한 것이다. 보들레르가 평생을 두고 모친의 재혼 이전의 시간을 회한과 함께 떠올리며 그리워했듯이 말이다. 그래서 보들레르는 《악의 꽃》 속에다 "나는 잊지 않았네……"로 시작되는 시를 남기기도 했다. 그러니 유년으로의 회귀 욕망은 함동선 시인만이 아니라 누구라도 마찬가지일 보편적 심리다. 더구나 홀로 되신 어머니를 스물 이후로 보지 못한 그를 생각하면, 그러한 회귀 욕망은 자연스럽다. 하지만 이미 현실 속에서 생의 가을에 다다른 시인은 쉽게 그 진실을 말하지 못한다. 그래서 고향의 들꽃 코스모스를 빌어 슬며시 그 꿈을 표현한다.

가을 햇살이 한 뼘쯤 기어든 창가에
낡은 소파가 마주 놓여 있다
벽에 걸린 세한도歲寒圖의 솔잎에
부는 바람이
낮잠을 깨웠는지
신발 끄는 소리가 들려온다
칠이 벗겨진 탁자 위에
먹다 남은 녹차 잔에는

낮 두 점을 치는 뻐꾸기 소리가 넘친다
펼쳐 놓은 시집에
 '단풍이 든 판소리 가락이
낮게 떨려 나오는 동구밖' 그 동구밖 지나서까지
담길을 따라 핀 코스모스의 키가
자꾸 작아진다
　－〈오후〉 전문, II

　판소리 가락이 울려나오는 그의 고향 집의 동구 밖, 그곳에서 시적 자아가 투사된 코스모스의 키가 자꾸 작아지는 것이다. 그것은 실향과 이산(離散) 이전의 충만했던 시간으로 돌아가려는 시인의 간절한 꿈이다. 그 꿈을 노(老)시인이 그리고 있다. 그래서 함동선의 시를 읽는 일은 감정을 쉽게 드러내지 않으려는 그의 절제된 언어와 시적 열정의 놀라움에도 불구하고 여전히 슬프다. 언제 그 꿈은 현실이 될 것인가?

'처음'으로의 회귀

김광규의 시를 읽는 일은 언제나 지적 성찰을 요한다. 나날의 일상과 그 일상이 벌어지는 세계에 대한 질문을 담고 있기 때문이다. 그 속에서 과거와 현재, 순수와 타락, 자연과 문명, 진실과 거짓이 모습을 드러낸다. 과도한 낭만주의의 자기 토로에도, 그렇다고 주지주의의 지적 난해함에도 이끌리지 않으며 그는 질문이 빚어내는 자신만의 풍경을 고집스럽게 만들어오고 있다. 그 고집으로 인해서 때로는 반복처럼 보이기도 하지만, 그것은 동시에 변주이며, 그럼으로써 어느 새 확장과 심화의 물줄기를 이룬다. 게다가 그 고집은 형식의 차원에서도 여전히 이어진다. 쉽고 투명한 시어, 일상어에 가까운 리듬, 때때로 그 리듬마저 감추는 산문시 등은 김광규에게 와서 보다 분명한 모습을 갖게 되었다. 그래서 이제 김광규적 세계는 우리 시의 한 전통이 되었다.

산문시와 운문

그 가운데서도 여덟 번째가 되는 이 시집 《처음 만나던 때》에서 한 가지 주목할 것은 산문시다. 물론 산문시는 첫 시집 《우리를 적시는 마지막 꿈》부터 내내 이어지는 것이다. 그의 대표작 가운데 하나일 〈靈山〉과 같은 작품이 그 예다. 이 점은 그의 시가 처음부터 갖고 있던 이야기에 대한 관심을 증명한다. 이번 시집에서는 특히 더 주목을 요한다.

무덤의 봉분을 둥그렇게 쌓아올리자, 어느새 해가 기울기 시작했다. 죽은 이를 땅속에 파묻고 나니, 새삼 그를 이제 볼 수 없겠다는 생각이 들었다. 망자와 생자는 죽은 날이 아니라, 파묻는 날 헤어지는 것이다.

조객들은 귀로에 하나둘 영구차를 내렸고, 절에 들러 위패를 안치하고 집으로 돌아왔을 때는, 가족들만 남았다. 평상시에 비하면 많은 식구들이 모인 셈이지만, 방과 마루와 부엌과 마당이 텅 비어 있었다.
한 사람이 떠난 자리가 그토록 넓을 줄은 몰랐다.

아들은 건넌방 구석에 쓰러져 잠이 들었고, 딸들은 슬픔에 젖어 있었다. 다시는 만날 수 없는 엄마를 마음속에 떠올리면서 간간이 훌쩍거리거나 멍하니 앉아 있었다.
엄마를 잃은 자식들은 저마다 슬픔의 이기주의자가 된 것 같았다. 자기들의 슬픔만 곱씹을 뿐, 아빠의 슬픔은 위로해주려 하지 않았다. 반세기 가까이 함께 살아오며 사남매를 길러낸 아내를 잃은 지아비의 심정을 그들이 알 리 없었다.

오래된 제비집이 사그라져가고 있었다. 혼자서 감당할 수 없는 슬픔 때문이 아니라도, 이제는 가장 노릇이 끝난 셈이었다. 서둘러 모든 일을 정리하고, 혼자서 떠날 준비를 해야 할 차례였다. 아쉬운 전송을 받으며 먼저 떠난 자는 얼마나 행복한가.

하지만 떠나는 자를 배웅하면서 그 뒷모습을 기억하는 것은 뒤에 남은 자의 몫이 아닌가. 간직한 뒷모습의 기억을 전해주고 스스로 떠날 때까지, 아무런 일도 없었던 것처럼, 그렇게 계속해서 살아가는 것 또한.

　　－〈남은 자의 몫〉 전문

시집의 마지막에 놓인 이 작품의 경우, 이것은 잘 다듬어진 단편소설의 한 자락으로 읽혀도 손색이 없다. 묘사와 독백을 통해 드러나는 화자의 내면 풍경에는 더하고 뺄 군더더기가 전혀 없다. 그런데 흥미로운 점은 그 풍경을 감싸고 있는 공간과 시간이 극도로 압축되어 있다는 것이다. 그래서 이 정적인 풍경에서 다 말의 옷을 입지 않은, 침묵과도 같은 어떤 것이 마치 분출을 기다리듯 긴장을 부여하고 있다. 아마도 이 점이 김광규의 산문에다 시라는 특성을 부여하는 '시적인 것'의 정체일 것이다. 맑고 간결하여 단순해 보이기까지 한 김광규의 시적 세계는 바로 이런 침묵의 소리라는 겹을 가지고 있다. 이것을 통해서 울림이 일어난다.

위의 작품에서는 '기억'이 그 격발(擊發) 장치의 역할을 하고 있다. 기억이란 지금은 사라지고 없는 과거를 현재로 불러내는 주문과도 같다. 그 기억을 통해 존재하지 않는 것과 존재하는 것이 만난다. 희미한 옛사랑의 그림자를 놓치지 않는 김광규 시의 특성이 여기에 있다. 이런 점은 그의 산문시 곳곳에서 보인다.

운문의 경우도 마찬가지다.

　　1951년 정월 초나흘 멀리서 대포 소리

들려오던 한겨울 꽝꽝

얼어붙은 한강을 건너 남쪽으로

남쪽으로 피난길에 올랐다

소가 끄는 짐수레와 리어카에 사흘 치

먹을거리와 이불을 싣고 삐거덕거리며

옷 보따리 머리에 이고 등짐 짊어지고

더러는 애기까지 가슴에 안고

수십만 피난민들 걸어서 한강을 건넜다

눈보라도 강추위도 우리를 막지 못했다

혹독했던 그 겨울 살아남아

반세기가 지난 오늘

눈발 흘리는 강변도로 자동차로 달려가면서

스무 개로 불어난 한강 다리 양쪽

끝없이 늘어선 아파트와 고층 건물들 바라보니

지금도 피난 행렬 눈앞에 떠오른다

인해 전술에 쫓기고 굶주림에 시달리던 그때보다

이제는 오히려 두려움만 늘었나

다리를 절면서 한 발짝 두 발짝 걸어갔던 얼음길

지금은 편안하게 승용차에 실려 가면서

마음은 무겁게 뒤로 처지고

과속 규제 카메라에 잡힐까 봐

움찔움찔 겁을 내는 붉은 후미등 불빛

곳곳에서 앞길을 가로막는다

—〈한강이 얼었다〉 전문

여기서 기억은 아주 훨씬 더 직접적으로 과거와 현재를 만나게 한다. '그때보다/이제는'이라는 과거와 현재의 대립은 김광규적 특징을 이루는 시적 수사학이다. 이 수사학은 "혹독했던 그 겨울 살아남아 / 반세기가 지난 오늘"이라는 두 행을 통해 시·공간을 건너뛰어 극적으로 부딪친다. 그리고 그 격발의 불빛 속에서 신중하다 못해 좀스런 현재의 모습이 씁쓸하게 드러난다. 두려움에 움찔움찔 겁을 내는 좀팽이로서의 모습 말이다. 순수했던 과거와 타락한 현재라는 이 대립의 틀은 그의 시 곳곳에 자리 잡고 있다. 그것이 연속이 되든, 아니면 대립이 되든, 과거와 현재가 만나서 이루는 이 세계를 우리는 기억의 현상학이라고 부를 수 있을 것이다.

그런데 각각 김광규적 세계의 전형적인 풍경을 갖추고 있는 위의 두 작품을 볼 때, 시라는 공통의 울타리 안에서 산문과 운문을 가르는 요소는 무엇일까? 물론 내용의 차원에서, 산문시는 진술하지 않은 과거의 "뒷모습"으로 인해서 인화되지 않은 필름으로서의 긴장을 갖고 있음에 반해, 운문은 진술한 "오늘"의 모습이 기억 속의 과거와 함께 놓임으로써 대조의 미학을 얻는다. 그러나 형식의 차원에서는 오히려 그 차이가 무의미할 수도 있다. 그것은 산문시를 행갈이 하고, 운문시의 행갈이를 무시하고 이어보면 쉽게 상상이 가는 일이다. 외적 형식으로서의 단순한 행갈이가 절대적인 기준이 되지는 못하는 것이다. 그렇다면 문제는 행갈이의 필연성일 것이다.

우선 〈남은 자의 몫〉은 그 분량도 분량이거니와, 그것을 떠나서라도 행갈이를 통해 얻어질 별도의 긴장의 여지가 보이지 않는다. 그에 비해서 〈한강이 얼었다〉는 과거와 현재 사이의 대조의 미학을 극대화하기 위한 시인의 개입이 숨어 있다. 과거의 시·공간을 배경으로 전쟁이 주는 긴박감을 표현하기 위해서는 리듬의 조정이 불가피한 것이다. 이 시

의 앞부분은 의미론적으로나 음운론적으로 다음과 같이 나누어 읽을 수
있다.

'1951년 정월 초나흘 / 멀리서 대포 소리 들려오던 한겨울 / 꽝꽝 얼어
붙은 한강을 건너 / 남쪽으로 남쪽으로 피난길에 올랐다 / 소가 끄는 짐수
레와 리어카에 / 사흘 치 먹을거리와 이불을 싣고 / 삐거덕거리며'

그런데 전쟁의 공포를 들려주는 "대포 소리", 한겨울 매서운 추위를
보여주는 "꽝꽝", 생존 상황의 절박함을 알려주는 "사흘 치"를 강조하기
위해 의도적으로 부자연스러운 끊어내기를 행한 것이다. 운문은 이처럼
음운론적 분절과 의미론적 분절을 의도적으로 뒤집음으로써 시적 긴장
을 얻으려는 형식에 있어서의 필연적인 선택이다. 그렇다면 산문시는
내용의 긴장, 운문의 경우는 형식의 긴장에 보다 무게가 주어진다고 볼
수 있다. 사실 김광규의 시 세계는 크게 보아 이 틀 속에서 전개된다.

'처음'으로의 회귀

하지만 그 둘 모두가 가진 공통점이 있는데, 그것은 바로 '처음'으로
돌아가자는 인식이다. 타락과 훼손 이전의 순수를 희구하는 이 회귀의
목소리는 존재의 본능에 가까운 단순한 욕구가 아니라, 지적 성찰의 결
과다. 그것이 계몽주의자의 윤리인 동시에 생태주의(生態主義)자의 절박
한 통찰이기 때문이다.

조금만 가까워져도 우리는
서로 말을 놓자고 합니다

멈칫거릴 사이도 없이

ㅡ너는 그 점이 틀렸단 말이야

ㅡ야 돈 좀 꿔다우

ㅡ개새끼 뒈지고 싶어

말이 거칠어질수록 우리는

친밀하게 느끼고 마침내

멱살을 잡고

싸우고

죽이기도 합니다

처음 만나 악수를 하고

경어로 인사를 나누던 때를

기억하십니까

앞으로만 달려가면서

뒤돌아볼 줄 모른다면

구태여 인간일 필요가 없습니다

먹이를 향하여 시속 140Km로 내닫는

표범이 훨씬 더 빠릅니다

서먹서먹하게 다가가

경어로 말을 걸었던 때로

처음 만나던 때로 우리는

가끔씩 되돌아가야 합니다

　　ㅡ〈처음 만나던 때〉 전문

　이 시에서의 '처음'은 윤리적 차원에 놓여 있다. 그것은 사람살이의
도리(道理)에 해당하는 것이다. 시인은 그 도리에서 벗어난 것들에 대해

엄정하게 말한다. 타락 이전의 처음으로 되돌아가라고 말이다. 여기서도 그 처음은 '기억'을 통해 환기된다. 기억의 저쪽과 기억하지 않는 이쪽, 현재에 탐닉하려는 욕망과 이기주의 그리고 그로 인한 폭력의 단절을 넘어서기 위해서 처음으로 돌아가야 한다. 저쪽과 이쪽, 처음과 지금이 이어져야만 우리는 온전한 삶을 살 수 있는 것이다. 그러니 기억을 버릴 수 없고, 기억을 버리지 않는 한 처음은 지워지지 않는다. 처음이란 마치 "가만히 입속으로 되뇌어보거나 / 가슴 속에 간직한 채 혼자서 / 아껴야 할 이름"과도 같은 것이다. 함부로 소리쳐 부를 수 없는, 소중한 이름과도 같은 순수함이다.

이 순수함이 그를 역사의 희생자와 사회의 약자에 대한 연민과 공감으로 이끌어간다. 동시에 부당한 승자와 오만한 강자에 대한 비판과 거리 두기를 가능케 한다. "옳은 자가 싫은 자"가 되는, 극단적으로 말하자면 "미쳐버린 사람들"의 세상에 대한 분노가 그 안에는 담겨 있는 것이다. 사람과 세계에 대한 이런 비관주의는 그러나 김광규의 시적 지향점은 아니다. 이 비관은 다시 말하지만 처음으로 돌아가려는 낙관주의의 출발점이 되기 때문이다. 그 낙관의 근거는 자연에 있다.

자연, 죽음과 삶 사이
그에게 자연이란 자신의 처음을 이루는 '어머니의 몸'과 같은 것이다.

단칸방에 살면서
시래기나물로 끼니를 때워도
누더기 옷일망정 몸 가리기
목숨처럼 소중히 여기지 않았느냐

허옇게 드러난 속살
부끄러움도 없이 이제는
마구 쑤셔대고
파내고
잘라버린다

늦었나
때늦게 뉘우치지 말고
가려라 숲으로 덮어라
우리를 낳아서 기른
어머니의 몸
―〈어머니의 몸〉 전문

　이 자연을 매개로 해서 '처음'은 윤리의 차원에서 생태주의자의 자연으로 자연스럽게 이어진다. 자연이야말로 우리의 처음을 이룬 곳이기 때문이다. 눈치 빠른 사람은 이미 알아챘겠지만, 김광규에게서 자연은 그래서 두 가지 의미를 함께 갖고 있다. 하나는 말 그대로 우리 삶의 터전으로서의 자연이고, 다른 하나는 순리(順理)를 따르는 삶의 양태로서의 자연이다. 즉 부자연스럽지 않은, 마땅히 그러해야 하는 자연 말이다.

　우선 삶의 터전으로서의 자연. 그것은 어머니가 아이를 낳아 기르듯 아름답고 조용한 조화다. 새싹을 틔우는 작약을 위해 자신의 그늘을 거두어 영토를 양보하는 대나무처럼 하늘과 땅이 어우러지는 아름다움이며, 떠들썩하지 않게 온갖 생명이 자신의 삶을 이뤄나가는 조용함이다. 그런데 그 아름다움과 조용함은 온 세상을 일깨우며 사랑을 전하는 '바람둥이'처럼 빛보다도 빠르게 온다. 그렇기에 시인은 자연 앞에서 감탄사를 그칠 줄 모른다.

> 이른 봄 어느 날인가
> 소리 없이 새싹 돋아나고
> 산수유 노란 꽃 움트고
> 목련 꽃망울 부풀며
> 연녹색 샘물이 솟아오릅니다
> 까닭 없이 가슴이 두근거리며
> 갑자기 바빠집니다
> 단숨에 온 땅을 물들이는
> 이 초록색 속도
> 빛보다도 빠르지 않습니까
> —〈초록색 속도〉 전문

그것은 엄연한 승리다. 동시에 그 승리는 잠깐의 것이 아닌 영원한 승리다. "예나 이제나 / 달라진 것 없이 / 앞으로도 몇 만 년을 엉금엉금 기어갈 / 거북이"의 삶과도 같은 것이기 때문이다. 빛보다도 빠르면서 거북이처럼 오래오래 이어질 승리, 그것이 자연의 힘이다. 그 자연에 얼마나 매혹되었는지 시인은 그 힘에다 "詩나무"라는 이름을 붙일 정도다. 이 힘은 그러나 순한 것만은 아니다. 그것을 잊고 있는 사람들에게 기필코 자신의 존재를 증명할 만큼 엄정하기도 하다. "조개의 침묵과 나무의 침묵 / 바위의 침묵도" 자신들을 거스르는 인간들에게 결국은 물바다와 돌개바람으로 그 "침묵의 소리"를 들려주는 것이다. 시인이 그 소리를 듣고 싶어 하는 "귀"를 갖는 것은 그 때문이다.

그래서 이 자연은 순리에 닿아 있다. 아이가 나서 자라고 어른이 된 뒤에 늙어 죽어가듯이. 그래서일 것이다. 시집의 첫머리에서부터 "장대비"와 "천둥 벽력" 속에서도 귀여운 줄무늬 새끼 고양이의 "잉태"를 떠올리는 것은. 시인에게 탄생은 일종의 "손님맞이"다. 거기에는 이 손님맞이를 끝내고 나면 자신은 사라져야 한다는 생각이 들어 있다. 이전의 어느 시집보다도 죽음에 대한 이야기가 많이 등장하는 것은 그 때문이다.

> 낡은 혁대가 끊어졌다.
> 파충류 무늬가 박힌 가죽 허리띠
> 아버지의 유품을 오랫동안
> 몸에 지니고 다녔던 셈이다
> 스무 해 남짓 나의 허리를 버텨준 끈
> 행여 바람에 날려가지 않도록
> 물에 빠지거나
> 땅에 스며들지 않도록
> 그리고 고속도로에서 중앙선을 침범하지 않도록
> 붙들어주던 끈이 사라진 것이다
> 이제 나의 허리띠를 남겨야 할
> 차례가 가까이 왔는가
> 앙증스럽게 작은 손이 옹알거리면서
> 끈 자락을 만지작거린다
> ―〈끈〉 전문

　시적 자아의 손자일 "아기 세대주"의 앙증맞은 작은 손에서 보듯이 김광규가 생각하는 죽음 속에는 고로 두려움이나 서글픔이 보이지 않는다. 오히려 그 죽음과 친숙해지려는 의식이 배어 나온다. 죽음이란 자연스러운 것이기 때문이다. 그것은 하나의 순환이다. '처음'으로 돌아가는 것이다. "세상이 발에 맞는 신발처럼 편안하게 느껴질 때쯤, 우리도 세상을 떠나게 마련이다". 아름다운 자연을 보려 해도 "불편한 나의 눈"은 죽음이 오면 편안해질 것이고, 그러니 계속해서 "남은 자의 몫"을 다하며 살아가야 한다. "미룰 수 없는 시간"이 다가왔을 때 "아쉬운 전송을 받으며 먼저 떠난 자는 얼마나 행복한가" 하는 깨달음은 오히려 죽음에 대한 인식마저 바꾸도록 만든다. 죽음이란 벗어나는 것이다. 살아 있는 것이 어쩌면 감옥이다.

느닷없이 암 진단이 떨어진 날부터
우리의 건강한 동료 이선생이
유기수가 되었습니다
육개월 남짓
기한만 채우면
출옥합니다
갑갑한 이 세상을 떠나는 것이지요
뒤에 남은 무기수들
조만간 출옥할 가망도 없이 우리는
계속 복역합니다
억지로 견디는 것이지요
버드나무 붙들고 울던 사람들
불쌍하게 되새기면서
헛된 희망의 세월
오히려 다행스럽게 여기면서 우리는
하루 또 하루

습관처럼 살아가고 있습니다

—〈하루 또 하루〉 전문

    이 죽음의 시편은 그래서 다시 시집의 처음으로 이어진다. 그것은 새로운 생명을 상징으로 한 삶의 시편들이다. 죽음과 삶, 삶과 죽음의 순환, 그것이 또한 자연이다. 이번 시집은 형식과 내용 모두 순리대로 그 자연에 따를 것을 말한다. 김광규의 생태주의는 이런 점에서 단순한 자연 예찬을 넘어선다. 존재와 생(生)에 대한 예지(叡智)로 승화되는 것이다. 그의 세계를 두고 지적 성찰을 요한다고 말한 것은 바로 그런 이유에서이다. 시집의 마지막을 수놓는 〈바다와 노인들〉이나 〈특별 귀향 열차〉는 그런 예지를 보여주는 뛰어난 시편들이다. 죽음에 대한 이야기이자 삶의 이야기인 동시에, 시를 떠나 독특한 환상소설로도 높은 완성도를 보여주는 이 작품들은 시집의 마지막을 맺는 〈남은 자의 몫〉으로 자연스럽게 연결된다.

시의 겸손

    하지만 그런 예지도 겸손과 신중함을 갖고 있지 않으면 하나의 도그마가 되어 또 다른 폭력으로 변질될 것이다. 자연이 아름답고 조용한 승리를 거두듯이, "詩나무"의 주인이 될 시인이란 자신의 깨달음에 대한 오만한 확신보다는, 계속해서 그 깨달음에 대해 겸손하게 묻는 사람일 것이다. 이 혼탁한 시대에 그런 겸손은 왜 그리 찾아보기 어려운 것인지. 과연 지금은 '죽은 시인의 사회'일까? 김광규의 시를 읽으며 나는 조심스럽게 그 겸손을 내 가슴에 새기고 싶다.

조심스럽게 물어보아도 될까……
역사 앞에서 한 점 부끄러움도 없다고
주먹을 부르쥐고 외치는 사람이
누구 앞에서 눈물 한번 흘린 적 없이
씩씩하고 튼튼한 사람이 하필이면
왜 시를 쓰려고 하는지……
아무런 부끄러움도 마음속에 간직하지 못한 채
언제 어디서나 마냥 떳떳하기만 한 사람이
과연 시를 쓸 수 있을지……
물어보아도 괜찮을까……
—〈조심스럽게〉 전문

물(物)과 정(情) 사이의 리듬
-임영조의 《시인의 모자》

임영조의 세계는 투명하다. 우선은 의도적인 꾸밈이 없는 데서 오는 그 미덕은 그러나 쉽게 얻어지는 것은 아니다. 장식(裝飾)의 욕망을 비우고, 자기과시의 곁가지들을 공들여 쳐낸 뒤에야 얻어지는 것이기 때문이다. 그래서 삶을 이루는 사물에 대해서도 어떤 선험적인 관념의 도움을 빌리지 않고 직접 자신의 존재와 만나도록 애쓴다. 그러한 사물과 존재의 관계 속에 사랑으로, 혹은 이별의 아픔으로 흔적처럼 남는 것을 모아 가지런히 정렬한다. 거기에서 리듬이 태어나고, 그 리듬의 끝에 하나의 풍경이 자리를 잡는다. 그게 임영조 시의 바탕을 이루는 정(情)이다. 이 정은 맑아서 사물과 존재를 고루 비춘다.

문학의 위기가 회자되고, 특히 시의 귀족성과 배타성을 질타하고 시의 종말을 우려하는 시대에 나는 이미 현란한 수사와 난해한 상징을 버렸다.
종교적 엄숙성이나 철학적 심각성, 화자의 우월적 사고나 교시 따위가 끼
어드는 것도 경계해왔다. 보편적인 소재와 친숙한 언어, 간결한 구문으로
가슴부터 울리는 노래가 되기를 추구해왔다. 시에 등장하는 사물에 대하여
'나는 무엇인가'라는 화두를 붙여놓고 그 답을 말할 때도 나는 추상과 관
념을 버리고 가급적 생생하고 구체적인 언어로 해석하고 보여주려 애써왔
다.[1]

그래서 그의 시집엔 특별한 해설이 붙지 않는다. 시인 자신의 말처럼,
우리말을 아는 사람이라면 누구나 다 함께 호흡하며 나눌 수 있기 때문
이다. '보편적인 소재'와 '평이한 언어'로 이루어진 그의 시는 시인으로
서의 자신과 타인들의 세계 사이에 다리를 놓으려는 노력에서 나온다.
그런 점에서 그의 시는 창조보다는 발견에 가깝다. 언어로써 새로운 행
위를 만들려는 것이 창조라면, 이미 존재하는 행위에 언어의 옷을 입히
는 것은 발견이다. 발견으로서의 그의 시는 대부분 리듬을 통해 모두의
것으로 승화된다.

> 배경은 막 먼동 틀 무렵이다
> 까만 드레스에 얼굴 흰 여자가
> 밝고 둥근 보름달을 밟고 나온다
> 의자에 앉자 오랜 산고를 풀듯
> 가랑이를 넌짓 벌려 첼로를 낳고
> 첼로가 부슬부슬 빗소리를 낳는다

---

1) '시인의 말', 129쪽.

해빙의 태반처럼 숨죽인 장내가
검은 융단 덮어쓴 듯 가라앉는다
박명에 이슬 털며 새벽길 걸어
풀물 드는 들녘으로 내닫는 여자
이젠 몸 벗어놓고 신들린 활 하나로
제 영혼 문질러 모든 벽을 허문다
다산형 야생마 젖가슴이 부풀고
긴 갈기 치렁치렁 목덜미가 부시다
단비 맞고 촉촉하게 젖은 첼로가
아랫배에 은근히 힘주는 소리
설레던 만삭의 뱃살 트는 소리가
연초록 갈채 속에 봄을 낳는다
온통 물 오른 귀를 세운 장내는
저마다 흠뻑 젖은 손으로
신생의 봄을 받아내고 있다.
　　―〈첼로를 켜는 여자〉 전문

임영조의 시는 반드시 소리를 내어 읽어야 하는데, 그것은 바로 리듬 때문이다. 그 리듬에 힘입어 그의 시는 마치 익숙한 노래처럼 읽는 이의 가슴으로 건너온다. 위의 작품도 그런 예이다. 그의 리듬은 음운론적 분절과 의미론절 분절 사이의 긴장조차도 지워버릴 만큼 자연스럽다. 시조와 가사로부터 누누이 이어진 익숙한 리듬 말이다. 이렇게 익숙해서 탄력을 받는 그의 세계는 빠르게 하나의 풍경을 만들어낸다. 그 풍경에는 대부분 발견의 기쁨이 들어 있다. '신생의 봄' 같은 신선한 관능의 에너지가 바로 그 예다. 특히 자연 앞에서 그의 몸은 예민하게 그 에너지

를 포착한다. 〈동백꽃 패설〉이나 〈배롱나무 아래서〉를 보면 그 점이 잘
드러난다.

　그 관능은 그러나 자연과의 교감 속에서 오는 것이기에 건강한 생명
력이지 음란한 상상력이 아니다. 음란하기에는 너무 맑고 투명하다.
　그래서 이따금 등장하는 풍자와 해학의 시들은 사실 단조로움이라는
위험을 피하는 출구가 되기도 하지만 상대적으로 감염의 파괴력이 적

다. 그는 세상을 분석하고 비판하는 식자(識者)라기보다는, 자연과 교감
하고 그 속에서 삶의 지혜를 발견하는 필부(匹夫)다. 필부이되 자기의 삶
에 대해 '옹고집'을 부릴 줄 아는 자이다. 말뚝이 되어서도 나무임을 주
장하는 옹고집. 그러한 필부의 지혜가 모이면 어느 날 현인(賢人)이 될
것이다. 적지 않은 수의 여행 시편을 읽으면, 발견의 기쁨이 지혜로 쌓
이는 것을 보게 된다. 옹고집과 함께 자기에 대한 성찰을 가능케 하는
겸손한 지혜 말이다. 단순한 회한을 넘어 그것이야말로 임영조의 정(情)
을 담고 있는 그릇이 된다.

어딘가에 떨어뜨린 단추처럼
어딘가에 깜박 놓고 온 우산처럼
도무지 기억이 먼 유실물 하나
찾지 못해 몸보다 마음 바쁜 날
우연히 노들나루 지나다 보네
다잡아도 놓치는 게 세월이라고
절레절레 연둣빛 바람 터는 봄 버들
그 머리채 끌고 가는 강물을 보네
저 도도하게 흐르는 푸른 물살도
갈수록 느는 건 삶에 지친 겹주름
볕에 보면 물비늘로 반짝이는 책
낙장없이 펼쳐지는 大藏經이네
어느 한 대목만 읽어도 아하!
내 생의 유실물이 모두 보이고
어영부영 지나온 산과 들이 보이네
내 마음속 빈터에 몰래 심어둔

홀씨 하나 싹트는지 궁금한 봄날

거룻배 노 저어가 찾고 싶은 날

오던 길 새삼 뒤돌아보면 이런!

나는 너무 멀리 와 있네.

     ─⟨너무 멀리 와 있네⟩ 전문

자연스런 리듬을 끊는 두 번의 느낌표를 뒤따르다 보면, 그의 발견이 자기만족이나 자기과시가 아니라 자기 성찰에 이르는 지혜임을 확인하게 된다. '너무'라는 부사 속에 담기는 "자성과 두려움과 외로움", 그것이 임영조 "문학의 질료가 되고 삶의 구원이" 되었다. 그의 말처럼 구원을 통해 다시 건강을 되찾아 삶으로 나오기를. 저 신생의 봄이 기다리고 있는 삶으로. 그 삶의 리듬을 옮길 수 있는 가객(歌客)으로 말이다.[2]

---

2) 이 글이 지면에 발표되기도 전에 임영조 시인은 세상을 떠났다. 삼가 고인의 명복을 빈다.

고인 물 속의 풍경
−홍우계의 《바보 꿀벌》

시에는 두 가지가 있다. 하나는 행동에 리듬을 다는 것이다. 이것은 시적 자아가 본 풍경이며, 자신 혹은 집단의 역사와 체험 등을 언어로써 노래하는 것이다. 그래서 대체로 서정적이며 전통적이다. 그에 반해 다른 하나는 스스로 행동이 되는 것이다. 이 경우 시는 늘 미래를 향해 열려 있게 된다. 설령 시적 자아가 과거 시제 속에서 그 모습을 드러낸다 하더라도, 중요한 것은 그 시간의 풍경이 아니라, 새로운 삶의 영역을 깨닫고 발견하는 일이다. 이때 시는 서사와 리듬의 전통을 거부하며 스스로 파괴의 자리가 되고자 한다. 물론 이 둘이 반드시 나뉘는 것은 아니지만, 그럼에도 불구하고 시인들은 이 둘의 갈림길에서 선택을 요구받는다.

홍우계의 시는 첫 번째 계열의 시인이라 할 수 있다. 그의 시는 새로운 형식 실험과 무관하며, 세계의 감춰진 모습을 발견하려는 것도 아니다. 형식은 전통적이며, 리듬은 익숙하다. 오히려 그러한 친숙함에 기대어 그 안에서 자신의 풍경을 보고자 할 뿐이다. 스스로 간직해온 소중한 시간과 공간을 되살리고자 애쓰는 것이다. 이러한 세계에 대해서는 그의 스승인 함동선 시인의 시집《짧은 세월 긴 이야기》에 실려 있는 '서문'의 한 대목이 좋은 설명이 될 것 같다. "시 쓰는 일은 새로운 정서를 찾는 것이기보다 보편적인 정서를 활용하는 데 있다. 보편적인 정서를 활용함으로써 누구에게나 강력한 호소력을 발휘한다는 것은 시가 누리는 가장 중요한 기능의 하나다." 즉 언어의 새로운 길을 내는 것이 아니라, 자신이 체험하고 기억하는 세계를 심미(審美)의 공간으로 옮겨놓으려 하는 것이 그의 시다. 그래서 그의 시는 본질상 서정적이다. 그 서정은 잔잔하며 맑다. 마치 먼 유년의 기억을 펼쳐 보이듯 말이다.

   들여다볼수록 깊은 하늘
   파르르 잠긴 별을 길어
   아침을 짓던 마을
   한 가운데

   켜켜이 시퍼렇게 이끼 긴 우물

   어디로 들어왔는지
   금빛 잉어가
   파란 구슬이나
   산호비녀를 토해 놓기도 하던
   이 우물은

천리 바다로 통해 있어

이끼 긴 마을
저 깊이 눌러 놓은 바닥돌을 들어내면
거기, 잉어가 넘나들던 물길로
내 바다를 만나는.
　　　―〈오래된 우물〉 전문

　이 풍경은 우선 누구의 것도 아닌 그 자신의 것이다. "내 바다를" 노래
하고 있기 때문이다. 하지만 이 풍경은 지극히 개인적인 체험인 동시에
설화(說話)의 공간으로까지 이어짐으로써 또 다른 의미에서 보편성을 얻
는다. "금빛 잉어가 / 파란 구슬이나 / 산호비녀를 토해 놓기도 하던" 그
의 우물은 어쩌면 우리 모두의 것이기도 하기 때문이다. 잃어버린 유년
의 상상의 공간이 바로 그것이다.

우물로 온 새댁이
달빛을 길어
하아― 목욕을 하면
우물 깊은 속
새댁의 냄새로 돌도 눈을 뜨는데
두레박 속에서 달빛이 쏟아지면
온몸을 휘감으면
새댁은 아이를 배고
시월 보름 새댁은
달을 낳는다.

설화적인 이야기는 이미 합리적 논리의 개연성을 벗어나 있다. '선화 공주의 노래' 처럼 그것은 야사(野史)인 동시에 집단 무의식과도 같은 보편적 상상력의 표현이다. 그런데 흥미로운 점은 이런 설화적 풍경이 펼쳐질 때면 예외 없이 시인의 상상력이 우물이나 '독' 처럼 물을 향한다는 것이다.

천 길이나 만 길로 목마른 저 바닥에서
어느 날에 우렁각시 고개를 내밀까마는

그 발아래 물을 길어다 부으면
물을 길어 가는 이의 발자국 소리에
자라는 바위도 있어
구름 너머 하늘에서 가지를 드리우고
꽃도 피우는지, 우수수 한 철
꽃비가 내리거니
나는 다시 기울인다
비우면 하늘이 더 그윽한 물동이를
—〈깨진 독에 물을 부르며〉 전문

'우렁각시' 가 나오는 이 설화적 공간은 바로 물속의 풍경이다. 독에 고인 물, 즉 작은 우물을 들여다보며 시인은 거기에서 자신의 존재의 고향과도 같은 풍경을 만난다. 그러니 물은 길이다. 따라서 그 물이 강이나 바다로 연결된다는 것은 지극히 자연스럽다. 물길은 "내 바다", 내 강으로 이어지기 때문이다. 다음과 같은 풍경은 그래서 생겨난다.

달이 뜨면 안개가 솟는다
안개는 물위에 없던 길을 열고
마을이 길을 따라 옮겨 앉으면
길 잃은 사람이 마을로 온다.
물길을 걸어 물 마을에 들어서면
안개는 자고
마을은 언제나 제자리.
화장이 지워진 줄 모르는 늙은 달만
물 깊은 마을에 불을 밝힌다.
―〈달〉 전문

물위에서는 "없던 길"도 열린다. 이것이 바로 시인의 물의 상상력이다. 이 물의 상상력이 얼마나 깊은 것인지, 시인은 음성학적 유사성을 따라 이미지의 물길을 낸다. 위의 작품에서 물은 달, 길, 마을, 불 등으로 연결되며 '물길'을 연다. 심지어 달조차도 "늙은 달"이다. 시인의 상상력은 '물'의 자음 'ㄹ'을 따라 계속해서 이어지는 것이다. 홍우계의 세계는 이처럼 음성학적 리듬과 상상력이 긴밀하게 연결되어 있다.
　그 점은 설화적 세계와 우리의 전통적 리듬을 결합시키고자 했던 서정주의 영향을 떠올리게 한다.

내 마음속 우리 임의 고운 눈썹을
즈믄 밤의 꿈으로 맑게 씻어서
하늘에다 옮기어 심어놨더니

동지 섣달 나르는 매서운 새가
그걸 알고 시늉하며 비끼어가네
　　　　—서정주, 〈동천(冬天)〉 전문

저녁마다 걸어두던 한 방울 등불을
치렁치렁 산을 넘는 강에 띄워 보냈더니
지새우는 강물이 시리게 닦을 뿐
걸음걸음 출렁이는 남빛 밤 하늘을
저 혼자 맴돌다가 넘어서 가네
　　　　—홍우계, 〈동강, 어라연에 띄운〉 전문

　서정주와 홍우계의 두 작품을 소리 내어 읽으면, 이 둘의 리듬이 비슷함을 알 수 있다. 사실 서정주의 영향은 리듬만의 문제가 아니다. 〈야생 고양이, 그 부활하는〉이나, 〈암사마귀에게〉와 같은 작품에서 볼 수 있는 폭력과 관능, 그리고 〈꽃 속에는 뱀이〉와 같은 소재는 지극히 서정주적(的)이다. 하지만 그것은 영향의 문제만이 아니라 설화적 세계의 공통된 특징이다. 그래도 다음과 같은 작품은 아직까지는 홍우계가 시적 스승의 영향에서 완전히 자유롭지 못하다는 것을 말해주고 있다.

천년
중을 잡아먹었어도
잡아먹은 두개골이 달로 뜨면
다시 입이 궁금해
한 다발 가시같이 입맛 당기는
보살을 위감고 삼키다

서늘한 보름밤 까무러치면서도
눈뜨면 달이 낳은 새벽,
나는 산길이 되고
이끼 긴 먹기와 눈썹도 기운
웅크린 절이 된다.
　─〈극락사 구렁이〉 전문

　달이 뜨는 밤에 사람을 잡아먹는 모티프 같은 것 말이다. 하지만 홍우계는 자신의 리듬을 만들어내는 것 또한 잊지 않고 있는데, 특히 각운(脚韻)을 사용하는 데 주의를 기울임으로써 자신의 리듬을 풀어내고자 한다. 예를 들면, 판소리의 가락을 빌리기도 하고, 음수율을 맞추기도 하며, 같은 음으로 반복의 효과를 얻기도 한다. 사실 어떤 면에서 그의 시를 읽는 재미는 이런 리듬을 따라가보는 것이다.

서방인지 남방인지 육시랄 잡놈을
절구통 속에 넣고 후려칩니다.
절굿공을 높이 들어 더 높이 들어
서방을 후려낸 우라질 년을
시앗한테 가버린 영감을 칩니다.
절굿공을 얻어맞고 가생이로 빠지는
급살맞을 년놈들 응뎅이 같은
허이연 찹쌀떡을 내리칩니다.
미끈한 참나무 공이로 칠 때마다
요리 빠지고 조리 삐져도
엎어놓고 내두르고 젖혀놓고 쑤시고

시큰하게 얼얼하게 내지릅니다.
―〈인절미〉부분

아버지한테 잡힌 놈은 화로에서 툭,
언니한테 잡힌 놈은 엄지손톱 아래서 톡,
엄마한테 잡힌 놈은 엄지손톱 새에서 픽,
나한테 잡힌 놈은 바늘 끝에 콕,
섣달 밤 깊을수록 초롱초롱해져서
새도록 잡던 보리만한 늙은 이(蝨)
―〈섣달〉부분

한낮이 지나도록
썰물진 바다가 돌아오지 않으면
사오십리 드러난 게으른 등성이
능선을 따라가면 물 속에 마을
물 아래 마을에 검은 소를 부르면
엷은 물안개 속 희미한 점이다가
구불구불 가뭇하게 검은 소가 다가오고
찰랑찰랑 바다가 뒤꿈치에 끌려오면
가득한 바다에 천 굽이 만 주름살,
은빛마다 반짝이는 또 하루 분을
돌아온 바다에 띄워야 하는데
소 뒤꿈치 따라서 바다가 돌아오면.
―〈소 뒤꿈치 따라서 바다가 돌아오면〉전문[1]

물론 한 시인의 작업을 리듬으로만 축소시킬 수는 없다. 〈이장(移葬)〉을 읽으면 그는 사연 많은 가족사의 일원이고, 〈고용살이와 된장국〉을 보면 가난한 유년기를 보냈다. 또한 상경하여 "곁방사는 서울"에서 그에 못지않은 어려운 청년 시절을 보냈다. '독산동, 벌집에서' 살며 돼지저금통은 훔쳐갔어도 "시작 노트"를 훔쳐가지 않은 '독산동, 현명하신 도둑님'에게 감사의 절을 올리는 것을 보면 말이다. 이 가난과 결핍을 그리는 그의 언어는 그런데 감정의 손쉬운 표출을 자제함으로써 '자아의 배설'로 흐르지 않는다. 서정적인 그의 시 세계가 여기서는 오히려 날것의 감정을 감싸는 객관적 묘사나 익살로써 현실을 승화시킨다. 이것이 시인으로서의 그가 갖고 있는 심미안이다.

하지만 리얼리즘의 경향을 띠는 이 계열의 시들을 홍우계의 절창이라고 할 수는 없다. 그의 세계는 행동의 내용 자체보다는 위에서 암시했듯이 물의 상상력과 그 설화적 공간에 부여한 리듬에서 자신의 개성을 거둬들인다. 그래서일까? 〈나의 비밀〉이란 예외적인 산문시에서 그는 "나는 늘 외출 중인 내가 그립습니다"라고 적고 있다. 현실 속의 나는 저 설화의 공간 속으로 외출 중인 나를 찾아야만 비로소 온전한 내가 되기 때문이다. 그래서 무속의 '만신'의 도움을 빌어서라도 천 년 저 너머로 '초혼(招魂)'을 하는 것이 아닐까? 그 초혼을 위해서 시·공간을 거슬러 올라가고, 또한 그 초혼을 위해서 주술의 리듬을 얻고자 한 것. 그러려면 시인에게는 초혼의 길이 되어줄 고인 물이 필요하다. 고인 물로서의 우물은 바로 그러한 자아 찾기의 입구인 것이다. 그래서일 것이다. 그가 '죄(罪)'를 말하는 것은. 본래의 자기를 잃고 여기에 와 있는 것은 죄의 결과일 것이므로. 그래서 그의 상처는 "아직도 아물지 않은" 것 같다. 존

---

1) 위의 세 작품에서 밑줄 강조는 필자의 것.

재의 중심인 '배꼽'을 우물처럼 들여다볼 때마다 온전한 자기로 있지
못하는 죄가 보이니 말이다.

> 배꼽이 간지러워 들여다보면
> 아직도 아물지 않은 내 배꼽에는
> 둥그렇게 고이고
> 쏟아지는 어둠이 있어
> 저 맑은 어둠 속
> 손을 뻗으면
> 파르르 물살 이는 하늘 저 건너
> 뽀드득
> 잡히는 죄(罪).
>
> 어디 먼 마을에 가을이 드나
> 가을도 볕도 밤벌레 울음도
> 무거워 무거워 도토리 진다고
> 거미줄에 맺힌 별이 술렁이는 밤이면.
> ─〈아직도 아물지 않은〉 전문

고여 있는 맑은 물에서 자기의 죄를 보는 이 시인의 맑은 감성은 식민
지 시대의 윤동주를 생각나게 한다. 부디 그의 감성이 흐려지지 않기를,
그리고 더 멀리 뻗어나가 큰 물줄기가 되기를 꿈꿔볼 일이다.

삶, 그리움과 연민

―원재훈의 《딸기》

상상력과 현실

시적 창조라는 말은 역사가 그리 오래지 않다. 엄밀하게 말하자면, 창조란 낭만주의자들의 창작물이다. 프랑스대혁명 이후 새롭게 사회의 권력자가 된 부르주아들의 속물적(俗物的) 근성에 대한 반항의 일환으로, 무너진 종교의 권좌에 신 대신 문학을 올려놓은 일이다. 따라서 이때부터 체험에 대한 상상력의 우위가 가능해진다. 무(無)에서 존재를 만들어내는 능력을 가진 유일한 장르로서의 문학예술이어야만 하기 때문이다. 상상력이 없다면 창조는 불가능하다.

그런데 곰곰이 생각해보면, 상상력이 체험과 무관한 것일 수 없다. 실제적인 체험이건, 간접적인 체험이건, 경험의 축적 속에서 그것을 디디며 상상력은 솟아오르기 때문이다. 그래서 상상력은 현실과 무관한 것도, 그렇다고 현실에 파묻히는 것도 아닌, 현실과 미래의 무한한 가능성 사이를 오가는 움직임이 된다. 현실이 부재하다면 상상력은 공허해질 것이고, 상상력이 보잘것없으면 현실은 절대적인 것이 되어 인간을 짓 누른다. 중요한 것은 결국 현실과 상상력 사이의 거리다. 이 진폭이 클 수록 미적 충격은 강도를 더할 것이다.

하지만 그 충격이 반드시 옳은 것만은 아니다. 자칫하면 보편적인 체 험으로부터 멀어져 소통의 가능성을 잃은 독백이 될 수도 있기 때문이 다. 물론 그 독백이 의미가 있다면, 그것은 반드시 해독의 근거를 남겨 둔다. 상상력은 연속이며 통일이기 때문이다. 그것의 증거가 이미지다. 이미지는 현실과 상상력 사이를 이어주는 다리다. 그래서 이미지 분석 을 견디어내는 견고한 시와 그렇지 못한 허술한 시가 나뉘게 된다. 그런 데 역설이 되겠지만, 견고하며 풍요로운 이미지를 가진 시일수록 통념 과는 달리 현실에 더 깊이 뿌리를 내리고 있다. 그렇지 못하다면 상상력 의 교량은 애초부터 불가능할 것이다. 마치 신기루처럼 자그마한 자극 에도 흩어져 내릴 것이기 때문이다.

그래서 시작(詩作)의 시작(始作)은 언제나 우리의 현실, 삶, 일상의 세 계에서부터이다. 현실에 굳건히 발을 디딜수록 상상력은 멀리 뻗어나가 며, 또한 뛰어난 상상력은 결국 현실을 지시한다. 더 깊고, 더 새로워진 진실을 말이다. 이렇듯 현실과 상상력은 서로가 서로를 필요로 한다. 이 순환 속에서 시가 탄생하는 것이다.

일상의 이야기

원재훈의 시는 일상에 아주 가까이 닿아 있다. 때로 그의 시적 거리(距 離)는 상상력을 언급하기가 난처할 정도로 현실과 가까워 보이기도 한다. 따라서 그의 시는 이미지보다는 진술이 앞서며, 게다가 아주 쉬운 일상의 언어로 이루어져 있어 시라기보다는 한 편의 이야기를 듣는 것 같다. 마치 시는 '꿈속'에 있고, 시인 자신은 현실 속에서 깨어나듯이.

둥근 보름달을 한참 보다 그냥 잠이 들었다
아이처럼,

그날 밤 꿈속에서
나는 아주 이상한 숲 속 길을 걸어갔다
낙엽이 떨어지면서 바로 꽃으로 피고
꽃은 투명한 나비로 다시 날아오르는
그런 길을 얼마나 걸어갔을까?
숲은 길이 되고,
길이 다시 숲이 되는 그런 길을 얼마나 걸어갔을까?
넓은 동산이 나오고 거기에 앉아 있는 반가운 사람들

거기에 있으니,
아주 잊었다고 생각한 사람들이 찾아와
내 손을 잡는다
그리워했던 죽은 젊은 날의 연인들이
알몸으로 두런두런 이야기를 나눈다
그들 사이, 무덤처럼 둥근 달 덩어리 아래로
배고픈 아이 어미 젖 찾듯 걸어가니
어릴 적 항상 나에게 선비가 되어라 하시던
할머니가 희미하게 앉아 계신다

할머니 말씀하신다
아가, 뭘 쓰니?
할미가 재미있는 이야기 해 줄까?
서둘러 펜과 종이를 찾는 나에게
무언가 좋은 말을 해준 것 같은데
허둥대다 다 잊어버렸다
할머니 체취와 느낌은 여전한데
이것이 무엇일까?

그날 아침,
하얗게 내린 눈을 밟으면서
문득 깨달음처럼 다가오는 것,
그래 간밤의 꿈이 이렇게 하얗게 내렸구나
그들이 들려준 이야기는
이렇게 눈에 찍힌 발자국처럼 내 가슴에 남아 있으면 되는 거지

왜 그것을 쓰려고만 했을까?
펜과 종이를 버리고 그들의 이야기를 더 들었어야 했는데
나는 왜 다 이야기를 듣기도 전에 욕심을 부렸을까?
나는 걸음을 멈추었다.
하얀 눈이 꼭 할머니 머리카락처럼 보여
그분의 고운 머리 결처럼 보여
저승의 따듯한 눈 쓸어안고
이승의 차가운 눈물 흘린다

오늘 밤에도 그들이 찾아올까?

아마 먼 훗날의 어느 꿈자리에나 찾아올 것이다

내가 그들을 아주 잊어먹고 살고 있을 그런 시간에

분명 동네아이들이 우르르 몰려오듯 나의 꿈자리에 놀러 올 것이다

그리고 할머니,

그때 또 내 곁에 앉아 나를 보고 희미하게 웃으실까?

아가, 할미가 재미있는 얘기 하나 해 줄까? 하면서

둥근 보름달을 한참 보다 잠이 들면 이상한 꿈을 꾸나 보다

―〈꿈속의 시〉 전문

이 긴 시는 어떤 점에서 보면 시인 자신의 시론(詩論)에 해당된다. '재미있는 이야기'이면서도 사실은 그다지 내용은 없는, 오히려 어떤 대상에 대한 그리움과 연민으로서의 '눈물'이 더 부각되는, 그리하여 꿈의 실제적 내용보다는 그 꿈을 꾼 시인 자신에 관한 시 말이다. 보는 사람에 따라서는 사소하다고 생각할 수 있지만, 그래도 그것이 시인의 행복을 이룬다. 그에게 있어 자신의 삶에 대해서 쓰기는 운명이다.

벌이 침을 쏘듯이

자신의 내장을 찢어내면서까지

기어이 죽어버리면서까지

반드시 쏘아야 할 무엇이 인생에 있다는 것은

그것이 무엇이든간에

행복이다

-〈벌〉 전문

　사실 보통의 가치 기준으로 보자면, 시인의 삶이 그다지 행복해 보이지는 않는다. 현실적으로는 가난하고, 내면적으로는 너무 섬세하다. 가난은 그에게 고단한 일상과 함께 삶에 대한 연민을 안기고, 섬세함은 그 일상 속에서 자연과 생명에 감탄하게 하면서도 결국은 채워지지 않는 그리움을 남긴다. 그 일상에 대한 연민과 동시에 일상 속에서 채워지지 않는 그리움이 결합된 것이 '눈물'이라 할 수 있다. 남성 시인으로서는 이례적으로 '눈물 시편' 연작을 남기고 있는 것은 그 때문이다. 구체적으로 눈물이라는 이름을 달고 있는 작품들 말고도, 그의 시는 곳곳에 슬픔과 눈물이 맺혀 있다.

　　이 세상에서 제일 먼 길은

　　앞이 안 보이는 길이다

　　보이지 않을 것 같은 예감의 길,

　　그러나 거기에 분명히 있을 것 같은 일상의 길

　　안개 속에서 서서 길을 보면

　　이 세상에서 제일 먼 곳이 보인다

　　(……)

　　안개는 가장 적당하게 모든 것을 가려준다

　　그것은 예감,

　　그것은 미소,

　　그래서 안개는 나의 내면에서 흐르는 눈물방울이다

너무나 작아서, 저렇게 커져버린 온 세상을 덮고 있는

그대들의 슬픔이다

―〈안개〉 부분

눈물이 흐르는 구체적 원인은 역시 잘 드러나지 않으나 눈물은 시인에게 있어 존재 증명이나 마찬가지다. 시인과 무관한 대상으로서의 세계를 시인의 자아 속으로 끌어들여 동화(同化)될 수 있도록 해주기 때문이다. 그리하여 눈물이라는 렌즈를 통해 들어온 일상의 풍경이 곳곳에 잡힌다. 거기에는 우선 가족이 있고, 주변 사람들이 있으며, 또 자연이 있다. 그것들이 담겨 있는 풍경은 수채로 그려진 그림엽서처럼 투명하고 맑다.

사랑의 언어

가족은 시인에게 일상의 시작이자 끝이다. 가난하지만 작은 것에서 서로 기쁨을 나누는 아내와 딸과 시인. 이 일상은 그의 존재의 기반이다. 그런데 시인의 가족에는 우리 문학에서 흔히 보이는 비극이 없다. 그 부재가 시를 밋밋하게 보이게도 하지만, 동시에 자의식의 과잉이 없는 이 가족의 언어는 새벽의 그것처럼 신선하다. '비극 없는 일상성'이라고 부를 수 있을 한 세계가 담겨 있는 것이다.

새벽빛에서는 비릿한 젓내가 난다

이런 걱정, 저런 걱정

오늘도 하루가 시작되는구나

아직 잠이 덜 깨었다

고개를 돌리면 아이가 입을 조금 벌리고 잠들어 있다
귀여워라, 새벽빛이 아이의 입 속으로 걸어 들어간다
아이가 일어나 크게 기지개를 켜면
세상은 다시 시작이다

부엌에서
소리가 들려온다, 쏴아
하수대의 물이 쏟아지는 소리다
정신이 번쩍 든다
이런 걱정 저런 걱정의 오물을 씻어내는 소리
아내가 쌀을 씻는 소리
거룩한 생명의 시작이다
또각또각 도마질 하는 소리
이런 걱정 저런 걱정의 목을 쳐내는 저 상쾌한 소리
아침상을 차리는 부엌의 소리는
내 생명의 박동소리와 닮아있다

세수하고,
밥 먹고
나는 오늘도 대문을 열고 나간다
아직 어둡지만 나는 안다
해가 떠오르는 그 단순한 시간을
―〈새벽과 아침 사이〉 전문

그가 자연과 교감하며 생의 에너지를 얻는 것도 어쩌면 그 가족 덕분일 것이다. 가족의 일상이 "생명의 박동소리와 닮아" 있기 때문이다. 한 그루의 은행나무, 사과와 같은 과일 한 개, 화초호박과 같은 풀이나 야채에서 시인이 깨닫는 것도 가족과 멀지 않다. 그것은 삶의 순리에 가까우며, 따라서 눈물이 날 정도로 소중한 존재들이다. 가족과 마찬가지로 이 자연과 함께 그의 밋밋한 일상은 순간순간 의미의 세계로 점화된다.

단단한 사과가 품고 있는 것은 씨앗이다

나보다 더 큰 나무가 되라고
열매가 된 것이 사과이다
제 몸을 사람들에게 다 내주어도,
씨앗만은 먹지 못하게 하는 것이
사과라는 어미의 마음이다

붉은 마음의 껍질을 벗겨도 벗겨도
어느 땅에 떨어져 내릴 씨앗을 위해
더 큰 사과나무를 위해
오늘도 사과는 눈물보다 더 진한 과즙을 품고 있다

사과여, 붉고 붉은 모성이여
당신은 거대한 사과나무보다 거룩한 생명입니다
　　―〈사과〉 전문

존재의 합일을 꿈꾸는 연시(戀詩)도 그런 생명에 대한 예찬이다. 그의 연시는 회고적이지도, 지나친 낭만적 열정으로 채워져 있지도 않다. "이

불을 덮고, 과일을 먹고, 연인을 기다리고, / 서로를 사랑한다는 눈빛을
보내는 사람들의 모습"처럼 일상과 닮아 있다. 가족이나 자연에서 느끼
는 것과 마찬가지로 극적 과장이 없다. 그리 높지 않은 목청의 희망가
같은 것 말이다.

그대의 손을 잡으면
우리의 몸은 길이 된다
그 길은
너무 멀어서 갈 수 없을 것 같았던
나와 너의 마음속으로 이어져 있다
그대의 손을 잡으니
그리 멀어 보이지 않는다

그대와 눈동자를 마주하면
우리는 큰 창문 앞에 선다
건너편 신성한 숲이 보이고
여태 보지 못했던 별들이, 단 하나의 별만이 빛난다
상처인 줄 알았던
별의 슬픔이 환한 빛이 되어 내려온다
그것 역시 길이다

그대의 몸과 나의 몸이 겹쳐지면
우리는 우주가 된다
신비한 생명의 울음소리 들려오고
내 속에서 잠들었던 영혼이 꼬리를 달고

그대에게 달려간다
그 은밀하고 좁은 길 안에서 우리가 손을 잡는다

그대의 손을 잡으면
우리의 몸은 긴 뱀처럼 늘어지고 늘어져
아프지만, 치욕스럽지만,
누군가가 밟고 갈 길이 된다
―〈연인〉 전문

그리하여 가족과 함께, 자연과 교감하고 경탄하며 깨달으면서, 생명
의 신비가 숨쉬고 있는 "먼" 곳을 찾아 나서는 것, 그것이 시인이 그리는
사랑의 세계다. 이 사랑은 그래서 스스로를 드러내지 않는다. 마치 싹을
틔우는 씨앗처럼 자신은 사라지면서 자기와 '관계'를 맺고 있는 타자(他
者)들을 부각시킨다.

바람은 자신의 소리를 내지 않는다
대신 주위의 모든 것들을 소리 나게 한다
그걸 나는 사랑의 모습이라고 쓴다
―〈사랑의 모습〉 부분

되풀이하는 말이 되겠지만, 그의 시적 자아는 이런 점에서 낭만주의
의 절대적 자아와는 거리가 멀다. 오히려 지극히 겸손한 자아다. 하긴
그 겸손함이 없다면 가족이, 자연이 어떻게 사랑의 옷을 입겠는가. 그
겸손함에 비친 세계이기에 일상 또한 비극의 원천도, 그렇다고 희망의
싸움터도 아닌, 말 그대로 삶의 온상이 된다. 그 온상에 이따금 불면(不

眠)의 밤이 찾아든다. 하지만 어쩔 수 없다. 그게 '이슬' 같은 눈물을 거둘 수 없는 불완전한 인간의 몫이기 때문이다.

> 생은 어둡다고 말하기에는 너무 밝고,
> 밝다고 말하기에는 너무 어둡다
>
> 해마다 5월이 되면 소쩍새 울음소리 너무 크게 들린다
> 혹시 거기 있나 싶어
> 창문을 열고 내려다보니
> 언제 다녀갔는지 달빛이 머물다 간 자리에 이슬 한 방울 뚝 떨어진다
> 떨어진다
>
> 소쩍 소쩍
>
> 그날 밤도 너무 늦게 잠들었다
> ―〈5월의 소쩍새〉 부분

그래도 꿈을

시인으로, 소설가로, 에세이스트로 또 방송인으로 전방위적 활동을 보여주고 있는 원재훈의 시 세계는 그의 경력만큼이나 단속적이고 현실적이다. 그래서 전체가 일관된 시적 탐구를 보여주지는 않는다. 때로 현실에 지나치게 묻혀 있어 시적 비상의 길이 잘 보이지 않는다는 인식을 주기도 한다. 하지만 안개 속에 길이 있듯이, 폭설 속에서도 "보이지 않던 그 모든 것들이 / 분명히 거기 있을 것이라고 속으로 다짐하"듯이 그

는 조용히 자신의 길을 그려가고 있다. 그리하여 조만간 그의 존재와 세계를 들었다 놓는 상상력의 꿈을 보여주기를 나는 바란다. 아무리 일상이 소중하다 하여도 또 다른 세계에 대한 꿈꾸기를 포기할 수 없기 때문이다. 그의 불면 끝의 잠이 이런 꿈으로 이어지기를. 새로운 세계가 햇살처럼 퍼지는 꿈 말이다.

쓴다는 것이 뭔가?

누군가 나를 잠시 들었다 놓았다

철컥
햇살이 땅의 문을 여는 소리
민들레가 피어 있다
—〈누군가 나를 잠시 들었다 놓았다〉 부분

상황과 시적 자아
─김영남의 시 세계

　김영남은 성실한 시인이다. 1997년 〈세계일보〉 신춘문예를 통해 시단에 얼굴을 내민 이후 꾸준히 시 만들기의 길을 걸어왔다. 불과 한 해 뒤에 첫 시집 《정동진역》을 낸 것이야 긴 습작 기간을 생각하면 그럴 수 있는 일이다. 하지만 두 번째 시집 《모슬포 사랑》과 그에 이어진 작품들을 보면 이 시인이 서두르지도, 그렇다고 게으르지도 않게 자신의 길을 가고 있다는 것을 알 수 있다. 그런 점에서 그는 성실하다.

　그는 또 열성적인 시인이다. 첫 시집의 '자서(自序)'는 제목처럼 정동진역의 카페에서 쓴 것인데, 마치 이후 시인의 삶을 암시하는 것처럼 보인다. 그는 시의 대상을 찾아서 여기저기를 누비고 있다. 안 가는 곳이 없다. 바쁜 직장 생활 틈틈이 멀리 제주도의 땅 끝 모슬포까지 가기를 마다하지 않는다. 게다가 그의 여행은 단순한 공간적 자리 옮김으로 그

치지 않는다. 시간을, 삶의 새로운 풍경을 찾아 나서는 것이기 때문이
다. 말하자면 공간 그 자체가 중요한 것이 아니라, 시의 대상을 발견하
려는 시인의 열정이 더 두드러진다는 말이다.

그리고 그는 아주 재미있는 시인이다. 실제 작품 속에서 구사하는 유
머와 능청, 풍자 등이 그러하기도 하지만, 그 모든 것이 더해져 하나의
시론을 이루고 있음이 더 흥미롭다. 여러 평자가 지적하기도 한 면모이
지만, 그는 공급보다는 수요 위주의 작품을 생산해야 한다는 생각을 갖
고 있다.

반성하라!
경영, 경제학을 모르는 자.
효율, 효과를 모르는 자.
떠나라!
수요를 무시하는 자.
공급 위주로 모든 걸 판단하는 자.
공부하지 않고 시위 현장에 따라나온 나는
아예 자폭하라!
그러나 벽, 인식의 벽, 고정관념의 벽……
그 벽들을 올라타는 재미를 아는 또다른 나는
살아라!
그 모든 학문에서, 아 답답한 이 시(詩)의 현장에서……
　　　―〈그 시위현장이 나를 성토하고 있다〉 전문

'인식의 벽', '고정관념의 벽'을 깨기 위해 그는 다양한 방법을 동원
한다. 다양하긴 하지만 거기에는 하나의 원칙이 있다. "독자들이 읽고

즐거워할 수 있는 방법"이 바로 그것이다. 따라서 그는 독자와 소통할 수 있는 세계를 추구한다. 엘리트들의 언어 의식과 세계관을 표현한다는 전래의 시적 형이상학을 거부하는 데서 그의 시는 출발하고 있다. 하지만 그렇다고 해서 그의 시가 대중 추수(追隨)적이라는 말은 아니다. 평이한 세계는 자칫 잘못해 언어의 밀도가 떨어질 땐 시적 긴장을 잃는다. 대중적인 시는 많은 경우 익숙하다 못해 진부한 이미지와 평면적인 진술로 해서 독자들을 긴장시키지 못한다. 그에 반해 김영남은 시인과 독자를 함께 묶을 수 있는 시적 긴장을 찾아 헤맨다. 시인은 그것을 "시의 오브제를 올라타"는 일이라고 표현한다. 여기에 대해서는 첫 시집의 해설자인 이승하가 요령 있게 지적하고 있다.

시집을 덮고 딴 일을 하다가도 문득 떠오르는 구절, 그 구절의 우스꽝스러움. 기발한 상상력. 유쾌한 유머 감각. 다음 수에 대한 궁금증과 게임 도중의 팽팽한 긴장감. 이것이 김영남의 시다. 설사 시인이 놓은 여러 개의 덫에 다 걸려들지 않더라도 독자는 충분히 즐거움을 느낄 것이다. 그는 예측 불허의 수를 무척 자주 놓기 때문에.

김영남은 독자가 수동적으로 편안히 시를 쫓아오도록 결코 내버려두지 않는다. 마치 어린 시절의 소풍에서 보물찾기를 하듯 그는 곳곳에 단서를 마련해둔다. 그 단서 때문에 독자는 시적 엘리트주의의 난해함 앞에서 절망하지 않으며, 그렇다고 대중적 진부함 속에서 권태로워하지도 않는다. 그가 감춰놓은 단서를 찾다 보면 우리는 어느새 흥미로운 시적 체험을 하게 되는 것이다.

그러면 이제 구체적인 예를 보기로 하자.

와, 눈이다 눈! 눈이 가득 창을 메우니
갑자기 따듯해진다. 눈은 가볍게 살아
사각의 창을 자유롭게 한다. 나는 이 창을
친구에게 E-메일로 부칠 수 있어서 행복하다.

이런 날 눈은 창을 넘고 산을 넘어
동서남북 저 아득한 곳까지 내린다.
산골마을에 내리고, 제주도에 내리고, 아메리카에도 내린다.
눈 감고 죽어라고 죽어라고 내리다가
팽이를 돌리고, 배를 타고, 비행기를 띄운다.
그러다가 크리스마스 카드로 되돌아오며
눈은 잠시 멎는다.

눈을 밟자, 이럴 때
멎은 눈을 밟으면 달아오르고 길까지 행복해진다.
행복한 길들은 밟으면 뽀드득 소리가 나고 모두 아름다운 흔적을 갖는
다.
그러나 지나치게 밟으면 미끄러진다 행복도
그대여, 눈을 밟자 더 아프게 미끄러지기 전에

우와, 다시 눈이다 눈!
분분한 눈이 창을 또 한번 메우니
이번에 나는 불행해진다. 눈은 분분하게 다투면서
내 앞 창을 자유롭게 하지만 내 책상은 자유롭게 하지 못해
불행해진다. 다투니까 자유로워지고 다투지 않으니까 갇히는

이 답답한 世上으로 하여금 다시 한번 불행해진다.

그리하여 오늘은 총체적으로 불행이다, 창도 세상도 나도
눈은 어둠을 켜면서까지 계속 불행하게 불행하게 내린다.
　　　－〈눈이 내리면 총체적으로 불행하다〉 전문

　이 작품은 언뜻 보면 시인의 평범한 내면 진술로 읽힌다. 하지만 곰곰이 시적 흐름을 쫓아가면 의외로 사소하지 않은 시적 반전(反轉)이 숨겨져 있음을 읽을 수 있다. 우선 겨울의 눈이 사람들에게 따듯하고 행복한 미소를 띄게 만드는 것은 쉽게 상상이 가는 일이다. 창밖에 눈이 내린다. "가볍게 살아 있"는 것으로 보아 눈은 솜털 같은 함박눈일 가능성이 높다. 싸락눈일 수도 있으나, 적어도 무겁고 축축한 진눈깨비는 아니다. 그 가벼움에서 자유를 떠올리는 것은 자연스럽다. 그래서 눈이 내리는 풍경을 담은 창을, 그 행복한 풍경을 친구에게 보내는 행복을 누린다. 그런데 여기서 우리는 건물의 유리창이 어느새 컴퓨터 윈도우로 바뀌었음을 본다. 거기서 창은 현실의 유리창이자, 사이버스페이스의 출입구다. 마음 놓고 상상이 가능한 장소인 것이다.
　현실의 유리창은 내부 공간의 끝이자, 외부 공간의 시작이다. 가상공간의 창 또한 현실의 끝이자 새로운 상상 공간의 출발지이다. 그래서 시인은 상상력의 여행을 떠난다. 현실 속의 '눈(眼)'을 감고서 죽어라고 '산골마을', '제주도', '아메리카'로 마음껏 누비는 것이다. 물론 눈(雪)의 가벼운 자유로움이 그것을 가능케 하는 에너지다. 그게 얼마나 강렬한 것인지는 "팽이를 돌리고, 배를 타고, 비행기를 띄운다"는 데서 알 수 있다. 천진한 동심(童心)의 이 상상력은 '크리스마스 카드'로 조용히 갈무리되어 다시 현실로 돌아온다. '눈(眼)'을 감고서 눈(雪)이 되었던 이

148

복합적 이미지의 상상력이 멀리서 날아오는 우편물처럼 현실로 귀환하는 것은 따듯하면서도 새롭다.

김영남에게서 눈〔雪〕이 우선 동심의 행복과 연결이 된다는 것은 다른 작품을 통해서도 알 수 있다.

느티나무 집
부엌 아궁이에서 불 지피던 아낙이
우는 아이 달래러 방에 들어갔군요

느티나무 지붕 위에서
긴 손이 포근하게 나오는 걸 보니

그 손 또 높은 곳으로 올라가
아직 태어나지 않은 나라 아이들
기저귀까지 갈아주고 있는 걸 보니

이윽고 온 하늘 메우는
저 향기로운 파우더, 파우더……

예쁜 개울 토닥이다가 아낙도
함께 잠들었군요.
　　　—〈개울가 눈 오는 풍경〉 전문

그런데 이 '향기로운 파우더' 같은 행복 속에는 무언가 아슬아슬함이 있다. 마치 유년의 동화(童話)가 어른의 세계에서 깨져나가듯이, 깨끗한 눈을 뽀드득 소리 나게 밟는 행복은 미끄러질 위험의 가능성을 함께 갖고 있는 것이다. 이 행복과 불행을 연결시키기 위해 시인은 잠시 눈이 멎은 풍경을 다리처럼 제시했다.

그러고는 다시 눈이 내린다. 이젠 불행의 눈이다. 그 "분분한 눈"은 여전히 자유롭긴 하지만 우선 책상 앞의 나까지 자유롭게 하지는 못한다. 거기서 시적 자아인 '나'는 눈이 오는 풍경을 시로 만들어야 하는 시인이기도 하지만, 무엇보다도 현실을 살아내는 생활인이다. 상상 속에만 머물 수 없는, 현실의 구속이 그를 불행하게 만든다. 게다가 분분한 눈은 다투니까 자유롭다. 그런데 다투지 않는 나는 갇힌다. 이 역설의 상황이 그를 더 불행하게 만든다. 다투지 않으면서 자유로워야만 하는데 그렇지 못하니 말이다. 그러니 '창'과 '세상'과 '나' 모두가 총체적인 불행을 겪게 된다. 이것은 눈이 환한 불을 켜는 대신 어둠을 켠다는 데서 극적으로 고조된다. 어둠 속에서 눈은 불행하게 내린다.

눈이 오는 풍경에 대한 평이한 진술로 보였던 이 작품은 여기까지 오면 답답한 세상에 대한 시적 풍자(諷刺)로 성격이 바뀐다. 그것은 함께 발표된 다음 작품과 이어지면 더 뚜렷해진다.

진보적으로 살까, 보수적으로 살까
금산 수통리 적벽강까지 한 사람을 데리고 와 걱정하는 내겐
저 절벽은 진보다
절벽 위에 재작년까지 보이지 않던 해오라기가 떼로 날아왔고
맞은편에는 작년에 없던 2차선 도로를 힘차게 뚫고 있으므로……

진보적인 여자와 텐트를 칠까, 보수적인 여자와 물놀이를 할까
텐트를 치며, 물수재비를 뜨며 계속 고민하는 나의 여름휴가

이럴 땐 한번 물어보는 거다, 저 흔들리는 미루나무에게
가지의 모든 이파리까지 뒤집어
바람이 불 때마다 시스템적으로 사고하고 있으므로……
뒤집어 사고해도 한결같은 목소리이므로……

이렇게 저렇게 고민하는 사이
해오라기 한 마리가 날아와 미루나무 꼭대기에 앉는다

보라, 저 미루나무 꼭지점을
저건 진보와 보수의 교묘한 절충이다
내 고민의 정반합이다
아니다 저건 야합이다
금세 날아가버릴 새하얀 금언(金言)이다!
　　　　　　　　　　　　─〈진보와 보수 사이에 해오라기가 앉는다〉 전문

풍자는 불완전한 현실과 그에 대한 비판적 의식 사이의 거리에서 나온다. 하지만 그것은 직설(直說)의 어법을 취하지 않는다. 딴전을 부리듯 하면서 어느새 비판의 대상을 전복(顚覆)시킨다. 그것이 풍자의 힘이다. 위에서도 지적한 바 있지만, 김영남의 풍자 취향은 이미 잘 알려져 있는 사실이다.

그런데 위 작품은 시작부터 '진보'와 '보수'로 나뉜 현실에 대해 의외로 직설적인 칼날을 겨누고 있다. 하지만 그 인상은 바로 뒤에서 지워진다. 갑자기 그의 트레이드마크인 '여자' 이야기로 바뀌기 때문이다. 그럼으로써 눈을 부릅뜨며 목청을 높이는 진보와 보수의 갈등 세력에 대해서도 그게 별 게 아니라는 풍자의 말을 넌지시 건네고 있다.

그 말은 새로움을 경전(經典)처럼 내흔드는 진보를 향해 더 '커브'를 그리고 있다. 도덕을 내세운 배타적 선민(選民)의식과 계몽의 억압이 아마도 시인에게는 불편했기 때문이 아닐까? 진보란 것은 보이지 않던 해오라기 떼가 날아오고, 도로를 뚫고 있는 강 언덕과 같은 변화일 뿐인데 말이다. 그러니 "진보적인 여자와 텐트를 칠까, 보수적인 여자와 물놀이를 할까" 하는 고민 정도에 불과한 것이다. 그다지 대단한 게 아니다. 오히려 평범한 사람들의 여름휴가를 편치 않게 고민하도록 만드는 일은 어딘가 옳지 않다는 항변이 그 안에는 들어 있다.

그렇다고 그가 절충주의적 사고를 하는 것은 아니다. "진보와 보수의 교묘한 절충"이 "내 고민의 정반합이"라는 생각은 바로 그에 뒤이은 "아니다 저건 야합이다"라는 진술을 통해 부정당한다. 김영남은 따라서 진보와 보수에 대해 아무런 확정적 답을 내놓지 않는다. 섣부른 절충주의는 진실을 가릴 수 있기 때문이다.

사실 여기서 중요한 것은, '정반합'이 '야합'으로 이어지는 시인의 말놀이다. "가지의 모든 이파리까지 뒤집어 / 바람이 불 때마다 시스템적으로 사고하고 있"다는 말놀이도 마찬가지다. '시스템'과 같이 현실과 밀착되어 있는 정치적 언어를 의외의 곳에다 끼워 넣음으로써 그 진정한 의미를 되새기게 만드는 이런 말놀이는 언어의 현실 관련성을 높이는 풍자의 주요한 수단이다. 그렇기 때문에 그에 이어지는 "뒤집어 사고해도 한결같은 목소리"라는 시구(詩句)에서 우리는 변함없음과 몰개성을 동시에 읽는다. 한결같음은 부정적일 수도, 긍정적일 수도 있는 것이다. 그의 말놀이는 이렇게 중층적 의미를 가짐으로써 시의 내포를 확장하면서 풍자의 힘을 더한다.

어쨌거나 여름휴가 여행을 통해서 시스템이나 진보와 보수 등등의 정치 언어에 대해 비판적 성찰 의식을 획득하는 것은 김영남의 시 세계의 한 특징을 잘 드러내 보여준다. 거기에 대해서는 두 번째 시집 《모슬포 사랑》 해설자인 이형권의 적절한 지적이 있다.

여행을 통해 얻은 풍경의 발견은 자연 원리의 발견을 통한 삶에 대한 직관적 성찰과도 연계된다.

김영남은 이처럼 자칫 무겁게 우리를 짓누를 수 있는 현실의 언어에 대해 가볍게 문학의 언어를 대조시킴으로써 현실과 의식 사이 놓이는 풍자의 거리와 긴장을 확보한다. 눈과 눈, 정반합과 야합 등의 대조 어귀는 단순한 말놀이를 뛰어넘어 이 시인의 현실 인식에 독자들이 함께 뛰어들 수 있는 '아름다운 흔적'의 역할을 한다. 거기에 덧붙여, "진보적인 여자와 텐트를 칠까, 보수적인 여자와 물놀이를 할까" 하는 대구(對句)도 비록 그것이 남성적인 시선을 드러내는 것이라 할지라도 건강한 에로티시즘을 통해 무거운 현실을 가볍게 뒤집는 이 시인의 낙관과 능청을 잘 보여준다. 이러한 면모가 김영남의 개성이자 장점을 이루는 세목들이다.

여기까지 오니 문득 김수영의 시가 하나 떠오른다. 1956년 발표한 〈눈〉이 바로 그것이다.

눈은 살아 있다
떨어진 눈은 살아 있다
마당 위에 떨어진 눈은 살아 있다

기침을 하자
젊은 詩人이여 기침을 하자

눈 위에 대고 기침을 하자
눈더러 보라고 마음놓고 마음놓고
기침을 하자

눈은 살아 있다
죽음을 잊어버린 영혼과 육체를 위하여
눈은 새벽이 지나도록 살아 있다.

기침을 하자
젊은 詩人이여 기침을 하자
눈을 바라보며
밤새도록
고인 가슴의 가래라도
마음껏 뱉자
　　　　　　　　　　　－김수영, 〈눈〉 전문

　눈〔雪〕을 바라보는 눈〔眼〕을 내세워 당대 현실에 대한 시적 풍자의 가능성을 누구보다도 열정적으로 추구했던 김수영의 어떤 전통이 김영남에게 들어 있다. 모더니즘의 현실 비판적 힘에 대한 신뢰를 보낸 동시에, 난해함이라는 지적 오만을 경계했던 김수영. 그의 가능성을 부디 마음껏 올라타고 누비기를 나는 바란다.

　그러다 다치면? 나는 그가 두 번째 시집의 '자서'에서 요청한 대로 기꺼이 그에게 '안티프라민'을 선사하겠다.

　내가 첫 시집 《정동진역》에서 소재를 박력 있고 재미있게 올라타려고 노력했다면, 두 번째 시집에서는 아마 난해의 벽을 쉽고 아름답게 올라타보려 애를 썼지 않나 싶다. 그렇게 생각하고 아랫도리를 한번 내려다보니까 정말 양 무릎이 다 까졌다.

하여, 독자들이여! 나의 시를 읽고 짚이는 데가 있거든 '안티프라민'이라도 하나 선사해다오.

시 쓰기, 혼돈 속의 희망

—윤석산과 이상옥

　인간 게놈 지도가 완성되어 무병장수에 대한 인간의 꿈이 보다 더 구체화되었다는 뉴스와 함께 날아든 급성호흡기증후군, 즉 '사스'의 충격과 공포는 우리를 혼란스럽게 한다. 그리고 전 지구적으로 퍼져나간 반전(反戰) 평화의 목소리와 겹쳐져 TV 화면을 장식한 이라크 전쟁에서의 최첨단 무기들에 대한 정보는 또 한번 우리를 곤경에 빠뜨린다. 기술 발달과 함께 급속히 변해가는 삶의 환경이 우리가 지금껏 알아온 세계와 인간에 대한 개념까지 바꿀 것을 요구하고 있기 때문이다. 이러한 격변기에 시를 만드는 일은 쉽지 않다. 정체성이 모호한 인간, 변화의 전망을 읽기가 쉽지 않은 세계, 양쪽 어디에도 말이 자리를 잡을 터는 잘 보이지 않는다. 심지어는 끝없는 변화 앞에서 시가, 문학이 여전히 자리를 지키고 있을지에 대해 고개를 가로젓게 되기도 한다. 시와 문학의 죽음에 대한 성급한 선언도 여기에서 나온다. 하지만 인간의 삶이 지속되는 한, 그 삶의 공간을 오가는 언어가 사라지지 않듯이, 그 언어가 소멸되지 않는 한, 삶과 인간의 가능성을 표현하고자 하는 문학은 영원할 것이다.

그렇다면 문제는 변화하는 삶과 세계에 걸맞은 새로운 언어를 찾아내는 일이다. 그 어느 때보다 언어가 성찰을 필요로 하는 것은 그 때문이다. 그 성찰은 세계와 인간에 대한 근원적 물음으로만 그치지 않는다. 시적 자아는 당대의 시사적 현실로부터도 자유롭지 않다. 윤석산의 근작은 바로 이렇게 혼돈의 공간 한가운데 있는 자신을 들여다보는 일로부터 시작된다. 인간과 세계는 어떠하며, 시란 무엇인가를 묻기 위한 출발점으로서의 '나'를 시적 대상으로 삼는 것이다.

늦은 아침, 젊은이들이 가장 싫어하는 신문을 들고 화장실에 걸터앉아

미군이 바그다드 시장(市場)을 오폭하여 민간인 64명이 죽었다는 기사와, 언론과 거리를 두라는데도 자꾸 기사거리를 제공하는 공무원들 때문에 배신감을 느낀다는 우리 대통령에 대하 기사와, 두 차례나 연기된 이라크 파병안에 대한 논평을 읽다가, 어린것들이 피 질질 흘리며 울지도 못하고 무너진 가게에서 기어나오는 모습을 떠올리다가

오늘 저녁, 강의가 끝나면 내 마음 언덕너머 하늘거리는 풀이파리 끝 불빛 빠안한 카페나 가서 하느님과 한잔 하며 대학교수와 언론과 대통령과 하느님 나라의 국익(國益)이나 토론할까 생각하다가

이걸 시로 쓸 경우, 발상(發想)의 장소인 화장실과 동기를 제공한 신문 기사를 수정 없이 드러내고, 그것만으로는 거친 시가 될 테니 풀이파리 끝

불빛 빠안한 카페라는 비현실적 공간을 빠뜨리지 말아야겠다며 집을 나서
　다가

　문득 푸른 하늘을 바라보며 하이얗게 웃었다.

'나에 대한 성찰·7'이라는 부제를 달고 있는 이 시, 〈오늘의 일기(日
記) 또는 / 하늘거리는 풀이파리 끝 카페에 가서〉는 두 겹의 층위를 갖고
있다. 우선은 자신의 일상에 대한 관찰이며, 다른 하나는 그 모습을 시
로 옮기는 과정에 대한 진술이다.

　우선 그 일상은 논란이 그치질 않는 우리의 삶의 현장이다. 언론 문
제, 이라크 전쟁과 파병 문제 등등. 그 현실은 선·악의 판단이 쉽지 않
은 착잡함 그 자체로서 시인의 자아가 끼어들 여지가 별로 없다. 거기서
시인은 내면의 상상으로 도피한다. 압도적 현실의 말들이 시의 언어를
짓누르기 때문일 것이다. 여기까지만 읽으면 이 시는 지극히 순진한 소
품이다. 그런데 시인은 순간, 작품 탄생의 자리를 보여준다. 압도적 현
실에다 "비현실적 공간"을 병치시킴으로써 시적 긴장을 만들어내는 것
이다. 그것은 현실만이 두드러진 "거친 시"에 대한 시인의 예민한 자의
식을 잘 드러낸다. 이렇게 해서 이 작품은 시를 만드는 비밀스런 과정
자체를 보여주는 시로 태어난다. 마지막의 웃음 앞에 놓인 부사 "하이얗
게"는 그런 점에서 적지 않은 여운을 남긴다. 그것은 이상론과 현실론이
팽팽하게 맞선 환경 속에서도 여전히 시 만들기를 생각하는 시인의 자
의식의 발견이기도 하고, 시에 대해 집착하는 자신을 내려놓으려는 조
금은 허탈한 미소이기도 하지만, 무엇보다도 이러한 시의 탄생이 이루
어졌다는 대견함의 의미를 갖고 있을 것이다. 그리하여 자아의 단순한
자기 진술을 넘어 시적 울림을 지니게 된다.

시 만들기에 대한 시인의 자의식은 함께 수록된 〈너와 나라는 말 사이는 너무 아득해서 푸르다〉에서도 "말"에 대한 관심으로 나타난다. 이 작품의 경우, 얼핏 보면, 연애시의 외양을 갖추고 있으나, 시인의 마음은 연애 그 자체보다는 그 연애를 그리는 말에 가 있다. 시인이 마음에 그린 시적 대상과 실제 만들어진 작품 사이의 거리를 확연하게 표현하는 부사 "아득해서"가 바로 열쇠다. 대상과 말 사이, 그 거리를 메우는 일은 아마도 불가능할 것이다. 그럼에도 불구하고 시인은 포기하지 않는다. 시는 쓰여야 하고, 또 시인은 써야 하기 때문이다. 그래서 "말이 건너간다 / 너를 그리워하는 나라는 말이 건너간다. // 부르르 진저리치는 가슴 한복판 / 풍덩풍덩 돌을 던져 징검다리를 놓고 // 간혹 잘못 디디어 발을 적시며 건너간다." 하이얀 웃음과 함께 이 막무가내의 건너감을 그래도 희망이라 부를 수 없을까?

이상옥은 바로 그런 희망을 직설적으로 노래한다. 비관과 자학이 마치 문학적 순수함의 확실한 토대이기라도 한 것처럼 알고 있는 세태 속에서 시인은 희망과 평화로 아름다운 풍경화를 만들고 있다.

출근길 등기우편 찾으러
아침 우체국에 들르다
수위실 젊은 아저씨 참 친절하다
전화로 금방 내 앞에 푸른 웃음
머금은 청년 하나 하늘에서 금방 떨어진 것처럼
불러 세운다
푸른 걸음 따라 오른
이층의 부산한 집배원들 손놀림
컴퓨터 자판을 두드리거나 우편물을 챙겨 담거나 하나같이 등 푸른 바다처럼 싱싱하다.
저마다 "즐거운 편지"를
그에게 혹은 그녀에게 한 걸음 먼저 닿게 하려고… 아,
日常이 주름 접힐 즈음 아침의 창원우체국으로 가서
당신이 아직 찾지 않은
등기로 배달된 희망 하나 찾으러 가도 좋다.
　　―〈아침의 창원우체국〉 전문

"푸른 웃음", "푸른 걸음", "푸른 바다"가 "즐거운 편지"와 "등기로 배달된 희망"으로 이어지는 시의 전개는 경쾌하고 자연스럽다. 그것이 어느 정도인가는 시인 스스로 "아, / 日常이 주름 접힐 즈음"이라고 숨 고르기를 하는 데서 알 수 있다. 게다가 2행의 "들르다"와 마지막 행의 "찾으러 가도 좋다"는 객관적 어투가 그 숨 고르기를 돕고 있다. 시 전개의 속도와 숨 고르기 사이에서 시적 긴장이 발생한다. 만약 이 작품이 '들른다'와 '찾으러 가라'라는 식의 1인칭 진술로 이루어졌다면 작품은 미학적 긴장을 잃고 단순해졌을 것이다. 그 위험을 잘 제어하고 있는 시인의 희망은 그런 점에서 공허하지 않다. 그의 시 만들기에서 희망은 등기처럼 배달된다.

애견 '고야'와 함께
이름 모를 짐승의 흔적을 추적하다
약간 지쳐서 행복해지면
세면장에 커튼을 두른다
동굴처럼 운신이 폭이 좁은 공간
문명의 상의와 하의를 벗어 던지고

더운물을 온몸에 끼얹으면

겨울 온천을 즐기는 크로마뇽인처럼

가슴에 털이 자라고 광대뼈가 툭 튀어나오고

송곳니가 쑥 자라고

눈알이 새빨개진다

그리고는 이상한 평화

자욱하다

—〈겨울 크로마뇽인〉 전문

　시인의 희망은 지친 것조차도 "행복"으로 받아들인다. 앞서 윤석산에게서 현실과 비현실이 병치됨으로써 시적 긴장이 생겨났듯이, 이상옥에게서도 그 지침으로 해서 비현실의 상상 공간이 태어나기 때문이다. 그런데 윤석산의 경우 그것이 공간의 병치였다면, 이상옥에게서는 화자(話者)의 변용으로 나타난다. 그리고 그 변용은 "짐승의 흔적을 추적"한다는 데서 이미 섬세하게 준비되어 있다. '애견과 짐승'의 대조는 '현재와 고대'의 대조로 이어지며 확대되기 때문이다. 그 대조의 미학 속에서 시는 긴장을 얻는다. 마지막의 자욱함은 더운물의 열기가 빚어낸 실제 욕실의 풍경이기도 하지만, 동시에 시적 자아의 성취감의 표현일 것이다. 자욱하게 차오르는 행복, 그러니 "이상한 평화"가 아닌가. 시인의 그 희망의 행복은 자욱하게 번지고 있다.

　이해와 표현의 저 너머에 있는 것으로 보이는 혼돈의 현실 속에서도 시적 출구를 열려는 두 시인의 이 말 찾기를 시의 희망으로 믿을 수 있지 않을까?

두 편의 시, 가벼움과 묵직함

－황인숙과 이성부

나는 계단이 좋다

이왕이면 오르막 계단이 좋다

양 옆에 집집의 담장과 문들이 벽을 이루더라도

정수리만은 하늘로 뚫렸으면 좋겠다

그리 까다로운 주문도 아닌데

계단 꼭대기 집들이 서너 걸음만 뒤로 물러서 주면 된다

아, 정수리가 하늘로 뚫린 계단

그 층계가 스물을 넘지 않아도

한없이 한없이 뻗어 올라가네

회오리처럼 소용돌이처럼

그 너머가 보이지 않는 오르막 계단에

나는 휩쓸린다.

　　─〈하늘로 뚫린 계단〉 전문

《동서문학》 가을호에 실린 황인숙의 〈하늘로 뚫린 계단〉은 밝고 경쾌하다. 그 밝음과 경쾌함은 아주 사소한 데서 출발한다. 작고 사소한 곳에서 자유로운 상상력을 펼치는 것. 그런 점에서 이 작품은 그의 전형적인 시 세계에 속한다.

여기 "계단"이 있다. 서양에는 '천국으로 가는 계단'이라는 비유가 있지만, 우리에게 계단은 그런 종교적 초월성을 갖지 않는다. 계단 꼭대기에 산사(山寺)가 있다 하더라도, 그곳은 삶과 자연의 조화로운 연장(延長)일 뿐이다. 그런데 시인은 그런 산사의 계단도 아니고, 일상생활 속의 한 공간을 말하고 있다. 우리에게 친숙한 골목길의 계단 말이다.

나는 계단이 좋다 / 이왕이면 오르막 계단이 좋다 / 양 옆에 집집의 담장과 문들이 벽을 이루더라도 / 정수리만은 하늘로 뚫렸으면 좋겠다 / 그리 까다로운 주문도 아닌데 / 계단 꼭대기 집들이 서너 걸음만 뒤로 물러서 주면 된다

그리 넓지 않은, 아니 다감하지만 좁게 느껴지기까지 하는 골목길의 계단에 시인은 서 있다. 그 좁은 일상에 대해 그는 아무런 시비를 달지 않는다. 단지 그것이 막힌 공간이 아니기만을 바란다. 하늘로 뚫려 있는 골목길의 계단. 시인이 바라는 것은 그뿐이다. 답답하기도 한 일상에 숨통을 틔워줄 세상의 몇 걸음을 꿈꾸는 것이다.

아, 정수리가 하늘로 뚫린 계단 / 그 층계가 스물을 넘지 않아도 / 한없이 한없이 뻗어 올라가네 / 회오리처럼 소용돌이처럼

현실 속의 계단은 스무 개를 채 넘지 않아도 시인의 상상력 속에서 그 계단은 무한히 늘어난다. "회오리처럼 소용돌이처럼" 늘어난 그 계단은 그러나 힘들여 올라야 할 대상이 아니다. 단숨에 그의 존재를 데리고 갈 에너지 덩어리다. 상상력은 이렇게 엄청난 에너지를 품고 있다. 그래서 늘 동사(動詞)를 동반한다. 상상력은 질주하는 움직임인 것이다.

그 너머가 보이지 않는 오르막 계단에 / 나는 휩쓸린다.

그래서 존재는 "휩쓸린다". 어디까지 갈는지는 알 수가 없다. 끝 간 데 없는 무한의 상상력인 것이다. 게다가 계단의 오름은 휩쓸림의 하강과 맞부딪치며 난기류(亂氣流)를 만든다. 상승과 하강의 이 마지막 뒤섞임에 힘을 입어 이 작품은 단순한 소품을 벗어 던진 격렬한 역동적인 에너지 덩어리가 된다. 비극적 정조가 두드러진 세상을 이처럼 가볍고 자유로운 발걸음으로 휘젓는 시인의 상상력은 값지다. 그래서 오늘 문득 우리 삶의 계단이 갑갑한 일상을 넘어 삶의 환한 저쪽으로 존재를 휩쓸어 가는 고속 에스컬레이터가 되기를!

황인숙이 가볍고 경쾌한 상상력을 보여준다면, 이성부는 묵직한 실제의 발걸음을 찍어 옮긴다.

고개는 낮은 곳에서 길을 잡아 나를 이끈다
처음부터 제 머리를 치켜드는 법이 없다
내 걸음걸이 더디게 되면서부터

자꾸만 산 뒤편으로 저를 감춘다
땀방울들 하나씩 땅에 떨어질 때마다
고개는 성깔을 드러내어 된비알을 만든다
버려야 할 것들 모두 버린 다음에라야
나도 마루에 올라 가쁜 숨 몰아쉰다

고개가 높은 곳에서 길을 잡아 나를 끌어내린다
저어 아래 저를 꿈틀거리면서 금세 사라진다
살아오고 살아갈 길이 저런 숨바꼭질을 닮았는지
아니면 큰 파도 일렁임인지 알 수 없다
편안함이란 잠시 힘을 빼고 내려가는 것
내려온 만큼 다시 올라가야 할 산 쳐다보인다
낮은 길이 좌우로 퍼질러 앉아서
자동차들도 넘나들거나 쉬어 가는 곳이 되었다

나도 이쯤에서 주저앉아 뒷사람 기다리기로 한다
아래에서 올라오거나 위에서 내려오거나
여기서는 누구나 발걸음들 멈추어 저를 돌아본다
몸과 넋이 따로 잘 노는 것 보인다
눈시울 붉히며 네거리 돌아서던 사람도

다시 찾아야 할 고향마을도 또렷하게 되살아난다
고개가 가는 대로 나는 걸어
땀방울 맑게 빛나는 길로 들어서야 한다
　―〈십자고개〉 전문

《현대문학》 8월호에 실린 그의 시는 힘차다. 그것이 우선 움직임의 시이기 때문이다. "고개는 낮은 곳에서 길을 잡아 나를 이끈다"와 "고개가 높은 곳에서 길을 잡아 나를 끌어내린다"는 움직임의 대립이 이루어지는 이 시에서 주인공은 바로 고갯마루다. 시적 화자(話者)는 단지 "고개가 가는 대로 나는 걸어 / 땀방울 맑게 빛나는 길로 들어서야 한다"고 말할 수 있을 뿐이다. 여기서 비록 화자가 "주저앉아 뒷사람을 기다리기로 한다"고 하더라도 이 안에서 멈춤은 없다. 주인공인 고갯마루는 뒷사람을 여전히 이끌어오고 있기 때문이다.

그래서 이 시를 쫓아가면 하나의 역동적 풍경이 그려진다. 세계의 이쪽과 저쪽, 그리고 산봉우리와 산봉우리를 연결하는 종주대가 서로 겹치는 풍경 말이다. 그 안에서 선과 점과 면은 가만히 있지 않고 길을 따라 움직인다. 그 움직임은 우선 몸을 부르지만, 다른 한편으로는 성찰(省察)에 이르는 넋을 부른다. 그래서 화자는 "몸과 넋이 따로 잘 노는" 세상에 대한 비판적 시각을 얻기도 한다. 이 시는 그런 점에서 움직임의 시이자 깨달음의 시다.

그 깨달음은 당연히 "내려온 만큼 다시 올라가야 할" 자연의 이치에 닿아 있다. "버려야 할 것을 모두 버린 다음에라야 / 나도 마루에" 오를 수 있다는 것 말이다. 나아간 만큼 돌아오고, 올라간 만큼 내려오는 삶, 그 당연한 이치를 십자고개의 고갯마루가 알려주고 있는 것이다. 그렇다고 그 이치가 마냥 순한 것만은 아니다. "성깔을 드러내어 된비알을 만"들기도 하기 때문이다. 하긴 그 힘겨운 비탈이 없다면 몸과 넋의 깨달음도 없을 것이다.

얼핏 보면 정적(靜的)인 시인의 풍경 속에는 이렇게 움직임과 깨달음의 '가쁜 숨'과 '땀방울'이 들어 있다. 그 들이켜고 내쉬는 숨과, 솟아나고 떨어지는 땀방울을 새겨 넣는 시인의 손은 또한 섬세하면서도 둔중

하다. 거기에는 섣부른 계몽의 교훈도 없고, 그렇다고 화려한 묘사도 없
다. 아주 평이한 묘사와 진술만으로 자연의 풍경이자 영혼의 풍경을 빚
은 것이다. 몸과 넋이 하나가 된 이 풍경은 밋밋해 보이지만 힘차며 그
래서 아름답다. 말의 군더더기 장식이 전혀 달려 있지 않은 그곳에서 우
리가 견인(堅忍)의 미학을 보기 때문이다. 몸의, 넋의, 언어의 견인주의
말이다.

　이러한 견인의 미학은 여성주의에 상대적으로 깊게 물들어 있는 우리
시에 대한 항변이기도 하다. 감정의 묘사에, 자잘한 교훈에 자족하는 그
나약한 언어들. 그 한가운데를 시인이 스스로를 들여다보며 성큼성큼
걷고 있다. 저기 시의 고갯마루에 이성부가 걸어간다.

《객주》를 따라가는 몇 개의 길

─김주영의 《객주》

작품의 배경

내가 《객주》를 처음 읽은 것은 약 스무 해 전인 1983년이다. 그때 나는 막 대학생이 되었고, 되자마자 기관지에 구멍이 뚫려 학교를 쉬고 고향 집에 내려와 있었다. 멀리서 친구들이 보내주는 학교신문을 손꼽아 기다리며 길고도 지루한 시간을 보내고 있었을 때, 거의 유일한 즐거움이 집에서 멀지 않은 대학교의 도서관에 가서 책을 읽는 일이었다. 바로 그때다. 개가식(開架式) 책꽂이에서 김주영의 이 책들을 발견한 것은.

당시 대학은 학교 안에까지 사복 경찰이 들어와 늘 진을 치고 있었고, 심지어 대학 식당에 가면 그들과 한 밥상에서 밥을 먹는 일도 드물지 않을 때였다. 터지기 직전의 아슬아슬한 긴장이 곳곳에 지뢰처럼 가득하던 캠퍼스. 나는 거기서 도피하듯 책을 읽었는데, 그 어떤 책도, 심지어는 도

색소설조차도 현실보다는 아름다울 때였다. 제5공화국의 강권 통치의 암울함은 당시의 젊음에게 아무런 낭만도 허용하지 않았고, 그럼에도 불구하고 때로 그 낭만적 이상을 끝까지 쫓아간 사람들은 가혹한 탄압을 받아야만 했다. 그때 쫓아갈 수도, 그렇다고 안주할 수도 없었던 '남겨진 그들'에게 책은 거의 유일한 도피처이자 위안거리였으며 동시에 희망이었다. 《객주》는 그 시기에 가장 인상적인 작품 가운데 하나였다.

이 책은 1981년 3월 10일에 첫 권이 선을 보였고, 1984년 4월 20일에야 마지막 9권이 나왔다. 장장 3년이 넘게 걸려 온전한 모습을 갖추게 된 것이다. 아주 먼 기억이지만 그게 맞는다면, 내가 도서관에서 처음 《객주》를 발견했을 때는 대략 6권까지만 거기에 있었던 것 같다. 그래서 조바심을 내며 그 다음 권이 나오길 기다리던 내 모습이 지금도 눈에 선하다. 물론 이 작품의 파장은 나의 주관적 반응에 그치지 않는다. 그만큼 화제였고, 들리는 소문에 따르면, 이 연재소설로 인해서 신문의 구독자가 엄청 늘었을 정도였다. 이런 예는 벽초 홍명희의 《임꺽정》, 황석영의 《장길산》 외에는 드문 현상이었다고 한다. 어쨌든 1980년대에 좀 작은 판형(版形)으로 선을 보인 이 《객주》는 작가 김주영을 단번에 우리 문학의 총아로 만들어버린 문화사적 사건이었다.

역사와 문학

문학으로 검증되지 않은 역사는 역사가 아니다. 역사는 있었던 사건을 기록하지만, 문학은 있을 수 있는 모든 것을 담아내기 때문이다. 기록이 없거나, 혹은 기록자의 주관에 의해서 진실 여부를 판가름할 수 없는 경우, 역사는 사실 앞에서 무력해진다. 하지만 문학은 그 공간에 상상력을 투사하여, 있을 수 있는, 혹은 있어야만 하는 진실을 만든다. 그 진실은 역사적 사실과는 다른 차원에서 새로운 사실을 구성한다.

물론 이 둘이 전혀 다른 것은 아니다. 오히려 서로가 서로에게 도움을 주고 있다고 보아야 한다. 역사는 고증을 통해 문학적 상상력에 최소한의 개연성의 틀을 부여하고, 문학은 상상력을 통해 역사적 사실을 분석하고 해석하도록 이끈다. 객관적인 역사만도, 그렇다고 주관적인 문학만도 아닌, 문학적 역사 또는 역사적 문학이 필요한 것은 그러한 이유에서이다. 역사는 불완전한 사실의 한계를 넘어설 수 있는 상상력을, 문학은 지나치게 주관적일 수도 있을 상상력으로 하여금 개연성의 보편적 터로 내려앉도록 하기 위해 역사적 사실을 필요로 한다.

《객주》의 우선적인 미덕은 역사와 문학이 만나는 아주 행복한 예를 보여주었다는 데에 있다. 이 작품에는 19세기 후반의 역사의 한 자락이 고스란히 담겨 있다. 기존의 왕조사(王朝史)나 영웅사(英雄史) 위주의 역사 기술에서는 배제될 수밖에 없었던 보부상들의 길을 따라 이 땅의 엄연한 역사가 그려지는 것이다. 게다가 전국을 돌아다니는 직업적 특성으로 해서 그들의 길은 어느 한 지역에 편중되지 않는다. 삶에 밀착된 하층민들의 이 일상사는 정통적 역사 서술의 빈자리를 메우며 우리 역사의 온전한 모습을 이해하는 데 도움을 준다. 이 작품에 힘입어 조선 말기의 우리 역사가 생명력을 얻는다.

민중의 역사

이러한 시각에서 볼 때, 《객주》의 주된 특징은 이야기의 주인공이 없다는 것이다. 위에서도 밝힌 바 있듯이, 이 작품은 뛰어난 인물을 중심으로 서사(敍事)를 풀어나가지 않는다. 물론 천봉삼이란 걸출한 인물이 중심에 있는 것은 사실이지만, 그 또한 여러 인물과의 관계 속에서 부각되지, 그 스스로 다른 인물들을 끌어나가지는 않는다. 실제로 길소개, 매월이, 월이 등의 개성적인 인물들은 천봉삼에 못지않은 비중으로 이 작품의 구심점 역할을 한다. 그들은 모두들 자기 나름의 언어를 가지며 능동적으로 이 작품 속에 참여하고 있다. 따라서 장삼이사(張三李四), 우수마발(于溲馬勃), 갑남을녀(甲男乙女)의 민중은 지배계급에 이끌려가는 역사의 수동적 계층이 아니라, 시대와 개인적 운명을 만들어가는 주인공으로서 그들 자신의 민중 언어를 소유하게 된다는 것이 이 작품을 살아 있게 하는 가장 강력한 힘이라 할 수 있다. 여기에 대해서는 작가 스스로 1992년 8월 개정판의 '작가 서문'에서 다음과 같이 밝히고 있다.

이 소설을 쓰게 되면서 나는 한두 가지 염두에 둔 것이 있었다. 그것은 구태여 주인공을 만들지 말자는 것이었다. 그러면서 많은 등장인물 모두에게 나름대로 고유한 삶의 모습들을 추출해서 다양한 개성을 부여하자는 것이었다. 그래서 역사의 행간에서 속절없이 배설되거나 묵살되어버린 그들 서민들에게 작가 나름대로 이름을 붙여주고 그 삶의 모습을 일깨워 죽음에서 일으켜 세워줘야 한다는 것도 작가가 해야 할 일 중의 한 가지로 여겼다. 이 소설에 기술되어 있는 문장이 지적(知的)이거나 논리적이라기보다는 감정적이고 즉흥적이고 충동적인 것, 그리고 가창적(歌唱的) 서정성을 지니게 된 연유도 처음 염두에 두었던 그런 생각을 훼손시키려 하지 않았음에 있다. 밟아도 밟아도 또다시 일어서는 질경이 같은 인생들이 가지는 그 독특한 향기, 그리고 소매 끝에 항상 바람소리가 끊어지지 않는 떠돌이 인생들이 가지는 처절한 몸부림을 감지하자는 데 아홉 권이나 되는 분량의 소설을 쓴 것이지만, 출간 십 년이 되는 지금까지도 미진함이 남아 소설의 책갈피를 게걸스럽게 들춰볼 때가 한두 번이 아니었다.

174

　실제로 보부상은 사농공상(士農工商)이라는 조선의 계급 질서에서 가장 아래인 상인계급에 속하며, 그나마 상인계급 가운데서도 가장 아래라 할 수 있다. 작가는 명분을 중시하는 사대부 계급에 맞서 삶을 가장 실제적으로 체험하고, 그 결과 비판적 현실 인식을 소유하는 이들을 전면에 내세운다. 그럼으로써 한 시대를 위에서 본 피상적 모습이 아니라, 아래로부터 구체적으로 그릴 수 있는 시야를 확보한다. 이 과정을 통해 조선왕조 말기의 혼란한 사회·경제상이 부각된다. 안으로는 양반계급의 부도덕과 탐욕에 의해, 밖으로는 일본과 중국 그리고 러시아의 침탈에 의해 무너지는 조선 말이다. 그래서 지배계급에 대한 작가의 시선은 가차 없다.

　세상에 벼슬이란 것보다 허망한 것이 어디 있습니까. 사람이 세상에 태어나서 풀포기나 이슬을 끼니 대신으로 하지 못하고 깃과 털로써도 육신을 가릴 수가 없습니다. 그럴진대 자연 입고 먹는 일에 종사하자는 것은 섭리를 따르는 것입니다. 위로는 조선(祖先)과 부모를 공양하고 아래로는 권속들을 먹이고 따르는 자들을 길러야 하겠으니 재리(財利)를 경영하여 식산(殖産)을 꾀하지 않을 수 없습니다. 외람되나마 공자의 말씀에도 부(富)하게 된 다음에사 가르친다 하지 않았습니까. 옷을 헐벗고 밥을 빌어먹어 가면서는 선조의 제사를 받들지도 못하고 부모를 공양하는 일도 지난이며 배고픈 아이들에게 윤리를 가르쳐보았자 공론(空論)에 그치기 십상입니다. 별이 들쭉날쭉하는 지붕 아래에서 도독과 인의(仁義)만을 좇고 있겠습니다. 대저 궁반(窮班)이란 사람들이 어구(御溝)에 입을 대고 앉았다가 반연 꾀하여 가문의 양명을 서두르고 실용(實用)은 상것들이나 하는 일인 줄 알고 있습니다. 그러나 매양 꾸리기 어려운 가사를 이어나가자니 그 지체와 명망을 팔아서 남몰래 간악한 짓을 하면서 겉으로는 해동공자로 자처하는 선비들이 많지 않습니까. 세상에는 사궁(四窮)이 있다 하였습니다. 그것이 어쩔 수 없는 일이나 폐단은 아닙니다. 그러나 궁반들이 있으니 이는 폐단이 되고 있지 않습니까. 그러므로 반명을 한다는 사람이나 상것들이나 간에 먼저 의식의 근원을 튼튼히 한 다음에 비로소 예의범절의 단서을 닦게 하여야 풍속이 바로잡히지 않겠습니까. 대저 푸른 소나무를 벗하고 흰구름을 희롱하며 돌을 베고 주워서 흐르는 물로 양치하며 아침안개 속에서 풍월을 읊조리고 달 아래 물을 긷는다는 것이 명목이야 어찌 아름답지 않겠습니까. 그러나 이것은 온 세상 사람들이 요족한 태평성세의 백성이 되었을 때 일이 아닙니까. 그러나 오늘에 이르러 되국과 아라사와 왜국이 저들의 물화로 우리백성들의 눈을 어지럽히고 있는 판국에 선비의 도리만 찾고 있을 수는 없습니다. 만약 이것으로써 살아가는 도리와 본[律]을 삼는다면 머지않아 나라는 암담한 지경에 이를 것입니다. 가화(家和)를 누리자면 물론이요, 죽은 자를 보내는 데도 재물이 소용되지 않습니까.

이 시선은 사대부에게만 머물지 않는다. 상인계급 가운데서도 중인의 반열에 오른 신석주와 같은 대상(大商)에 대한 작가의 묘사는 신랄하다. 치부(致富)를 위해 그들은 지배계급과 손을 잡고 매점매석(買占賣惜), 탈세, 고리대금업, 합법을 가장한 사기 등을 일삼으며 상도(商道)를 무너뜨리고 경제 질서를 교란한다. 그리고 신석주보다 규모는 작으나 나름대로 부를 이룬 김학준과 같은 지방의 거상(巨商)들, 이윤만을 쫓아 왜국 상인과 거래하며 조선의 시장을 내어주는 일에 앞장서는 큰 포구의 상인들도 모두 부패하고 타락한 인물로 그려진다. 그들은 재물이 필요한 양반계급과 공생 관계를 유지하며, 부패하고 타락한 지배 계층을 형성한다.

이에 반해 보부상들은 생존을 위해서라도 누구보다도 뼈저리게 왜곡

된 현실을 인식할 수밖에 없으며, 또한 그 현실과 직접 부딪쳐 싸워나가
야 한다. 게다가 이들은 이윤을 찾아 끊임없이 이동하는 관계로 지극히
현실적이며, 또한 당대의 방대한 정보에 접할 수 있다. 그런 점에서 지
배계급에 귀속되어 정주(定住)하는 농민이나 하인들과는 전혀 다르다.
바로 여기가 작가의 뛰어난 현실 인식을 보여주는 지점이다. 근대적 의
미의 공업이 아직 뿌리내리지 못한 상황에서는 상인이 당대의 현실을
이해하고, 집단적인 변화의 에너지를 표출할 수 있는 유일한 계급이었
기 때문이다.

고증(考證)의 힘

그런데 실상 이런 입장은 그다지 새로운 것이 아닐 수도 있다. 지배와
피지배의 역학 관계는 굳이 문학이 아니더라도 얼마든지 지적할 수 있
는 것이기 때문이다. 문제는 그 관계를 얼마나 구체적으로 그리느냐 인
데, 그 점에서 《객주》는 탁월한 성취를 보여주고 있다. 무엇보다도 고증
의 엄밀함을 지적할 수 있다.

조바위·남바위·풍차(風遮)·염낭과 댕기 몇 개, 가리마〔遮額〕·분통(粉
桶)·면빗·얼레빗·빗치개·족집게·연지합(臙脂盒)·진옥각지·은조롱·조개
부전 같은 것은 고사하고라도 매월을 더욱 놀라게 한 것은 갖가지 비녀들
때문이었다. 대갓집 여편네들에게 쓰임새가 많은 옥모란잠(玉牡丹簪)들과
매죽잠들은 오래 갖고 다녀 손때가 묻었었지만 이제 시월 들고부터 쓰임새
가 당길 용잠(龍簪)과 은모란잠(銀牡丹簪)·옥잎잠〔玉葉簪〕·은매죽잠(銀梅竹
簪)·이사금잎잠〔泥沙金葉簪〕이랑 여러 개는 태깔이 제대로였다. 게다가 그
모두가 장물이란 걸 매월이가 모를 리 없었다.

위의 인용문은 이 작가가 규방의 풍물에까지 얼마나 찬찬히 알아보았는가를 증명하는 좋은 예다. 이러한 예는 작품의 곳곳에 있다. 의복과 음식, 말투, 주거 공간, 지리, 유희, 성 문화 등등의 세세한 묘사를 통해 한 시대의 구체적 일상을 되살려놓은 것이다. 그런데 고증은 단순히 객관적인 풍경의 복원으로 그치지 않는다. 그 속에서 누가 과연 건강한 삶을, 행복한 세계를 만들어가는가 하는 점까지 암시적으로 드러나기 때문이다.

이 점, 근대소설의 선구자라 할 수 있을 발자크와 견주어질 수 있다. 그는 정치적으로는 보수적인 왕당파였지만, 현실에 대한 관찰을 통해 시대의 주도적 흐름이 어디에서 흘러나오는지를 알았다. 물론 인쇄업에 뛰어들었다가 과중한 채무를 진 뒤, 신문과 잡지에 연재를 하며 살아야 했던 발자크로서는 그 신문과 잡지를 구매하는 당대의 지배 계층 부르주아의 입장을 선택할 수밖에 없었다. 그것은 흔히 오해하듯이 리얼리즘의 승리가 아니라, 현실 그 자체의 승리다. 어떤 이유로든 현실을 들여다보면 볼수록 결국은 냉철한 흐름을 받아들일 수밖에 없게 되는 것이다. 심지어 자신의 세계관을 버리는 일까지 감수하면서 말이다. 엄정한 고증은 단순한 객관화가 아니라, 현실을 구성하는 정치학의 파악까지를 포함하고 있다.

《객주》의 실증주의가 제시하는 정치학은 나라의 근본이 노동을 통해서 직접 재물을 생산하는 백성에게 있다는 것을 분명하게 확인시킨다. 거칠지만 소박하고, 냉정하지만 따듯하며, 이익을 추구하나 사리(私利)를 넘어 공리(公利)를 추구하는 보부상들의 품성은 이들의 행동거지에 대한 섬세한 묘사 곳곳에 배어 있다. 이 작품은 따라서 지금은 사라진 19세기 문물의 살아 있는 풍속 박물관으로서 조금도 손색이 없음은 물론이고, 당대 현실을 움직이는 힘이 어디에서 어떻게 움직이는지를 보여준다는 장점을 갖고 있다.

생존으로서의 성(性)

이 작품이 가지는 또 다른 특징은 성을 다루는 방식이다. 적지 않은 분량을 차지하는 성애의 묘사는 삶에 밀착된 존재들의 꾸밈없는 성을 여실히 보여준다. 그들의 성은 노골적이지만 자연스럽다.

천봉삼은 흑공단같이 치렁치렁 풀어내린 월이의 머리채를 쓰다듬었다. 그리고 머릿결 사이로 손가락을 넣었다. 봉삼의 손끝이 속살을 헤집어갈 적마다 월이의 아랫배는 팽팽하게 당기고 가슴이 뛰는 것이었다.

"우리의 아이는 모사누아비를 가졌으나 좋은 어미의 슬하에서 자랄 것이니 올곧은 사내가 될 것이오."

월이는 그 말에 대꾸 않고 봉삼의 가슴으로 기어올라 그 가슴에 입을 쩍 맞추었다. 봉삼이가 월이를 바싹 끌어당겨 안았다. 뼈가 으스러지는 것 같았으나 고통을 느낄 수가 없으니 이 또한 무슨 조화인가. 월이의 자그마한 몸뚱이가 다시 와락 안기면서 봉삼의 오장육부를 파고드는 듯했다. 턱 아래 있는 궐녀의 입에서 단내가 풍겨왔다. 봉삼의 등때기에도 월이의 손톱 자국이 긋고 있었으나 그것을 느끼지 못하였다. 봉삼의 떨리는 손이 성급하게 아래로 내닫더니 월이의 치마끈을 풀고 있었다. 옹골차고 피둥피둥한 월이의 불덩어리 같은 엉덩이가 시위를 당긴 것처럼 푸짐하게 부풀어 있었다. 월이의 두 손 역시 봉삼의 가슴에서 배꼽으로, 배꼽에서 다시 사추리로 내려가며 떨리고 있었다.

그런데 흥미로운 점은 많은 경우 성이 욕망의 문제라기보다는 생존의 문제에 가깝다는 것이다. 물론 남성은 여전히 욕망에 휘둘리고 있으나, 여성들의 경우에는 엄연한 생존이 훨씬 더 앞선다. 그래서 의지할 데 없는 월이는 중년의 최돌이와 첫날밤을 치르고, 양반가의 운천댁은 대숲에 소변을 보러 나왔다가 길소개에게 억지로 겁간을 당한 뒤, 결국 그를 따라 나서게 된다.

그것은 두 가지 차원에서 생각해보아야 한다. 하나는, 성은 부차적 의미밖에 가질 수 없고, 먹고살기가 초미의 관심사였던 당시의 암울한 사회·경제적 상황이다. 굶어 죽을 수 없어서 딸을 색주가(色酒家)에 팔아야 했던 현실은 엄연한 역사적 기록이다. 다른 하나는, 남녀 차별의 윤리다. 약자인 여성들에게 정조를 절대시하며 강요한 나머지, 정조를 잃은 여성은 이유를 불문하고 더 이상 정상적인 삶을 살 수 없었던 것이다. 죽음을 택하든가, 아니면 떠나든가, 달리 선택은 없다. 따라서 여성들은 자신의 성을 마지막으로 취한 남자에게 어쩔 수 없이 의존하게 된다. 물론 매월이처럼 자신의 욕망에 충실한 여성이 없는 것은 아니지만, 당시 대부분의 여성의 성은 철저하게 수동적이었고, 동시에 사회적 폭력이 행사되는 자리였다.

어쩌면 궐녀가 학수고대로 길가를 기다렸을지도 모른다는 생각이 들기도 하였다. 만약 궐녀가 이것을 원치 않았다면 병문에서 재장구쳤을 적에 능히 길가를 따돌릴 수도 있었을 거였다. 이만한 육덕이고 모질기가 이만한 계집이라면 양기 쇠한 안방샌님의 가위에 눌릴 여자가 아니란 생각도 들었다.

반가의 계집들일수록 성희가 대담하고 그들끼리 모이면 은밀한 육담이 오간다는 얘기도 들어서 알고 있었다. 어쩌다가 한번 삐끗하여 노복과 상관을 해본 여염의 여자치고 본부(本夫)와 온전히 붙어살던 여자가 없지 않았던가. 도부꾼들에게 보쌈을 당한 과수나 소박데기들도 처음엔 반항하다가도 몇 달만 지나면 친정에서 찾으러왔다 한들 한사코 손사래치던 것을 길소개는 몇 번인가 보아왔었다.

　길소개는 궐녀가 젖무덤을 두 손으로 감싸안고 저고리를 벗겨내린 자신의 가슴으로 와락 안기는 것을 내려다보았다. 궐녀의 흐벅진 젖무덤이 가슴에 와서 뭉클하자 느닷없이 등골이 대심박이를 당한 것처럼 뻣뻣해졌다. 너무도 대담한 짓이라 의뭉하고 반죽 좋은 길가도 처음엔 허공에다 턱을 걸고 우두망찰할 수밖에 없었다.

위에 인용한 대목은 운천댁이 정조를 잃고 더 이상 남편의 곁에 머물 수가 없어 길소개를 따라나서게 되는 장면이다. 운천댁은 자신을 겁간한 자에게 적극적으로 매달릴 수밖에 없는 것이다. 상대가 비록 천한 상 것이라 하더라도 말이다.

　그런데 이러한 성 묘사는 오늘날의 시각으로 보자면 도저히 허용할 수 없는 여성 비하다. 하지만 당시의 풍속으로는 부인할 수 없는 현실이었다고 보아야 한다. 따라서 작가가 그리는 성을 이해하기 위해서는, 오늘날의 관점보다는, 당시의 성 정치학을 감안한 고고학적 시선이 필요하다. 다시 말해 그것은 작가의 윤리가 아니라, 우리가 인식해야 할 당시의 윤리다. 그러고 보면, 그들의 자발적 성은 거칠면서도 건강하지만, 동시에 당대의 권력관계가 고스란히 반영되어 언제든 왜곡되고 덧날 위험에 놓여 있음 또한 알 수 있다.

해학과 골계미(滑稽美)

《객주》에는 다양한 인물이 등장한다. 실제 역사 속의 인물도 있고, 허구로 창조된 인물도 있다. 후반부에 나오는 민비와 대원군, 민영익과 이용익 등은 앞의 경우고, 그 외의 상당수는 뒤에 해당된다. 그런데 중요한 점은 이 인물들의 성격이 너나없이 생생하게 형상화되어 있다는 것이다. 위에서도 언급했듯이, 그것은 작가가 영웅적인 한 인물이 아니라, 다양한 인물의 얽힘을 통해 사회를 총체적으로 보고자 한 데서 나온 결과다.

그런데 곰곰이 들여다보면 그 형상화는 우리 고소설(古小說)이나 판소리의 익살과 풍자의 전통에 닿아 있다. 더 없이 진지해야 할 순간에도 인물들의 대사나 그들을 묘사하는 지문은 익살이 넘치며, 그 가운데 풍자의 칼날이 예리하게 번득인다. 그리하여 이야기는 전체적으로 보아 비극적으로 전개되지만, 그것을 풀어나가는 정조(情調)는 경쾌하면서도 익살스럽다.

"여보시오 나으리, 멧담배라도 지녔으면 그놈 천가만 주지 말고 맛 좀 보이시구려. 인정머리가 그래서야 쓰겠소."

"여보시오 옥사장, 그 곰방대를 한 순만 돌리시오."

멀찌감치 물러서서 뒷짐을 지고 섰던 옥사장이 이용익에게 눈짓을 하였다. 죄인에게 담배 건네는 것을 진작 눈감아주었으니 다른 죄수들에게도 맛보이지 않으면 나중 화근이 제 발등에 떨어지겠기 때문이었다. 곰방대를 죽 돌리기 시작하게 되었는데 처음엔 한 모금씩이라고 적선을 빌었으나 두 모금 세 모금을 들이켜겠다고 앙탈하다가 옥졸들에게 따귀를 걷어차이고 나가 뒹구는 놈, 연기를 내뿜지 않고 모개로 들이켜다가 밭은기침을 토해내는 놈, 원래는 담배를 피우지 않던 입장에 남이 환장을 하니까 자기도 무슨 횡재인가 하여 무작정 빨다가 댓진에 취하여 눈자위가 하얗게 돌아가는 놈, 물부리의 댓진을 쭉쭉 빠는 놈에 담배 피우는 곁에 섰다가 내뿜는 연기

182

를 몽땅 들이마시려는 놈, 한 모금만 더 빨도록 해달라고 아주 무릎 싹싹
빌고 드는 놈에, 그 거동들을 바라보자 하니 가슴이 터질 것 같았다. 옥사
장이 곰방대를 죄수들에게 돌리고 있는 사이 이용익은 천행수에게,
　"내 말을 귀여겨 들으시오. 재산을 처분하여 오십만 냥을 주선한다면 효
수는 면할 듯싶은데 의향이 어떻소?"
　얼굴이 밝던 천행수가 일순 굳어졌다.
　그러나 한동안 지난 뒤에,
　"나보다 더 급한 사람이 있소."

　보부상들의 우두머리인 천봉삼이 옥에 갇혀 죽음을 앞두고 있는 상황
에서 그를 회유하러 들어간 장면이다. 목이 잘릴 비극적인 상황이지만
작가는 처연함을 드러내지 않는다. 오히려 주변의 익살스런 풍경을 통
해 이 비극마저도 담담하게 받아들여야 할 자연의 운명임을 암시하고
있다. 아니나 다를까. 천봉삼은 그를 구해내려는 사람들의 애타는 심정
을 외면하고, 다른 사람을 구해달라고 말하기까지 한다. 이런 해학이
《객주》의 미학이다.

대자연의 언어

　김주영의 《객주》는 형식으로는 서양의 로망을, 내용으로는 우리의 이
야기 전통을 조화시키고 있는 드문 작품이라 할 수 있다. 대하 로망으로
서 이 작품의 결을 이루는 이야기는 유장하다. 그런데 그 이야기는 해학
의 가락에 실려 두둥실 흘러간다. "문장이 지적(知的)이거나 논리적이라
기보다는 감정적이고 즉흥적이고 충동적"이며 "가창적(歌唱的) 서정성을
지니"고 있어, 읽기는 보부상들의 발길이 그러하듯이 어느새 목적지에

다다른다. 그리고 뒤돌아보면 저 웅혼한 대자연이 담겨 있다. 여기서 대자연이란 선하지만도, 그렇다고 악하지만도 않은 우리의 삶의 본질을 의미한다. 천지불인(天地不仁)의 세계인 것이다.

이 작품은 우선 권선징악의 단순한 결론에서 벗어나 있다. 길소개는 천하에 둘도 없는 모사꾼이지만, 그의 삶은 변전(變轉)을 거듭하며, 오욕에 떨어지는 순간에도 매력을 잃지 않는다. 비록 그가 혀를 잃는 징벌을 받고 개과천선한다 할지라도 그것이 반드시 선의 승리라고 할 수는 없다. 주막에서 몸을 파는 여인이었다가 나중에는 왕비가 총애하는 점쟁이가 되는 매월이 또한 선과 악의 이분법을 벗어나며, 천봉삼의 누나로 남편을 독살하고 비구니가 되었다가 파계한 뒤에 조성준과 맺어지는 천소례 또한 이런 분류의 바깥에 있다. 그것은 말 그대로 필부필부(匹夫匹婦) 저마다의 운명일 뿐이다.

물론 이렇게 긴 길을 오는 동안 몇 군데 빈자리가 없을 수 없다. 우선 3부로 넘어가면서 임오군란을 전후한 역사적 사실의 전개가 두드러져 허구적 진실로서의 보부상들의 육성이 약화된다. 그리고 결말 부분에서 매월과 길소개의 뉘우침은 지나치게 급작스러워 당혹스럽기까지 하다. 게다가 비록 안변 고을의 사또로 있을 적에 한 장교의 도움을 얻어 약간의 교육을 받았다고는 하나, 벙어리가 된 길소개가 지필묵을 써서 의사를 소통하는 것은 개연성을 갖기 어렵다. 하지만 이런 자그마한 티는 등장인물 모두에게 골고루 자기의 자리를 마련해주고자 한 작가의 노고에 비추어볼 때 지극히 사소한 것이다. 오히려 이들을 묘사하는 작가의 언어에 주관적인 감정이입 같은 편중이 없음을 높이 평가할 수 있다. 이것은 누구의 운명을 더 귀히 여기기보다는, 그 모든 운명이 인간 존재의 몫임을 담담히 받아들이라는 작가의 전언(傳言)이다.

그리하여 어떤 독자들은 작가가 좀 더 분명하게 자신의 입장을 드러내지 않은 것에 대해 아쉬움을 표할 수도 있다. 그러나 입장은 독서를 통해 작중인물 저마다의 상황과 운명에 대면하여 독자 스스로 만들어나가는 것이지, 작가에게 요구할 몫이 아니다. 어쩌면 제목에 고유명사를 넣지 않고 보통명사를 고집한 것도 바로 독자 자신이 이《객주》의 주인공이라는 작가의 뜻이 담겨 있는지도 모른다. 우리가 스무 해를 뛰어넘어 다시 이 작품을 읽는 이유는 바로 그것이다. 누군가 우리 문학사 속에서 대하소설을 하나 고르라고 한다면, 나는 이《객주》를 꼽는 데 조금도 주저하지 않겠다.

빈자리, 혹은 과거와 현재의 공존(共存)

−문순태의 《된장》

남도의 삶에 스며 있는 끈질긴 생명력과, 그 생명을 억압하는 모든 것에 대한 굴하지 않는 저항정신을 그려온 문순태는 그 작업의 중요성에도 불구하고 그에 상응한 평가의 바깥에 있어왔다. 그것은 무엇보다도 중앙집권적 문단 제도에서 비롯된 것이겠으나, 다른 한편 그의 세계 자체가 갖는 너무도 뚜렷한 지방색에서 온 것이기도 할 것이다. 날것으로서의 사투리의 사용이라든가, 토속성 강한 풍물 묘사라든가 하는 것이 모두 그의 강한 개성을 이루는 동시에, 그 세계에 친숙하지 않은 사람들의 접근을 가로막은 점도 사실이기 때문이다. 하지만 그런 외피를 걷어내고 들여다보면, 그가 그려온 세계가 한 지역에만 국한되는 것이 아니라 바로 우리 시대의 일상적 삶의 지층을 이루고 있다는 것을 확인할 수가 있다. 특히 이 신작 소설집 《된장》은 더러 잘못 알려지기도 한 문순태의 문학이 어떤 점에서 보편성을 향해 나아가는지를 잘 보여준다.

우선 드러나는 것은, 삶을 갈무리할 나이에 누구나 한번은 되돌아가게 되는, 아니 찾아야만 하는 "삶의 근원"이다. 그것은 내 것이자 우리 모두의 것이다. 제목 '된장'이 시사하는 바가 그것이다.

나 어려서 잘못 먹고 체했을 때 된장을 우물물에 타서 마시면 속이 후련하게 뚫리곤 했다. 무릎이 깨지거나 박이 터져도 된장을 바르면 직방으로 나았다. 된장은 사람에게 해로운 독을 없애주고 막힌 것을 뚫어주며 여러 가지 강한 맛을 부드럽게 아우르는 힘이 있다.

나도 된장처럼 살고 싶다. 그러나 세상 사람들은 내가 둥그스럼하게 사는 것을 용납하지 않으려고 한다. 한사코 뾰족뾰족하게 살기를 바라는 것 같다. 그러나 내가 추구하고자 하는 것은 지나치게 맵고 쓰고 짜고 시고 단맛을 적절하게 아우르는 된장 맛에 있다. 된장 맛은 신념이나 선택의 문제가 아니라, 관용과 포용의 미학이며 전통 속에 이어온 우리 민족의 아름다운 정신이기 때문이다.

　　— '작가의 말'

그래서 작가는 자주 '추억'의 세계를 불러낸다. 물론 그 과거의 세계가 행복하기만 한 것은 아니다. 오히려 흘러간 시간은 어둡고 아프며 끔찍하기까지 하다. 하지만 그것은 부인할 수 없는 우리의 시간이다. 게다가 그 고통과 어떻게든 마주서야 하고 이겨내야 한다. 과거가 없다면 현재도 없고, 현재 없이는 미래의 꿈도 없기 때문이다. 꿈과 추억 사이의 지금 이 시간은 비어 있는 것이면서 동시에 모든 것이 함께 존재하는 시간이다. 마치 된장처럼 그 모든 것을 인정하고 받아들이는 것, 그것이 존재의 성숙이다. 고통과 행복이 함께하는 것이기에 그 성숙은 슬프게 아름답다. 진실이기에 아름다우며, 행복하기만 한 것이 아니기에 슬픈. 문순태의 이번 소설집은 그런 점에서 슬픈 아름다움의 세계다.

그것은 첫 작품 〈느티나무 아래서〉부터 분명한 모습을 갖는다. 자신의 신념 때문에 온 가족을 불행에 빠지게 하고서도 끝까지 그 신념을 굽히지 않은 '비전향 장기수' 형님을 마침내 받아들이게 되는 한 동생의 모습이 바로 화해며 성숙이기 때문이다. 형님은 신념에 맞는 세상을 보지 못한 채 죽음을 맞이했고, 나는 형의 그 신념 때문에 일생 내내 쫓기고 피하며 살아왔다. 그것은 대단히 슬픈 현실이지만, 그 현실을 받아들이는 것만큼은 아름다운 진실인 것이다. 존재를 알고서도 한사코 집안에 들이기를 꺼려진 형님에 대해 마지막 순간 그분의 영정을 "집에 모셔가자"고 하는 것은 그런 의미를 담고 있다. 이어진 작품 〈문고리〉에서 어머니의 운명과 자신의 운명이 겹쳐짐을 확인하면서, 자신의 운명을 당당히 받아들이고 스스로를 일으켜 세우는 것 또한 마찬가지다. '문고리'는 어머니의 것인 동시에 스스로를 지켜야 하는 자신의 것이다. 그 '지킴'의 대상은 각자의 괴로운 운명이다. 빨치산으로 죽은 남편을 잊지 않는 어머니나, 바람을 피우는 남편에도 불구하고 '홧김에 서방질' 하는 길로 스스로를 파괴하지 않는 딸의 운명 말이다. 그것은 보수적인 가치관을 설파하는 것이 아니라, 자기 자신과 운명에 대한 사랑을 의미하는 것이다.

고리는 무엇이란 말인가. 왜 어머니는 내게 문고리를 간직하라는 것인가. 나의 문고리는 비녀목이 달린 쇠붙이가 아니라 나 자신을 일으켜 세울 수 있는 힘이라고 생각했다. 나 혼자 지쳐 쓰러져 있을 때 아무도 내 손을 잡아주지 않았다. 내가 필요할 때 남편과 아이들은 내 곁에 있지 않았다. 내가 나 자신을 일으켜 세우고 지킬 수 있는 것은 오직 스스로 일어서는 힘

뿐이라는 것을 깨달았다.

그런데 이런 슬픈 아름다움이 반드시 남성들을 비껴가는 것은 아니지만, 보다 더 여성들의 몫인 것은 확실하다. 우리가 화해해야 하는 불구의 현대사는 남성들의 것이며, 남성들이 어긋나게 만든 그 역사에서 파괴의 자리가 된 것은 많은 경우 여성들이었기 때문이다. 〈똥치이모〉에서 바로 그 이모가 단적인 예다. 하지만 그런 '똥치이모'의 삶처럼 극단적인 비극으로 끝나는 여성은 많지 않다. 오히려 문순태의 여성들은 모두 당당하고 강하다. 세태소설에 가까운 〈혜자의 반란〉에서 물질적 조건을 내걸고 유혹하며 협박하고 폭력을 휘두르는 남자를 두들겨 패고서 걸어가는 주인공 혜자의 발걸음이 그 점을 잘 보여준다.

1주일 전 집을 나올 때처럼 턱 끝을 빳빳하게 쳐들고 도전적인 몸짓으로 당당하게 걸으면서, 그녀는 마침내 마음자리 한가운데에 불빛 같은 칼날을 세웠다. 후두두 후두두……. 푸른 칼날 위에 굵은 빗방울이 부서지고 있었다.

'IMF 사태' 앞에서 무능을 드러낸 남편에게 더 이상 의존하지 않고 뛰쳐나온 것처럼, 경제적 능력으로 성을 유린하려는 외간 남자의 폭력 앞에서도 혜자는 결코 굴복하지 않는다. 여성 인물들의 이런 당당함은 문순태가 그려온 "삶의 근원"으로의 회귀가 가부장제를 바탕으로 하는 전통 회구의 단순한 복고 지향이 아니라, 사실은 훼손되지 않은 삶에 대한 강렬한 꿈이라는 것을 증명한다.

이것은 소설집의 표제를 이루는 〈된장〉에서 가장 아름답게 표현된다. '우물'에 남동생이 빠져 죽은 사건으로 어머니는 아버지와 이혼하고,

딸과 함께 미국으로 떠난다. 그러나 그토록 잊고 싶었던 바로 그 우물에 대한 기억을 자신의 것으로 끌어안기로 하고, 귀국을 한 어머니는 그 우물물로 된장을 만들어낸다.

"엄마, 우물을 다시 판 이유가 뭐예요?"

"아직도 그것이 불만인 게로구나."

"엄마를 이해하지 못하겠어요."

"에미 마음속에 자리 잡고 있는 무덤 같은 우물을 없애기 위해서란다."

"마음속 우물요?"

"괴롭고 슬픈 기억은 묻어둔다고 해서 잊혀지는 것이 아니다. 잊기 위해서는 이겨내야만 한단다. 내가 이 집에 눌러 살자면 이 집에서 겪었던 모든 고통을 내 것으로 품어 안아야 한다고 생각했다. 처음에 우물을 다시 파기 시작했을 때는 에미도 겨우 아문 상처를 다시 건드리는 것만 같아서 견디기 어려웠다. 그렇지만 지금은 달라졌다. 에미는 물을 길을 때마다 우물에 빠진 순철이를 건져 올리는 기분이란다. 이제 순철이는 이 집에서 에미와 함께 있단다."

"허지만 엄마가 다시 돌아오신 거는 과거 속에 매몰되기 위해서가 아니지 않아요."

어머니는 더 이상 말하지 않았다.

그리고 어머니의 귀국을 반대하면서 그 기억으로부터 도망치고자 했던 딸도 결국은 기억과의 화해를 통하여 그 '모든 것'의 아름다움을 발견하게 된다. 이 모녀가 선택한 삶은 각자의 "고통을 내 것으로 품어 안아" 이기고, 그럼으로써 타인의 "절망에 불을 댕겨주는" 일이다. 결국 자신의 운명과 마주함으로써 그 모두를 받아들여 승화시키는 용기와 열정, 그 슬픈 아름다움을 문순태의 여성들이 살고 있는 것이다.

과거와의 이런 화해는 하지만 개인적인 차원으로만 끝나지 않는다. 그것은 우리 역사와의 화해이기도 하다. 〈느티나무 아래서〉의 '비전향 장기수', 〈그리운 조팝꽃〉의 1980년 광주에서 죽은 둘째 아들 등등, 그것이 비록 아프고 쓰라린 과거일지라도 문순태의 인물들은 결국 그 과거를 부인하지 않는다. 오히려 그 과거가 현재 속에 함께 살고 있음을 깨닫게 되면서 존재의 변환을 이루기 때문이다. 그의 인물들은 이처럼 예외 없이 과거와의 만남과 화해를 통하여 "삶의 근원"으로 가는 길을 찾는다.

조금 다르긴 하지만 〈나는 미행당하고 있다〉에서 정보기관의 미행자로 평생을 살아온 화자(話者) '밀대' 또한 그런 관점에서 읽을 수 있다. '역사'를 두려워하지 않으며 자신의 가족만을 위해 충실한 밀정 노릇을 해온 화자가 마침내 확인하게 되는 것은 바로 평생 자신을 미행해왔다는 끔찍한 진실인 것이다.

도대체 나를 미행하는 사람은 누구란 말인가. 숨이 입천정에 달라붙도록 뛰면서, 나는 비로소 오랫동안 나 자신을 미행해왔음을 알고 몸서리를 쳤다. 나는 나 자신으로부터 도망치기 위해 무작정 뛰었다.

이 놀라운 결말은 누구도 자신의 과거로부터 자유롭지 못하다는 것을 역으로 보여주고 있다. "역사 따윈 알 바가 아니"라고 말해왔지만 결국 그는 바로 그 역사와 마주하게 된다.

나는 문득 20년 전, 나의 첫 미행으로 붙잡혀 간 각진 얼굴의 대학생이 어찌 되었을까 궁금해졌다. 그 후로 나의 미행으로 수많은 사람들이 붙잡

허 갔으나 그들이 어떻게 되었을지에 대해 생각해 본 일이 단 한 번도 없었
다. 그들의 미래가 내 인생과 아무런 상관이 없다고 생각했다. 그런데 지금
새삼스럽게 그들이 궁금해진 것이다. 아마도 가을비에 젖어 흔들리고 있는
두 개의 플래카드 때문인지도 몰랐다. 아니면 내가 이제 늙은 탓인지도. 내
눈길이 자꾸만 플래카드에 매달렸다. 플래카드를 바라보고 있으면 내 마음
도 비에 젖어 흔들렸다. 마음이 흔들리면서 나 때문에 붙잡혀간 많은 사람
들의 얼굴이 머릿속에서 아우성치는 것 같았다.

물론 과거와의 이런 대면이 손쉽게 이루어지는 것은 아니다. 현재는
언제나 자신을 절대적인 것으로 내세우고 싶어 하기 때문이다. 그래서
사람들은 자꾸 지나간 것을 잊으라고 말한다. 하지만 그 시간을 잊는다
는 것은 근원으로 가는 길을 잃는 것과 마찬가지다. 비록 그것이 추억일
뿐이라고 하더라도 말이다. 〈그리운 조팝꽃〉에서 딸은 과거의 시간에서
헤어 나오지 못하는 아버지에게 "추억은 나이 많은 어른들한테나 소중
한 거"라고 말한다. 아이들은 "추억보다는 꿈이 필요하"다면서. 그러나
추억이 없다면 꿈을 만드는 현재는 또 어떻게 가능할 것인가? 지금의
나를 만든 것은 바로 그 추억의 시간들이기 때문이다. 사실 꿈을 이야기
하는 그 딸 또한 죽은 '작은 오빠'의 기억으로부터 결코 자유롭지 못하
다. 〈문고리〉의 딸과 마찬가지인 것이다.

어쩌면 삶이란 그리운 얼굴 잊지 않기 위해 몸부림치는 것인지도 모른다
는 생각이 들었다. 그리고 잊혀지지 않은 얼굴들과 더불어 오늘의 내 삶이
가능하리라는 믿음이 생겼다.

〈자전거 타기〉에서 화자가 마지막에 아버지에 대한 회고를 통해 '함

께 타기'를 깨닫는 것도 마찬가지 맥락이다. 나는 홀로가 아니며, "그들은 언제나 나와 함께 있었다". 이 세상이 아름다운 것은 이처럼 그 모두가 다 하나로 연결되어 있기 때문이다. 과거와 현재와 미래가 그러하고, 나와 너가 또한 그러하다. 그렇게 어울려 하나가 될 때, 그것이 바로 아름다운 진실이 된다. 〈된장〉에서 '아이'를 통해 어머니와 화자가 화해하는, 다음과 같은 따듯하고 아름다운 묘사는 여기에서 나온다.

미역국에 질린 나는 어머니에게 된장국이 먹고 싶다고 했다. 아침에 어머니는 된장국을 끓였다. 아기 울음소리와 함께 된장 냄새가 나를 아주 편안하게 감싸 안아주었다. 된장 냄새와 아기 울음소리, 그 절묘한 어울림이 빚어낸 평화가 내 뼈마디 속 깊숙하게 스며들었다. 나는 된장국을 먹으면서 데이빗의 회신 대신 붕어빵을 먹을 수 있는 계절이 오기를 기다리기로 결심했다. 그리고 데이빗에 대한 생각을 털어버리기 위해 오랫동안 아기의 눈을 들여다보았다. 아기와 눈길이 딱 마주치는 순간 작고 뙤록뙤록한 아기의 눈동자 속으로 나의 온몸이 일시에 녹아드는 것 같았다. 지난날의 돌이킬 수 없는 통한과 내일에 대한 불안과 희망까지도. 적멸의 고요처럼 깊은 아기의 검은 눈동자 속에서 금세 눈이 펄펄 내리고 있었다.

이처럼 문순태는 전체를 되돌아보는 완숙한 시선으로 우리가 잃어버렸거나 혹은 잊은 세계를 되찾는 작업을 하고 있다. 결국 그것은 변질되지 않은 "우리의 오롯한 본디 모습"이다. 그러니 그리로 나아가는 길 위에 있는 모든 것이 아름답지 않을 것인가. 그래서 그의 문장은 서정(抒情)적이다. 이때의 서정은 나와 세계, 나와 너의 대립과 구분이 사라진다는 점에서의 서정이다. 현실의 많은 모순과 갈등의 서사(敍事)를 서정으로 끌어안는 것, 그것이 작가가 우리를 안내해 데려간 화해와 혼융의 완숙한 세계다. 그 빈자리에는 "자극적이지는 않지만 은근하면서도 담박(淡泊)한" 토종 꽃이 피고 또 진다. 잊을 수 없는 그리운 조팝꽃처럼 말이다.

모내기가 시작되는 날이었다. 친구들과 놀다가 집에 돌아와 보니 어머니가 마루에 앉아 뚝배기에 흰쌀밥을 가득 담아 주위를 두리번거리며 허겁지겁 두 손으로 집어 먹고 있었다. 그 무렵 나는 쌀밥은 구경도 못하던 때였다. 기껏 밀개떡이 아니면 보리죽 무릇 곤 것, 송기죽으로 연명을 했다. 어머니가 나 몰래 흰쌀밥을 손으로 집어 먹고 있는 것을 본 나는 성난 송아지처럼 달려들었다. 어머니는 처음에는 당황해하다가 어색하게 웃으며 뚝배기를 허구리 뒤로 감추었고 나는 그것을 힘껏 낚아챘다. 그때 뚝배기에서 백설 같은 꽃잎이 후루루 날렸다. 그것은 쌀밥이 아니라 흰 조팝꽃이었다.

"늬놈 몰래 에미 혼자 쌀밥 묵고 있는 줄 알았쟈? 꽃잎이 쌀밥 맹키로 맛있다야. 늬놈도 묵고 자프면 에미가 산에 가서 조팝꽃 훑어다 주랴?"

어머니는 조팝꽃을 마루에 흘리고 나서 뚝배기에 보리죽을 담아 내왔다. 허겁지겁 보리죽을 떠먹다 말고 나는 목이 막혀 찬물을 한 바가지 떠서 들이켰다. 자꾸만 눈물이 나오려고 하는 것을 애써 참았다. 목에 지푸라기를 목걸이처럼 감은 어머니의 눈도 크렁하게 젖어 있었다. 어머니는 언제나 목에 지푸라기를 감고 있었다. 목에 지푸라기를 감고 있으면 고기 먹고 싶은 생각이 없어진다면서 내 목에도 그것을 감으려는 것을 한사코 싫다고 했다. 목에 지푸라기를 감고 학교에 오는 친구들도 몇 명 있었는데 잘 사는 집 아이들이 거지같다며 놀려대곤 했다.

나는 어머니가 조팝꽃을 쌀밥이라고 하면서 먹던 모습을 평생 잊지 못했다. 배가 고프거나 어려운 고비를 만날 때면 뚝배기에 조팝꽃을 가득 담아 손으로 집어 먹던 어머니의 모습을 떠올리며 참아냈다. 내가 초등학교 교사가 될 수 있었던 것도 따지고 보면 어머니의 그 조팝꽃 때문이었다. 나는 지금도 흰쌀밥을 먹을 때마다 꾀꼬리가 이곳저곳 나무 가지를 옮겨 다니며 낭자하게 울어대는 모내기철, 산비탈 밭둑에 멍울멍울 피어나는 조팝꽃을 떠올리곤 한다. 그 무렵이면 밥을 먹다가도 어머니 생각에 문득문득 목울 대가 후끈거려 왔다. 쌀밥이 흰 조팝꽃잎으로, 때로는 어머니의 얼굴로 피 어나곤 하였다.

조팝꽃이 찢어지게 필 무렵이 내 생일이다. 그러나 나는 한동안 생일잔 치는커녕 쌀밥도 미역국도 먹지 못했다. 어머니는 생일날 잘 먹으면 키가 크지 않는다고 말했다. 나는 어머니의 그 말을 곧이곧대로 믿었다.

당대의 현상적 삶에 대한 관심과 탐구를 멈추지 않으면서도 그것을 보다 더 깊은 근원으로 이끌어가는 문순태의 내면에는 이렇게 작지만 하얀 꽃이 그치지 않는 눈처럼 내리고 있다. 마치 아기의 눈동자와도 같 은 이 적멸의 세계. 스러질 줄을 알면서도 어김없이 축제처럼 피어나는 들꽃, 우리 인간의 슬픈 삶에 대한 따듯한 갈채. 우리 모두의 그 슬픈 아 름다움에서 나는 쉽게 눈을 뗄 수가 없다.

'비밀' 과 '위악(僞惡)' 의 서사
-남상순의 《우체부가 없는 사진》

10년의 침묵

1993년 《흰뱀을 찾아서》로 오늘의 작가상을 수상하며 화려한 주목을 받은 남상순은 그러나 문단의 기대와 달리 지난 10년간 모습을 잘 드러내지 않았다. 그것이 직접적이건 간접적이건 《흰뱀을 찾아서》에 나타난, 역사와 결합된 화자의 체험의 강렬함을 기억하고 있는 사람들에게 조금은 의아한 대목이 아닐 수 없다. 더구나 소설의 시대였다고 평가되는 1990년대에 말이다. 사실 사적(私的) 체험에 지나치게 기댔다고 볼 수 있는 1990년대 소설을 생각하면, 남상순의 빈자리는 아쉽기까지 하다. 이야기꾼으로서의 자질을 잘 갖춘 것으로 보이는 남상순과 같은 작가들이 개인과 세계, 독백과 대화 사이의 연결고리가 됨으로써 1990년대의 사(私)소설적 편향에 균형 감각을 부여해야 했기 때문이다. 그런데

196

그는 어쨌거나 없었다.

그렇다면 도대체 이 작가가 침묵에 가까운 생활을 한 이유는 무엇일까? 이번 소설집을 살펴보면서 무엇보다도 내 머리에 먼저 떠오른 의문은 그것이었다. 그 점을 고려하고 읽으면, 남상순의 소설에는 언제나 비밀이 담겨 있고, 따라서 그것이 밝혀지기까지의 오해가 존재한다는 것을 알 수 있다. 소설 이론의 차원에서 고전적 플롯이랄 수 있는 '비밀과 오해의 해결'은 그러나 이 작가에게 와서는 특별한 의미를 갖는다. 여러 작품에서 되풀이되는 의미소(意味素)가 존재하기 때문인데, 그것이 작가의 개인사와 직접적으로 관련을 맺고 있다고 말 할 수는 없지만, 적어도 의식의 차원에서는 그의 것임을 부인하기 어렵다. 강박에 가깝게 반복되는 그 의미소에 대한 이해 없이는 남상순의 세계로 들어가는 일이 쉽지 않기 때문이다.

따라서 작가의 침묵은 어쩌면 자신을 드러내야 하는 곤혹스러움에서 온 것이 아닐까? '이야기의 해결' 뒤에 거의 예외 없이 이어지는 화자의 회한은 그것을 증명한다. 즉 비밀의 밝혀짐은 행복한 결말을 낳기보다는 많은 경우 슬픈 깨달음을 동반한다는 것이다. 비관적 세계 인식의 단면을 드러내는 이 플롯이 바로 작가로 하여금 쉽게 나설 수 없도록 만든 요인이 아니었을까? 그러면 이제부터 그 의문에 대한 답을 찾아보자.

일그러진 가족

이번 창작집에서 가장 두드러진 점 가운데 하나는 가족의 불구성(不具性)이다. 온전한 가족의 모습은 〈수염 없는 고양이〉에 그나마 위태롭게 표현된 것을 제외하곤 어디서도 찾아보기 어렵다. 그것의 일차적 요인은 바로 아버지다. 그들은 대부분 아이와 부인을 버리고 떠나서 새살림을 차리는 무책임한 사람이거나, 남아 있더라도 난폭하고 이기적인 술주정뱅이로서 화자에게 지울 수 없는 상처를 남긴다. 원체험으로 남아 있는 그것은 이후 성인이 된 화자의 삶에까지 엄청난 영향을 미치는데, 그것이 어느 정도인지는 아버지의 죽음 이후에도 여전히 이어진다는 데서 알 수 있다.

> 아버지 '없음'은 그렇듯 '있음'보다 나를 더 구속하고 짓누른다. 나는 도저히 그 늪에서 빠져나갈 수가 없다.
> ―〈죽음의 무늬〉

그리고 이러한 아버지의 존재는 그 자신으로만 그치는 것이 아니라 친가(親家) 쪽 식구들에게로 이어진다. 고모나 고모할머니가 그러한데, 그들은 대부분 식구들에게 가해진 아버지의 방랑기와 폭력을 두둔하거나, 아버지 못지않게 괴팍한 인물로 등장한다. 〈중독〉에서 잃어버린 동생을 찾는다며 이상한 집착을 보이는 고모나, 〈죽음의 무늬〉에서 평생 자신의 조카인 화자의 아버지를 감싸고 돈 고모할머니가 그들이다. 그런데 문제는 화자 자신이 그러한 친가 쪽 피의 기운을 고스란히 물려받고 있다는 것이다.

> 오래전부터 넓은 곳, 트인 곳을 향해 있어야 하는, 그렇게 하지 않으면 숨통이 죄는 듯한 이상한 습관에 길들여졌던 것 같아요. 어쩌면 타고난 것인지도 모르죠. 싫어하는 것은 닮는다고 아버지와 할아버지에게 물려받은 방랑기, 그것을 부추기는 어떤 기운 같은 것이 제 안에 있는 거라고 생각하고 있습니다.
> ―〈우체부가 없는 사진〉

그에 반해 어머니나 외가(外家) 쪽 식구들은 따듯하고 지혜로운 사람들로 그려진다. 어머니는 고통 속에서도 화자를 떠나지 않고 품어주며, 〈산 너머에는 기적 소리가〉의 외삼촌은 거짓말한 화자 대신 죄를 뒤집어써가며 곤경으로부터 그를 지켜준다. 어쨌거나 외가에 비해 두드러지는 '친가 콤플렉스'라고 불러야 할 이런 요소는 여러 작품에 걸쳐 나타난다. 심지어는 화자와 무관한 인물조차도 집에 관한 이야기라면 예민한 반응을 보일 정도다.

집 이야기를 하자 여자가 서리 맞은 단풍처럼 의기소침해졌다. 그리고 비로소 내게서 떨어져 저만치 물러났다.
　−〈죽음의 무늬〉

결론적으로 화자에게 있어 가족은 잘 지위지지 않는 상처의 기억으로 남아 있으며, 따라서 극복해야 할 대상이다. 그러나 그 극복이 쉬운 것은 아니다. 이 가족의 비밀의 문이 닫혀 있기 때문인데, 사실 남상순의 소설은 그 비밀을 풀어놓는 과정 그 자체라고 할 수 있다. 그러한 면모는 성장소설로도 읽을 수 있는 마지막 두 작품, 〈산 너머에는 기적 소리가〉와 〈수염 없는 고양이〉에서부터 시작해서 후일담소설로 분류될 〈악연·1〉과 〈악연·2〉 연작에 이르기까지 마찬가지다.

'비밀'이라는 이야기

그런데 이 비밀은 털어놓기에 많은 용기를 필요로 한다. 그 비밀이 가족사를 통해 자신의 존재와 밀접한 연관을 맺고 있기 때문이다.

사소한 일로 소리를 지른다거나 밥상을 내던지는 일도 있었다. 나는 차마 아버지가 밥상을 내던지더라는 얘기를 순덕이게조차 할 수 없었다. 내가 생각해도 아버지의 그런 행동은 학교 선생님이라는 직업과 어울리지 않았다. 하지만 그런 아버지가 부끄러웠기 때문에 말 못한 것만은 아니었다. 나는 아버지가 내던진 밥상 앞에 쪼그리고 앉은 어머니를 보았다. 어머니는 몹시 슬퍼 보였다. 나는 아버지가 미운 만큼 슬퍼하는 어머니를 보는 것도 견디기 힘들었다. 더구나 어머니의 그런 모습에 대해서는 그 누구와도 얘기하고 싶지 않았다. 그저 내 마음속에 나만의 비밀로 꼭꼭 묻어 놔야 한다고 믿고 있었다.

 —〈산 너머에는 기적 소리가〉

창피하기 때문에 감춰야 하지만, 그것을 밝히지 못하는 한 계속 기억의 고통에 시달려야 한다. 그래서 화자의 비밀에는 감추고 싶다는 욕구와 밝혀야 한다는 욕구가 함께 뒤섞여 있다. 이 두 가지 욕구 사이의 싸움이자, 결국 털어놓으려는 욕구의 승리의 기록이 남상순의 소설이다. 그것은 마치 프로이트의 콤플렉스나 마찬가지다. 그것과 대면하여 정체를 파악하고, 마침내 그것의 극복에까지 가닿아야만 존재의 성숙이 이루어지는 것이다. 설령 그것이 삶의 불완전함과 선하지만은 않은 인간 존재에 대한 슬픈 깨달음일지라도 말이다. 사실을 있는 그대로 볼 수 있다는 것 자체가 성숙의 가장 중요한 지표이기 때문이다. 그러니 비밀은 털어놓아야 한다.

이제 호각소리에 얽힌 내 비밀을 털어놓을 차례다.

 —〈호각 소리〉

위악(僞惡)의 기원

하지만 그 비밀을 털어놓는 것은 말처럼 쉬운 일이 아니다. 앞서 지적한 것처럼 자신의 존재 저 깊숙한 곳에 무섭게 숨어 있는 고통을 대면해야 하기 때문이다. 작중인물들이 보이는 위악적인 행동은 거기서 나온다. 이미 털어놓았어야 할 순간에 고통 때문에 그 사실을 회피함으로써 자신을 방어해야만 하는 것이다. 위악은 그것이 공격적이건, 방어적이건, 나약한 자신을 가리려는 데서 나온다.

예를 들면 〈중독〉에서 고모는 자신이 버려졌다는 아픈 기억과, 자신 또한 동생을 버렸다는 죄책감 때문에 계속해서 동생을 찾아 나서는 집착을 보인다. 그것도 TV 화면을 통해 아이들을 버린 자신의 아버지가 무책임한 술주정뱅이였다는 사실을 알리면서 말이다. 그래서 마침내 그 동생과 전화 연결이 되고서야 고모의 위악적 행동은 정체가 드러난다.

「난 널 찾은 적이 없어. 내가 찾고 싶었던 것은 네가 아니라…….」
그 대목에서 어쩔 수 없이 목이 메는지 더 이상 말을 잇지 못했다. 나는 고모가 안으로 삼킨 말이 무엇인지 대충 짐작이 갔다. 이쁜이는 고모일 수도 있고 가상의 인물일 수도 있었다. 버림받아 가여웠던 그 기억 속의 그 아이를 고모는 애지중지 키우고 싶었던 것이 아닐까. 지금의 자기와는 전혀 다른 모습으로. 결국 텔레비전으로 한없이 몰입해 죽은 듯이 빠져들고 싶었던 고모는 진저리쳐지는 현실을 새삼 확인했을 뿐이었다. 김금자와 이순자가 고모를 환상에서 현실로 끌어낸 것이었다.

고모는 버림받은 자신을 받아들이지 못하기 때문에, 그 비밀을 인정하고 털어놓지 못하기 때문에 현실에 뿌리를 내리지 못한다. 그래서 아파트를 날리고, 이혼을 당하는 등 현실에서 실패하면 할수록 더욱 자신의 환상에 매달리는 것이다. 고모의 위악적 행동은 거기에서 나온다. 그 환상이 자신을 구원해줄 것으로 믿는 것이다.

「아니야, 넌 몰라…… 아무것도 몰라. 내가 지금 그 벌을 받고 있는 거란다. 벌을 받고 있는 거야. 그 애를 찾아야 이 지옥 같은 삶에서 벗어날 수 있어. 다 그 애를 그렇게 버린 탓이야. 넌 몰라.」

그래서 자신을 버린 아버지와 자신이 버린 동생이 멀쩡하게 잘 살고 있다는 것을 안 순간 폭발하는 것이다. 게다가 동생과 아버지는 자신들의 존재를 알리기 위해 연락을 취해온 것이 아니라, 가족의 치부가 드러나는 것이 창피해서 항의하기 위해 전화를 걸어왔다. 그래서 폭발의 에너지는 더더욱 증폭된다.

어쨌거나 이렇게 비밀이 밝혀지는 순간의 히스테리에 가까운 그 폭발이 바로 남상순의 서사를 이끌어가는 힘이다. 비밀의 발견이란 그만한 폭발의 에너지 없이는 받아들이기가 불가능하기 때문이다.

「그래서 지금 망신당한 게 억울해서 나한테 항의 전화를 한 거야? 정말 그런 거야? 아버지…… 아버지가 그렇게 화를 내더란 말이지? 멀쩡한 자식들을 나 몰라라 내팽개치고 작은마누라 모시고 잘 살고 있는데, 망할 것이 테레비에 나와서 동네 망신을 시켰다 이거지? ……네 말이 지금 그거잖아?」

고모는 버럭 고함을 지르기 시작했다.

「아버지도 날 버렸는데 난 널 왜 못 버려? 솔직히 넌 남의집살이나 제대로 해봤어? 기껏 보름 남짓 그 집에서 살았잖아. 난…… 난 몇 년인지 알아? ……그래, 널 잠시라도 남의 집에 줘버렸다는 거, 그거 하나 잘못한

죄로 오늘날까지…… 너한테 아버지조차 뺏기고……. 그런데 우리 남매를 버린 아버지는 어째서 아무런 죄의식도 없이, 미안하단 말 한마디 없이…….」

고모는 수화기를 이리저리 바꿔 쥐면서 소리를 지르고 자기 머리카락을 쥐어뜯다가, 때로는 울부짖으면서 몹시 격한 감정을 드러냈다. 나는 차츰 상황을 이해하기 시작했다. 환상은 이제 여지없이 무너졌다. 고모도 그것만은 받아들이는지 내 앞에서 거침없는 말을 마구 뱉어 냈다.

만일 그런 폭발의 에너지를 갖추지 못하면, 그때는 자기를 지킬 수 없어 정상적인 존재가 되기 어렵다. 〈호각 소리〉의 화자가 바로 그런 예다. 비밀을 털어놓지 못한 곤혹스러움에 패배해 정신병자가 되는 것은 그러한 이유에서다. "꼭 불어야 할 때 불지 못한 호루라기를" 비밀로 간직할 수밖에 없어 정신병원 안에 들어오고서야 "시도 때도 없이 불어대"는 환자의 이야기인 이 작품은 〈중독〉보다 한층 더 복잡하다. 뒤의 작품에서 고모의 위악에 가까운 행동이 개인적 차원에서 발생한 것이라면, 앞의 작품에서 보여주는 화자의 위악적 행동에는 개인은 물론이고 보다 더 사회적인 요소가 복합적으로 들어 있다.

화자의 가족은 아버지가 없는 관계로 사람들의 구설수에 시달린다. 그것은 동생 진형이 할아버지와 어머니 사이에서 그렇고 그런 일로 태어난 것이 아니냐는 악의적인 속닥거림이다. "그것은 어린 나에게 감당하기 어려운 분노였다." 화자는 그 나쁜 소문과 맞서기 위해 스스로 악을 택한다.

은수는 걸핏하면, 동네 사람들이 그러는데……라며 말하곤 하였다. 은수가 하는 말은 그 애의 생각일 수도 있고 부모나 동네 사람들의 생각일 수도 있었다. 나는 안개 속에서 모호한 실체로 웅크리고 있는, 그 때문에 까무러칠 것처럼 두렵기만 한 비밀스런 악과 정면으로 마주하고 있는 느낌이었다. 그때부터 나는 악이 존재한다는 것을 받아들였다. 그리고 악을 이기는 유일한 방법은 남보다 더 악해지는 것뿐이라고 생각하게 되었다.

이렇게 보면 화자가 선택하는 위악에는 타인, 혹은 집단이라는 사회적 요인이 있음을 알 수 있다. 어쨌거나 화자는 복수를 하기 위해 다리가 불편한 친구 은수를 폭우로 인해 불어난 위험한 물가로 이끈다. 마침 지나가던 선생님이 호루라기를 불며 뛰어오는 바람에 그 복수극은 실패로 끝나지만 화자에게 이미 위악의 씨앗은 깊숙이 뿌리를 내린 뒤다.

그럴 만한 토양은 이미 갖추어져 있었다. 그것은 화자의 유년 시절에 일어난 폭력 때문인데, 청년들이 선망하던 동네의 명아 언니가 성폭력의 희생자가 되어 미쳐버린 것이다. 그 장면을 유일하게 목격했던 화자는 비밀을 누구에게도 토설하지 못한다. 현장에서 호루라기를 불지 못했기 때문이다. 게다가 비밀이 묻혀지는 와중에서 명아 언니가 일하던 조합장이 또한 근거 없는 소문의 희생자가 된다. 즉 사건이 있기 며칠 전, 조합장이 일과 관련해서 너무 호되게 망신을 주었기에 명아가 미쳐버렸다는 소문 말이다.

소문을 말하는 사람들의 표정은 그저 짓궂어 보였다. 장난처럼 느껴질 때도 있었다. 조리에 맞지 않는 소문과 억측은 물결처럼 번져나가 점점 더 도도해졌고, 과년한 딸과 아들이 있는 조합장은 어느 날 목을 맸다.

내가 그 사건을 통해 배운 게 있다면 사람들의 어떤 식으로 희생양을 만드는지, 또 희생양은 왜 필요한지에 관한 것이었다. 내가 보기에 희생양은 어른들이 무료함을 달래기 위해 만든, 이를테면 놀이 같은 것에 불과했다.

비밀과 진실 사이, 삶과 죽음이 오가는 그 거리가 어른들에게는 그저 '놀이' 정도일 뿐이다. 그렇기 때문에 받아들이기 어려운 삶의 부조리와 폭력 앞에서 화자는 더욱 위악적 인물이 되어간다. 그것의 극단적 예가 바로 지리산 산행 길에서 은수가 성폭행을 당하는 순간 화자가 호루라기를 불지 않는 장면이다. 화자는 오히려 그 호루라기를 멀리 던져버린다. 이 사건은 어린 시절 실패로 끝났던 복수극을 완성하는 일이지만, 무엇보다도 "알 수 없는" 삶의 극단적 표현이다.

어쨌거나 그 폭력의 방조자가 되어버린 것 역시 화자만의 비밀로 남는다. 자신의 친구이자 동생 진형의 연인이기도 한 은수는 그 일로 인해 진형을 떠나고, 런던에서 혼자 아이를 낳다가 죽는다. 하지만 어쩐 일인지 그 죽음과 함께 진형의 손을 통해 화자에게로 다시 돌아오게 되는 은수의 호루라기, 그것은 이제는 더 이상 열어 보일 수 없는 비밀의 궤가 되어 화자를 자신만의 유폐된 세계, 즉 정신병으로 이끈다.

"어른들이 소유하고 있었"던 그 호루라기를 화자가 불지 못했다는 사실은 결국 이 화자가 어른으로서 성숙한 존재가 되지 못했다는 뜻이다. 그것은 남상순의 세계에서 또 다른 차원의 해석을 가능케 한다. 하나는 자아가 사회 혹은 현실과 원만한 통합을 이루지 못했다는 것이고, 다른 하나는 1980년대의 변혁 운동이 좌절로 끝났다는 것을 암시한다. 물론 그 둘은 서로 연결되어 있는 것이기도 하다. 〈우체부가 없는 사진〉에서 화자의 다음과 같은 독백은 전자에 해당될 것이다.

사람은 살면서 무언가를 수없이 판단하고 결정하며 삽니다. 이런 거구나, 저런 것이었구나, 하는 식의. 하지만 가끔 세상을 지배하는 것은 합리적이라고 믿었던 그 판단이 아니라 돌발적인 것이라는 생각이 들 때가 있어요. 이를테면 돌발 신호등 같은 것 말이에요. 거기에는 납득할 만한 규칙이 없잖아요? 우리 생활도 그래요. 합리적인 것들, 논리적으로 설명할 수 없는 것들이 얼마나 많습니까. 저는 심지어 단정함이라는 뒤주에 갇혀 살아온 저에게서까지 종종 그런 것을 발견하고 놀랄 때가 있습니다. 통념이라는 잣대를 상대방의 이마에 들이대는 순간, 진실은 쓰레기통에나 처박히고 말지요. 인간은 이 모든 것에서 자유를 꿈꾸지만 때로는 그것이 영원히 불가능할지도 모른다는 생각, 그것이 저에게 자극을 가합니다. 그래서 불행하다는 생각도 했고요.

남상순의 세계에서 비관주의를 읽는 것은 그 때문이다. 우리의 삶은 비밀에 짓눌려 성숙하지 못하거나, 비밀을 털어놓더라도 행복은 결국 존재하지 않는다는 불행한 인식 말이다. 그러한 사정은 비교적 비관주의의 냄새가 덜 나는 성장소설에서도 크게 변하지 않는다.

〈수염 없는 고양이〉에서 세 든 남자의 성폭력을 견디다 못해 가출을 하고, 결국은 창녀가 되었다는 미자의 비밀은 비록 귀가(歸家)라는 결말과 함께 드러나지만, 여전히 작가의 비관주의 안에 속해 있다. 그리고 청소년기를 다루고 있는 〈침묵〉에서도 윤자가 침묵하는 이유가 아버지의 폭력에 의해 부러진 앞니 때문이라는 것이 밝혀지지만, 그 비밀은 이미 윤자에게 쏟아질 만큼 쏟아진 오해와 함께 결국 그의 죽음을 통해서만 드러나는 것이다.

후일담소설

그러한 비관주의는 '후일담' 모티프 속에서도 여전히 이어진다. 남상순의 세계에서 운동에 헌신했던 인물들은 모두 커다란 좌절감에 시달린다. 그것은 당연히 이상적인 세계와 현실 사이의 거리 때문일 것이다.

화자들은 그래서 예외 없이 사회와의 불화(不和)를 앓고 있다. 즉 "한없이 허전하고 남의 집에 방 한 칸 빌려 세 사는 듯 불편하고……". 이런 말이 그들의 상황을 대변한다. 물론 작가의 후일담이 운동 그 자체를 다루려는 것은 아니다. 그것보다는 운동이라는 공간이 '상황 속의 인간'에 대한 이해를 위해 선택되었다고 보는 게 옳을 것이다. 그래서인지 거기에는 예외 없이 비밀과 그로 인한 오해 그리고 씁쓸한 확인의 과정이 들어 있다.

직접적으로 후일담을 다루고 있는 〈악연·1〉과 〈악연·2〉에서 화자와 박미근, 화자와 성희의 관계가 그것을 잘 보여준다. 프락치로 오해받은 박미근은 현실 부적응자일 뿐이고, 연인 성희와 헤어진 것은 프락치 박헌수의 농간 때문이었다는 사실이 밝혀진다. 그러니 성희와의 사랑이 부서져나간 것, 운동의 동지들이 붙잡혀 끌려가거나 저마다 뿔뿔이 흩어지는 것은 누구의 잘못도 아니다. 다만 그 상처만이 지울 수 없는 기억으로 남은 것이다. 그래서 결국 후일담소설 속에서도 삶은 선과 악 저편의 "알 수 없는 것으로 가득 차 있으"며, 인간이란 존재는 저마다의 사연과 비밀과 부대끼며 싸우고 있다. 남상순의 후일담은 그런 점에서 다른 작가들의 작업과 구별된다.

삶과 존재의 깊이

남상순의 세계는 이처럼 정상적인 것처럼 포장된 우리의 삶의 뒤편에 감추어진 비밀을 드러내려는 공간이다. 다음과 같은 발언 또한 그러한 욕구에서 나왔을 것이다. '실성(失性)'과 '다른 세상'으로 표현되는 삶과 세계를 작가는 들여다보고 있는 것이다.

이건 쑥스러운 고백이지만, 나는 주로 실성한 사람들로부터 세상을 배웠다. 어린 날에는 그랬다. 도처에 그 사람들이 있었다. 그들은 일을 하지 않는다. 들로 나가는 대신 나무 밑에서 풀뿌리를 씹으면서 시간을 보냈다. 강물이 무심히 아래를 향해 흘러가듯 그냥 그렇게 시간을 보냈다. 그들은 농사짓기나 학교 이야기를 하지 않았다. 저 산 너머로 들리는 기적 소리에 대해 중얼거리거나, 풀잎과 나무와 별에 관해 이야기하고, 늦은 밤 상엿집에 나타나 춤을 춘다는 귀신들에 대해 떠벌렸다. 나는 어쩔 수 없이 그들과 친했다. 그들과 더불어 다른 세상을 이야기하는 게 좋았다.
　―〈죽음의 무늬〉

그 공간 속에서 존재는 자명한 것이기를 그치고, 자신도 알 수 없는 모호한 욕망에 부대끼며, 동시에 그것을 극복하기 위해 안간힘을 쓰고 있는 불완전한 움직임으로 나타난다. 하지만 그것이 진정한 성숙의 시작이 아닐까? 우리 인간은 자신이 불완전하다는 것을 알 때까지 더 성숙해져야만 하기 때문이다. 그래서 스스로의 불완전함을, 더 나아가 세계의 불구(不具)성을 보려는 작가의 시선은 소중하고 값지다. 결국은 거기서 새로운 세계의 가능성이 열리기 때문이다. 남상순의 비밀과 위악의 세계는 그런 관점에서 읽혀야 한다.

비어 있는 현실과 세 개의 출구

-신승철, 김종광, 방현희의 소설

출구를 찾아서

다른 어떤 장르보다도 소설은 현실에 질문을 던지고, 그럼으로써 현실의 의미를 묻는 일을 추구해왔다. 우리가 오늘날 알고 있는 소설이 비교적 가까운 시기에, 엄밀히 말하자면 프랑스대혁명 이후에야 비로소 분명한 자기 모습을 갖춘 것임을 확인하는 일은 그래서 중요하다. 소설의 탄생과 더불어 바로 '지금 여기'에서 우리가 살고 있는 삶의 의미와 가능성을 묻게 되었기 때문이다. 그 질문과 대답 속에서 소설은 지나간 시간에 의미를 부여하고, 다가올 시간을 가늠하도록 이끈다. 여기서 현실은 그렇게 지나간 시간이 다시 살아나고, 오지 않은 시간이 앞서서 자신을 드러내 보이는 자리다. 이 환기(喚起)와 주술(呪術)의 오고감 속에서 현실은 생명을 얻어 존재와 삶을 품어 안는 복합적 공간이 된다.

그런데 이런 근대소설의 소명은 최근의 격변하는 현실 앞에서 무력감을 되씹고 있는 것으로 보인다. 정보통신과 생명과학 분야에서의 현기증 나는 성취가 지금껏 우리가 알아왔고 예상할 수 있었던 인식의 경계를 훌쩍 뛰어넘고 있기 때문이다. 과학에서의 새로운 발견과 기술의 발달은 삶의 양식을 바꿔놓는 것은 물론, 인간 존재 자체에 대한 새로운 정의를 요구할 수준에 이미 이르렀다. 창조성과 개성을 통하여 새로운 현실을 찾아 나서는 것을 존재 이유로 한 문학예술이 현실의 변화 속도를 미처 따라가지 못하고 있는 사이에, 과학과 기술이 오히려 새로운 현실을 창조하는 역할을 떠맡고 있다고도 말할 수 있다.

물론 문학 언어는 그런 변화 자체에 대한 근원적 성찰을 여전히 자기 몫으로 갖고 있다. 하지만 그 언어 속에 과학과 기술 언어를 이해할 만한 지적인 능력이 내재해 있는가, 하는 물음 앞에서 섣불리 고개를 끄덕이기는 어렵다. 아마도 여기가 대중이 문학으로부터 등을 돌리게 된 지점 가운데 하나일 것이다. 인간의 현실적 삶을 틀 지우는 여러 언어, 즉 법과 경제, 과학과 기술 등과의 소통 회로를 잃고서 문학이 자기 폐쇄의 좁은 공간 속으로 움츠러들었기 때문이다. 그 가운데서 내면성과 일상의 영역을 발견한 것은 소득이겠지만, 그것 또한 외적 세계와 형이상학과의 튼튼한 연결 고리를 얻은 것으로는 보이지 않는다. 사소함 속의 심오함, 혹은 '유한 속의 무한'으로 확장되지 못한 것이다. 그러니 유행하는 담론처럼 만약 문학에 위기가 있다면, 그것은 스스로 영역을 좁혀온 우리 문학과 문학인 자체의 위기일 것이다.

신승철: 장르의 열림

이 질곡을 벗어나기 위해 우선 생각해볼 수 있는 것은 전통적 문학 형식과 관념에 물음표를 다는 일이다. 소설로 보자면, 독자가 관습적으로 예상하는 기승전결의 잘 짜여진 구조, 전형적인 인물의 등장, 극적인 플롯, 묘사와 진술의 조화 등등, 기존의 소설 미학을 벗어남으로써 새로운 독서 체험을 제공하기 때문이다. 신승철의 《크레타 사람들은 거짓말을 하지 않는다》는 그런 노력의 하나로 읽을 수 있다.

이 작품의 출발은 교수법(敎授法)을 둘러싸고 한 대학교에서 벌어진 사건이다. 그런데 이 교수법 논란이 성희롱 사건과 얽힘으로써 증폭되고, 교수와 교수, 그리고 그들이 속한 학과와 학과, 그들을 둘러싼 사람과 사람 들 사이의 진실 증명을 위한 투쟁으로 바뀌어나간다. 작가가 옮겨 적은 논리학의 한 가설이 그것을 잘 요약하고 있다. 어떤 크레타인이 모든 크레타 사람은 거짓말쟁이라고 말했을 때, 이 말은 과연 거짓인가, 아니면 참인가? 그리하여 제목에서 짐작하듯이, 결국 진실이란 무엇인가, 하는 물음을 던지게 만든다.

그런데 흥미로운 것은, 이 사건을 전개해나감에 있어 작가가 채택하고 있는 글쓰기 형식이다. 처음부터 끝까지 공문서, 탄원서, 해명서, 진술서, 회의록 등으로 이야기가 메워지고 있기 때문이다. 이런 양식의 글은 흔히 보다 공적으로 진실을 주장하는 데 쓰인다. 하지만 이런 개별적 진실의 주장이 한자리에 모여 서로 충돌함으로써 결국은 거짓의 성채를 만들게 되는 것이다. 독자는 이 속에서 진실과 거짓 사이의 팽팽한 긴장에 휘말리게 된다.

물론 어느 쪽이 진실인지에 대한 답은 주어지지 않는다. 아니 애초부터 그런 답이 없다는 것을 작가는 말하고 싶었는지도 모른다. 오히려 진실을 주장하고 증명하려는 노력 속에 자기기만과 허위의식의 어떤 폭력이 들어 있을지 모른다는 것이 작가의 입장일 것이다. 여기에 대해서는 취재의 형식을 빌어 한 기자와 나눈 대담을 통해 작가의 생각이 책 뒤에 잘 정리되어 있다.

신승철: 제목이 《크레타 사람들은 거짓말을 하지 않는다》인데, 역설적인 표현이 되겠죠. 크레타 사람들이라고 하는 어떤 거짓말쟁이 종족, 혹은 최고 지성인들의 얘기라고 볼 수 있어요. 이 소설의 중심은 대학가에서 일어난 어떤 교수의 성희롱 사건인데, 저는 성희롱이라는 사건에 관심을 둔 것이 아니라 공문서라든가 이런 것들이 연출하는 내용, 즉 그런 공문서 속에 포함된 폭력이랄까 광기랄까 허위랄까 기만이랄까 이런 것들을 말하고 싶었어요. 때문에 탄원서, 해명서, 일기, 면담 내용 기록, 그리고 보고서나 감정서까지도 마구 소설에 집어넣었습니다. 그러다 보니 제가 원하던 대로 줄거리는 해체됐고, 그만큼 독자를 괴롭혔기 때문에 저 나름대로는 즐거웠습니다.

진실을 추구하는 글쓰기 또한 지극히 주관적인 것일 뿐이라는 이런 주장이 꼭 새로운 것은 아니다. 구로사와 아키라 감독에 의해 같은 이름의 영화로도 만들어진 《라쇼몽》이 그 한 예다. 게다가 진실의 조건에 대한 성찰은 현대 철학의 주요한 물음이기도 하다. 하지만 그럼에도 불구하고 작가가 이야기를 풀어나가는 새로운 방식 하나를 제시하는 데 성공한 것만큼은 부인할 수 없다. '허구'의 반대편에 있을 것으로 보이는 글들, 공적인 권위를 얻고자 하는 글들을 통해 오히려 새로운 허구를 만들어내고 있기 때문이다. 소설의 다양화를 보여주고 있는 것이다.

그런데 여기서 다른 한 가지 문제를 발견할 수 있다. 즉 창조적 허구의 경계가 어디까지인가 하는 것 말이다. 작가 스스로 밝히고 있듯이, 이 작품의 창작의 계기는 실제로 있었던 사건이다.

신승철: 밝히긴 좀 그렇지만 실제로 있었던 일이긴 합니다. 관련된 자료를 우발적으로 얻게 된 경우이기도 하구요.

물론 허구가 사실에 대한 취재로부터 나오는 것임을 생각하면, 별 문제 아니다. 알베르 카뮈의 《이방인》도 신문의 구석에 실린 살인 사건 기사로부터 출발했다. 하지만 신승철의 이번 작품에 수록된 관련 자료의 상당 부분이 작가의 창조물이 아니라는 점은 별도의 고찰을 요한다. 포스모더니스트들의 주장을 받아들여, 하늘 아래 새로운 것은 없으며, 작가란 이미 존재하는 이야기를 다시 조합하고 배열하는 자에 불과하다고 생각하면 문제는 간단하다. 그런데 정말 새로운 이야기, 창조의 서사는 없는 것일까? 작가에게 첫 장편인 이 작품은 그러한 질문을 남겨두고 있다.

김종광: 공간의 열림

김종광의 두 번째 소설집 《모내기 블루스》는 이 다산(多産)의 젊은 작가가 가진 여러 가지 가능성을 담고 있다. 그 가운데 우선 드러나는 것은 제목에서 알 수 있듯이 농촌 공간의 문학적 복원이다. 이문구에게서 만개(滿開)를 보았던 충청도의 농촌이 그에게서 이어지고 있는 것이다. 소설집의 제목을 이루는 작품 〈모내기 블루스〉의 첫머리부터 그 특징은 확연하다.

버스는 하루에 세 번 들어왔다. 이내가 깔릴 무렵, 마지막 버스가 안골 동구, 팻말만 달랑 삐뚜름한 간이정류장에 사람 두엇을 내려놓고 음현저수지 쪽으로 내처 달렸다.

순이는 제 눈이 의심스러웠다. 쉰여덟, 돋보기 없으면 달력의 양력 날짜도 못 읽어낼 만큼 망가진 시력이니, 헛것을 본 것일 수도 있겠다. 하여 바깥마당 둔치 쑥대밭에 까치발을 찍고 감냥을 다하여 바라보았다.

분명히 맞다. 맞어! 저놈은 서른여섯살 처먹도록 장가도 못 간 불효자 중의 불효자, 이내 몸이 까지른 새끼가 맞다. 못자리 끝내고, "바람 좀 쐬고 오께유" 한 말씀 남겨놓고 횡하니 집 나가더니, 죽었나 살았나, 전화 한 통 하는 법 없이 무소식이던 장남이 한달여 만에, 그것도 모내기철에 딱 맞춰 돌아온대서 요란하게 반색하는 것이 아니었다.

마치 유장한 판소리 사설처럼 이어지는 세 번째 단락의 문장 속에 숨은 가락과 적지 않은 쉼표의 사용이 그것을 잘 보여주고 있다. 그런데 사실 산업화와 도시화의 결과로 이미 우리 내부의 식민지가 되어버린 농촌을 문학적 대상으로 삼는 일은 젊은 작가에게는 흔치 않은 일이다. 고령화된 소수(少數)의 농촌 인구로 인해 언어에 대한 공감을 얻을 독자를 구하기가 쉽지 않기 때문이다. 그럼에도 불구하고 작가는 기꺼이 그곳을 선택했다. 물론 자신이 나고 자란 고향이기도 하겠지만, 그보다는 형식적이며 가공된 삶 대신 자연과 밀착된 생명력을 찾아보겠다는 의지의 표현일 것이다. 그래서 대다수가 되어버린 도시인들의 삶에 대해 역으로 비판의 칼날을 들이대게 된다. 실제로 이 작품에서 상습적 가출을 일삼는 데다 전과자인 장남 대춘이나, 그가 대처에 나가 꼬드겨서 데려온 술집 아가씨 서해나, 모두 밑바닥 인생들임에도 불구하고 아주 건강하고 밝다. 그래서 도시와 농촌의 삶은 뚜렷하게 대비된다.

서해는 고등학교 때 가출한 이후 이날 이때까지, 아침 무렵에 자서 오후 두세시경 기상하는 리듬으로 살아왔다. 두세시경에는 저도 모르게 퍼뜩 눈이 떠졌는데 오늘도 그랬다. 그런데 오늘은 알 수 없는 편안함과 고요함이 밀려와 그녀의 눈꺼풀을 도로 덮었다. 그녀는 그렇게 편히 자본 적이 없었다.

"알 수 없는 편안함과 고요함"이 바로 도시화 속에서 훼손되고 더러워지기 전의 시골이 갖고 있는 삶의 양식이다. 그래서 술과 몸을 팔던 서해는 이 시골에 와서 건강하고 순순한 성처녀가 된다. 대춘 또한 "물장사, 계집장사"에 대한 유혹은 뿌리치고 "본격적으로 농사를 지어"보려 한다. "이런 불쌍한 년 보지 피빨아 먹자는 짓"은 "사람이 할 짓이" 아니기 때문이다. 어쨌든 이들의 모습을 그리는 작가의 시선은 따듯하고 극히 자연스럽다. 바로 여기가 작가 자신의 육신의 고향이자 언어의 원천이기 때문이다.

그것은 이 소설집에서 가장 빼어난 작품인 〈배신〉으로 이어진다. 인간 존재의 '자존심'이 그것이다. 한 발전소의 연료 하역 노동자들의 노동조합 내부를 그리고 있는 이 작품은 취재의 구체성과 인물들의 성격 창출, 그리고 이야기의 극적 반전 등등이 적절하게 조화를 이루고 있는 작품이다. 노동자도, 그렇다고 그들을 속이고 착취하는 지도자도 아닌, 조합 사무실의 경리로서 제삼자가 되어 비리(非理)의 전모를 알게 되는 미스 서는 근대소설의 전형적인 문제라 할 수 있다. 그는 상황에 순응하지 않고 자신의 희생을 무릅써가며 현실과 맞부딪쳐나간다. 자아의 자각을 바닥에 깔고 있는 이 작품은 동시에 한동안 잊혀졌던 노동소설의 존재 증명이기도 하다.

내가 깨뜨려놓은 유리창으로 뜨거운 바람 한 줄기가 밀려들어왔다. 인정하기 싫지만 시간이 갈수록 국장에 대한 분노는 잦아들었다. 대신 나를 괴롭힌 것은, 나 자신에 대한 증오였다.

나는 은혜를 모르고, 의리가 없고, 배신자이고, 사람을 너무 잘 믿고, 주제파악을 못하고, 싸가지가 없고, 건방지고, 계획이 없고, 철 모르고, 한치 앞을 못 내다보고, 무슨 투사인 양 시건방지게 나대기나 하…… 나는 그런 년이었다.

나를 배신한 게 틀림없는 젊은 아저씨들에 대한 분노도 사그라들고 말았다. 그들에게는 인생이 달린 문제가 아니었나. 그들에게는 모든 것은 건 도박이 아닌가. 여기서 쫓겨난다고 해도 미래가 창창한 나와는 입장이 다른 것이다. 그들이 나보다 더 잘 알 것이다. 국장과 싸운다는 것은, 국장 일개 개인과 싸우는 것이 아니라, 국장을 정점으로 한 거대한 힘과 싸우는 것임을.

다른 노동자들은 "인간으로서의 삶을 위협하는 착취"가 없기 때문에, 다른 사업장의 노동자들에 비해 "상대적인 부를 누리고" 있기 때문에 "국장에게 반기를 들 이유가 하나도 없"다고 판단한다. 그래서 현실의 질서를 받아들이려 하지 않는 문제아인 미스 서를 조직으로부터 방출하는 것이다. 이렇듯 작은 집단 속에서도 서로 엇갈리는 이해관계, '다름'이라는 그 미시의 권력을 파헤치는 데 작가는 성공하고 있다.

"아저씨, 한 가지만 물어볼게요. 솔직히 대답해주세요."
추남일씨는 웃음기가 싹 가시면서 긴장된 얼굴로 바뀌었다.
"누가 고자질했어요?"
"뭔 소리래요?"
"그냥 알고만 있으려고 그래요. 저 지금 나가면 아저씨들 볼 일 없어요. 누구예요?"

216

"의리가 있지, 그걸 어떻게 말해."

"그렇게 의리 좋아하시는 분들이 왜 저한테 의리 안 지키셨어요?"

"미스 서는 우리하고 다르잖남."

하지만 그의 작품이 반드시 성공적인 것만은 아니다. 작가 자신의 세대일 '구공학번'에 대한 연민을 깔고 있는 〈노래를 못하면, 아 미운 사람〉이나, 사회에 대한 위악을 그리고 있는 〈서점, 네시〉, 농촌 출신들의 눈물겨운 상경기인 〈서울, 눈 거의 내리지 않음〉 등등이 모두 직설적인 언어를 통해 배설의 쾌감은 줄지언정 세태소설 이상의 깊이를 보여주지 못하기 때문이다. 씁쓸한 해프닝에 가까운 〈열쇠가 없는 사람들〉도 마찬가지다. 여기에는 세계에 대한 어떤 전망도, 존재에 대한 어떤 발견도 들어 있지 않다. 인간들의 잡스런 관계와 뒤얽힘 이상의 의미를 갖지 못하는 것이다.

사실 김종광의 언어의 힘은 '능청스런 의뭉함'을 통해 이루어지는 통쾌한 풍자다. 권력에 대한 뒤집기로서의 풍자는 등단작 〈경찰서여, 안녕〉에서부터 이미 그의 득의의 영역이다. 그가 말하는 '재미' 또한 인간의 위선과 세계의 허위를 암시적으로 그러나 예리하게 드러내는 데서 나올 것이다. 그것은 사회의 자발적인 아웃사이더로서의 자의식과 자연의 건강함이 결합될 때 가능한 일이다. 김종광의 이야기 공간의 확장은 우리 소설의 한 출구와 맞물려 있다.

방현희: 시간의 열림

신인에게 장편은 쉽지 않은 모험이다. 자칫하면 스스로의 모자람을 드러내는 위험한 도박이 되기 때문이다. 방현희는 첫 번째 장편《달항아리 속 금동물고기》를 통해 일단은 그 모험에서 살아 나왔다. 그가 함정에 빠지지 않을 수 있었던 힘은 시간이다. 우선 청동기시대 유물의 발굴 현장이 이야기의 주된 배경이라는 점이 그것을 암시한다. 물론 현상적으로 드러나는 것은 나와 그녀의 사랑과, 어머니를 둘러싼 아버지와 아저씨의 모호한 관계다. 그러나 그 사랑의 질긴 끈은 두 세대에 국한되지 않는다. 땅 속에 파묻혀 있다가 모습을 드러내는 유물처럼 먼 역사로 거슬러 올라가는 것이다.

청동기인들이 땅속 깊이 새겨놓은 흔적이 마침내 조금씩 드러나기 시작했다. 숨을 몰아쉬었다. 그리고 다시 트라월을 눕혀 흙을 긁어냈다. 조심스럽게 흙을 걷어내고 석실이 열리고 그 네모난 벽 아래 가로 세로로 눕혀진 커다란 옹관들이 드러난 순간, 나는 거대한 생물이 슬어놓은 거대한 알을 보았다. 귓전에서 몇 개의 징이 일제히 울린 것처럼 고막이 윙 울렸다. 숨까지 턱 막혔다. 오래 가슴을 짓눌러왔던 것이 무엇인지 단번에 깨달아졌다. 아버지는 왜 뒷곁에 묻어놓은 장독 속에 들어가 옹색하게 쭈그리고 앉아 죽어버렸던 것인지. 아저씨와 어머니가 몰래 사랑을 나눈 곳에서 왜 죽고 싶어했는지. 나는 숨을 돌리려고 먼 들판으로 눈을 돌렸다. 거기서 바라보는 석해들이 또 그리 넓어 보일 줄 몰랐다. 말을 타고 달려도 한참을 달려야 할 평야. 아버지 혼자 힘으로 돌보기에는 너무나 벅찼을 경작지와 그보다도 몇 배나 다스리기 힘들었을 어머니.

거기에다 이 작품의 애초의 제목이 '동산취의 사랑' 이었던 것을 보면, 더욱 그러하다. 아주 먼 과거 속의 중국 요녕성 동산취에까지 이 이야기는 이어지고 있다. 그래서 얼핏 보면 공간의 문제처럼 보이지만, 공간은 별 의미가 없다. 그 공간으로까지 연결된 시간이 문제인 것이다. 나라는 존재와 내 삶과 내 사랑에 이미 오래전의 시간들이 첩첩이 운명으로 누적되어 있다는 것 말이다.

　그리고 다시, 박물관에서 옹관편들을 일일이 이어붙여 일으켜놓은 이 미터가 넘는 커다란 옹관 앞에 섰을 때 나는 거미줄에 이리저리 휘감긴 커다란 알을 보았다. 어둑신한 토광 아래 거미줄에 갇힌, 오래되어 허옇게 마른 살빛 옹기. 이제 내 할 일은 결정되었다. 내가 태어난 곳, 아버지가 들어가 아주 숨어버린 곳. 그리고 그녀와 나의 아이가 다시 태어날 곳이 이미 천오백 년 전 내 할아버지의 왕국에서 정해진 일이었다는 것을 나는 깨달았다. 할아버지의 살이 흩어진 흙을 파내는 일은 다른 누구도 아닌 내 손을 빌려야 했고 여기서 그 일을 하고 있음은 내가 지금까지 결정해온 어느 무엇보다 잘한 일이었다고.

　그래서 어머니와 아버지 그리고 아저씨의 기이한 관계의 방정식도, 나와 그녀 그리고 그녀 아버지의 친구로 연결되는 또 다른 모호한 사랑의 끈도 그것이 우리가 삶 속에서 치러내는 운명이라는 것을 말하고 있다. "온갖 것을 창조"하는 신화가 시간과 공간을 뛰어넘어 그러하듯이 사랑은 도덕적 판단 바깥의 것이다. 작가는 '오래된 미래'와 '저 멀리 이어질 과거'로서의 그런 사랑을 유물을 이어 붙이듯이 복원하는 데에 성공하고 있다.

　하지만 이 작품은 그에 못지않은 몇 가지 결점을 갖고 있다. 1인칭 화자의 진술로만 이루어지기 때문인지 우선 인물과 인물 사이에 성격의 변별성이 없다. 사랑이라는 기이한 운명의 반복이 작위적으로 보이는 것이다. 작품을 지배하는 서정적 감상의 정조 또한 단조로워서 긴 호흡을 버텨내기에 버겁다. 그래서 섬세하다기보다는 지나치게 쇄말적인 묘사 또한 구체적인 풍경을 만들어내는 일에 성공하지 못하고 있다. 장편 쓰기의 첫 모험에서 살아 돌아오기는 했으되 많은 상처를 안고 온 셈이다.

그래도 이 신인 작가를 신뢰할 수 있는 것은 다음의 두 가지 점 때문이다. 하나는 이야기꾼으로서의 자질. 그녀의 할아버지가 징집을 피해 숨어 들어간 굴에서 발견하게 된 유골의 이야기는 그 자체가 한 편의 소설이다.

이곳은 그녀의 집안과도 무관하지 않았다. 그녀는 한참 뒤에야 이곳에 얽힌 얘기를 기억해냈다. 한국전쟁 때 그녀의 할아버지가 징집을 피해 이곳에 숨어들다가 새하얀 유골을 보고 기겁을 한 일이 있었다고 한다. 유골 옆에 아주 작은 유골이 또 하나 있어 그녀의 할아버지는 무서운 가운데서도 기억을 되살려 그 유골이 누구의 것이었는지 알아내게 되었다. 하얀 유골은 남측 천장 바로 아래, 그 천창을 내고 무너져 내린 돌덩이 위에 누워 있었다. 그리고 골반에서 대퇴골이 탈구되어 있는 것을 보고 몇 해 전에 갑작스레 사라진, 사랑했던 젊은 과수댁을 떠올릴 수 있었다. 과수댁의 허연 유골에서 그녀의 뽀얀 뺨과 푸른빛이 돌 정도로 검고 숱 많은 머리털을 보았다. 그는 유골에 쓰러지다시피 엎드려 통곡을 했다. 살갗이 없어져 숱한 유골과 다를 게 없는 여자. 하지만 어느 누구 못지않게 아름다웠던 여자. 그 머리채를 두고 마을 사람들은 수군거렸다. 저 삼단 같은 머리 때문에 팔자 셀 줄 알았다구. 과수의 시어머니는 그녀의 머리채를 잡고 울었다. 이년, 이 썩어죽을 년, 이 서방 잡아먹은 년. 머리채를 잡히고 끌려가기도 여러 번 한 젊은 과수댁은 급기야 그의 아이를 낳았고. 그녀는 더 이상 시가에 남아 있을 수 없었다. 그래서 그와 야반도주를 하기로 약속하고 바로 이 야산에서 만나기로 했는데 먼저 나온 과수댁이 아이를 안고 서성거리다가 발을 잘못 짚어 칡덩굴 무성한 석실 아래로 떨어져 버리고 말았던 것이다. 뒤늦게 나온 그는 그 사실을 알지 못한 채 과수댁이 마음이 변한 것이라 생

220

각하고 자기야말로 사랑에 속은 게 아닌가 싶어 그녀를 원망하며 집으로 돌아갔다. 하지만 다음날도 그 다음날도 과수댁은 보이지 않고 그녀의 할 아버지는 속앓이만 했다는 얘기다. 그는 하얀 두 개의 유골 옆에서 옛일을 기억하다가 두려움에 떨고 그러다가 다시 기억에 잠겼다. 이렇게 된 줄도 모르고 여자를 원망하고 다른 한편으로 안심했던 일이 부끄러워 이 유골을 잘 묻어주리라 마음먹으며 혼자 몇 날 며칠을 울었다고 했다. 그러다가 전 쟁을 피해 마을 사람 여럿이 우두둑 떨어지듯 밀려들어왔고 미처 유골을 옮겨놓지 못해 사람들의 눈에 띄게 되었다는 것이다. 어쩔 수 없이 사실이 알려지게 되었고 그는 여자와 아이를 위해 작은 무덤을 지어주었다. 그는 이 무덤 안에서 나와 똑같은 생각을 하지 않았을까. 얼마나 많은 사람이 이 곳에 묻혔을까. 이 무덤은 진정 누구의 무덤인 것일까.

다른 하나는 어느 순간 살아나는 문장의 구체적 감각이다.

우리 사이의 차이를 순식간에 뛰어넘는다고 말했죠? 그게 정말일까요? 그 말을 한 것 그녀였다. 얽히고 설킨다면, 우리는 대단한 것을 낳을 수 있 어요. 그렇게 말한 것은 나였다.

나는 그녀의 다리 사이에서 두 마리 통통한 물고기를 발견했다. 가운데 부분이 약간 벌어진 채 머리와 꼬리를 붙이고 있는, 팔딱거리고 매끈하며 보얀, 찬 물기가 느껴지는 물고기 아랫배 같은 그녀의 속살을 밤이 새도록 보고 싶었다. 뜨거워요. 그녀는 가끔 다리를 털 듯이 흔들었다. 내가 그녀 의 다리 사이에 라이터를 들이댔기 때문이다. 라이터는 가스가 다할 때까 지 내 뜻을 충분히 이루어주었다. 불꽃이 흔들릴 때마다 물고기는 더욱 꿈 틀거렸다. 나는 불빛이 없어지자 비로소 그녀의 두 마리 물고기를 열었다. 내 몸은 피복이 벗겨진 전선처럼 불꽃이 튀었다. 그리고 그것은 그대로 찬

물고기 속으로 파고 들어가 그녀 또한 불꽃 튀는 전기에 감응하여 파르르 떨게 만들었다.

구체적 감각은 한 작가의 문장의 출발이기 때문이다. 그가 시간이라는 추상을 새기는 데에 있어서도 그 구체성을 얻을 수 있다면, 서사(敍事)의 겹이 훨씬 풍요로워질 것이다.

나가면서

사실 문학의 위기, 소설의 위기를 말하는 것은 손쉽다. 이제는 식상하기까지 하다. 위기에도 불구하고 글은 쓰일 것이고 쓰여야 하기 때문이다. 따라서 문제는 스스로 그 서사의 벽을 허무는 일이다. 장르에 대한 관습적 인식 자체를 뒤집는 일이 되든, 새로운 공간을 개척하는 것이 되든, 묻혀진 시간의 줄기를 따라가든 말이다. 그리하여 문학은 제도의 좁은 울타리를 빠져나와 다시 총체적 성찰의 위상을 회복해야 한다. 문학은 종합이며 생성이다. 변화하는 현실에 대한 질문과 대답을 통해 얻어지는 새로운 인식, 그것이 문학 언어의 진실이다. 그러기에 그 언어는 마르지 않는 샘과 같다. 위에서 든 세 작가와 함께 김별아의 《꿈의 부족》, 이해경의 《그녀는 조용히 살고 있다》 등도 거기서 흘러나온다. 그것이 더 멀리 오래도록 흘러가기를 나는 바란다.

'심청'의 현대적 해석, 성과와 아쉬움

-황석영의 《심청》

황석영은 누가 뭐라 해도 우리 문학의 우뚝 솟은 봉우리 가운데 하나다. 특히 시대를 읽어내는 순발력과 통찰력에 있어 그는 뛰어난 재능을 보여주었다. 분단, 노동, 민중, 외세 등등 우리 현대사의 가장 예민한 현안이 그의 언어를 통해 자신들의 견고한 역사적 성채를 갖게 되었다. 문학으로 검증되지 않은 역사는 진정한 역사가 아니라는 차원에서 황석영은 우리 문학의 가장 힘 있는 역사가라고 해도 과언이 아니다. 게다가 그것은 단순히 인식의 문제로 그치지 않는다. 독자로 하여금 손에 땀을 쥐게 하며 그의 글을 따라 읽도록 만드는 솜씨는 타의 추종을 불허한다. 《장길산》, 《무기의 그늘》과 같은 장편소설은 물론이고, 〈삼포 가는 길〉, 〈객지〉, 〈한씨 연대기〉 같은 중·단편소설을 통해서도 그는 꼭 짜인 구성과 생기 가득 찬 문체로 독자와 전문가의 아낌없는 찬사를 받았다.

그것을 가능케 한 힘은 무엇보다도 그가 가진 체험 영역의 넓고 깊음일 것이다. 그는 늘 우리 역사의 현장에 있어왔다. 농민운동, 노동운동, 민주화 운동, 통일 운동 등의 현장에서 그는 언제나 가장 앞에 서 있는 일꾼이었다. 그러한 일꾼으로서의 직접적 체험은 고스란히 그의 소설에 녹아들어 서사의 피와 살을 이룬다. 그리고 이와 같은 직접 체험은 다시 취재와 문헌 연구를 통한 간접 체험으로 확대된다. 《장길산》의 그 강건하면서도 유장한 민중 언어는 바로 그의 성실한 발과 역사에 대한 예리한 통찰이 만나서 낳은 결과물이다. 《무기의 그늘》 또한 그의 베트남 참전 경험이 없었다면 형상화되기 어려운 세계다. 이처럼 어떤 작품에서든 그의 체험은 소설의 생생한 구체성으로 소화되어 독자를 매료하는 바탕이 된다. 이러한 면모는 그가 감옥에서 나온 뒤에 연이어 내놓은 《오래 된 정원》과 《손님》에서도 변함이 없다.

어쨌거나 세계 인식의 차원에서 황석영에 버금가는 깊이를 보여준 작가는 없지 않으나, 그만큼 생생한 목소리로 독자를 이끌어 들인 작가는 찾아보기 어렵다. 그는 타고난 이야기꾼 기질과 취재와 탐구의 후천적인 성실함으로 진정한 역사의 경지에까지 이를 수 있는 문학적 진경을 보여준 작가다. 생존 작가로는 아마도 이청준과 박완서, 김원일과 김주영 그리고 최인훈 정도만이 그 목록에 오를 수 있을 것이다

이번에 나온 《심청》 또한 황석영이 아니고서는 쉽사리 다룰 수 없는 세계를 그리고 있다. 우선 이것은 역사소설이다. 물론 그는 이미 《장길산》을 통해 역사소설의 가능성을 충분히 보여준 바 있다. 그런데 장길산이란 인물에 비해 심청의 캐릭터는 황석영적 세계에서 보자면 이단에 가깝다. 여성 화자를 통한 세계 이해의 개진(開陳)은 드물었기 때문이다. 이번 작품을 통해 그는 여성의 시선으로 세계를 이해하려는 새로운 실험에 과감히 도전했다. 역사학에서도 이러한 노력이 최근의 경향인 것

을 감안하면 역시 그의 순발력을 높이 사지 않을 수 없다.

다른 한편으로 황석영의 문학적 시야는 갈수록 우리의 국토를 넘어 세계로 확대되어나갔다. 대부분의 역사가 그러하지만, 우리의 역사 또한 어쩔 수 없이 우리만의 것이 아니다. 그런데 단 한 번도 세계사를 주도한 적이 없어서인지 우리의 시야는 자꾸 이 좁은 국토 속에 갇히려 한다. 게다가 반세기가 넘는 분단의 역사는 '남과 북'이라는 절체절명의 과제로 우리로 하여금 그 밖의 것에 자꾸 눈멀게 한다. 하지만 이 '남과 북'이야말로 오히려 그러한 분단 체제를 낳은 외적 요소들을 종합적으로 고려할 지성을 요구한다. 황석영의 《심청》은 이러한 시대적 요청을 담고 있다. 즉 역사적 상상력을 넓혀서 우리의 모습을 좀 더 역동적인 대외 관계, 세계사적 조망 속에서 살필 수 있어야 한다는 것 말이다. 그리하여 조선에서 청나라로, 중국 본토에서 대만으로, 대만에서 오늘날의 오키나와인 유구로, 그리고 유구에서 일본을 거쳐 다시 조선으로 이어지는 《심청》의 새로운 무대가 탄생했다. 동아시아 전역을 아우르는 역사 지리의 무대다. '동아시아학'이라고 부를 수 있을 새로운 담론에 대한 문학적 고찰의 한 예가 될 이것 역시 황석영의 순발력을 보여주는 증거다.

그래서 그의 《심청》은 단순한 민담과 전설 차원을 훌쩍 넘어선다. 전래의 《심청전(傳)》은 봉건시대의 희생양으로서의 여성들의 절망적 현실과, 그에 대한 상상적 대속(代贖)으로서의 희망을 그리고 있다. 그에 반해 황석영의 《심청》은 그러한 절망을 낳은 시대에 대한 냉철한 고찰과, 그 절망을 극복하려는 실제적 가능성에 초점을 맞추고 있다. 그리하여 민담과 전설에 녹아 있는 신화적 요소를 제거하고, 리얼리스트답게 심청을 역사적 현실의 공간 속에서 다시 그려내고 있다. 창녀 심청은 그렇게 탄생했다.

오늘날에도 제3세계의 곳곳에서 그러하지만, 봉건시대의 가난은 손쉽게 여성의 육체를 상품으로 내놓게 만든다. 뱃길의 안녕을 빌기 위한 살아 있는 제물이라는 근사한 명분에 기대어 어린 나이의 여성을 노예로 파는 것이다. 이렇게 해서 심청은 중국 상인들에게 팔려나간다. 부유한 중국 노인의 회춘을 위한 도구로 시작한 그의 삶은 매춘의 영역을 제대로 벗어나지 못한다. 하지만 그는 자신의 불운에 좌절하지 않고 여러 가지 우여곡절 끝에 마침내 진흙 속의 연꽃처럼 고결한 존재로 피어난다. 해설자의 말처럼 '성창(聖娼)'이 되는 것이다. 그리하여 전혀 새로운 의미에서 다른 심청이 탄생한다.

이 심청의 행로를 따라가는 작가의 시선은 거시적(巨視的)이다. 때는 서구 열강이 아시아를 집어 삼키던 시기다. 조선, 중국, 일본 할 것 없이 아시아적인 것이 서양적인 것의 포화 속에서 무너져 내리던 당시를 작가는 조망하고 있다. 동아시아 전체가 패배를 곱씹으며 위기감을 느끼던 때에 심청은 그 연이은 고난에도 불구하고 예지와 헌신으로 자신의 삶을 일으켜 세운다. 그러한 심청이라는 인물의 미시적(微視的) 내면과 당대 정세의 거시적 조망이 맞물리며 서사(敍事)를 이끌어 이 작품은 읽기에 지루함이 없다. 그 거침없는 행보는 미처 준비가 안 된 독자를 어리둥절하게 만들 정도이다. 사실 이 점이 특징이자 결점이 된다.

두 권 분량의 많지 않은 공간 속에 한 시기 동아시아의 역사를 각인해 놓는 그의 솜씨는 뛰어난 것임에 분명하지만, 동시에 황석영의 것이라고 하기엔 어딘가 허술하다. 청나라, 대만, 유구, 일본 등등 서사의 배경이 된 공간을 이해하려면 별도의 역사 공부가 필요할 정도다. 그래서 부분 부분 긴박감 넘치는 이야기 구성과 세밀한 묘사에도 불구하고 서사의 개연성 자체에 대한 의심이 들기도 한다. 문학이 실제의 기록이 아니고 허구인 한, 개연성은 생명과도 같다. 적어도 이것은 근대소설의 요체다. 따라서 심청의 인생행로 자체에 대한 개연성이 의심이 된다는 것은 단순한 문제가 아니다.

이것은 창녀 심청이라는 인물 설정과 맞물려 증폭된다. 물론 소설 속의 인물에 성격을 부여하는 것은 작가의 고유 권한이며, 어떤 종류의 인물이건 전혀 문제가 되지 않는다. 선과 악, 미와 추를 벗어나는 것이다. 하지만 그 인물의 행동은 서사 속에서 다른 요소들과 섞이며 하나의 '자연스런 세계'를 이루어야 한다. 그것이 이야기의 개연성이다.

황석영은 당시 서양 제국주의의 팽창에 짓밟히는 봉건적 동아시아의 불구성에 대한 상징으로 창녀를 선택했는지 모른다.

나는 근대의 동아시아 주변을 떠올렸다. 한국 중국 일본 세 나라에서 필리핀 인도네시아 베트남 인도로까지 관심은 확장되었고 19세기는 이들 지역에 의미심장한 변화가 일어난 중요한 때라고 보았다. 그리고 여러 자료를 접하면서 이른바 동양사가 서양의 편에서 동쪽을 바라본 편견에 의하여 기술되었다는 것과, 이러한 세계관은 서구가 제패한 세계시장 속에 이 지역을 편입하려는 집요한 의지의 표현이기도 했다는 점을 발견했다.

동아시아에서 근대의 표상은 자유무역과 저자의 확보로 표현된다. 근대적인 도시며 거리가 형성되었고 모든 나라의 노동상품은 새로운 형대로 변해갔는데, 임금노동과 매춘이었다. 고장마다 전통적 형태의 매춘이 없었던 것은 아니지만 성을 직접 파는 시장으로서의 환락가나 매춘가가 생겨난 것은 서구에 의한 무역시장체제의 출현 이후부터였다.

  — '작가의 말'

그리고 그 극한의 삶으로부터 아름다운 반전(反轉)을 이끌어내려 했던 것으로 보인다. 교통수단이 발달한 오늘날과 달리 오가는 일이 흔치 않았던 시대에 동아시아 전역을 전전할 만한 인물로 상품이 된 창녀가 필요했을 수도 있다.

　그렇다고 하여 나는 《심청》에서 이같은 흐름을 역사 맥락으로 짚어가기보다는 한 여자의 몸과 마음이 변전하는 과정에 집중하기로 했다. 이는 마치 연꽃 한 송이가 봉오리에서 새벽 이슬을 맞고 개화를 시작하고 햇볕과 비바람에 시달리며 지나는 행인을 만나고 보내기도 하며 밤낮을 거쳐 계절을 보내는 과정과도 같이 썼다. 그러므로 아편전쟁이나 태평천국, 또는 인도와 베트남과 동인도회사, 오키나와의 멸망, 일본의 메이지 유신과 민란, 동학과 청일전쟁, 노일전쟁과 조선의 식민지화 등의 과정을 멀리서 스쳐 나가는 작은 우레 소리처럼 다루었다. 내가 힘을 기울이고 섭렵했던 자료들 거의가 이 시대 백성들의 일상을 다룬 것들이었고, 매춘과 남녀상열지사야말로 시정 잡배들 삶의 자상한 기록인 셈이다.

　'심청'이 떠났던 자리로 돌아올 즈음에야 과거에 무엇이 잘못되었던가 하는 것들이 어렴풋한 어둠 속에서 차츰 명료해진다. 서구 열강이 눈 부릅뜨고 먹이를 찾아 동진하고 있었을 때에 동아시아의 봉건왕조들은 썩어서 붕괴 직전에 있었고, 이를 무너뜨리고 새로운 질서를 만들고자 한 위와 아래의 움직임을 어디서나 있었다. 그러나 아래로부터의 개혁의지는 하나같이 실패했고, 동아시아는 아직도 사회 실험의 와중에 있다.

　하지만 매춘을 통해서 이러한 세계사적 변화를 드러내려 한 움직임이 애초의 작가의 의도와 달리 성공했다고 말하기는 어렵다. 매춘부 심청의 시선에 포착된 세계는 표피적이며, 게다가 세계의 변화를 자신의 몸으로 받아내며 변화하는 심청의 모습은 시대의 상징이자 전형이 되기 어렵다. 오히려 성(性)에 대한 심청의 태도 변화와 그에 따른 육체의 반응은 남성의 편향된 성적 상상의 투사(投射)에 가깝다. 신문 연재물로서의 한계를 감안한다면 모르겠으나, 어쨌거나 창녀 심청은 '그러할 수밖에 없음'이라는 서사의 개연성 차원에서 상당히 의심스런 인물 설정이다.

결과적으로 심청의 변전하는 삶을 통해 20세기 전후의 동아시아라는 한 시대적 공간의 역사를 조명하려는 작가의 노력은 성공했다고 말하기 어렵다. 여성의 눈으로 역사의 이면을 비추는 것, '동아시아 담론'의 문학적 형상화를 위한 노력은 이 작품의 실패 위에서 또 다른 손길을 기다려야 하게 되었다.

연애, 성숙과 미성숙의 사이에서

　작년이던가, 소설가 전경린이 한 일간지 기자에 의해 한국에서 연애 소설을 가장 잘 쓰는 여성으로 소개되었다. 본인에게 그것이 마음에 드 는 평가인지 아닌지는 알 수 없으나, 그 말은 맞기도 하고, 틀리기도 하 다. 첫 소설집인 《염소를 모는 여자》와 역시 첫 장편소설인 《아무 곳에 도 없는 남자》를 보면 그 말은 맞는 것 같다. 하지만 그를 일약 유명 작 가로 만든, 그리하여 논란이 일었던 영화 〈밀애〉의 원작이 되기도 한 《내 생애 꼭 하루뿐일 특별한 날》 이후의 작업은 그 규정에 들어맞지 않 는다.

　물론 연애소설을 어떻게 볼 것인가에 따라 어떤 평자(評者)는 위의 것 과는 반대의 의견을 내놓을 수도 있다. 외형상으로만 보자면, 뒤쪽의 작 업이 말 그대로 연애소설, 더 심하게는 성애(性愛) 소설의 범주에 들어갈 것이기 때문이다. 그러나 내용까지 따지고 들면 정말 그럴까?

나는 여기서 그 판단의 적실성 여부를 놓고 논쟁을 벌일 생각은 없다. 다만 그의 작업이 어느 순간 커다란 질적 전환을 보인 것에 대해서만은 지적하고 넘어가겠다. 대략 두 번째 소설집인 《바닷가 마지막 집》을 경계로 해서 그의 세계는 바뀌어간다. 그리고 그 결정적인 예가 바로 위에서 언급한 《내 생애 꼭 하루뿐일 특별한 날》이다.

초기에 전경린은 여성에게 허용된 제도 속의 삶과 본질적으로 여성의 존재 자체가 원하는 삶 사이의 긴장을 밀도 있게 그려냈다. 이상과 현실 사이의 간극을 온몸으로 버티고 사는 그의 여성들은 남성들도 충분히 공감할 수 있는 보편적 존재의 모습이었다. 하지만 뒤로 갈수록 그의 여성들은 자신의 몸과 내적 욕망에만 매몰된다. 그래서 더 집중된 강렬함을 지니기는 하지만, 보편적 공감으로부터는 멀어진다.

단적으로 말해서, 집 밖으로 뛰쳐나가 '자유부인' 으로 살아가는 여성의 모습보다는, 집에서 열심히 살림하고 애 키우다가도 어느 날 문득 그 제도화된 삶으로부터 뛰쳐나가고 싶은 욕망을 느끼는 여성이 훨씬 더 보편적인 독자들의 삶에 가깝다. 문학과 예술의 근본적인 기능은 공감을 통한 이해다. 이 점에서 전경린의 작업은 보편적 공감으로부터 열혈 독자들만의 고립으로 옮겨간 것이다.

하지만 이것보다도 더 중요한 문제는 역설적이게도 그의 작업이 남성 의존적이라는 사실이다. 예를 들어, 《내 생애 꼭 하루뿐일 특별한 날》에서 주인공 미흔은 남편의 외도 이후에야 자신의 몸을, 그 안에 숨어 있는 욕망을 발견한다. 그런데 그것은 몸 자체의 욕구라기보다는 '홧김에 하는 서방질' 이라는 혐의에서 벗어나기 어렵다. 홧김의 서방질이 나쁘다는, 그래서는 안 된다는 말이 아니다. 왜 하필 그의 여성들은 남자의 배신을 확인한 뒤에야 '맞바람' 의 길로 나서는가? 나는 그것을 묻고 싶은 것이다.

제도는 언제나 금기(禁忌)를 만든다. 그것은 남성에게도 여성에게도 억압으로 작용한다. 단지 우리 사회에 아직은 가부장제의 전통이 남아 있고, 따라서 남성 우월의 문화적 분위기가 엄연히 존재하기 때문에 여성들이 이중의 억압 속에 놓여 있다는 것만큼은 분명하다. 그래서 전경린의 여성들이 보여주는 제도와 금기 바깥으로의 위험한 일탈이 나름대로 문제적인 것은 사실이다. 전통적인 어머니들이 보여주는 인고(忍苦)의 미덕만이 칭송되는 사회에서 내 몸과 욕망에 충실한 삶을 선택하겠다고 결연히 떨치고 일어서는 여성의 존재는 충분히 사회적인 파장을 낳기 때문이다.

그런데 전경린에게는 불행하게도 이런 선택이 가질 수 있는 다양한 정치적 의미에 대한 고려가 없다. 일방적인 선택만이 있을 뿐인데, 일상이라는 제도 바깥으로 뛰쳐나가는 행동만이 진정한 용기이자 정직함이라고 그는 주장한다. 반면에 그렇지 않은 삶은 위선이자 나약함이라는 이상한 이분법을 갖고 있는 것이다. 그리고 거기에 빌미로 등장하는 것이 억압의 주체로서의 남성이다. 그러니 그의 눈에 제도의 안에서 살고 있는 여성들이란 남성의 억압을 비굴하게도 견디는 나약한 존재들일 뿐이다.

하지만 한국의 가정이 상대적으로 가부장적인 요소를 갖고 있다는 것 때문에 모든 가정이 억압 아래 놓여 있다는 생각이나, 한국의 남성들이 우월주의자로서의 성향을 보다 많이 내보인다고 해서 모든 남성이 다 우월주의자라는 이런 전칭명제의 오류는 우리 사회와 가정 그리고 개개인의 삶에 대한 섬세한 통찰을 가로막는다. 우선 어떤 위선도 없이 행복한 삶을 살고 있는 가정과, 다른 누구보다도 존재의 자유를 향유하며 살아가는 평범한 가정주부의 존재가 그것을 반증(反證)하고 있지 않은가?

232

제도의 안과 밖은 우열과 선악의 문제라기보다는 선택의 문제다. 단지 그 선택이 어떤 정치적 의미를 갖는지를 알고서 자발적으로 선택한 것인가, 그리고 그 선택에 대해 후회 없이 정직할 수 있는가, 하는 과제가 남을 뿐이다.

그런데 전경린은 어쨌거나 이런 가능성을 무시하고 자신의 몸의 욕구, 그것도 자유의 깃발을 요란하게 내두르는 성적 욕구를 절대시하는 데서 한걸음도 물러서지 않는다. 그것을 위해서 가정 바깥에 있는 남성에 대한 여성의 낭만주의적 욕망을 옹호하려다 오히려 또 다른 남성 의존적 인물을 낳고 있다. 최근에 간행된 그의 소설집《물의 정거장》곳곳에 등장하는 잠언과도 같은 발언은 그래서 유치하다. 제도의 안에 있는 남성은 타락이고, 제도 바깥에 있는 남성은 순수라는 이분법은 지나친 낭만적 유치함이 아니고는 설명하기가 어렵다.

모든 인간은 사회적 관계 속에 놓여 있다. 남성이 홀로일 수 없듯이 여성 또한 홀로 존재할 수 없다. 하지만 정말 아무런 빌미나 희생양 혹은 면죄부 없이 스스로 선택한 삶, 그 선택의 의미를 속속들이 통찰하고서도 후회가 없는 삶을 살 수 있을 때만 그것을 주체적 삶이라고 부른다. 그런 점에서 전경린은 자기를 괴롭힌 남자들의 그림자를 우선 떼어내야 한다. 그것의 진실 여부를 떠나 자신의 생은 그 누구의 탓으로도 돌릴 수 없는 일이 아닌가?

그의 인물들이 진정 자유로워질 때, 진정한 의미에서 주체가 될 때, 그 인물들이 선택한 삶도 독자의 공감을 얻을 수 있는 것이다. 그러니 작가 전경린은 아직 덜 성숙한 것이다. 그의 진짜 멋진 연애소설은 좀 더 기다려야 가능할 것 같다.

다행인 것은 전경린이 이미 보여준 어떤 매혹적인 세계로 미루어 판단하건대, 그 기다림은 보상을 받을 가능성이 있다는 점이다. 익히 알아온 세계의 진부함을 벗어나지 못하는 우리 소설을 위해서라도 전경린이 그러한 작가가 되기를 정말 바란다.

뒷마당의 언어

―공선옥의 《멋진 한세상》

나는 얼마 전 한 자리에서 작가 공선옥에 대해 다음과 같은 발언을 남긴 적이 있다.

공선옥의 소설은 마치 한편의 TV 드라마 같다. 이것은 우선 칭찬이다. 일상의 곡진한 이야기들이 생생하게 펼쳐지기 때문이다. 거기에는 어떤 관념의 조작도 없다. 오히려 그런 관념에 기울어져 있는 사람들에 대한 암묵적인 경계와 비판의 목소리가 보이지 않게 깔려 있다. 일상의 생생한 목소리가 거기에 대한 2차적 성찰보다 더 중요하다는 뜻이다. 따라서 그에게 소설은 생존과 비슷한 말이다. 아니나 다를까. 이런 점을 '작가의 말'을 통해 다음과 같이 표현하고 있다. "나는 지난 1990년대 10년간을 소설 써서 먹고살았다. 그러나 나는 생존을 위하여 소설을 썼을 뿐 소설을 쓰기 위해

235

살았던 것은 아니다. 내게 소설은 삶보다 우선하지 않는다."

그런데 이 생존의 드라마는 흘러간 유행가와 잘 어울린다. 이즈음 발표된 몇몇 작품의 제목부터 그러하다. 〈그것은 인생〉, 〈정처 없는 이 발길〉 등은 물론이고, 〈멋진 한세상〉이나 〈한데서 울다〉 등도 유행가의 한 구절이나 마찬가지다. 그래서 공선옥의 세계는 얼핏 보면 세태(世態)소설적 면모를 강하게 띤다. 이런 소설의 경우 적절한 비판 정신이 녹아 있지 않으면 그 의미를 얻기 어려운데, 그의 세계는 그런 점에서도 위험을 잘 비껴가고 있다. 그리하여 지극히 평범한 사람들의 구체적인 일상과 그 일상을 살아나가는 질긴 에너지가 그려진다.

그런데 바로 여기가 그의 한계이기도 하다. 철모르는 스무 살의 문학청년이 아닌 바에야 소설이 삶보다 우선하는 사람이 있을까? 중요한 것은 그 삶에 대한 인식의 깊이다. 소설의 소재나 대상 인물에 있어 선험적 우열은 없다. 단지 그것의 형상화에 얼마나 성공하였는가, 또 그것이 얼마나 많은 독자에게 공감을 얻을 수 있는가가 문제로 남을 뿐이다. 이런 점에서 보면, 공선옥의 소설은 삶과 직접적으로 맞부딪치는 사람들의 굴하지 않는 모습을 보여주면서도, 삶에 대한 새로운 시각, 무서운 깨달음을 보여주는 데까지는 나가지 못한다. 생존에 너무 가까이 있다는 것, 그것도 평범하다 못해 왜소하기까지 한 생존에 묻혀 있다는 사실은 때로 삶에 대한 전체적 성찰을 가로막을 가능성이 있다. 공선옥은 이 위험에서는 그다지 자유롭지 않다.

이 일반론을 전제하고서 소설집 《멋진 한세상》을 읽어나가다 보면, 의외로 공선옥의 서사가 단순하지 않다는 점을 발견하게 된다. 작가 스스로 실화(實話)를 바탕으로 했다고 밝힌 〈그것은 인생〉이나 〈정처 없는 이 발길〉 같은 작품들이 사실성에 기울어져 인물의 목소리가 단순화되어 있다면, 그에 반해서 다른 작품들, 특히 여성 화자를 내세운 작품들은 훨씬 더 다양한 목소리를 담고 있다. 그 목소리는 특히 〈한데서 울다〉에 잘 그려져 있다.

주인공인 정희는 간신히 생계 걱정에서 놓여난 인물이다. 각고의 노력 끝에 20평 아파트를 장만하고, 불화(不和)의 씨를 안고 있긴 하지만 그래도 안정된 가정을 갖고 있다. 다른 작품들을 끌어나가는 여성 화자들의 생존 환경보다는 살짝 나은 편이다. 그래서일까? 정희는 자신의 삶에 대해 계속해서 의문을 던진다. 지금의 삶이 '원형'에서 멀어진 것이라는 자각 말이다.

하면 우리가 원래가 그렇다는 것들을 얼마나 더 모르고 살아가는 것일까. 또한 '원래가 그런 것', 말하자면 우리 삶의 원형, 혹은 우리 삶이 문명이란 이름으로, 사랑이라는 이름으로 훼손되지 않은 상태의 것들을 얼마나 기억하며 살아가는 것일까. 혹시 우리는 우리가 아닌지도 모른다는, 지금의 내가 내가 아니라서, 원래의 나를 잃어버렸거나 잃어버려서 이다지도 힘겨워하며 살아가는지도 모른다(……).

사변(思辨)의 언어를 잘 내놓지 않는 작가로서는 이례적(異例的)으로 이 작품 속에서 여러 군데에 걸쳐 그런 계몽적인 상념의 말을 배치해놓는다. 존재와 삶이 일치하지 않는 것에 대한, '정체를 알 수 없는 불안감'이 묻어나는 목소리인 것이다. 그리하여 이 화자는 남편의 직장에서 억지로 떠맡기다시피 한 자동차를 몰고, 존재의 고향, 삶의 원형을 찾고자 헤매 다닌다. 바로 그곳이 공선옥 자신의 언어의 기원이기 때문이다.

앞마당은 주로 일마당이고 그래서 자연히 남정네들의 공간이지만 뒷마당은 놀이와 휴식의 공간이지 않은가. (……). 앞마당은 공개적이어서 비밀도 없고 그래서 오래 간직할 추억거리도 없다. 그러나 뒷마당은 그 얼마나 많은 얘기들을 키워준 곳이던가. 뒷마당은 그녀 인생의 보물창고였다. 집이란, 그런 곳이어야 하지 않을까. 육신이 몸담은 가장 정신적인 곳. 그걸 집이라고 할 수 있지 않을까. 뒷마당 없는 집. 우리 인생의 보물창고가 되어줄 공간이 없는 집은 집이 아니라 건물일 뿐이다. 그것은 집이라는 이름을 단 '상품'일 뿐이다. 한데, 지금은 영원히 사라져버렸다고 여겼던 그 '집'이 거기 있었다. 정희는 그 집을 발견한 것만으로도 그날 행복했다.

마치 상상력의 철학자 가스통 바슐라르의 《공간의 시학》의 한 구절을 옮겨놓은 듯한 이 인용문은 작가의 언어가 어디에서 태어나는 것인지를 잘 보여주고 있다. 그의 언어는 바로 뒷마당의 말들이다. 그 "인생의 보물창고"가 모성(母性)의 서사를 만들어내고 있는 공선옥의 존재의 집인 것이다.

그런데 우리는 그것을 잃어버렸다. 남편의 주장대로 "'대세'를 따르"기 위해서 말이다. 하지만 그것은 도저히 행복으로 받아들일 수 없는 삶이다. 그래서 공선옥의 인물들은 자꾸 뒤를 돌아보게 된다. 과거지향이 된 것이다. 그것은 단순한 무의식이 아니다. 놀이와 휴식을 잃고 오로지 성취만을 향해서 달려온 근대(近代) 자체에 대한 항의이자 비판이기 때문이다. 그것은 우리의 근대화가 정치·사회적 자유를 지향하는 것이었지만, 동시에 뒷마당을 잃고서 앞마당만의 세계를 추구해온 불구(不具)의 남성 언어라는 사실을 일깨우고 있다. 공선옥의 소설은 바로 이 과정에서 억압된 여성의 언어를 풀어놓으려는 노력이다. 그의 세계에 일관되게 등장하는 '어멈'의 존재는 바로 그런 관점에서 해석되어야 한다.

그래서 공선옥의 어멈은 우리가 이상적으로 미화해온 헌신과 자기희생의 화신으로서의 어머니의 계보에 속하지 않는다. 그것은 힘겹고 남루한 생활일지라도 자기 자신의 행복을 찾아야만 하는 생물학적 모성에 속한다. 비록 잠시이긴 하지만, 사랑을 찾아 아이를 두고 집을 떠날 수도 있는 엄마인 것이다. 그의 어멈은 그런 점에서 본능적이며, 그만큼 자연스럽다. 이 자연스러움이 당당함으로 연결된다. 자기 삶에 대한 당당함 말이다. 남편과 시어머니의 반대를 무릅쓰고 기어이 자기 존재의 집을 찾아 나서는 정희가 바로 그런 인물이다. 자신이 제대로 받아들여지지 않는 사회에서, 그래서 '한데'가 되어버린 삶 속에서 울음으로라도 항변하는 이 당당한 여성들이 바로 공선옥의 주인공들인 것이다.

물론 문제가 없는 것은 아니다. 맨 처음에 지적한 것처럼, 이 당당함은 자신과 다른 사람들에 대한 이해와 공감으로 확산되어나가지는 않는다. 오히려 그 다름에 대해 대단히 냉소적이다. 관념에 대한 생활의 우위라고나 할까. 생활이 소중한 것이야 누구도 부인할 수 없다. 하지만 몸으로 부대끼며 살아내야 하는 밑바닥의 생활이 꼭 더 아름다운 것은 아니며, 밥의 생존만이 더 우월한 생존도 아니다. 오히려 생활의 구체성이라는 이름으로 자기를 정당화하는 본능적 생존이 우리 삶의 복합성에 대한 인식을 가로막는 장애물일 수도 있다.

문학은 진실을 단순화하는 것이 아니라, 그 진실을 보다 복합적으로 섬세하게 바라보도록 이끄는 것이다. 공선옥의 소설을 사랑하면서도 거기에 만족하지 않는 것은 그러한 이유에서이다. 진정한 존재의 집은 앞마당과 뒷마당, 남성과 여성, 관념과 생활, 인위와 자연이 서로를 배제하는 것이 아니라 뒤섞여 조화를 이루는 곳이 아닌가. 공선옥은 이 조화를 향해 자신을 좀 더 열어젖혀야 한다. 거기서 우주의 자궁의 될 언어가 솟아오르지 않을까?

'아이러니'와 '딴전'

─ 김영하의 《오빠가 돌아왔다》

김영하는 뛰어난 이야기꾼이다. 첫 번째 장편소설인 《나는 나를 파괴할 권리가 있다》에서부터 지난해 출간한 가장 최근의 장편 《검은 꽃》에 이르기까지 그는 계속해서 새로운 이야기를 선보이며 우리 소설의 한 출구가 되어왔다. 장편소설의 경우 오히려 너무 다채로운 나머지 이 작가의 문학적 지향점이 무엇인지 잘 모를 지경이다. 하지만 그에 반해서 그의 단편 작업은 나름대로의 일관성을 유지한다. 당겨서 말하자면, '아이러니'라 부를 수 있을 한 세계가 그 안에 담겨 있다. 그의 아이러니는 '청춘의 환멸'에서 온다. 즉 젊음의 꿈과 열정 그리고 반항이 사라지는 것을 받아들일 수도, 그렇다고 거부할 수도 없는 세계 말이다.

그래서 그의 소설에서는 선과 악, 행과 불행이 뚜렷이 나뉘지 않는다. 자신의 의지와 함께 어쩔 수 없이 그 의지를 배반할 수밖에 없는 운명적 상황이 늘 나타나기 때문이다. 마치 "엘리베이터에 낀" 사람처럼 그의 인물들은 누구도 확실하게 자신의 삶의 행로를 걸어가지 못한다. 애초에 자신이 선택한 길은 어떤 이유로든 뒤틀리며, 울 수도, 그렇다고 웃을 수도 없는 상황에 직면하는 것이다. 그래서 때로 "인생이 씨발 다 그런 거 아니냐"라고 항변 섞인 자위를 하면서도 "찝찝"함을 지울 수 없다. 5년 만에 새롭게 펴낸 창작집《오빠가 돌아왔다》는 그 시간의 터울에도 불구하고 이러한 면모를 고스란히, 아니 더 확연히 보여주고 있다.

김영하는 그런 점에서 이전 세대의 문학과는 달리 새로움의 징표가 된다. 유교 문화권의 문사(文士)적 전통과 서양 문물을 받아들인 지식인들의 계몽 의식이 맞물려 우리 문학은 오래도록 엘리트주의의 자장 속에 놓여 있었다. 그래서 근대화, 국권 회복, 분단 극복, 민주화 등등 과도한 책무 의식을 짊어져왔다. 그것을 벗어나는 작품에 대해서는 가차 없이 '대중문학'이란 꼬리표를 붙여 밖으로 내몰아가며. 심지어는 1990년대에 새롭게 쏟아져 나온 여성 문학조차도 가부장제에 물들어 있는 사회에 대한 계몽을 자신들의 과업으로 내세울 정도였다. 몇몇 예외가 없는 것은 아니지만, 거칠게 말하자면 그것은 '일류'들의 몫이며, 분명한 목적어를 가진 타동사(他動詞)의 문학이었다.

그에 반해 김영하는 무언가를 주장하지 않는다. 문학적 엘리트주의와 계몽 의식은 그의 몫이 아니다. 타동사와 목적어의 견고한 결합이 특징인 우리 문학의 전통에 아무런 부채 의식을 느끼지 않는다. 오히려 목적어와 타동사를 이리저리 바꿔보는 놀이를 한다. 거기서 지금까지와는 다른 새로운 의미가 생겨나는지를 실험하고 있는 것이다. 왜 쓰는지, 무엇을 쓰는지는 그다지 중요하지 않다. 자동사(自動詞)의 문학에 가깝기 때문이다.

그것이 386세대가 겪어야 했던 자기 환멸인지, 아니면 작가의 기질인지는 확실치 않다. 어쩌면 둘 다 일 수 있을 것이다. 김영하는 '작가의 말'을 통해 그것을 다음과 같이 표현하고 있다.

요즘은 냉소보다는 아이러니, 반전보다는 딴전에 더 마음을 뺏긴다. 딴전. 이 얼마나 귀여운 말인가. 제임스 조이스는 언젠가 소설을 손톱깎이에 비유한 적이 있다. 손톱을 깎으며 이러쿵저러쿵 친구와 이야기를 나누듯, 너무 집중하지도, 괜히 심각해지지도 말며 에둘러가라는 뜻이었겠지.

그래서인지 김영하 소설의 인물들에게는 자의식이 없다. 사색하기보다는 행동한다. 생각해봐야 알 수 없고, 설명할 수도 없다. 〈너의 의미〉에서 사랑의 이유를 발견할 수 없는 것처럼 말이다. 뜨지 못한 영화감독인 나는 영화를 미끼로 여자들이나 후리고 다니는 속칭 '삼류'다. 그런데 시나리오를 핑계로 만난 얌전한 신인 소설가 조윤숙이 몸 바쳐가며 자신을 사랑하기 시작한다. 그는 당황한다. 왜 자신을 좋아하는지 알 수 없기 때문이다. 섹스라는 것이 그냥 업자끼리의 '룰'을 지켜, 몸 주고 배역을 얻는 '거래'일 뿐인 것에 익숙한 그로서는 당황할 수밖에 없다. 자신이 삼류라는 것을 진지하게 밝혔지만 아무런 소용이 없다. 그래서 오래간만에 도서관에 찾아가, 조윤숙의 당선작까지 읽어가며 그 이유를 생각해본다. 그런데 아무것도 풀리지 않는다. 생각은 행동에 지는 것이다.

〈오빠가 돌아왔다〉도 마찬가지다. 거기서 정상적인 가족 관계에 대한 생각은 여지없이 배반당한다. 아버지와 오빠는 중학생인 화자의 교복이나 속옷을 통해 자신들의 성적 환상을 펼치고, 엄마는 집을 나가 식당일을 하며 남자 품을 전전하고, 아빠는 술주정뱅이에 가정 폭력의 주범임에도 불구하고 사회정의를 부르짖으며 민원인을 가장한 고발꾼 일을 계속하고, 오빠는 가정 폭력의 희생자였지만 이제는 아빠에게 거꾸로 폭

력을 행사한다. 그러자 아빠는 미성년인 여자 애를 데리고 들어와 산다
는 이유로 오빠를 경찰에 고발하기까지 한다. 그러나 가족은 다시 모이
고 남이섬으로 가족 야유회를 나선다. 어쩌면 더할 나위 없는 '콩가루
가족'의 비극이지만, 이 상황을 전하는 여중생 나의 목소리에는 조금의
어두운 그늘도 없다. 그냥 그런 것이다. 사유의 대상이 아니라 행동의
세계이기 때문이다.

〈보물선〉 또한 행동에 지는 사색형 인물의 이야기다. 재만과 형식은
대학의 같은 동아리 출신이다. 1980년대의 동아리라는 것이 다 그렇듯
이 이들이 함께 있었던 '역사연구회'라는 곳도 학생운동을 위한 이념
서클이었다. 재만은 재빨리 그곳을 빠져나와 세속적 성공을 위해 노력
해, 지금은 '작전'까지 마다하지 않는 '검은' 투자자가 되었다. 그에 반
해 형식은 우직하게 책을 파며 감추어진 역사에 대한 연구를 계속해왔
다. 그런데 '보물선'을 내세워 금융 사기극을 꾸미는 일에 동업자로 참
여하게 된다. 재만은 형식을 꼭두각시로 내세운 사기극에서 일말의 비
애를 맛보지만, 한몫을 단단히 챙기고는 빠져나온다. 죄는 모두 고지식
한 형식이 뒤집어쓰게 되었다. 하지만 결과적으로 검은 투자자들은 모
두 검거되고, 형식만이 그 검거망을 빠져나간다. 여기서도 돈키호테형
인물인 형식의 행동에 재만의 잔머리는 여지없이 짓이겨진다.

그렇다고 해서 김영하가 꼭 행동의 세계를 우위에 놓으려는 것은 아
니다. 다만 영혼이 육체보다, 문(文)이 무(武)보다, 글이 말보다, 생각이
행동보다 우월하다는 전래의 문학 관념, 그리고 엘리트주의를 지향하는
우리의 집단 무의식에 대해 딴전을 피울 뿐이다. 그것은 경박함에 늘 당
하고 마는 진지함이라는 아이러니를 낳는다. 일류와 삼류가 뒤집히는
세계. 김영하는 그 뒤집어봄을 즐기는 작가다. 왜냐고? 그냥. 재미있으
니까.

나는 아직까지 뭘 해야 되는지, 뭘 하지 말아야 하는지에 대한 개념이 부족하다. 그러다보니 내 인생은 언제나 무심결에 저지른 일들을 수습하는 데 바쳐졌다.

〈너의 의미〉에서 삼류 영화감독의 위와 같은 발언은 고스란히 김영하적 인물들의 행동의 세계를 표현한다. 이러한 '생각 없음'의 희비극(喜悲劇)이야말로 그의 문학을 이전의 문학과 확연히 구별 짓는 부분이다. 그것이 앞으로 어떻게 전개될지 궁금한 이유도 그 때문이다.

하지만 사유 과잉의 386세대로서의 김영하의 흔적이 없는 것은 아니다. 그의 연애소설에서 인물들의 사랑은 번번이 빗나간다. 마치 그 세대의 이상이 환멸을 겪으며 변질되었듯이. 그래서 어떻게 되는가? 쓸모없는 생각은 않는다. 그래도 남몰래 우는 울음까지 그칠 수는 없다. 〈그림자를 판 사나이〉의 마지막 구절은 유희 속의 비애를 보는 것 같아 가슴이 아프다.

하늘을 본다. 이상하다. 달도 없는 밤에 웬 새 그림자. 몸이 다시 움츠러든다. 덕분에 쓸 데 없는 상상은 끝. 나는 옷만 벗어던지고 침대 속으로 들어간다.

그리고 운다.

IV

김훈에 관한 세 개의 글

폭력과 아름다움

김훈은 지금도 연필로 글을 쓴다. 거기 이런 문장이 있다. "살아 있는 것들은 기어이 스스로 아름다운 운명을 완성한다." 여기서 아름답다는 말은 추함의 반대를 의미하지 않는다. 그것은 진실이라는 말에 가깝다. 생명은 아름답다. 태어남과 죽음 사이에 자연처럼 걸쳐져 있는 그것 자체가 진실이기 때문이다. 김훈은 그런 생명의 노래를 있는 그대로 종이 위에 꾹꾹 눌러 적는다. 그의 글은 그래서 창조가 아니라 채보(採譜)다. 노래는 《난중일기》에서, 또 《삼국사기》에서, 그리고 국토 여기저기의 사람들로부터 흘러나왔다. 그것을 들은 대로, 또 자신이 해석한 대로 그는 옮겨 적는다. 이 노래가 사람들을 불러 모으고 있다. 왜일까?

삶에 대해 사람들은 관습적으로 옳고 그름의 도덕적 꼬리표를 붙이려
한다. 하지만 그런 가치판단은 절대적인 것이 아니다. 시대에 따라서,
문화에 따라서, 그리고 무엇보다도 보는 사람의 입장에 따라 달라지기
때문이다. 그런 점에서 도덕적 가치판단은 장식(裝飾)이다. 물론 어느 순
간 사람이 꽃보다 아름다울 수 있다. 그러나 많은 경우, 꽃이 사람보다
아름다울 이유가 없듯이, 사람이 꽃보다 나을 까닭도 없다. 꽃은 꽃으
로, 사람은 사람대로의 운명이 있을 뿐이다. 그 운명을 다하는 것, 김훈
이 그리는 세계가 바로 그것이다. 태어남과 죽음을 힘겹게 잇는 모든 생
명의 움직임 말이다.

그것이 힘겨운 이유는 역설적이게도 우리 삶의 근원이 폭력이기 때문
이다. 모든 생명은 불완전하고, 그 생명들이 만들어가는 세계도 불완전
하다. 폭력은 거기서 나온다. 삶을 위해서 살육을 하고, 그 살육의 결과
로 간신히 밥을 먹으며 살아남는다. 사람이 만든 율법(律法)을 어긴 자는
목이 잘리고, 그 율법을 지키려다 패배한 수천의 목숨도 칼에 베여 피의
강물을 이룬다. 그런데 그렇게 승리를 거둔 자도 뼈와 가죽과 악취만이
남는 죽음을 피하지 못한다. 그 불완전함 자체가 폭력인 것이다. 그것은
비극이지만, 진실이다.

이런 점에서 김훈의 노래는 천지불인(天地不仁)의 세계를 공명(共鳴)한
다. 그의 노래는 선과 악, 행(幸)과 불행을 담지 않는다. 마치 팔딱이는
먹이의 따뜻한 목을 물어뜯는 맹수의 눈빛처럼 무심하다. 자연을 닮은
그 무심함이야말로 진실의 차원에서 아름다운 것. 김훈의 노래는 그 외
면하고 싶은 진실을 우리 앞에다 불쑥 던져놓는다. 이것은 냉소가 아니
다. 무심할 수밖에 없음을 아는 자의 비극이다. 그래서일까? 그는 어느
순간에도 흥분하지 않는다. 그와 알고 지낸 지 십수 년이 흘렀지만 눈빛
이 흔들리는 모습을 본 적이 없다. 자주 술이 그의 몸을 지배하는 순간

에도.

그래서 그의 노래에는 어쩔 수 없이 허무주의가 배어 있다. 생명이 너나없이 불완전하듯이, 태초에도 폭력은 있었고, 앞으로도 영원할 것이기 때문이다. 세상은 나아지는가? 어떤 면에서는 그럴 것이다. 하지만 뒤집어 보면 또 그렇지 않다. 노예제도가 사라지고 모두 자유인이 되어도, 잔인한 군주가 죽고 새로운 권력이 들어서도, 또 다른 종류의 폭력이 그 자리를 대신한다. 칼의 충정도, 악기의 순정도 그 폭력을 비켜가지 못한다. 사랑의 열정조차도 봄날 한순간에 흩어지는 꽃잎처럼 덧없다. 김훈은 그래서 집착하지 않는다. 아끼던 진돗개 '보리'도, 몸과 하나가 되었던 자전거 '풍륜'도 때가 되면 미련 없이 떠나보낸다. 그에게는 사랑이란 단어가 없다.

그런데 흥미로운 점은 그의 허무가 패배주의로 이어지지 않는다는 사실이다. 오히려 그의 허무주의는 현실을 꿰뚫는 바탕이 된다. 세계와 삶에 대한 낭만적 기대가 없기에 오히려 있는 그대로의 진실을 볼 수 있는 것이다. 이순신은 이어지는 승리에도 불구하고 자신을 겨누고 있는 죽음의 칼을 몸으로 느끼고 있고, 우륵은 가야금 소리의 영광 바로 그 안에 일회성의 소멸이 있다는 사실을 보고 있다. 그런데도 그들은 그 운명을 피하지 않는다.

여기서 김훈의 허무는 말의 진정한 의미에서 영웅주의에 가닿는다. 한편으로는 세계의 폭력을 수락함으로써, 다른 한편으로는 그럼에도 불구하고 자신들의 삶을 걸어감으로써 스스로의 운명을 완성하는 것이다. 그것이 진정한 반항이며, 폭력과 아름다움 사이의 이 역설이 그의 문학적 긴장을 이룬다.

이러한 점은 영혼의 차원으로 그치지 않는다. 그것은 취재의 엄밀함이라는 물질적 형식을 갖는다. 김훈은 소설의 길에 들어서기 전 30년 가까이 기자 생활을 했다. 그의 말을 빌자면, 그의 글은 '육하(六何)'의 세계에서 출발한다. 이 원칙이 그의 문학적 영혼에 구체성을 부여한다. 《칼의 노래》나 《현의 노래》에 복원된 당대의 풍속과 기구 그리고 전쟁의 풍경은 놀랍도록 세밀하다. 그 세밀함을 얻기 위해 작가는 아산 현충사와 남도의 바닷가, 국립국악원을 수도 없이 드나들었다.

또 이제껏 발표한 작품 중 그의 유일한 단편 〈화장(火葬)〉은 인체에 대한 극사실 묘사 한 가지만으로도 우리 문학이 오래 기억해야 할 자산이다. 〈현의 노래〉에 여전히 이어지는, 노쇠와 병약함으로 소멸해가는 인체와 관련된 지식은 자신이 교양 강의를 나갔던 의과대학의 교수들로부터 직접 물어 얻은 것이라고 한다. 이러한 점은 정보를 중요하게 여기는 요즘 독자들의 실용주의와 그의 글이 행복하게 만나는 한 지점이다.

그런데 그 취재의 엄밀함은 그 자체로 의미의 건축물을 만들지는 못한다. '육하' 없이는 사실도 없지만, '육하'를 모두 갖추어놓아도 사물의 핵심은 포착되지 않기 때문이다. 가치중립적인 사실의 세계란 없다. 거기에는 반드시 결핍이 있다. 그 결핍으로 인한 기갈을 메우기 위해 김훈은 주관적인 문장을 선택한다. 현실과 문장 사이의 거리, 그 불화를 견디는 것이 그의 문학의 출발이다. 그래서 자신의 주관적인 문장이 받아들여지지 않으면 그는 언제든 신문사를 때려치웠다. 내가 아는 한 그만큼 신문사를 들고 나간 사람도 없다.

그래서 그의 글은 기사처럼 압축되어 있으면서도 화려하고, 절제되어 있으면서도 섬세하다. 자기만의 문장을 가진 몇 안 되는 작가인 것이다. 문학적 엘리트주의와 언론의 대중 지향성이 만날 가능성이 여기에 있다. 대중성이라는 마뜩찮은 이름표를 달고서 변방으로 쫓겨나갔던 역사소설은 김훈의 문학적 상상력의 사다리를 타고서 다시 제자리를 찾았다.

어쨌든 그는 역사적 사실과 개인적 진실 사이에서 손쉽게 문학적 낭만 속으로 도피하지 않는다. 장식적인 수식어를 걷어내고 세상의 근원을 파고 들어간다. 존재와 세계의 결핍과 불화와 폭력을 향해 정면으로 다가가는 것이다. 한 손에는 칼을 쥐고, 다른 손에는 악기를 들고서. 한때는 걸어서 산에 올랐고, 요즘은 자전거로 들판을 누빈다. 그때 김훈은 몸이라는 가장 예민한 구체성과 생명이라는 추상 그 자체가 된다. 그리고 돌아와 글을 쓴다.

그런데 하루에 기껏해야 원고지 열 장을 넘기지 못하는 그가 불과 두어 달 사이에 《현의 노래》를 다 옮겨 적었다고 한다. 기적 같은 일이다. 펜이 칼보다 약한 것임을 조금의 유보 없이 인정하는 그가 생명의 소리라는 혼돈을 헤쳐나가는 문장의 버거운 걸음걸이를 그토록 서둘렀다니. 소설의 위기와 문학의 죽음이 입에 올려지는 이 시대에 그것만큼 놀라운 문학적 신비도 없다. 어쩌면 그것은 무서운 낭만으로서의 그의 운명이 아닐까? 혹시 그 때문에 올봄 지중해에 함께 가기로 했던 우리의 약속이 깨지는 것은 아닐까? 모르겠다. 그렇다면 그것도 운명이겠지.

화장, 삶과 죽음 사이

내가 김훈을 기억하는 첫날은 1986년 5월 18일이다. 일요일이었다. 햇살은 화창했고, 대학가의 아침은 고요했다. 하지만 그 고요엔 숨죽인 폭발 직전의 에너지가 가득했다. 저 제5공화국 말기의 살벌했던 5·18이었기 때문이다. 그날 나는 일어나자마자 잠을 깨기 위해 신문을 사러 나갔다. 오늘 또 하루가 길겠구나! 신림동 언덕을 타고 5월의 밝은 햇살 사이로 걸어 내려가는 마음은 착잡했다. 내 이십대의 청춘이 짙은 최루탄 가스와 요란한 발사음에 짓눌려 신음하는 풍경이 확연하게 그려졌기 때문이다.

거기에 반항하듯 나는 〈한국일보〉를 샀다. 당시 일요일판에는 문화부의 두 기자가 번갈아가며 '문학 기행'이란 글을 연재하고 있었다. 그 꼭지는 당시 어렴풋이 문학적 행로를 그리고 있던 청춘들에게는 거의 오아시스나 마찬가지인 공간이었다. 제5공화국의 잔인한 언론 검열은 신문을 아주 재미없는 것으로 만들어놓아서, 학생들은 어쩔 수 없이 '행간 뒤집어 읽기'를 통해 진실을 찾아 헤맬 때였다. 그런데 이 '문학 기행' 만큼은 거기서 자유로웠다. 우리는 숨쉬듯 그 글을 읽고 또 읽었다. 그 꼭지를 써나가던 기자 가운데 한 사람이 김훈이었고, 마침 그날 신문에는 그의 글이 실려 있었다.

그날 그가 서 있는 곳은 갈대밭과 방죽이 펼쳐져 있는 순천만이었다. 바로 〈무진기행〉의 무대다. 나는 거기서 김승옥의 손가락을 따라 망막한 개펄의 바다를 보고 있는, 지금의 내 나이쯤 되었을 김훈의 얼굴을 처음으로 보았다. 숨이 '턱' 막혔다. 1986년 5·18의 그날, 〈무진기행〉이라는 그렇게 슬프고도 아름다운 청춘의 글이라니! 나는 거기서 남도 바다의 갯내를 들이마시며 오래오래 '문학 공화국'으로의 망명을 꿈꾸었다. 내가 이렇게 김훈과의 첫 만남의 날짜를 기억하는 것은 그 때문이다. 아마도 그 이전에, 역시 같은 신문에서 그의 얼굴을 본 적이 있을 것이다. 그 꼭지의 애독자였으니. 하지만 그 기억은 지금 내게 없다.

지금의 나는 김승옥의 〈무진기행〉을 그다지 높이 평가하지 않는다. 그건 청춘의 책이다. 그래서 아름답지만, 또 그래서 유치한 것도 사실이다. 다만 지금부터 18년 전의 그 살벌했던 날에 내가 숨쉬었던, 김훈의 '무진기행' 만큼은 두고두고 잊지 못한다. 그것은 폭력으로 물든 정치에 대한 문학적 반항의 불꽃이다. 지금도 나는 그날의 그 신문을 내 청춘의 기록 사진첩처럼 통째로 보관하고 있다. 그래서 김훈은 내게 불꽃처럼 각인된 얼굴이다. 아름다움이 폭력을 견뎌내고, 결국 폭력을 넘어서야 한다는 목소리로서의 불꽃 말이다. 정치가 문학의 수준이 되어야만 한다는 명제를 생각할 때마다 내게 떠오르는 몇 사람의 얼굴 가운데 김훈이 있음을 말할 수 있는 지금 이 자리가 그래서 나는 좋다.

사실 《풍경과 상처》, 《자전거 여행》, 《밥벌이의 지겨움》 같은, 그 뒤로 이어지는 그의 빛나는 기록은 모두 삶과 현실 속에서 폭력과 아름다움이 부딪치는 자리의 흔적들이다. 김훈 글의 힘은 바로 그 대립의 긴장에서 나온다. 어느 한쪽이 없으면 타락하고 말 것들. 현실과 일상 속에 웅크리고 있는 폭력의 씨앗을 알지 못하는 아름다움은 공허하다. 하지만 그 폭력에 대해 단순한 고발의 외침을 질러대는 것은 저속하다. 그 폭력을 아름다움의 수준으로 고양시킬 수 없다면, 그 고발의 함성 또한 현실의 소음으로 변할 것이기 때문이다. 그의 비유를 조금 바꿔 표현하자면, 밥벌이는 분명 지겨운 것이지만, 그럼에도 불구하고 우리는 눈물겹게 애쓰며 일해서, 결국 밥을 아름다운 것으로 만들어야 한다.

밥이 애초부터 아름답거나 추한 것이 아니듯이, 우리의 삶과 현실은 그것 자체로 아름답거나 추하지 않다. 우리는 단지 그것을 아름답게도, 또 추하게도 만들 수 있을 뿐이다. 한 가지 전제가 있다면, 밥 없이는 살 수가 없듯이, 누구도 일상과 현실을 떠날 수는 없다는 것이다. 상황은 물론 주어지는 것이다. 우리는 그 상황 '안'에서 선택과 행위를 통해 아름다움을 만들어야 한다. 그것은 고독하고 무서우며 허무한 싸움이다. 결국 혼자 짊어지는 것이기에 고독하며, 순간순간 독버섯처럼 유혹하는 욕망의 지뢰를 밟고 가는 것이기에 무섭고, 또 끝이 없기에 허무하다. 하지만 그 싸움을 그만두는 순간, 우리는 마치 페달 밟기를 멈춘 자전거처럼 짐승의 시간으로 떨어지고 만다.

나는 김훈 문학의 핵심이 그것이라고 생각한다. 거기에는 폭력 속에서 아름다움을 꿈꾸는 반항의 영웅주의가 견고하게 자리 잡고 있다. 그의 불세출의 명작이자 새로운 세기의 우리 문학의 축복인 《칼의 노래》가 그것을 가장 잘 보여준다. 그리고 이번 이상문학상 수상작인 〈화장〉도 그 연장선에 있다.

얼핏 보면, 김훈이 이런 소재를 다룬 것이 의아스럽기까지 하다. 하지만 그 안에는 피할 수 없는 죽음과 삶의 드라마를 자신의 존재 안으로 끌어들여, 과장도 회피도 없이, 상황과 정면으로 부딪쳐나가는 인물이 있다. 일상 속의 드러나지 않는 영웅 말이다.

그래서 이 〈화장〉은 아주 흥미 있는 작품이다. 죽음으로서의 '화장'이 동시에 삶으로서의 '화장(化粧)'과 겹치기 때문이다. 뇌종양으로 죽어간 아내의 간병과 장례 기록이, 같은 회사의 젊은 부하 여직원에 대한 절절한 연모의 기록과 교차하는 것이다. 어쩌면 상투적인 불륜의 고백일 수 있지만, 그런 상투적인 추측을 뒤집는 데에 이 소설의 놀라운 면모가 있다.

화자는 국내 굴지의 화장품 회사에서 상무의 자리에 올라 있는 오십대의 중년 남성이다. 뇌종양에 걸려 몇 번의 수술을 받고도 끝내는 숨져가는 아내를 바라보아야 하는 그의 시선은 냉철한 객관적 관찰자의 그것이다. 아내의 토사물과 배설물을 치우고, 악취를 풍기는 몸을 씻어주기까지 하지만, 그의 시선을 통해 드러나는 아내는 삶으로부터 죽음으로 건너가는 하나의 생명체일 뿐이다. 이것이 이 소설의 죽음, 즉 '화장(火葬)'의 실체를 이룬다.

반면에 그는 회사에서 5년 전부터 새로 입사한 부하 여직원에 대한 연모의 정을 느낀다. 오십대의 임원이 이십대의 신입 사원에게 느낀 감정이 얼마나 강렬한 것인지, 아예 존칭을 사용할 정도다.

당신의 이름은 추은주(秋殷周). 제가 당신의 이름으로 당신을 부를 때,
당신은 당신의 이름으로 불린 그 사람인가요. 당신에게 들리지 않는 당신
의 이름이, 추은주, 당신의 이름인지요.

그녀가 다른 남자와 결혼을 하고, 아이를 낳은 뒤에도 그것은 조금도
달라지지 않는다. 그렇다고 화자의 마음이 여자에게 전해진 것은 아니
다. 추은주가 사직서를 내고 회사를 떠나기까지 오직 혼자서만 그 마음
을 간직하고 되뇐다. 하지만 그것이 화자의 절절한 삶의 욕구, 즉 '화장
(化粧)'을 상징하는 것은 분명하다. 추은주를 처음 보았을 때의 화자의
마음의 파문이 그 점을 잘 나타내고 있다.

아, 살아 있는 것은 저렇게 확실하고 가득 찬 것이로구나 싶어서, 저의
마음속에 조바심이 일었습니다.

이처럼 '죽어가는' 아내와 '살아 있는' 추은주 사이를 오가는 화자의
마음이 이 소설에 지워지지 않는 무늬를 남긴다. 그런데 그 무늬는 일상
을 배경으로 하고 있기에 더욱 강렬하다. 그때의 일상이란, 아내의 장례
가 진행되는 동안에도 회사의 광고 컨셉을 잡아야 하고, 장례를 마치고
돌아와서는 지극히 사무적으로 추은주의 사직서를 결재해야 하는 무서
운 일상이다. 소멸의 어둠과 환한 빛의 삶 모두 일상의 질서를 이루는
무심한 현실일 뿐이다. 그렇게 무심하다 못해 냉혹한 일상 속에 화자의
말 못할 순정은 파묻힌다. 소설의 마지막은 그래서 이렇게 끝난다. 두
가지 일에 모두 결정을 내리고 돌아온 "그날 밤, 나는 모처럼 깊이 잠들
었다. 내 모든 의식이 허물어져 내리고 증발해버리는, 깊고 깊은 잠이었
다."

그런데 그가 깨어 일어나 어떤 모습을 보일까? 나는 그게 궁금하다.

자주는 아니지만 김훈과 나는 거의 정기적으로 만난다. 저녁 시간 그가 사는 일산에서 함께 식사를 하거나, 술을 마신다. 거기에는 몇 사람의 고정 출연자들이 있다. 모두 다 그를 따르고 좋아하는 사람들이다. 이렇게 도당(徒黨)을 거느린 것을 보면 그가 서울깍쟁이만은 아닌 것 같다. 때로는 그들과 멀리 여행을 가기도 한다. 그런데 놀라운 것은, 날이 다르고 해가 다르고 장소가 달라져도 그는 언제나 변함이 없다는 사실이다. 늘 김훈스러운 지점에서 그는 움직인다. 절대로 과식하는 법이 없고, 또 취해서 비틀거리는 모습도 보이지 않는다. 알고 있던 모습만큼 웃고, 예상했던 지점에서 끝을 낸다. 김훈 특유의 화려한 수사(修辭)가 만발하는 순간에도 절대로 자신을 내버려두지 않는, 안으로 잘 갈무리된 그의 글이 그러하듯이 말이다.

지난 가을의 어느 날, 나는 그의 집 가까운 카페에서 혼자 커피를 마신 적이 있다. 오후이긴 하지만 이른 시간인 데다 밀린 일이 있어 그에게 따로 연락을 넣지 않았다. 그런데 어느 순간 고개를 들어보니, 그가 길 건너편에서 평상복 차림으로 걸어가고 있었다. 아마도 산보를 나온 것 같았다. 문을 열고 나가서 부르려다가, 그가 사라질 때까지 가만히 보고 있었다. 그는 정해진 속도와 보폭으로 자기의 영역을 걷고 있었다. 마치 고요한 긴장이 흐르고 있는 전선(戰線)을 순찰 중인 병사처럼 보였다. 아니 침묵 속에 잠겨 걸으며 작전을 짜고 있는 장수(將帥)였다. 모든 것을 왜소하고 거칠게 만드는 우리의 옹색하고도 비루한 삶에 대한 선전포고를 앞두고 있는 장수 말이다. 비록 과작(寡作)이나 그치지 않고 이어질 그의 힘찬 언어를 기다리는 것은 그 때문이다. 여성들의 목소리가 두드러졌던 1990년대 우리 소설의 꽃밭에 성큼 뛰어든 맹수 김훈의 포효를 반긴 사람은 그래서 나만이 아닐 것이다. 그 증거가 바로 여기 이상문학상의 수상에 있다.

그가 지금 머물고 있는 일본 경도(京都)에 축하 전화를 넣어야겠다.

덧붙이는 말

2004년 1월의 어느 날 문학사상사에서 김훈의 이상문학상 수상 소식을 알려왔다. '수상 작가 특집'을 꾸미는 데에 김훈이 자신에 관한 인물평을 쓸 사람으로 나를 지목했다는 말과 함께. 기한은 불과 사나흘 남짓이었는데, 거절할 명분도 이유도 없었다. 나는 서둘러, 하지만 기쁜 마음으로 원고를 썼다. 그리고 그에게 바로 전화를 했는데, 연결이 되지 않았다. 그 뒤로도 사정은 마찬가지였다. 긴 신호음 끝에 전화는 늘 응답이 없었다. 그와 통화를 나눈 것은 그 뒤로도 한참 시간이 지난 올 1월 말이었다. 그 사이 그는 《현의 노래》를 썼다. 그가 전화를 받지 않았던 것에 대해 그래서 나는 아무런 불만이 없다.

오래된 저울

그는 서울 사람이다. 서울 한복판에서 태어나 1997년 일산 신도시로 생의 거처를 옮길 때까지 대부분의 삶을 서울에서 보냈다. 서울은 단지 그의 출생지일 뿐만 아니라 핏줄의 고향이기도 하다. 그의 조부(祖父)는 서울 시내의 약전(藥典) 상인이었다. 종로에서 한약재를 사고파는 상인의 후손이라는 점은 그를 이해하는 데에 있어 결코 사소하지 않은 부분이다. 쓸데없는 명분에 구애받지 않는 그의 현실주의적 사고 체계는 어쩌면 핏줄의 내력일 것이기 때문이다.

6백 년의 역사를 자랑한다는 조선이 세계사의 흐름에서 뒤떨어져, 마침내는 식민지의 나락으로 떨어지게 된 가장 큰 요인은 대의명분에만 매달린 사대부 계급의 무능함이다. 그들은 삶에서 가장 중요한 일이 먹고사는 것임을 제대로 알지 못했다. 아니 '밥벌이의 지겨움'을 인정하지 않았다. 노동의 세계에서 멀리 떨어져 있던 그들로서는 그 사실을 인정하는 순간 스스로의 우월성을 부정하게 되기 때문이다. 그리하여 자신들의 지배권을 지키기 위해 삶의 '기술'을 의도적으로 배척했다.

그에 반해 중인 계급은 먹고사는 일의 엄밀함을 떠안았다. 그들의 전문성과 실용주의는 사유와 노동의 균형에서 온다. 사람의 도리란 선험적으로 존재하는 것이 아니라, 먹고사는 일을 효율적으로 해결해나가려는 '기술'의 종합이다. 밥벌이의 지겨움과, 그래도 밥을 벌 수 밖에 없음의 비극을 인정하는 것이 도덕이다. 그래서 노동에 파묻혀 있던 상민(常民)과 명분에 치우치던 사대부 사이에서 중인들은 테크노크라트, 오늘날의 전문가 그룹을 형성했다. 따라서 그들은 공허한 명분보다는 실리를 중요시하는, 가급적 덜 지겹게 밥벌이의 방법을 고민하는 실용주의자가 되었다.

이 실용주의가 실학자들과 같은 사대부 계급의 자기 혁신과 좀 더 일찍 만나 좋은 열매를 맺었다면 우리 역사는 달라졌을 것이다. 하지만 불행하게도 실용의 꽃은 제대로 피지 못했고, 우리는 현대사 내내 그 대가를 치러야 했다. 이러한 문제는 단순히 우리가 식민 통치를 경험하게 되었다는 치욕으로 그치지 않는다. 자생적 실용주의를 꽃피우기 전에 국권 침탈을 당했기 때문인지, 우리는 아직도 과거 사대부 계급의 명분 중시로 회귀하려는 성향을 자주 드러낸다. 민족주의적 자존심의 회복과 복고적 엘리트주의 지향이 한 궤를 그리게 된 것이다. 그것이 우리의 삶에 어떻게 쓰이며, 실제적으로 도움이 될는지를 고민하기보다는 도덕이라는 선험적 가치판단의 세계로 자꾸 돌아가려는 것이다.

김훈의 냉소는 거기서 나온다. 그 안에는 도덕주의자들에 대한 경계심이 깔려 있다. 물론 도덕은 필요한 것이다. 밥의 동물성을 인간의 얼굴로 바꾸어주기 때문이다. 하지만 밥 이전에 선험적인 도리만을 따지는 도덕주의는 위선이다. 그것은 밥을 억압하고, 그래서 인간으로 하여금 동물적 본능을 해소할 수 없도록 만든다. 해소되지 않은 본능은 사라지지 않고 덧난다. 언젠가는 폭발하는 것이다. 가장 최근의 공산주의 사회에 이르기까지 인류 역사에서 밥의 본능이 제어된 적은 단 한 번도 없었다. 오히려 밥의 중요성을 인정한 사회에서만이 밥이 보다 효율적으로 생산, 분배, 관리되었다. 공산주의에 대한 자본주의의 승리는 필연이다.

그렇기 때문에 김훈은 우리 안의 도덕주의에 대해 가차 없는 냉소를 보낸다. 그가 보기에 도덕주의는 패배한 자들, 혹은 결국 패배할 자들의 자기변명에 가깝다. 그들은 한사코 명분을 가지려 한다. 심지어는 민주주의, 평등, 페미니즘 등등의 절대적 명분을 쥐려 한다. 물론 그러한 명분은 나름의 역사성과 필연성을 갖고 있다. 시대적 의의도 있다. 하지만 그것 또한 인간의 생산물로서 자체의 불완전함에서 자유롭지 못하다. 자칫 잘못하면, 대중에 대한 야합으로서의 파시즘, 성취의 동기조차 없애는 기계적 평등주의, 배타적 공격성을 띤 페미니즘 등등으로 얼마든지 바뀔 수 있다.

특정한 시공간 속의 구체적인 상황에서 순간순간 삶의 길을 선택해야 하는 인간들로서는 그 어떤 명분도 최선(最善)이기보다는, 차선(次善)과 최악(最惡) 사이에 있는 것임을 아는 겸손이 필요하다. 그런데 도덕주의자들은 절대적 명분으로 자신들의 무능력을 가리고, 마치 스스로가 최선인 것처럼 위장하여 타인들을 억압한다. 때로 김훈의 냉소가 과격하다고 여겨지는 것은, 바로 그런 절대적 명분 속에 비겁하게 스며들려는 도덕주의를 경계하기 때문이다. 모나지 않은 균형 감각을 가진 그도 도덕주의에 대해서만큼은 분명하게 '아니오'라고 말한다.

그가 〈시사저널〉의 편집국장으로 있던 1990년대 말, 〈한겨레21〉의 대담 자리에서 밝힌 견해 때문에 부하 기자의 오해 섞인 항의 사표를 받은 적이 있다. 그의 나이 막 오십대로 접어들던 무렵이다. 그 연배의 실직에 대한 두려움으로 온 나라가 몸살을 앓을 때였다. 그런데도 그는 부하 기자의 사표를 반려하고 자신이 스스로 사표를 던졌다. 중(重)하디 중한 밥벌이를 걸고서 그 도덕주의의 무지함에 맞선 것이다. 그 뒤로 그는 산문가와 소설가의 길을 걷고 있다. 잠시 잠깐 이런저런 언론 매체에 몸담은 적이 있으나 그는 이미 작가였다.

김훈의 작업실에는 그의 조부가 쓰던 저울이 지금도 책상 가까이에 걸려 있다. 약재(藥材)의 무게를 재는 것은 사람의 생명이 오고갈 정도로 중요한 일이다. 정확히 균형을 유지하고 있는 그 저울. 그에게는 그 저울과 같은 전문성과 실용주의의 균형 감각이 배어 있다. 알려진 것과 달리, 화려해 보이기까지 하는 그의 미문(美文)의 글은 그래서 스타일이 아닌 정신의 표현이다. 그 정신은 밥에 영혼의 숨을 불어넣는 것이다. 그래서 격정적이기도 하고, 화려해지기도 한다.

물론 그의 글은 지극히 단순함을 지향한다. 작가로서의 그의 꿈은 주어와 동사만으로 이루어진 문장이다. 목적어는 부차적이다. 수식어는 없어도 좋을 장식이다. 그의 글은 움직이고 싶어 한다. 이런 점에서 그는 문약(文弱)함을 싫어한다. 여기서 문약이란 펜이 칼보다 강하고, 문학이 인간의 영혼을 구원한다고 주장하며 스스로를 위로하는 전래의 문학적 형이상학이다. 김훈은 그것에 대해 '개소리'라고 일갈한다.

펜이 어느 때 어느 상황에서 칼보다 강한 것은 사실이지만, 나머지 대부분의 경우 칼이 펜보다 강하기 때문이다. 그리고 문학은 그저 자신의 정신을 표현하는 일이지, 타인의 영혼에 이런저런 개입을 할 만큼 대단한 것이 아니다. 글이 타인의 영혼을 구원할 수 있다면, 거꾸로 얼마든지 파괴할 수도 있다. 하지만 그것은 칼이 타인의 목숨을 살릴 수도, 죽일 수도 있는 것에 비해 특별히 나은 것이 되지 못한다.

그의 글에서는 오히려 상무(尙武)의 강건함이 스며 나온다. 칼은 엄정하기 때문이다. 그의 불세출의 작품《칼의 노래》도 바로 그 단순성과 순결함을 지닌 칼의 엄정함을 그린 것이다. 여기서 이순신은 우리가 알고 있는 구국의 성웅(聖雄)이 아니다. 그는 무장(武將)으로서 자신의 소임을 다하려는 사람일 뿐이다. 그런 단순성과 순결함 때문에 정치권력은 그를 두려워하였다. 그가 정치권력을 두려워하지 않았기 때문이다. 이순신이 두려워한 것은 오직 권력에 의해 자신이 무인답게 죽지 못하는 상황이 닥치는 것뿐이다. 그래서 그는 죽음을 두려워하지 않고 싸움에 나갔다. 싸움터에서 죽는 일이 칼의 운명이자 명예이기 때문이다.

김훈이 이순신만큼 좋아하는 인물이 안중근이다. 하얼빈 역에서 이토 히로부미를 저격할 때, 그는 오로지 총만을 생각했다. 맞은편에서 날아올 총탄에 본능적으로 몸을 감추는 대신 안중근은 꼿꼿하게 서서 탄창에 든 모든 총알을 쏘았다. 그의 총은 정확히 한 지점을 겨냥했고, 이토 히로부미는 몸이 쓰러지는 차례대로 총탄을 맞고 절명했다. 안중근의 총은 칼만큼이나 단순하고 순결했다. 그의 총은 자신의 운명에 최대한 충실했던 것이다.

김훈에게 있어 이런 행동의 세계는 글로 그치지 않는다. 실제로 그는 몸을 쓰는 것을 좋아한다. 한때는 죽도록 산에 올랐고, 그 뒤에는 자전거를 타고 온 국토를 누빈다. 일산에 있는 그의 집 마당에는 물푸레나무 자루를 끼운 장작 패는 도끼, 큰 쇠스랑, 호미 같은 농기구들이 놓여 있다. 여분의 농토가 따로 없는 그의 집에 꼭 필요한 것들은 아니다. 다만 그 기구들의 전문성과 실용성에 그는 매료되어 있을 것이다. 실제로 그 기구들은 정확하게 쓰여야만 하는 것들이다. 어설프게 잘못 쓰면 비효율적인 것은 물론이고 쓰는 사람의 몸을 다치게 할 수도 있다. 그는 골방에 틀어박혀 영혼을 구원하겠다는 미명(美名) 속에서 문약함에 빠져드는 대신, 몸을 움직이고 세상을 움직이는 실용의 길을 그린다.

글을 쓰는 동안에도 그의 넓은 작업실 한쪽에는 온갖 등산 장비와 해체된 자전거가 놓여 있다. 정해놓은 분량의 글을 쓰고 나면 그는 길을 떠난다. 그 움직이는 꿈이 없다면 쉽게 글을 쓰지 못할 것이다. 그의 첫 책인《내가 읽은 책과 세상》부터《풍경과 상처》,《자전거 여행》등의 에세이는 모두 그런 세계를 표현한 것들이다. 그는 늘 움직이고, 그를 좋아하는 사람들이 그를 따라간다.

1998년 봄의 어느 날, 그와 함께 전북 고창 선운사에 간 적이 있다. 나와 비슷한 연배의 소설가가 두 명 더 있었다. 윤대녕과 김영하였던가? 어쨌거나 말하자면 김훈이 최고 연장자였다. 그런데 그 혼자서만 배낭을 메고 있었다. 우리의 짐은 차에 있었다. 귀찮게 배낭은 왜? 도솔암을 지나 선운사 뒷산의 정상에 오른 뒤에야 나는 그 이유를 알았다. 그는 배낭에서 버너와 코펠을 꺼내고, 물을 직접 끓여 젊은 우리에게 커피를 마실 수 있도록 해주었다. 산의 정상에 올라 커피를 마시는 기쁨이 어떤 것인지를 그는 이미 잘 알고 있었던 것이다. 그리고 단 한 번도 그 배낭을 우리 가운데 누구에게도 맡긴 적이 없다.

아마 그때가 일산으로 이사를 한 지 얼마 안 되었을 때이니, 거의 마지막으로 산을 탈 때였을 것이다. 이사 오기 전 그의 집은 불광동 꼭대기 북한산 자락 바로 아래에 있었다. 거기서 진관사 옆길로 산에 오르곤 했다. 말하자면 산이 그의 거처를 정해준 것이다. 그래서 산이 없는 일산 신도시로 오게 되자 그의 몸은 당황했다. 움직일 곳이 사라진 것이다. 그때부터 김훈은 자전거를 타기 시작했다.

　처음에는 별 생각 없이 평범한 자전거로 호수공원을 돌아다녔다. 단지 좀 움직이고 싶어서였다고 한다. 그런데 몸과 꼭 맞아서 함께 굴러가는 자전거가 그를 매혹했다. 그가 좋아하는 다른 기구들, 예를 들면, 시퍼렇게 날이 선 등산용 칼, 마당의 농기구, 《현의 노래》에서의 악기들이 그러하듯이 자전거도 몸의 연장(延長)이다. 그 기구들과 함께 움직이면 그는 충일한 존재감을 느낀다. 그에게 존재란 동사(動詞)다.

　그때부터 차츰 더 좋은 자전거를 장만하기 시작했고, 많이 더 멀리 나가기 시작했다. 거처 인근인 경기도 북부의 교하, 파주, 문산으로부터 시작해서 서쪽 땅 끝 목포에까지 그 길은 이어졌다. 그리고 그 길은 방향을 꺾어 동쪽으로 나갔고, 마침내는 국토의 대부분을 자전거로 돌아다니게 되었다. 일반 독자들에게 그의 이름을 널리 알린 에세이 《자전거 여행》은 그 길의 기록이다.

　그 책을 얻는 대신 김훈은 사랑하던 자전거 풍륜(風輪)을 잃었다. 이탈리아에서 온 그 명품은 그의 몸의 움직임을 정확히 옮기다 자신의 수명을 다했다. 그리고 지금은 새로운 자전거를 타고 있다. 작은 자동차 한 대 값을 하는 그 자전거도 머지않아 소명을 다하고 사라질 것이다. 그는 지금 〈문화일보〉에 일주일에 한 번씩 자전거 여행 기록을 남기고 있다. 매주 화요일, 특별히 날씨가 궂지 않으면 사진가 이강빈과 함께 자전거로 취재 여행을 떠난다.

　어쨌거나 그는 몸을, 손과 발을 움직이는 것을 좋아한다. 등산을 다닐 때도 그러했고, 손잡이와 페달에 몸을 실어 움직이는 자전거를 타는 지금도 마찬가지다. 그러니 자동차 운전면허가 없는 것은 너무나 당연한 일일 것이다. 스스로의 동력으로 움직이지 않는 것에 매력을 느낄 이유가 없기 때문이다. 그는 입버릇처럼 가마는 아랫것들이 끄는 것이라고 한다. 이런 귀족주의만큼은 그래서 보기에 나쁘지 않다. 그래서 나는 이

따끔 내 차를 몰고 가 기꺼이 그의 가마꾼이 되어준다. 그렇다고 내가 나 자신을 절대로 아랫것이라고 생각하지는 않지만, 크크크. 이런 사람이 그의 주위에 몇 더 있다.

스스로 몸을 움직이는 데서 존재감을 얻는 김훈의 아날로그적 삶은 쓰기 현장에서도 여지없이 드러난다. 그는 아직도 연필을 깎아 원고지에 글을 쓴다. 그의 작업실 책상에는 연필 깎는 기계가 놓여 있다. 전에는 칼로도 깎았지만, 그러는 동안 사고의 흐름이 끊기는 데다 힘이 들기도 해 지금은 기계로 여러 자루를 깎아놓고 일을 시작한다. 그리고 작업실 밖에 있을 때, 그의 웃옷 주머니에는 거의 예외 없이 연필을 끼워 쓰는 만년필 윗부분 모양의 필기구가 꽂혀 있다. 안쪽에는 연필을 끼울 수 있고, 뒤를 돌려서 빼면 연필을 깎을 수 있는, 일종의 휴대용 연필깎이다. 독일제인 그 제품에 대해 말할 때, 그의 얼굴엔 소년 같은 순진한 함박웃음이 그려진다.

등산 장비, 자전거, 농기구, 연필깎이 등의 기구에 대해 이야기할 때, 김훈은 아름답다. 왜냐하면 몸의 움직임을 정확하게 전해줄 기구에 대한 꿈이 없었다면 인류의 문명은 별달리 나아지지 않았을 것임을 설득력 있게 증명하기 때문이다. 여기서도 전문성과 실용성에 대한 그의 취향을 읽을 수 있다. 다른 호사를 즐기지 않으니, 기구에 대한 것만큼은 마음껏 즐겨도 괜찮지 않을까.

그에게 이상문학상을 안긴 〈화장〉도 마찬가지다. 주인공 오 상무는 아내의 죽음 앞에서도 자신의 업무를 꼼꼼히 챙긴다. 거기에 조금의 불만도 없다. 삶이 그러한 것이기 때문이다. 또한 그는 젊은 부하 여직원 추은주의 생의 에너지에 속수무책으로 빠지면서도 결코 입 밖에 내지 않는다. 감정의 낭만주의에 빠져들지 않고, 추은주의 사직서를 처리한다. 남는 것은 그의 몸 상태를 정확하게 옮기는 전립선염의 고통, 그리고 그 고통 이쪽저쪽의 삶과 죽음이다. 그의 글에는 생의 비극, 하지만 거기에 굴하지 않고 조금의 과장 없이 그 비극을 있는 그대로 받아들이는 영웅주의의 체취가 물씬 묻어난다. 전문성과 실용주의가 뒷받침이 된 단단한 비극적 영웅주의 말이다.

조금 놀라운 일인데, 그의 글에 대해서는 의외로 평문을 찾아보기가 어렵다. 전래의 문학적 형이상학을 그가 거부하기 때문일까? 문약함 대신 상무 정신을, 단순한 정신보다는 강건한 몸을, 생에 대한 그 어떤 명분이나 변명도 허용하지 않는 냉철함을 보여주는 그의 세계는 자아 중심의 낭만주의에 과도하게 물들어 있는 우리 문학에서 보자면 명백한 이단(異端)이다. 우리 문학은 아직 이 이단의 언어를 어떻게 소화할 것인지 어리둥절해하고 있다.

그러나 그 이단이 없었다면 1990년대 이후 우리 문학이 앓고 있는 여성적 서사의 편향에서 쉽게 출구를 얻지 못했을는지도 모른다. 물론 이 말을 여성 문학을 폄훼하려는 것이 아니다. 오히려 그에 상응한 성과를 내놓지 못하는 남성의 언어에 대한 비판을 담고 있다. 그런데 김훈은 애초에 문학 혹은 문화적 지성이 지향해야 할 인간과 세계와 삶에 대한 이해를 향해 정면으로 걸어나갔다. '나'에 매몰된 자잘한 독백의 문학은 그의 문학적 걸음걸이 앞에서 급격하게 빛을 잃는다. 그 자리에서 삶과 죽음, 그리고 폭력의 운명을 그리는 새로운 문학이 모습을 드러내고 있다. 나는 그것이 우리 문학의 중요한 출구가 될 것임을 조금도 의심하지 않는다.

마지막으로 한마디. 지난 대선에서 김훈은 노무현 후보를 지지하지 않았다. 그리고 그 사실을 다른 인터뷰 지면을 통해 분명하게 밝혔다. 그런데도 노무현 대통령은 여러 번에 걸쳐 그의 책 《칼의 노래》를 언급하며 호감을 표시했다. 김훈의 글의 힘일까, 아니면 그의 글이 가진 어떤 상징성을 정권이 필요로 했기 때문일까? 모르겠다. 어쨌거나 대통령의 발언에 힘입어 그의 책은 다시 독자들의 손에 쥐어졌다. 이번 총선에서도 그는 열린우리당을 지지하지 않았다. 그들의 도덕주의가 싫었고, 위험해 보였다고 한다. 그리고 지역구에서 그가 지지한 후보는 당선되었다. 재미있는 아이러니다.

지금도 그는 작업실에 있을 것이다. 아침을 먹고 집 건너편의 작업실로 가, 하루 종일 일한 뒤에 늦은 시간이 되어서야 집으로 돌아간다. 작업실에서 그는 돋보기로 책을 들여다본다. 내가 처음으로 그의 집을 찾았던 1989년 초겨울에도 그는 추운 마루에 앉아 돋보기로 웹스터 영영사전을 들여다보고 있었다. 늦게 자고 일찍 일어나며, 많이 읽고 적지 않게 쓰는 그의 생활 습관을 십수 년의 흐른 지금도 그대로 유지하고 있다. 평생 기자로 일했고, 언론을 떠나자 또 규칙적으로 글을 쓴다. 어쩌면 이 성실함이야말로 그에게서 가장 빛나는 대목일는지 모른다.

그의 작업실에 있는 저울은 정확한 균형을 취하며 철제 스탠드에 아름답게 걸려 있다. 그 위로 은은한 빛이 쏟아져 내린다. 그 곁 책상에 앉아 있는 김훈은 오래된, 그러면서 지금도 쓰이고 있는 정확한 저울 같다.

신화에 관한 두 개의 글

왜 지금 신화인가?

　그것이 언제부터인지는 잘 알 수 없으나 인간의 삶이 시작된 이후로 이야기는 인간의 곁을 떠나지 않았다. 잠자리에서 손자의 머리를 쓰다듬으며 들려주시는 할머니의 이야기가 그 대표적인 예이다. 그리고 정신없이 이야기를 듣다가 어느 새 잠이 드는 아이들을 보면, 이야기에 대한 욕구는 편안한 잠과 마찬가지로 본능에 가깝다는 것을 알게 된다. 그것이 얼마나 강렬한지, 우는 아이를 달랠 수 있는 것도 호랑이라는 무서운 동물이 아니라, 그보다 더 무서운 곶감 이야기이다. 이런 이야기는 헤아릴 수 없이 많다. 많은 이야기 가운데 정말 재미있는 것들은 그렇게 사람들의 입을 통해 오래오래 전해진 것이다. 그래서 이야기는 사실의 옳고 그름을 떠나서 수많은 사람의 마음속의 진실이 된다. 입에서 입을 거치며 입 안을 감도는 침 속에 우리의 바람이 녹아들어가 있기 때문이다. 그 바람은 즐거운 바람이다. 즐겁기 때문에 되풀이해서 이야기를 들으며, 이야기를 전하고, 그 사이에 자신의 바람을 녹여 넣는다. 이야기가 역사적 판단의 진위 여부를 떠나 우리 마음의 진실이 되는 것은 그러한 이치에서이다.

신화는 아주 오래된 신들의 이야기다. 민담과 전설 등등이 우리와 같은 보통 인간들의 이야기라면, 신화는 인간보다 우월한 어떤 존재들의 이야기다. 민담과 전설이 재미있는 것은 그 안에서 우리의 일상적 삶의 공간과의 유사성을 보기 때문인데, 그에 비해 신화는 우리의 삶의 차원을 훌쩍 뛰어넘어 새로운 차원을 열어 보인다는 점에서 매력이 있다. 그 차원이란 보다 더 근원적인 어떤 경험에 닿아 있다. 그래서 신화는 세계의 기원, 인간의 탄생, 선과 악의 분별, 질투와 음모와 배신 등등, 영혼의 진실이라고 일컬어질 수 있는 것들의 기원을 보여준다. 크로노스와 우라노스의 결투, 우라노스와 제우스의 싸움, 결혼의 신 헤라의 질투, 우라노스의 정액이 바다 위를 떠돌다 포말과 함께 탄생시킨 미의 여신 아프로디테의 바람끼 등등. 그것은 인간이 어떤 식으로든 세계와 존재와 삶을 이해하고자 한 정신적 노력의 집적이자 결정체이다. 민담과 전설이 우리와 그다지 멀지 않은 일상적 진실을 설명하고 있다면, 그에 비해 신화는 인간이란 존재만으로는 해결할 수 없는 더 크고 높은 차원의 진실을 설명하려는 아름다운 말이라고 할 수 있다.

그것이 아름다운 이유는 이야기가 다 그러하듯이 바로 인간들의 수없이 많은 꿈이 투사되어 있기 때문이다. 이런 점에서 신화는 현대의 시나 소설과 갈라진다. 특정한 한 개인의 창작물이 아니기 때문이다. 그것은 이미 존재하는 이야기의 그럴듯함에 감화 받은 인간들이 다시 자신의 상상이라는 용광로 속에서 녹여내 주조하는 이야기이다. 그래서 굳어지기와 풀어지기를 반복하며 더욱더 짙고 깊은 영혼의 강물을 이루게 된다. 앞으로도 누군가 그 강물에다 자신의 입술에 고인 침을 더할 것이며, 여전히 영혼의 타액만큼 강물은 또 불어나고 흘러갈 것이다.

그 가운데 그리스·로마 신화는 서양인들의 영혼의 기원 가운데 하나이다. 우선은 지중해 문명과 함께 그들 나름대로 세계와 인간과 삶을 이해해온 정신의 지도였다. 그 지도는 기독교의 도래와 함께 천지창조의 은총과 빛의 이성에 의해 색이 바래기도 하였다. 하지만 서양인의 영혼의 창고에 내내 보관되었고, 오래된 미래처럼 너무 오래되어 차라리 새로운 진실을 찾아 나선 어떤 사람들에게 계속해서 새로운 삶의 길을 가리켜주었다. 그리하여 이성과 과학에 의해 밝혀진 것 바깥에 여전히 다른 진실이 존재한다는 것을 더 많은 사람이 납득하게 된 어느 순간, 그 지도는 영혼의 창고에서 꺼내져 휘황한 빛으로 다시 펼쳐졌다. 역사라는 이름으로, 사실이라는 이름으로 다 밝혀내지 못한 인간의 내면의 진실에 대해 더 많은 것을 말하는 살아 있는 도서관이 된 것이다.

예를 들면, 헤라와 헤파이스토스, 이 두 모자 사이의 관계만 보더라도 알 수 있다. 불구에다 못생긴 자식을 버린 자존심 강한 비정의 여신 헤라, 그러나 탁월한 손재주로 결국 엄마의 마음을 얻어내는 아들 헤파이스토스. 이 모자의 모습은 요즘 우리 주변에서도 어렵지 않게 발견할 수 있지 않은가? 더구나 문명의 결과로 이런저런 복잡다단한 분류 체계에 의해 인간이 조각나고 분열된 현재에 와서 보면, 이 도서관의 자료들은 단순성의 명쾌한 진실을 보여준다. 태초의 이야기이기 때문이다. 자기 자신을 사랑한 나르시스의 이야기만큼 인간의 본질에 대해 설명해주는 말이 있는가? 그것이 바로 현대의 인간이 신화에 쏟는 관심의 이유이며, 인간이 행복의 꿈을 포기하지 않는 한 이 아름다운 이야기가 계속 이어질 근거이다.

현재의 우리의 삶이 서구화된 것을 생각하면, 그리스·로마 신화는 그리하여 여전히 살아서 우리의 발길을 비추고 있으며, 통합적 인간 이해를 위해 반드시 건너야 할 강과도 같다. 영혼의 고향으로 가는 물줄기이기 때문이다.

이윤기와 유재원

신화의 대중화

최근 서점가에서 그리스·로마 신화가 꾸준한 인기를 얻고 있다. 이 땅에 소개된 지 오래되었으나 대체적으로 작가와 인문학자 들 사이에서만 마치 밀경(密經)처럼 읽혀오던 것이 이제 대중의 필독서로 바뀌기 시작한 것이다. 그래서인지 어느 날부터인가 신화는 누적된 시간의 먼지를 털어낸 뒤 화려한 옷으로 갈아입고 거리를 활보하게 되었다. 대중 시대 물질문명의 첨단인 지하철 안에서조차 젊은 여성들의 손에 들린 세련되고 깔끔한 패션의 한 구성물로서의 신화를 보는 일이 어렵지 않을 정도다. 그러면 신화는 이제 신들만의 이야기이기를 그치고 우리의 삶 속에서 인간의 이야기로 바뀌어가는 것일까? 도대체 무엇이 어두운 시간의 지층 속에, 그것도 저 멀리 파묻혀 있던 신화를 이 환한 세상 속으로 불러낸 것일까?

이 땅에서의 신화의 유행에 대해서는 여러 가지 설명이 있을 수 있다.

우선 세계화라는 구호 아래 진행된 생활양식의 변화. 이것은 서양에 대한 좀 더 근원적인 이해를 요구하고 있다. 세계화는 적어도 지금까지는 서구화와 동의어를 이루고 있다. 그리하여 우리의 관심이 서양 문화의 토대인 그리스·로마 신화로 거슬러 올라가게 된 것이다. 물론 거기에 서양에 대한 어느 정도의 콤플렉스가 담겨 있음을 부인하지 못한다. 해외여행이 자유로워진 뒤 유럽의 곳곳에서 그들의 찬란한 문화를 확인하며 주눅이 든 우리의 모습 말이다. 어쨌거나 세계화의 추세에 힘입어 서양인들의 삶이 행간 곳곳에 남아 있는 신화를 이해하는 일은 커다란 탄력을 얻게 되었다.

그 다음으로, 우리의 삶의 양식이 서구화됨에 따라 그리스·로마 신화는 서양인들만의 것이기를 그치고 암시의 샘처럼 우리의 삶의 원형을 비추기 시작했다. 물론 서양의 신화는 지중해 문명의 산물이다. 하지만 그것은 한정된 시·공간에 갇히지 않는다. 누대에 걸친 인간들의 사유와 염원이 투사되어 지금도 변화를 겪고 있기 때문이다. 그 속에서 우리는 시련과 극복을 통한 개인의 성장, 가족 사이의 갈등과 봉합, 자아 찾기, 탐욕과 질투, 사랑과 이별 등등 우리 삶의 무수한 상징을 보게 된다. 이런 이유로 신화가 인간의 '심적 구조'를 이해하는 주요한 통로가 되기까지 한 프로이트의 정신분석이나, 특히 융의 분석심리학이 갈수록 각광을 받고 있다. 결국 저 멀리 있던 서양의 신화가 우리의 곁에서 우리 자신의 존재와 삶을 비추는 거울이 되기 시작한 것이다.

마지막으로 물질적 삶의 비대화 경향에 대한 반발로 볼 수 있다. 우리의 세계화는 서구화이며, 이는 곧 산업화, 즉 물질적 조건의 개선으로만 진행되었다고 해도 지나치지 않다. 그 결과 현대인은 그 변화의 주체인 '자기 자신'을 잃어버렸다. 외부의 삶을 설명하는 무수한 지식은 얻었으나, 바로 '나'를 이해하는 내적인 지혜를 상실하게 된 것이다. 최근 신화에 대한 관심은 이런 불균형에 대한 무의식적인 조정 노력의 하나로 이해할 수 있다. 영혼의 회복이며, 그를 통한 존재의 균형 잡기인 것이다. 보이는 물질세계와 보이지 않는 정신세계 사이의 교류, 지금/여기와 그때/그곳 사이의 소통은 신화라는 정원을 가로지를 것을 필요로 하고 있다. 지나치게 비대해진 현재의 삶이 거꾸로 고대에 대한 열정을 불러일으키고 있는 셈이다. 그 고대란 우리가 잊은 정신의 역사이며, 무수한 영혼의 흔적인 것이다.

이윤기의 선구적 노력과 그 한계

이상과 같은 그리스·로마 신화의 한국화에 있어 우리는 한 사람의 노력을 지적하지 않을 수 없다. 그가 바로 이윤기다. 탁월한 번역가로서 그는 우리에게 고대 서양의 신화라는 낯선 세계에 다가설 수 있는 몇 가지 통로를 마련해주었다. 그리스어 표기, 라틴어 표기, 영어식 표기를 확립함으로써 사람 이름이나 도시 이름과 같은 고유명사 표기에 따른 혼란을 없앤 것이 그 대표적 예이다. 이러한 과정을 통해 오비디우스, 토마스 벌핀치, 융, 조셉 캠벨 등등의 작업이 불편한 남의 옷이 아니라 바로 우리 자신의 외투로 탄생하게 된 것이다. 거기에다 소설가로서 그의 이야기꾼 솜씨는 다른 모든 것을 떠나 우선 서양의 신화가 재미있는 읽을거리가 될 수 있도록 해주었다. 그의 손끝에서 서양의 신화는 카잔차키스의 《그리스인 조르바》나 에코의 《장미의 이름》에 못지않게 흥미로운 대하소설이 되었다 이처럼 이윤기가 번역가로서 또한 소설가로서 스무 해가 넘도록 쏟아온 서양의 신화에 대한 관심은 시대 변화와 맞물려 이제 하나의 트랜드가 되었다. 지난해에 그가 웅진에서 펴낸 《그리스·로마 신화》가 해를 넘겨가면서도 여전히 베스트셀러의 자리를 차지하고 있는 것은 그러한 이유에서이다.

하지만 욕심을 조금 부리자면 이러한 이윤기의 작업에 문제가 있다는 것을 발견하게 된다. 위에서 언급한 책에는 우리의 시각에서 탄생한 그리스·로마 신화라는 설명이 달려 있음에도 불구하고 그다지 색다른 면이 보이지 않는다. 몇 군데에서 우리의 전래(傳來) 민담과 겹쳐 읽을 가능성을 남겨두고 있으나 그것은 거의 면피에 가깝다. 실제로 그것이 의도적인 것인지, 아니면 능력의 부족에서 오는 것인지는 알 수 없지만, 그 책 안에서 이윤기는 그리스·로마 신화를 우리의 시각으로 읽어내는 몫을 전적으로 독자에게 떠넘기고 있다. 왜 그러한 이야기가 만들어졌으며, 어떤 의미의 지층을 담고 있는가에 대해서는 침묵하고 있는 것이다. 물론 번역자로서 그리고 이야기꾼으로서의 그는 더 이상 흠잡을 데가 없다. 그러나 신화학자로서의 그의 몫은 전혀 없다고 해도 과언이 아니다. 그러다 보니 때로는 그의 작업이 서양의 신화에 대한 진정한 이해를 가로막고 있는 것이 아닐까 하는 노파심을 낳기도 한다.

신화학자로서의 유재원의 몫

이러한 생각은 유재원의 《그리스 신화의 세계》 1, 2권을 읽어나가다 보면 더욱 설득력 있게 다가온다. 이윤기의 것과 달리 이 책은 우선 신화의 역사적 생성 과정을 잘 보여주고 있다. 그것은 그리스어 전공의 언어학자로서 지은이가 습득한 어원에 대한 깊이 있는 지식에서 우러나온 것이다. 고유명사의 어원을 따라가다 보면 각개 신화의 기원과 변천이 그려지기 때문이다. 게다가 이러한 신화의 탄생과 소멸의 과정을 지켜보다 보면 당시의 역사적 정황과 신화에 투사된 삶의 사회학적 의미가 부각된다. 유재원의 작업을 통해서야 비로소 우리는 그리스·로마 신화의 현장을 가까이에서 지켜볼 수 있게 되었다.

이런 관점에서 보자면 신화는 결코 단순한 이야기가 아니다. 번역가와 이야기꾼으로서의 이윤기의 몫에 아쉬움을 표하는 것도 그 때문이다. 신화학자의 시각이 들어 있지 않으면 신화는 신비화의 안개 속에 파묻히고 만다. 물론 서양의 신화를 둘러싼 신비한 분위기가 초기의 관심을 유도하는 데에 있어 긍정적인 역할을 해온 것을 부인할 수는 없다. 그러나 거기까지일 뿐이다. 이윤기의 신화 이해는 따라서 입문적 성격 이상의 의미를 갖기 어렵다. 너무나 잘 술술 읽히고 끝나는 것이 그의 한계다. 사실 어떤 의미에서 보자면, 왜 지금 또다시 신화인가, 하는 질문에 그는 거의 답을 못하고 있는 셈이다.

주체적인 시각이란 제대로 된 이해에서 출발하는 것. 이윤기의 작업에 반해 유재원의 그것은 신화에 담긴 넓은 의미에서의 정치적 함의를 읽어내는 데에 있어 탁월하다. 앞서 말했듯이 신화란 처음부터 박제처럼 고정된 것이 아니다. 따라서 그 변천의 과정과 연유를 읽어내는 정치적 독해가 필요하며, 이러한 발견술적 독법을 통해서야 비로소 그리스·로마 신화는 '그때/그곳'이 아니라 우리의 삶의 장으로 변용(meta-morphosis)된다. 그것은 믿고 말고의 문제가 아닌 것이다. 고대인의 자연관, 수렵 사회로부터 농경 사회로의 변화, 남성 우월주의의 성립, 욕망의 자기 정당화 등등 신화는 인간 역사의 원초적 혼돈과 흔적이 고스란히 담겨 있는 살아 있는 박물관이다. 그러니 그것을 그저 흥미로운 이야깃거리로만 대할 수는 없다.

그럴 때에야 우리의 신화 또한 신비한 이야기 이상의 의미를 획득하기 시작한다. 사실 우리가 서양의 신화를 읽는 것은 바로 우리 자신을 들여다보기 위한 것이 아닌가. 동서(東西)와 고금(古今)을 아울러 우리 자신의 신화를 이해하고 만드는 계기를 얻고자 함인 것이다. 그래서 나는 이윤기와 같은 '신화의 신비화' 작업 한편에 유재원의 그것과 같은 객관적 성찰, 즉 '신비의 해체'가 반드시 뒤따라야 한다고 생각한다. 그것이 바로 신화가 애초에 갖고 있을 존재의 균형 잡기에 걸맞은 정신적 노력이며, 신화 읽기의 진정한 즐거움이다.

현대의 우리와 신화의 지평

사실 우리는 아주 제한된 공간 속에 살고 있다. 좁은 반도에서 그나마 분단된 국토는 애초에 우리의 심리적 지평을 심각하게 제한한다. 우선 저 광활한 대륙으로 뻗어나갈 상상력이 차단당해 있다. 게다가 시간상으로도 가로막혀 있다. 우리의 과거 대부분은 한자 문화권의 자장 속에 있는데, 거기에 다가설 도구가 없기 때문이다. 열등의식의 민족주의에서 비롯된 한글 전용의 근시안적 교육정책이 우리에게서 한자 독해 능력을 빼앗아갔다. 언어는 신화처럼 고정된 것이 아닌데, 댐으로 물길을 막듯이 인위적으로 언어의 물줄기를 막은 것이다. 제대로 된 한글 전용을 하기 위해서라도 한자에 대한 이해가 필수적인 것임을 모르고서 말이다. 강물이 풍요로우려면 지류에서 많은 물이 흘러 들어와야 하는 법이다. 어쨌거나 우리는 저 고대의 상상력과 우리 스스로 절연해버렸다. 이 좁은 현실 속에 스스로를 가둔 것이다. 그런데 공간은 우리가 원한다고 해서 지금 당장 확장될 수 있는 것이 아니다. 엄연한 국내외적 정세의 제약을 받고 있기 때문이다. 그러나 시간의 지평은 마음먹기에 따라 얼마든지 거슬러 올라갈 수 있다. 거기에서 신화적 상상력의 복원 필요성이 제기된다.

물론 그 신화가 반드시 그리스·로마의 것이어야 할 이유는 없다. 중국의 《산해경》이어도 무방하며, 우리의 제주도 신화여도 얼마든지 좋다. 문제는 현대의 우리와 우리의 삶이 지금/여기에만 한정된 옹색한 것이 아님을 깨닫는 데에 있다. 삶이란 시·공간의 제약을 훌쩍 뛰어넘는 광활한 것이기 때문이다. 그걸 이해하기 위해 우리는 오늘도 그리스·로마 신화를 펼친다. 그것이 어느 것이든 제대로 된 신화 이해는 결국 우리의 신화를 찾고 만들어나가는 일의 한 과정이다. 나는 그 일에 있어 이윤기의 작업이 유재원의 그것과 같은 좀 더 깊이 있는 지적 노력으로 다가가는 디딤돌로 쓰일 수 있기를 바란다. 나 자신 신화와 관련된 번역가와 이야기꾼으로서의 이윤기를 사랑하고 쫓아가는 한 사람의 독자임에도 불구하고 그 작업의 한계를 지적하는 것은 바로 그러한 이유에서이다.

류시화는 혹시 가짜가 아닐까?

류시화는 나에게 우선 상상력의 시인 안재찬이다. 하나의 예를 들어
보자면 〈구월의 이틀〉에서 그는 이렇게 노래하고 있다. "멀리까지 손을
뻗어 나는 / 언덕 하나를 붙잡는다 언덕은 / 손 안에서 부서져 / 구름이
된다" 1980년이라는 숫자를 달고 있는 상징적 해에 〈한국일보〉를 통해
선을 보인 그의 시 세계는 자아 중심주의의 한 극점이었다. 그것은 전적
으로 자아를 통해 세계를 보겠다는 의지이자 표현이었다. 저 살벌한
1980년대 내내 객관적 현실만이 세계의 전부라고 주장되던 분위기 속
에서 그것은 어떤 사람들에게 유일한 숨통이기도 하였다. 물론 그것을
두고 우리의 현실과는 무관한 '발명품'이라고 하는 비난이 없었던 것은
아니다. 그러나 꿈꾼 세계도 객관적 현실 못지않은 현실이라는 점을 염
두에 두면, 그 비난은 그다지 적절한 것이 되지 못한다. 문제는 그 발명

품을 끝가지 밀고 나가 하나의 성채를 세울 수 있는가의 여부일 것이다.

그런데 그에 대한 비난이 거셌기 때문일까? 어느 날부터인가 그의 모습은 지면에서 자취를 감추었다. 그저 젊은 날의 환상처럼 잠시 자신을 드러냈다가는 몇 번 눈길의 깜박임 속에 청춘이 지나가듯이 사라져버렸다. 물론 아주 사라진 것만은 아니다. 그는 류시화라는 이름으로 명상 서적 계통의 책을 우리말로 옮기고 있었다. 류시화가 그 안재찬이라는 사실은 훨씬 뒤에야 알게 되었지만, 어쨌거나 그는 객관적 현실이라 지칭되는 것과는 다른 세계를 꾸준히 이야기하고 있었다. 그 세계를 알리는 그의 언어는 섬세했고, 그 섬세함은 거친 현실에 지친 사람들의 호응을 얻었다. 그래서인지 번역가로서는 이례적으로 그를 따르는 마니아 무리까지 얻게 되었다. 명상과 수행을 하는 시인 번역가! 그에게 붙은 타이틀은 매력적인 것이다. 그러니 그리움을 이야기하고 떠남을 보여주는 그의 글에 많은 대중이 매혹되는 것이 단순한 우연만은 아니다.

그런데 그의 책을 그런대로 꾸준히 쫓아간 사람들에게 뭔가 석연치 않음이 감지되기 시작한 것도 그 무렵이다. 우선 수행자로서 그의 모습은 지나치게 행복하다. 현실적인 행복을 말하는 것이 아니다. 오랜 수행을 통해 운명처럼 주어질 뿐인 깨달음이 그의 생 속에서는 일상적인 반찬이 되어버렸다. 걷는 걸음마다 발끝에 차이는 것이 깨달음이다. 그래서 차라리 그 깨달음의 진실성에 대한 의심까지 들 정도이다. 게다가 그의 깨달음대로라면 명상과 침묵 속에 있어야 할 터인데, 그는 여전히 다변(多辯)과 미문(美文) 속에 있다. 마치 사이비 종교의 설교자나 얼치기 도사처럼 말이다. 그 부조화가 그에 대한 신뢰를 거두어들이도록 만든다. 물론 수행자로서의 그의 행복이 모두 실제적인 진실일 수 있으며, 다변과 미문 또한 그 드문 행운에 겨워 자신도 모르게 내지르는 노래일 가능성도 있다. 세속의 인간들에게 부조화란 어쩌면 당연한 것이니까.

하지만 그는 자신이 세속으로부터 벗어나 있는 사람이라는 것을 여러 가지 이미지를 통해서 반복하여 보여주고 있다. 이 괴리를 어떻게 이해해야 할까? 부조화와 따로 겉도는 말만큼이나 류시화는 혹시 가짜가 아닐까?

내가 애초에 쓰려고 한 것은 그런 류시화를 비판적으로 읽는 글이다. 그런데 오랜 시간을 두고 산발적으로 읽었던 그의 글들을 한꺼번에 모아 읽으며 나는 그 일이 그다지 의미가 없을 수도 있겠다고 생각했다. 사실 그의 어떤 글은 어느 순간 짠하게 내 가슴을 엉클어놓기도 했고, 때로는 나에게 한 번도 가본 적이 없는 고장에 대한 알 수 없는 그리움을 감염시키기도 하였다. 적어도 대중이 왜 그의 글에 무장해제 당하는가 하는 이유만큼은 알게 된 셈이다. 물론 그렇다고 그의 글을 읽고 난 뒤의 느낌이 개운한 것만은 아니다. 위에서 이미 암시했듯이 오히려 불쾌하기도 했다고 말하는 것이 정직한 태도일 것이다. 정직이 반드시 최선은 아니라는 것을 나는 믿는 편이지만, 어쨌거나 류시화가 그만큼 영리하거나 영악한 글쟁이이기 때문이다. 그는 자신의 것이 아닌 언어를 자신의 것으로 믿게 만드는 탁월한 재주를 지니고 있다. 결론적으로 그의 글은 '조립품'이다.

이 말에 오해가 없기를 바란다. 우리 가운데 그 누구도 '영향'에서 자유로운 사람은 없기 때문이다. 문제는 그 영향을 자기 몫으로 살아냈는가의 여부이다. 적어도 나로서는 류시화의 글을 쫓아가면서 그 자신의 생의 무게를 제대로 느낄 수 없었다. 그의 글은 고통을 말하는 순간에도 그 고통에 온통 몰입하지 않고, 독자가 자신의 글에 빠져드는가를 지켜보는 눈을 달고 있다. 나는 그 눈이 불쾌했다. 차라리 그 순간에 자신을 들여다보고 있어야 할 그 눈 말이다.

  그래서 글쓰기의 형식 차원에서 키치(kitsch)에 가까운 그의 글을 두고 이런저런 분석과 해석을 다는 일은 그만두기로 하였다. 아주 전문적인 독자가 아닌 바에야 별 도움이 되지 않을 것이며, 도처에서 번득이는 그 영리한 눈의 존재를 검시관의 카메라처럼 찍는 일은 그다지 즐거운 일이 아니기 때문이다. 나는 단지 그가 조립품으로서의 언어에 숨어 그렇게 힐끔거리는 근원적 이유가 궁금했다. 무엇 때문에 그는 자신의 안을 향해 눈을 돌리지 못하는가? 명상과 수행을 말하는 그가 말이다.

  그것을 알아보기 위해 나는 잠시 우회해서 갈 생각이다. 프랑스대혁명으로 돌아올 수 없는 루비콘 강을 건넌 근대는 만민의 자유와 평등이라는 꽃을 피워나가고 있었지만, 동시에 새로운 적과 마주하게 되었다. 그 적의 이름은 바로 '시간'이다. 여기에서 우리는 역설의 상황에 놓이게 된다. 자연과학의 만개와 산업혁명을 근간으로 한 근대가 그것의 상징적 산물인 대량생산의 세계와 발맞추어, 시계 속에 살고 있는 바로 그 시간과 악전고투를 해야 하는 것이다. 즉 보이는 세계 속에다 시간의 얼굴을 그려놓은 뒤부터 더욱 시간에 쫓기며, 시간 앞에서의 패배라는 강박의 그림자를 달게 된 것이다. 찰리 채플린이 〈모던 타임즈〉에서 상징적으로 그려 보인 그 시간 말이다. 그렇다면 이 시간은 어떻게 우리의 적으로 형질이 변경된 것일까? 그 물음에 답하려면 근대 이전으로 존재 이월해보는 일이 필요하다.

  근대 이전의 구체제는 신분에 바탕을 둔 불평등 억압 사회이다. 그렇지만 그 억압 사회를 떠받치고 있던 분명한 믿음이 있었으니, 근대의 발생지인 서양으로만 보자면 기독교 신앙이다. 그리고 이 사제(司祭) 권력과 어깨동무를 하고 있던 세속 권력으로서의 봉건적 전제군주를 하나 더 추가할 수 있다. 페스트가 창궐하고 일상적 전투와 질병에 시달리던 중세 봉건제도 속의 사람들은 죽음을 늘 곁에 두고 있었다. 그런데도 당시의 문헌을 뒤지면, 근대인에게는 두려운 종말일 뿐인 죽음을 그들이 마찬가지로 두려워했다는 기록은 쉽사리 보이지 않는다. 중세인의 믿음 속에는 시간을 주재하는 더 큰 존재인 신의 품이 있었기 때문이다. 죽음은 끝이 아니며, 다만 신의 질서 속으로 들어가는 것뿐이다. 그러한 형상은 사제 권력이 약화된 뒤에도 세속 권력의 성채 안에서 여전히 지속된다. 한 개인의 유한하고도 초라한 삶을 뛰어넘는 특권적 존재에 대한 믿음이 그것이다.

하지만 프랑스대혁명으로 첫 깃발을 휘날린 근대란 바로 그런 특권적 존재를 해체한 역사적 사건이다. 이제 '나'를 넘어서는 그 어떤 우월한 존재도 없다. 그 세계의 처음을 장식한 것이 바로 시간이다. 그 이전까지 신의 영역이었던, 그래서 인간이 직접 나서서 드잡이할 이유가 없었던 시간이 이제는 인간 자신의 상대가 되어 등장한 것이다.

그런데 불행한 것은 시간에 멈춤이란 없다는 사실이다. 만일 어느 한쪽이 멈추어야 한다면, 그것은 언제나 인간의 몫이다. 게다가 인간은 주체의 종말 이후의 세계를 스스로 용도 폐기해버렸다. 합리적 이성의 이름 아래 검증이 불가능한 '미지'의 세계를 삶에서 추방해버린 것이다. 눈에 보이는 것만이 전부인 실증의 세계에서 천당과 지옥이란 그다지 약발이 뛰어나지 않은 협박에 불과하다. 그런데 그럼에도 불구하고 부인할 수 없는 것이 있었으니, 그것이 바로 시간이다. 적어도 시간만큼은 주체의 종말 이후에도 뭔가가 지속될 것임을 부지런히, 그것도 정확하게 반복하며 지시하고 있다. 여기서 인간의 조바심과 절망이 탄생한다. 지금의 이 생 이후에 무엇이 있을지 근대인은 알지 못하며, 알지 못하는 것에 대해 믿지 못한다. 그에 따라 세계는 앎의 대상인 안과 그렇지 않은 바깥으로 명백히 나뉘어졌다.

이제 바깥의 세계는 돌아갈 품이라기보다는 귀찮거나 차라리 두려운 어둠이 되었다. 그 어둠의 역할이란, 그것으로 인해 지금의 생이 유한한 빛에 불과하다는 것을 외면할 수 없게 만든 것뿐이다. 조바심은 거기에서 나온다. "나는 끝날 것이다." 그 이후가 어떻게 되는지는 전혀 알 수 없다. 그것은 동시에 절망적인 것이다. 아무리 무시하려 애써도 '그 이후'는 여전히 지속될 것이기 때문이다. 중세 고딕 사원의 종탑이 그 사실을 일깨우고 있지 않은가. 따라서 인간은 이미 시간 앞에서 패배한 것이고, 그 순간 세계의 안과 밖은 단절된다. 안과 밖을 연결할 수만 있다면, 그것이 선이든 악이든 아무런 상관이 없을 정도로 근대인은 그 단절에 진저리를 치고 있는 셈이다.

이런 단절의 근대는 그것에 기대어 사는 기형적 삶을 낳았다. 종말론자들이 그들이며, 사이비 도사들이 또한 그들이다. 실증적 과학이 '안'이라고 말하는 이 객관적 현실과는 다른, 보이지 않는 '밖'의 세계에 대한 호기심과 두려움을 이용하는 사람들 말이다. 그들은 자신들의 지위를 유지하기 위해 대중에게 계속해서 '바깥'의 매혹을 말한다. 그러면서 자신은 여전히 이 '안'의 단맛을 모으고. 그것이 어쩌면 우리 근대인들의 공허한 정신적 상황일 것이다.

물론 나는 검증 불가능한 세계를 거부하는 객관적 실증주의자가 아니다. 오히려 존재와 삶의 보이지 않는 신비가 우리의 이 안쪽 세계에 연결되어 있음을 굳게 믿는다. 그리고 그 믿음을 위해 헌신하는 많은 사람의 정신적 노력에 기꺼이 머리를 숙인다. 결론적으로 말하자면, 권태로운 일상과 미지의 신비는 서로 연결되어 있으며 결코 나뉘어져 있지 않다. 다시 보들레르의 예를 들자면, 세계는 무수한 상징이 흩어져 있는 하나의 사원인 것이다.

중요한 것은 그것들 사이의 소통의 길을 찾는 일이다. 그 길을 찾기 위해 불가의 고승과, 도가(道家)의 선인(仙人)들, 서양의 신비주의 사상가들이 오랜 역사를 통해 고통스런 방황을 거듭해오지 않았는가. 일상의 삶 속에 진리가 있다는 말이나, 평이한 곳에서 수행이 시작된다는 그들의 말은 그러한 고통스런 노력과 결과물이다. '바깥' 세계 장사치들의 안이한 깨달음과는 전혀 관계가 없는 것이다. 바깥은 없다. 이 안이 곧 바깥이다. 빛과 어둠은 하나이며, 이 세계는 그것의 혼효(混淆)이다. 진흙탕 속에서 연꽃이 피어나듯이.

나는 위에서 류시화의 세계를 조립품이라고 말했다. 그는 고통스런 수행의 몸짓으로 자신의 언어에 도달하기 이전에, 이미 깨달음을 선험적 지식으로 습득한 사람이다. 그의 깨달음은 그래서 미문으로 잘 포장된 금언에 가깝다. 한 예를 들어, 마치 서양의 구체제와 같은 신분제 사회인 인도에서 묵묵히 주어진 생을 받아들이는 무수한 사람과의 만남이 그 자체로 흥미로운 것은 사실이다. 그러나 적어도 거기서 깨달음을 운위하는 류시화의 금언은 클리쉐(cliche)여서 살아 움직이는 에너지를 갖고 있지 못하다. 근대인의 '단절'이라는 질곡을 '8천4백만 번의 윤회'로 가리며 훌쩍 바깥으로 걸어 나가는 그에게서 안과 밖의 경계와 소통에 대한 고뇌는 보이지 않는다. 남는 것은 조립공으로서의 그의 뛰어난 말솜씨뿐이다. 물론 그것도 재주임에는 분명하나, 적어도 그것을 진정한 깨달음이라고 보기는 어렵다. 그것은 좀 심하게 말하자면, 욕망을 끊으라는 자신의 주장의 탁월함을 알리기 위해 불철주야 뛰어다니는 욕망 덩어리라고도 볼 수가 있다.

어쩌면 류시화는 그것을 알고 있는 게 아닐까? 그렇기 때문에 독자에게로 향하는 그의 눈을 감을 수 없는 것이 아닐까? 그를 '응시하는' 진정한 깨달음의 눈 앞에서 그의 '깨달은 체'는 불안한 것이 아닐까? 다시 말하지만 바깥은 없다. 이 안이 곧 바깥인 것이다. 나는 그가 현자인 양 날아오르려 하지 말고, 날개가 돋는 그 순간에도 이 땅 위에 눕는 겸손을 보여주었으면 좋겠다. 이 대지는 우리 언어의 영원한 집, '바깥'의 전도사 류시화 말고, 연금술사로서의 시인 안재찬은 귀중한 존재이기 때문이다. 그가 결국 돌아와야 할 곳은 바로 우리 현실의 이 들판이다.

나는 공중에서 회전하였다 / 날개 하나가 천천히 돋아나 불붙은 구름 그 끝없는 들판 위에 / 나를 눕힌다

강금실을 '읽다'

미리 밝히지만, 나는 강금실이란 사람을 만난 적이 없다. 그러나 그를 모른다고도 할 수 없다. 새로운 정권이 출범한 뒤로 나는 강금실 장관 자신의 인터뷰는 물론이고, 그에 관한 가십 기사까지 거의 빼놓지 않고 읽어왔다. 알지도 못하는 사람을 두고 내가 왜 그렇게 열심히 읽었던 것일까? 나는 그 의문에 답을 해보고 싶었다.

게다가 나는 남의 글을 읽는 일을 업으로 하고 있다. 내가 전혀 알지 못하는 작가에 대해서도 오로지 그의 작품만을 읽고서 글을 쓰는 경우는 흔하다. 이 경우도 마찬가지다. 나는 강금실 장관이 썼거나 말해온 것을 가지고 그를 들여다볼 것이다. 때로 작품이 작가와 다르듯이, 그의 글이나 말이 자연인(自然人) 강금실과 다른 면도 있을 것이다. 그래도 어쨌든 그 말과 글이 자신의 것이 아니라고 부인하기는 어려울 것이다. 그 자신이 어쩔 수 없이 공인(公人)의 길에 들어서 있기에 말이다. 그러니 나는 오로지 공인 강금실이란 텍스트를 읽어보겠다.

공인 강금실

우선 떠오르는 것은 장관으로서의 그의 면모다. 하긴 장관이 아니라면 내가 그에 대해 특별한 관심을 갖지 않았을 것이다. 물론 그전에도 그의 이름은 들어서 알고 있었다. 지금은 남남이 되었지만, 한때의 배우자가 출판사 이론과실천의 대표라는 것부터 시작해서, 자신은 겸손하게 '초심 판사의 사고(?)' 라고 표현하고 있지만, 저 엄혹한 제5공화국 시절 내 또래의 시국 사범에게 무죄 훈방의 판결을 내린 것, 남편의 이적 출판물 발간에 따른 국가보안법 위반 사건에 현직 판사로서는 이례적으로 무죄를 주장하는 장문(長文)의 소견서를 적어낸 일 등등을 통해 그는 이미 어떤 부류의 사람들에게는 꽤나 유명한 인사였다. 하지만 그게 뭐 어쨌다는 말인가?

출판사 대표의 부인? 지금은 영화판에 가 있는 내 절친한 대학 친구 하나는 이론과실천에서 번역서를 냈는데, 계약금을 제하고는 인세를 전혀 받지 못하였다. 그러고도 그 출판사는 부도를 피하지 못하였다. 비록 안과 밖이 다르다고 하여도, 바깥 배우자의 깔끔하지 못한 일처리는 안사람에게도 누를 끼치는 법이다. 아니나 다를까, 그 사건(?)의 여파로 그는 이혼이라는 개인적 아픔을 겪었고, 지금까지도 경제적 압박에 시달리는 것으로 알려져 있다. 그리고 시국 사범의 무죄 훈방? 옷 벗고 나가도 변호사 생활하면 되는데, 그 정도 기개(氣槪)조차 없는 법조인들의 소심함이 문제지 특별히 그의 행동이 용기 있었다는 생각이 들지는 않는다. 실제로 그는 법조인의 옷을 벗고 곧바로 한 법률 법인의 대표 자리에 올랐다. 마지막으로 현직 판사의 소견서? 남편이 '빵'에 들어가게 생겼는데, 상대가 국가보안법의 할애비쯤 된다 하더라도 그만한 일을 안 하는 부인은 없을 것이다. 민가협(民家協)의 용감무쌍한 어머니들을 떠올려보라. 하물며 법을 아는 판사라면 그것은 너무나 당연한 일이다.

하지만 그럼에도 불구하고 나는 강금실 장관에 대해 상당한 호기심을 갖고 있다. 게다가 그 호기심은 반감보다는 호감에 가깝다. 나와는 다른 정치적 입장에도 불구하고 말이다. 무엇보다도 구설수에 쉽게 오르지 않는 언변(言辯)의 깔끔함, 정치적으로 민감한 사안을 다루는 직무에도 불구하고 모나지 않은 일 처리, 거기에 덧붙여 세련된 문화적 감성 등등 의 요소는 그를 도저히 미워할 수 없게 만든다. 이 점 근거 없는 도덕적 선민의식과 함께 아웃사이더의 변방 콤플렉스로 버무려진 현 정권의 고 만고만한 인사들과 그를 두드러지게 구별 짓는 결정적인 요소다.

이미 눈치를 챘겠지만 나는 노무현 정권을 지지하지 않는다. 그것은 단 한 가지 이유만으로도 설명이 가능하다. 현 정권 스스로 선(善)을 자 임한다는 것이다. 나에게는 사람을 판단하는 한 가지 기준이 있다. 나는 그것이 아무리 옳은 말이라 하더라도 눈에 핏발을 세우고 목청 높여 말 하는 자를 믿지 않는다. 역사에 최선(最善)이란 없다는 믿음 때문이다. 역사가 늘 최선의 길을 걸어왔다면, 지금 인류가 이런 혼돈 속에 빠져 있지는 않을 것이다. 오히려 인류 역사의 가장 끔찍한 장면들은 스스로 선이라고 자임한 세력들에 의해 연출되었다. 볼셰비키 혁명이 그러하 고, 나치즘의 유태인 학살이 그러하며, 제국주의 일본의 '대동아공영 권' 논리가 그러했다. 안으로는 한국전쟁에서의 인민재판과 백색테러가 또한 그러했다. 그들은 한결같이 목에 힘을 주고 핏대를 올리며 스스로 진리이자 선임을 선언하였다. 그렇기에 자신들을 따르지 않는 모든 사 람은 악(惡)의 세력이거나, 아니면 적어도 계몽의 대상이 된다. 악일 경

우에는 증오가, 계몽일 경우에는 우월감이 그들의 가슴속에 자리 잡는
다. 증오와 우월감으로 세상을 이끌어나간다는 것이 말이 되는가?

그런데 노무현 정부는 스스로 선을 자임하면서 국민들 사이의 증오를
부추겼다. 그리고 지금도 여전히 자신들을 지지하지 않는 사람들은 수
구 세력이자 개혁의 대상이라는 선전 선동을 하고 있다. 하지만 내 생각
에 개혁은 겸손한 사랑과 자부심으로만 가능한 것이다. 증오와 우월감
은 다른 종류의 증오와 우월감을 독버섯처럼 자라게 만든다. 그것은 끊
임없는 갈등과 싸움을 낳는 온상일 뿐이다. 그렇기에 나는 그들을 싫어
한다.

한 소설가의 표현을 빌자면, 인간에게는 "차선(次善)과 최악(最惡) 사
이의 선택"이 있을 뿐이다. '최선'은 영원한 빈자리다. 정치에서 권력이
란 다수(多數)의 선택, 그 이상도 이하도 아니다. 권력은 다수가 자신들
에게 부여한 임무를 수행해나가는 것이다. 그런데 그 다수는 언제든 변
화의 가능성을 갖고 있다. 배제된 소수(少數) 또한 다수의 가능성을 잉태
하고 있는 것이다. 그래서 절대적 다수란 없다. 권력자일수록 더 겸손해
야만 하는 것은 그러한 이유에서이다. 권력과 정치란 '임시(臨時)'라는
줄을 타는 위험한 곡예다. 언제든 줄을 내려와 어제의 경쟁자에게 기회
를 내주어야만 한다. 그러니 '최악'만큼은 피해야 한다는 겸손함과 '차
선'은 취하고 있다는 자부심으로 끝없이 다수의 동의와 지지를 얻으려
는 노력이 정치다. 절대적 선과 악, 계몽과 무지(無知)의 문제가 아닌 것
이다.

내가 노무현 정권을 싫어하면서도 강금실 장관에게 호감을 갖는 것은
적어도 그 자신 스스로 도덕과 선을 내세우는 장면을 보지 못하였기 때
문이다. 그는 자신의 전문 영역인 법에 근거하여 움직이겠다는 말을 거
듭해왔고, 실제로 그 말에 어울리게 처신하고 있다. 그 결과 엘리트라는

배타적 집단의식과 '기수(期數)'의 높고 낮음에 따른 관료적 위계 의식에 충실한 검찰 조직을 바꾸어 나가는 데 어느 정도 성공하고 있는 것으로 보인다. 조금 더 지켜보아야겠지만, '정치 검찰'이라는 오명을 벗고 국민들의 사랑과 신뢰를 받는 조직으로 탈바꿈하는 데 있어 그의 역할을 무시할 수 없다. 요즘 국민들의 관심사가 된 '정치자금 수사' 문제는 이전의 그 어떤 검찰 총수도 건드리지 못한 성역이었다. 게다가 그 칼날은 때때로 정권의 핵심을 파헤치기도 한다. 강금실 장관은 이런 민감한 사안을 처리하는 데에 있어 '정치적 편파성'의 유혹으로부터 상대적으로 자유로워 보인다. 정치에 있어 도덕과 선이라는 위험한 마약 대신 오로지 법에 의거할 뿐이라는 직무 의식이 두드러지는 것이다. 그의 공인으로서의 이러한 '프로페셔널리즘'을 나는 높이 평가한다. 현 정권의 지지도가 바닥임에도 불구하고 그의 인기가 높은 것은 바로 그러한 전문가로서의 역량을 증명한다.

여성 강금실

그 역량 가운데는 여성으로서의 몫도 들어 있을 것이다. 강금실 장관에게서는 한국 정치판의 권위주의적 남성의 체취가 풍기지 않는다. 대개 자신의 직분에 충실하다 보면, 이해관계가 갈라지는 곳에서 전투를 치를 수밖에 없는 상황에 내몰리게 된다. 그래서 원칙을 고수하려는 사람들에게는 '외골수'라는 달갑지 않은 이름이 자주 붙는다. 그런데 흥미로운 것은, 직무에 있어 원칙론자임에도 불구하고 그에게서 싸움꾼의 면모를 찾기 어렵다는 것이다. 체면과 쓸데없는 자존심에 목숨을 거는 대부분의 정치인과는 달리 그는 유연하다. 그래서 소모적인 정쟁이나 논쟁에 쉽사리 휘말리지 않는다. 자고 나면 구설수를 일으키는 현 정권의 주역들과는 달라도 한참 다르다. 그것은 여성으로서 그의 뛰어난 자질이다.

물론 나는 여기서 '여성적 특질'이라는 모호한 개념 규정의 논쟁에 뛰어들고 싶지 않다. 단지 남성이 '성취 지향적'인 데 비해, 여성은 보다 더 '관계 지향적' 존재라는 학문적 연구 결과를 떠올려주고 싶을 뿐이다. 학자들에 따르면, 출산과 수유 등의 일차적 육아를 담당하고 있는 여성들의 경험, 즉 엄마와 아기의 친밀감이 존재의 무의식 속에 대물림되어 쌓이면서 여성은 보다 더 관계 지향적인 존재가 되어간다고 한다. 그래서 자신의 성취를 방해하는 세력들에게 노골적인 적대감을 드러내는 남성들에 반해, 여성들은 성취 과정에서의 관계 맺음 그 자체를 중시한다는 것이다. 나는 이 연구 결과의 과학적 근거 여부를 떠나 이러한 담론 자체가 즐겁다. 성취 그 자체보다는 존재들 사이의 관계를, 결과보다는 과정을 중시하는 이러한 자세야말로 요즘의 우리에게 절실하게 필요한 덕목이기 때문이다. 게다가 그러한 덕목이 한없이 작고 부드러운 여성들 안에 들어 있다니 놀라울 따름이다. 약탈과 정복의 남성적 역사를 대신할 사랑과 소통의 여성적 역사의 씨앗이 그 안에서 자라고 있음이 제발 사실이기를 바란다.

정직하게 말하자면, 나는 페미니스트가 아니다. 내가 여성들에게 갖는 희망은 인류를 절멸의 위기로 몰아넣은 남성 주도의 문명에 대한 절망의 반영이다. 지금까지와는 다른 패러다임의 역사가 필요한 것이다. 그런데 지난 수천 년 동안 온갖 실험을 통해 '남성적'인 것의 용렬함과 남루함은 거의 남김없이 드러났다. 아직 남아 있는 미지(未知)의 영역이 있다면, 그것은 오로지 '여성적'인 어떤 것이다. 투쟁보다는 사랑을, 혼자보다는 '함께'를, 소유보다는 소통을 더 중시하는 그것을 나는 '여성적'인 것이라고 생각한다.

강금실 장관의 유연함을 나는 그러한 것의 한 부분이라고 생각한다. 반복해서 말하지만 그는 현 정권의 상징적 깃발을 들고 개혁을 추진하고 있는 주역이면서도 투사의 이미지를 보인 적이 없다. 껄끄러운 검찰 조직의 총수와 폭탄주를 나누고 스스럼없이 팔짱을 끼었다는 것은 둘이 같은 편이라고 보면 충분히 있을 수 있는 얘기다. 하지만 거대 야당의 드센 정치인들의 추궁에도 불구하고 그들과 별다른 마찰을 일으키지 않았다는 사실은 평범한 일이 아니다. 이 점 문화 예술계 출신인 이창동 장관이 야당이나 자신을 키워준 언론과 끊임없이 마찰을 빚는 것과 비교해보면 쉽게 알 수 있는 일이다. 강금실 장관은 '조중동'이라는 보수 성향의 언론과도 특별한 긴장 관계에 놓인 적이 별로 없다. 오히려 이들 언론조차 그에 대한 흠집 내기보다는 관심을 증폭시키는 자리가 되어가고 있다.

그런데 우리 언론 매체들에게는 조금 미안한 말이 되겠지만, 그들만큼 남성적인 세계도 드물다. 남성 우위의 사회적 권력관계를 반영하는 것일 테지만, 우리 언론의 여성에 대한 태도는 편파적임을 부인할 수 없다. 단적인 예로, 지난 정권에서 장상 총리 서리의 인사 청문회에서 언론이 보인 태도를 기억해보라. 물론 정치적 상황의 희생물이라는 측면이 분명히 있다. 하지만 어쨌든 아주 모범적인 가정을 꾸리고 사회적 경력을 쌓아온 장상 총리 서리에게 들이댄 검증의 잣대가 약자인 여성이었기에 훨씬 가혹했던 것임은 분명하다. 실제로 사적(私的)으로나 공적(公的)으로 그만한 덕성과 자질을 갖춘 남성을 찾기도 쉽지 않았음에도 불구하고 결국 우리 언론은 그를 낙마(落馬)시켰다. 한꺼번에 들고 일어나 뒤흔들면 그만큼 허점을 드러내지 않을 사람은 드물다. 하물며 성적 차별이라는 구조적 어려움 속에서도 헌정 역사상 최초의 여성 총리 후보가 된 인물이라면 좀 더 인내심을 갖고 그를 지켜주었어야 한다고 나는 생각한다. 설령 그에게 몇 가지 흠이 있었다고 하더라도 우리 역사에서 여성에게 가한 남성의 폭력을 속죄하는 의미에서라도 관대하게 감싸 안아주어야만 했다. 총리로서의 직무 수행 능력을 지켜본 뒤에 판단을 내렸어도 충분했던 것이다.

그런데 그토록 가혹했던 언론이 강금실 장관에게만은 무장을 해제한 것 같다. 이 점 우선 그 자신의 지혜로운 여성성 덕분일 것이다. 갈등과 투쟁보다는 소통과 관계를 우선하는 것으로 보이는 그의 인간적 품성과 사회적 처신 말이다. 물론 그에게서 흠을 잡으려면 아마 잡을 수 있을 것이다. 하지만 정권 변동 초기의 그 팽팽한 탐색의 시간을 이미 거친 사람이라면, 더구나 사회적 약자로서 그만한 직무 수행 능력을 보여준 여성이라면 우리 사회는 그를 보호할 의무가 있다. 우리 사회의 여성들이 자신들의 보다 많은 사회적 역할 모델을 갖도록 하기 위해서라도 강금실은 중요한 존재다.

쑥스럽지만 여기서 나는 지난해 여름 한 일간지에 실은 내 칼럼을 꺼내보겠다.

최근 들어 정부는 틈만 나면 국민소득 2만 달러를 위한 경제 살리기에 나서겠다고 말한다. 그것이 비록 정치적 수사(修辭)라 할지라도 지난 8년간 우리가 1만 달러에 묶여 있었던 것을 생각하면 다행스런 일이다. 그동안 우리는 대외적으로는 준비 없는 세계화와 개방의 후유증을 심각하게 앓았고, 대내적으로는 너무 일찍 샴페인을 터뜨리며 과도한 소비 욕망에 휘둘렸다. 그리하여 'IMF 구제금융 신청'과 같은 국가 위기를 맞기도 했다.

간신히 거기에서 벗어나기는 했지만, 그럼에도 불구하고 주위를 둘러보면 우리 경제의 활성화에 우호적인 요인은 별로 없어 보인다. 북한의 핵 위협은 갈수록 현실화되고 있어 한반도는 더 이상 투자의 안전지대가 아니다. 또 전량 수입에 의존하고 있는 기름은 전쟁의 빌미가 될 정도로 중요성이 더해져 가격이 내려갈 가망이 별로 없다. 그리고 노동자들은 높은 임금 인상이라는 이기적 욕구를 굽히지 않고, 사용자들은 투명한 기업 경영의 문화를 제대로 정착시키지 못하고 있다. 이 사이에서 노사 갈등은 증폭되고, 후진적 정치는 거기에 기름을 끼얹기까지 한다.

외적 환경이야 어쩔 수 없는 일이다. 하지만 우리 스스로 해결해야 할 몫에 대해서는 지금부터라도 분명한 인식을 가져야 한다. 그 가운데 하나가 여성 노동력의 활용이다. 대학 교육이 보편화된 지 오래라 우리는 그 어느 사회보다도 수준 높은 여성 인력을 갖고 있다. 그럼에도 불구하고 남녀 불평등의 사회 분위기 때문에 그 노동력의 많은 부분을 사장(死藏)시키고 있다. 그리고 사회적 출구가 막힌 여성들의 에너지는 지나치게 경쟁적인 교육열과 과시적인 소비로 사회문제를 일으키기도 한다.

반면에 광활한 시장과 저임금을 무기로 외국인 투자를 끌어들여 무섭게 우리를 추격하고 있는 중국은 남녀평등의 문화가 정착된 지 오래다. 사회주의 체제의 전통 덕분이기는 하지만 그들은 반세기도 더 전부터 여성이 평등하게 사회에 참여하고 있다. 13억이라는 중국의 엄청난 인구 속에는 여성 노동력이라는, 우리보다 뛰어난 무기가 있는 것이다. 그러니 여성 노동력의 생산적 활용 없이는 국민소득 2만 달러는 고사하고 동아시아에서 중국에게마저 추월당할 위험이 있다.

세계적으로도 선진국과 후진국을 가르는 가장 중요한 징표는 여성에 대한 존중 여부다. 선진국은 예외 없이 여성의 사회참여가 활발하고, 여성의 권리에 대한 보호가 제도로서 보장되어 있다. 그에 반해 후진국은 여성이 여전히 남성들의 식민지로 남아 있다. 아프가니스탄의 탈레반과 이라크의 후세인이 어떤 이유로든 용서받을 수 없는 이유 가운데 하나는 국민 학살과 여성들에 대한 비인간적 폭력의 행사를 용인한 일이다. 따라서 우리가 어떤 표준을 쫓아가야 할 것인지에 대해서는 이론의 여지가 없다.

실제로 여성의 사회참여가 활발해지면 새로운 노동력이 시장에 공급됨으로써 우선 임금 인상의 사회적 압박이 줄어든다. 그리고 무엇보다도 남성들의 육체 노동력이 절대적으로 중요했던 농경 사회나 산업사회와는 달리, 정보화와 생명공학의 시대는 여성들이 얼마든지 능력을 발휘할 수 있는 새로운 무대다. 게다가 우리 사회에 만연한 남성들의 향락적 접대 문화도 바뀔 수 있다.

문제는 지금까지 여성들의 영역이었던 살림과 출산, 육아를 사회가 책임져야 한다는 것이다. 그러기 위해서는 먼저 남성들이 평등한 사회적 관계로서 가사(家事)를 분담해야 한다. 그리고 건강한 출산과 육아를 위한 제도와 시설을 갖추는 일에 국가가 나서야 한다. 여성을 존중하고 그들의 가능성을 발휘하게 하는 일이 선진국 진입을 위해 우리가 내딛을 수 있는 첫걸음일 것이기 때문이다.

　―〈조선일보〉, 2003년

여성들의 잠재 노동력을 이끌어내는 일은 우리 사회의 절체절명의 과제 가운데 하나다. 그러려면 여성들이 선택할 수 있는 다양한 삶의 모델을 제시해주어야 하며, 성취 동기를 부여하고, 동시에 자신의 사회적 역할을 수행해나갈 수 있도록 사회제도를 만들어나가야 한다. 이런 관점에서 볼 때, 강금실 장관을 비롯한 사회적 엘리트 여성들의 존재는 그것만으로도 충분히 중요하다.

최근에 강 장관과 더불어 한 사람의 여성이 주목의 대상이 되고 있다. 현대 그룹의 경영권 분쟁에 휘말린 현정은 회장이다. 그는 고인(故人)이 된 남편의 뒤를 이어 현대 그룹의 최고 경영자가 되었다. 그가 아직 경영 역량을 보인 바 없기에 한쪽에서 우려의 눈길을 보내는 것은 어쩌면 당연하다. 국가 경제에 미칠 파급 효과 때문에라도 섣부른 실험은 위험하다. 하지만 적어도 그가 '정씨' 일가가 아니라는 이유로 경영권을 행사할 수 없다는 논리만큼은 받아들일 수 없다. 현대 가(家)의 경영은 정씨에 의해서만 가능하다는 논리는 전형적인 가부장제의 억지다. 기업 경영은 능력이 있는 사람이라면 누구든 할 수 있는 일이다. 딱히 걱정스럽다면 차라리 가문 차원에서 나서서 현정은 회장이 현명한 경영을 할 수 있도록 도와주는 일이 지혜로운 선택이 될 것이다.

우리는 이미 애경의 장영신 회장이라는 뛰어난 여성 경영자의 예를 알고 있다. 그러니 또 한 사람의 능력 있는 여성 경영자를 탄생시키는 것이 불가능한 일은 아니다. 오히려 약자로서 사회적 좌절을 맛본 여성들에 대한 위무와 미래의 새로운 여성 인적 자원들의 꿈을 위해서라도 계속해서 능력 있는 여성의 신화를 가꾸어나갈 필요가 있다. 아직 스스로의 능력을 검증할 기회를 갖지 못한 여성들이 더욱 역동적으로 자신의 가능성을 펼쳐 보일 수 있도록 우리 모두 애써야 하기 때문이다. 그런 점에서 경제계의 현정은, 행정부의 강금실 같은 당당한 여성들이 더욱 많이 쏟아져 나와야 한다. 그것이 또한 가장(家長)으로서의 과도한 책임 의식에 짓눌린 이 땅의 남성들이 하루빨리 자유로워지는 생산적인 길이기도 하다.

문화인 강금실

그런데 이상의 요소들과 더불어 강금실 장관에게는 빼놓을 수 없는 특유의 매력이 있다. 전통 기능 보유 명인에게서 정식으로 춤을 배웠고, 화가와 문인 들과 지속적이고 깊은 교류를 나누고 있으며, 그 자신 풍부한 문학예술적 지성과 감성의 소유자라는 사실이다.

지금까지 우리 사회는 엘리트를 선별하는 기준으로 부와 권력이라는 단조로운 기준만을 갖고 있었다. 공사다망(公私多忙)을 이유로 문화와 예술을 이해하고 즐기는 일은 겉으로는 미뤄둔 숙제였으나, 속으로는 영원히 시효가 지난 입장권 같은 취급을 받았다. 그것은 한가한 자의 자기 위안거리일 뿐이었다. 그런데 이제 바야흐로 문화와 예술에 대한 깊은 식견과 함께 그것을 즐기고 아끼는 새로운 엘리트의 존재를 보게 된 것이다.

가장 분명한 증거는 강금실 장관이 변호사 시절 작성한 '장정일을 위한 변론' 기록이다.[1] 이 글은 장정일의 장편소설 《내게 거짓말을 해봐》의 음란죄 여부를 가리는 재판의 변론기다. 법률적인 차원의 글로서는 어떠한지 알 수 없으나, 문학적인 글로서는 길지 않은 글 안에서 그는 현대 예술의 핵심적인 면모를 아주 간명하면서도 예리하게 짚어내고 있다. 사회와의 관계 속에서 미적 반항으로서의 현대 예술의 의미를 드러내는 그 글은 놀라운 인식의 깊이를 보여준다.

육체를 성적인 맥락에서 성적인 자극과 흥분 상태를 드러내는 방식으로 다루는 것이 외설이라고 한다면, 예술이 그와 같은 표현형식을 사용할 때는 분명히 예술도 외설이 아닐 수 없다. 일반적으로 하나의 고정관념으로 고착화된 "예술이 아니면 외설"이라는 식의 개념 정리는 그런 의미에서 잘못된 것이다.

육체는 성적으로 다루어질 자유를 가지며, 예술을 포함해서 사회의 모든 외설적 성 표현물을 모조리 금기시할 수는 없다. 범죄적 수준의 반사회성

---

1) 이 글은 뒤에 한 출판사의 '우리 시대의 인물 읽기' 시리즈로 다른 필자들의 글과 함께 단행본으로 묶여 공개된다. 그 책은 다음과 같다. 강금실 외, 《장정일: 화두, 혹은 코드》, 행복한책읽기, 2001년.

을 띠는 경우에 해당하는 성 표현물들로 국한된다. 이 점에서 외설과 형법에서 말하는 '음란'은 의미가 달라진다.

　소설은 법이 보호하는 예술의 자유의 보호 영역에 속하고, 예술은 그 자체로서 사회적 가치를 지닌다. 예술은 현실을 반성하고, 현실의 보이는 것 그대로를 회의하고 정체를 뒤집어보는 실험의 성격을 갖고 있으므로, 예술적 실험은 본질적으로 기존 가치, 질서와의 충돌을 내포할 수 있다. 이것이 예술이 지니는 하나의 본질적 기능임을 받아들여야 하고, 예술은 사회에 대한 부정으로서의 사회적 가치를 지닌다.

　따라서 외설적인 성 표현물이라 하더라도 예술에 해당된다면 사회적 가치를 지니는 것으로서 반사회적 범죄의 소산이라 할 수 없어 형법에서 말하는 '음란'에 해당할 수는 없다.[2]

여기서 그는 '음란과 외설'이 예술과 맺는 관계를 지적하면서, 현대 예술이 기존의 가치 체계에 대한 반성을 통해 새로운 삶을 꿈꾸는 자리라는 것을 명확하게 말하고 있다. 즉 문학과 예술의 부정성에 대한 통찰 말이다. 이 글은 같은 책에 재인용된 황현산 선생의 전문가적 견해에 비추어봐도 전혀 손색이 없다. 황현산 선생은 항소심의 전문가에 대한 조회(照會)의 회답을 통해 "엄밀한 의미에서 예술 장르로서의 문학 소설과 그렇지 않은 소설을 구분할 수 있는 준거는 없다. 다만 가치판단의 관점에서 성실한 문학과 불성실한 문학은 구분된다. 사회적으로 익숙한 사고방식과 기성 논리에 의존하여 일반적 통념을 반성 없이 되풀이함으로써 독자에게 영합하는 문학은 불성실한 문학이며, 인간의 내적·외적 생활에 있어 사회적으로 은폐되어 있거나 왜곡되어 있는 사실들을 들추어

---

2) 같은 책, 189~190쪽.

내어 문제를 제기하고, 그 해결책에 접근하기 위해 새로운 언술 체계를 만들어내려는 문학은 성실한 문학이다. 위 소설은 성실한 문학이다"[3]고 하였다. '언술 체계'와 같은 전문가적 용어로 세련되게 표현된 것을 제외하면, '부정'이 '문제 제기'라는 용어로 바뀌었을 뿐 둘 사이에 인식의 깊이에 있어 차이는 없다.

물론 이 글을 읽는 사람들은 당연히 두 사람의 논지에 고개를 끄덕끄덕할 것이다. 하지만 프랑스대혁명 이후에 새롭게 나타난 문학과 예술의 현대성에 대한 이해는 그리 단순한 문제가 아니다. 낡은 개념에 안주하고 있는 문예 작품은 아직도 여전히 쏟아져 나오며 시장에서 버젓이 유통되고 있기 때문이다. 낡은 개념과 현대적인 그것을 단순화시켜 말하자면, 귀족이나 성직자와 같은 특권계급 후원자들의 정해진 취향을 위한 과거의 문학예술이 낡은 것이라면, 프랑스대혁명의 성공과 함께 그 특권계급이 사라지고서 스스로 자신의 존재 이유를 찾아야 했던 문학예술은 현대적인 것이다. 그 새로운 존재 이유란 바로 당대의 삶에 대한 물음이다. 여기에 표현된 이 삶은 의미가 있는가, 그것 바깥에 또 다른 삶의 가능성이 존재할 수 없는가 등등의 괴로운 물음을 새로운 문학과 예술 작품은 던지고 있다. 그것이 괴로운 이유는 각자 지금/여기의 삶을 반성적으로 성찰해야 하기 때문이다. 친숙한 것에 안주하려는 속성을 떨치고 새로운 삶의 가치를 찾아야 하는 고단한 여행이 시작되는 것이다. 그것이 바로 문학과 예술의 현대성을 이루는 핵심이다.

그리고 그것은 필자 자신의 심미적 체험 없이는 쉽게 위의 두 인용문에서와 같은 언어 표현을 얻을 수 있는 성질의 것도 아니다. 19세기 프랑스 문학의 최고의 전문가 가운데 한 사람인 황현산 선생은 당연한 경

---

3) 같은 책, 191쪽에서 재인용.

우다. 그런데 비록 변론을 위해 읽은 것이기는 하겠지만, 장정일의 문제가 된 작품의 독서를 통해 그 글이 갖는 '부정'으로서의 가치를 꿰뚫어 보고 체험한 강 장관은 특별한 경우라 할 수 있다.

더구나 그러한 인식은 한창 화두가 된 '몸'에 대한 관심으로까지 확장된다. 즉 육체와 권력, 혹은 성과 권력의 관계에 대한 통찰 말이다. 물론 이 분야에는 미쉘 푸코와 같은 선구적 업적이 이미 번역서를 통해 소개되어 있었다. 하지만 그러한 인식을 문학이라는 언어와의 관계 속에서 이해하고 표현한 예는 생각보다 많지 않다. 한 편의 독립된 문학평론으로 읽어도 무방하리만큼 강금실 장관의 글은 손색이 없다.

그래서 좀 길지만 마지막 6장을 다 옮겨보겠다.

사람의 사회는 그침 없이 변화하고 무엇 하나 고정된 것 없다는 점에서 원천적으로 불안하고, 그러나 모여 살기 위하여는 안정과 정착이 필요하므로 일정한 질서와 통제가 필연적으로 요구된다. 그래서 불안과 안정성의 지향이 항상 이중적으로 존재하고 충돌하는 고통 속에서 살 수밖에 없다. 이 세계에서는 언제나 통제의 집중과 과도함으로 탄생한 국가권력의 억압성이 문제되어왔다. 권력 통제의 가장 직접적이고 근원적인 대상은 개인의 몸이다. 개인의 몸을 길들여야 순종하는 정신이 따라오고 질서는 유지될 수 있기 때문이다. 그래서 국가권력과 개인이 가장 첨예하게 대립하며 충돌하는 전장은 바로 개인의 육체 그 자체가 된다. 고문·학살·의문사와 같은 언어군은 이러한 육체에 가하여지는 국가권력의 부당한 통제를 표현하는 상징들이다.

육체는 권력에 길들여져야 하며, 그런 의미에서 성의 관계망과 육체의 자유를 표현하는 쾌감은 철저히 통제될 필요가 있는지 모른다. 따라서 사회가 도덕의 이름으로 용인하는 범위를 넘어 육체의 이면으로 들어가 성

관계를 헤집어놓거나, 쾌감을 확장시키는 어떠한 실험적 시도도 통제의 뇌관을 건드리는 가장 위험한 행위가 될 것이다. 장정일은 이 세계의 장치를 들여다보는 깨어 있는 정신으로 바로 그 뇌관을 건드린 우리 시대의 유일한 작가가 아닐까 하는 생각이다.

육체와 성의 표현으로서의 언어는 가장 은폐된 하층의 수위에 있고, 점잖음/고상함과 천박함/불경함이라는 언어문화의 계급을 형성하고 반영한다. 성 표현이 외설이냐 여부가 문제되었을 때 사람들이 선뜻 그 다툼에 뛰어들어 통제의 본질을 공격하고 드러내기보다는 뒷걸음질치게 되는 것도 이러한 사람들에게 체화되고 입력된 성 문화와 언어의 한계를 뛰어넘지 못하기 때문인 것 같다. 나 자신이 장정일을 만나기 전에, 장정일을 만나서, 재판이 끝난 후에 성과 권력 통제라는 보이지 않는 거대한 대립 구조의 실체를 서서히 깨달아왔듯이.

나는 모든 사물과 사람을 그의 이름으로 부르고—우리 사회 호칭의 복잡한 권위적 구조, 性器를 공개적으로 그 이름으로 부르지 못하는 은폐성을 생각해보라—가능한 한 육체가 자연스럽게 그 자리에 놓여 원하고 충족하고 사랑하며, 서로가 타인의 육체를 존중하고 배려하는 그런 사회에서 살고 싶다. 아마도 이것은 나만의 꿈이 아니며, 삶에 지친 몸을 달래는 모든 사람이 밤마다 혼자 잠들면서 꿈꾸는 사회일 것이다.

앞선 사람인 작가로서 그와 같은 꿈에 도전한 장정일을 위하여, 이 사회의 모든 장정일을 위하여 나는 변론하고 싶다.[4]

이 육체의 억압이란 것은 어쩌면 강금실 장관 자신이 여성이기 때문에 더욱 예민하게 파악한 것일 수 있다. 여성들의 몸에, 그리고 그들의

---

4) 같은 책, 197~198쪽.

성에 가해지는 억압은 남성 우위의 문명에 공통적인 현상이다.[5] 게다가 우리 사회처럼 최근까지 여성을 식민지로 삼아왔던 곳에서는 그 정도가 더 심하다. '은장도'로 상징되는 여성들의 성적 억압을 상상해보라. 순결을 강제한 남성들의 폭력은 어떤 이유로도 납득할 수 없다.

그렇다고 해서 내가 장정일의 《내게 거짓말을 해봐》가 그렇게 좋은 작품이라고 판단하는 것은 아니다. 하지만 '음란'의 이름으로 사법적 심판의 대상이 된 것에 대해서도 동의하지 않는다. 무조건 문학작품이어서가 아니라, '문제 제기'적인 '성실한 문학'이자 '부정의 문학'이기 때문이다. 비록 그것이 잘 짜여진 일급의 작품은 아닐지라도 말이다. 오히려 그의 작품보다는 차라리 강금실 장관의 이 변론기가 더 나은 문학적 언술이라고 나는 생각한다. 군더더기 없는 담백함, 하지만 핵심적 논지를 향해 정확하게 배열된 언어들, 그리고 그것의 견고한 짜임에서 나오는 말의 충만한 에너지는 탁월한 예다. 그래서인지 이 글을 쓰기 직전 그의 변론기가 한 명문 사립대학에서 논술 고사의 지문(地文)으로 제출되었다는 기사를 보고는 흐뭇해했다. 내가 출제 위원이었다고 하더라도 이 글을 현대의 문학예술과 권력과의 관계를 묻는 문제의 지문으로 제시하는 데에 조금의 주저함도 없었을 것이기 때문이다.

그런데 위에서도 암시한 바 있지만, 이 정도 수준의 글은 하루아침에 만들어지지 않는다. 그 자신에게 오랜 독서의 축적이 없다면 불가능한 일인 것이다. 이런 의문은 그의 인터뷰를 살피면 쉽게 풀린다. 그는 여러 분야의 책을 섭렵하는 상당한 독서가이며, 문학 독서도 단순한 호사 취미가 아닌 애독(愛讀)의 수준이었다는 것을 알 수 있다.

---

5) 연극으로 각색되어 요즘도 절찬리에 상연되고 있는 이브 엔슬러의 《버자이너 모놀로그》를 읽어보라. 이 책은 우리말로 옮겨져 북하우스에서 2001년에 출간되었다.

그 점은 소설만이 아니라 시에 대해서도 마찬가지다. 한 글에서 그는 박제천 시인의 시집 《장자시(莊子詩)》와의 인연을 털어놓고 있다.[6] 이 글에 따르면, 그는 대학 2학년인 1975년에 초판본을 샀는데, 그것을 잃어버린 뒤에 다시 1980년의 재판본을 샀다고 한다. 그런데 판형이 바뀌었다고 적은 것을 보면 이 재판본은 아마 개정판이었던 모양이다. 사실 이 정도로 활자의 배치와 시집의 판형까지 인지하는 섬세함은 단순한 독자의 몫이 아니다. 그는 분명한 자신의 문학적 취향을 갖고 있었던 것으로 보인다. 그 취향의 단서를 이 글에서 발견할 수 있다. 그가 애송시로 뽑은 〈풍어제(豊漁祭) 그 열〉이란 작품을 우선 읽어보면서 그 단서를 찾아보자. 길지 않은 작품이니 전문을 옮겨보겠다.

> 그대의 뼈를 태우는 연기가 가득 차 있다
> 아직도 불붙지 않은 몇 조각의 뼈도 보인다
> 그것들의 의미(意味)가 재로 사라질 때까지
> 기다리겠다 내 기다림의 끝
> 내 생애(生涯)의 끝에 앉아 있는 새에게
> 말하겠다
> 그것들의 불꽃이 지나간 다음의 불꽃을.[7]

이 작품에 대한 언급에서 중요한 대목은, 시를 좋아하는 데에 있어 '의미' 보다는 '리듬과 어감' 을 중요하게 여긴다는 점이다. 산문과 다른 운문의 언어적 특성을 정확하게 감지하고 있는 것이다. 언어가 의미의

---

6) 강금실, 〈생(生)은 기다림의 연속〉,《나를 매혹시킨 한 편의 시》제6권, 문학사상사, 2002년.
7) 같은 책, 14쪽에서 재인용.

302

차원으로만 한정될 때, 시는 상당히 옹색한 장르다. 오히려 그 의미의 구속을 깨고 스스로 하나의 우주가 될 때, 시는 확 피어나는 불꽃으로 승화된다. 전공자의 시각에서 볼 때, 강금실 장관의 시에 대한 이해가 여기까지 닿아 있다는 것은 흥미로운 사실이다.

《장자시》의 시들 중에서도 〈풍어제(豊漁祭) 그 열〉은 특히 자주 읽은 시 가운데 하나이다. 나는 시의 의미를 묻지 않고 그냥 리듬과 어감만으로 읽기를 좋아한다. 그러면서도 그 리듬 속에서 가슴으로 스며드는 파장(波長)이 있는 시를 좋아한다. 나에게 있어 이 시는 그와 같은 시이다. 시집의 여느 시들과 마찬가지로 이 시 또한 시인의 상상 속의 시어(詩語)들이라고 생각한다. 실제로 누구 좋아하는 사람의 뼈를 태우며 그 체험을 쓴 시 같지는 않기 때문이다. 연기가 가득 차고, 덜 타고, 불붙이고, 불꽃 다음의 불꽃을 기다리고, 무언지 열정적이면서도 목숨을 걸고 다투는 절박함이 있고 생애의 끝까지 기다림을 말하는 비장함도 있다. "기다리겠다 내 기다림의 끝……"에 이르면 슬픈 결의(決意)를 만나는 느낌이다.[8]

위의 글에 뒤이어 마치 시의 파장처럼 "기다림의 생애는 기다림 자체 속에 있음을", 그리하여 "생은 다만 기다림의 연속일 뿐"임을 말하는 그의 목소리에는 회고(懷古)에 어쩔 수 없이 스며드는 허무주의가 있다. 하지만 그 허무주의는 그의 세계관이나 생래적인 것이라기보다는 사회적 삶의 번다함에서 오는 반응에 가깝다. 젊은 날의 순수와는 멀리 떨어진 삶을 살아야 하는 자신에 대한 자의식 말이다. 그래서 수필처럼 펼쳐지는 섬세하고 매끄러운 감상기(感想記)는 그의 문재(文才)가 두드러지는 대

---

8) 같은 책, 14쪽에서 재인용.

신 더 이상의 특별한 문학적 감수성이나 세계관을 보여주지는 않는다.

이것을 메워주는 글은 2001년 8월 20일 그가 대한변호사협회 회보에 올린 '법조 칼럼'이다. 김훈의 《칼의 노래》를 읽고서 쓴 그 글은 강금실 장관의 인생관이나 세계관에 대한 여러 가지 시사를 던져주고 있다.

변호사로 자리매김한 지 만 5년이 지났다. 꽤 길다고도 할 수 있는 그 세월은 내 나이 40의 고비를 넘어 세상 속으로 한참 걸어 들어간 시절이기도 하다.

가끔씩 왜 개업을 하였느냐는 질문을 받는다. 그 질문을 하는 사람들은 삶이 어떤 포부(抱負)로부터 시작된다는 믿음을 갖고 있는 듯하다. 그 질문에 적절한 답은 세상에 보다 적극적인 뜻을 품게 된 동기와 그 내용이 무엇이냐는 것으로 미리 마련되어 있기 때문이다.

나에게는 답이 없다. 내가 무엇으로 사는가에 앞서, 내가 어떻게 살아 있어야 하는가에 대한 결심조차 서 있지 아니하며, 그 추상의 의문으로부터 단 하루도 자유롭지 못하였기 때문이다.

다만 막연히, 마치 〈정복자 펠레〉라는 영화의 마지막 장면에서 어린 펠레가 망망대해를 향하여 기약 없는 인생의 길을 떠나듯이, 그냥 세상 끝까지 걸어가보고 싶다는 그런 희망이 있었다. 그 희망은 세상을 낯설어하면서도 사실은 세상이 어떠한 것인지 잘 모르기에 막연한, 천진함 같은 것이었던 듯하다.

희망은 혼자 사는 것이 아니라, 사람에게 깊이 각인되는 고통과 절망이 키워내는 세속 한가운데의 신기루이기 때문이다. 아마 미리 그 사실을 알고서 살아가지는 못하였으리라.

내가 세상 끝까지 걸어왔는지는 알 수 없다. 다만 바닥의 촉감이 만져지는 듯한 시간들이 있다. 그 바닥에는 아무것도 없다. 내가 살아 있기 전 삶의 기억을 담은 맨몸이 내가 죽어 사라지기 전의 시간 속에 살아 있을 뿐. 그리하여 삶은 살아 있기 전 죽음과 다음 죽음 사이에 놓인 짧은 간격일 뿐. 이 간격은 생명의 개화이자 죽음으로 가는 과정으로서, 모든 의미가 문득 끊어지는 죽음과 같이 그곳에서 삶은 순연하다.

그곳에서 살아 있음은 죽음과 죽음에게 몸을 내걸고 아무 두려움이 없다. 두려움이 없는 삶, 순간순간에 그 바닥의 체험으로 긴장하는 삶이야말로 세상 끝에 놓인 지점이 아닐까.

나는 세상을 걸어가는 길에 지칠 때마다 길목에 기대어 서서 두려움 없는 기세로 세상을 베어내어 진면목이 드러나는 살아 있음을 그린다.

그와 같이 길목에서 서성이다가 만난 책이 김훈의 《칼의 노래》였다. 충무공 이순신의 난중일기를 바탕으로 한 1인칭의 전기적 소설이다. 김훈은 이순신을 "한없는 단순성과 순결한 칼"로 묘사한다. 이순신은 조국의 남쪽 바다에 눈보라처럼 몰려드는 적을 맞아서 그의 목숨을 내놓아 적을 베는 칼로 존재하였다.

그에게 삶은 선택의 여지가 없었다. 오로지 죽음에 대면하여 수식이라고는 전혀 없는 삼엄한 자세로 죽음을 통과하는 방식만이 실재하였다. 300척의 배에 가득한 적 앞에서 12척의 초라한 함대를 이끌면서 그는 뒷걸음질치는 부하에게 이야기한다. 네가 죽음을 피할 곳은 없다. 오직 죽음으로 죽음을 뚫고 나가라고. 그리하여 그는 역사에 기적으로 남는 승리를 이끌었다.

그에게 현실은 정치가 아니라 오직 바다였다. 그의 칼은 정치의 향방에 따라서 이동하는 세태가 아니라, 순전히 바다를 적의 피로 '물들이기' 위한 것이었다.

그의 칼은 정치적 대안을 설정하지 않았으므로, 그는 정치를 두려워하지 않았지만, 그가 정치에 대한 두려움이 없었기 때문에 정치는 그를 두려워했다. 그의 칼은 온전히 칼로서 순결하고, 이 한없는 단순성이야말로 그의 칼의 무서움이고 그의 생애의 비극이었다는 것이다.

이순신의 바다는 칼날을 겨루어 살아 있음과 죽음이 교차하는 세상 끝 지점이었던 듯하다. 이순신의 바다는 돌아갈 곳이 없었다. 죽음을 베어 살아 있음이 한 자루 칼끝에 놓여 있었으니, 그 살아 있음은 기꺼이 삶을 버림으로써 죽음과 삶이 서로 다르지 않은 경계에 이르러 가능하였다.

김훈이 전하고자 한 이순신의 삶은 두려움이 없는 순결성으로 인하여 무서움에 전율케 하였다. 생을 넘어 바닥에 이른 삶을 산다면, 그를 영웅이라 부르겠다. 비속한 사람은 그 긴장을 이겨낼 힘이 도저히 없다. 비속한 나는 다만 김훈과 함께 잠시 그 살아 있음을 만나서 마음속에 눈물겹다.

세상을 베어 삶의 순결성에 이르고자 하는 사람에게, 스스로 베이는 칼이 되고자 하는 사람에게 이 책을 드리고 싶다.

삶에 대한 냉철한 계산보다는 끝까지 가서 부딪치고 싶다는 낭만적인 세계관과 함께 그것의 바탕을 이루는 천진함에 우선 주목하게 된다. 고도의 전문직 여성이면서도 어느 한 분야에 갇힌 단편적 인간으로 머무를 수 없는 그의 생래적 열정이나 호기심 같은 것이 그 안에는 들어 있다.

하지만 그것보다 더 중요한 부분은 바로 다음과 같은 대목이다.

그의 칼은 정치적 대안을 설정하지 않았으므로, 그는 정치를 두려워하지 않았지만, 그가 정치에 대한 두려움이 없었기 때문에 정치는 그를 두려워했다. 그의 칼은 온전히 칼로서 순결하고, 이 한없는 단순성이야말로 그의 칼의 무서움이고 그의 생애의 비극이었다는 것이다.

요즘 정치 자금수사의 한가운데 서 있는 바로 그 자신의 입장일는지도 모르기 때문이다. 물론 시기상으로 볼 때, 그 둘의 직접적인 연관은 없어 보인다. 하지만 생에 대한 그러한 인식이 없이는 바로 스스로 칼끝에 올라 그 자신이 베어질는지도 모르는 위험한 싸움, 그 자신의 진정한 싸움에 나서기는 쉽지 않았을 것이다. 그리고 동시에 박제천의 시 감상에서 드러난 그의 허무주의가 단순한 감정 차원 이상의 것임을 또한 확인하게 된다. 그때의 허무란 "두려움이 없는 순결성"과 연결되어 죽음을 불사하는 엄정한 결의로 전화되기 때문이다.

그래서 마지막으로 말하는데, 강금실의 매력은 그것이 아닐까? 지금까지 한국 사회를 주물러온 남성들의 세계에 대해 '코미디'라고 한마디로 일축할 수 있는 그 무서운 단순함. 아니 나는 그것이기를 정말 바란다. 그럴 때에야 화사한 복장의 가장 여성적인 모습으로 무채색이 지배하고 있는 남성적 세계의 엄숙주의를 허무는 싸움의 광경을 우리가 보게 될 것이기 때문이다.

지금부터 십수 년 전 김훈은 정현종 시인의 작품에 관한 평문을 쓰면서, 날개를 단 가벼운 헬리콥터가 무거운 탱크를 들어 나른다는 말을 한 적이 있다. 나는 공인이자 여성이며, 무엇보다도 문화인인 여성 강금실이 바로 그 무거운 세계를 들었다 놓는 주인공이 되기를 바란다. 그 새로운 세상은 적어도 지금보다는 볼만할 것이다. 그 기대로 나는 지금까지 그를 읽어왔고, 또 이 글을 썼다.

V

　5부에 모아놓은 글들은 모두 중앙일보 출판국의 월간 《에머지》로부터 청탁을 받고
쓴 것이다. 시사적인 글들이라 발표 시기를 밝히는 것이 논지의 정확한 이해를 위해 필
요할 것으로 판단하였다.

－〈청년 문화와 세대 갈등의 정치학〉, 2003년 2월.
－〈민족주의의 두 얼굴〉, 2003년 3월.
－〈교육과 위험한 평등주의〉, 2003년 4월.
－〈공허한 도덕주의〉, 2003년 5월

청년 문화와 세대 갈등의 정치학

젊은 세대의 승리(?)

지역 갈등으로 홍역을 앓아온 나라에서 지난 대통령 선거를 계기로 세대 갈등이 불거지고 있다. 이 땅의 경제 발전을 가져온 산업사회의 주역인 아날로그 세대의 이른 퇴장과, 그 자리를 빠르게 메울 디지털 세대의 부상이 그 갈등론(葛藤論)의 핵심이다. 그동안 우리의 현대사가 많은 한계와 문제점을 드러내 보였기 때문인지 이와 관련된 대부분의 담론은 우선 긍정적이다.

권위주의의 해체, 다원화된 개성, 능동성, 창의성 등등이 새로운 강자로서의 젊은 세대가 갖고 있는 특질들이라고 한다. 실제로 그들은 지난 월드컵을 계기로 짧지 않은 비극의 현대사 속에 묻혀 사라진 것으로 평가되었던 우리 민족의 신명을 되살려 단순한 공간으로서의 광장을 축제의 무대로 바꿔놓았다. 게다가 대선(大選)에서 월등하게 자신들의 호감을 많이 얻은 후보를 당선시키기까지 했다.

물론 이전 1980년대에 소수의 학생들이 변혁의 전위에 서서 시민들을 이끈 적이 있었다. 1987년 6월 항쟁(抗爭)이 대표적이다. 하지만 그때에도 그 항쟁의 성공은 기성세대의 동의와 지지를 얻음으로써만 가능한 것이었다. 실제로 시청 광장 주변 건물의 넥타이 부대의 호응이 없었다면 당시 학생들의 목소리는 그대로 파묻혔을지도 모른다.

어쨌거나 이번 선거에서처럼 젊은 세대가 집단적으로 조직적으로 현실의 변화에 뛰어들어 성공한 예는 4·19 정도를 제외하고는 찾아보기 어렵다. 아직도 승리에 취해 있는 이들 젊은이들을 이해하는 일은 따라서 이제 더 이상 호사가(好事家)의 취미만은 아니게 되었다. 그들은 이후 우리 사회의 변화에 있어 중요한 변수가 되었기 때문이다.

젊은 세대의 정체성

급격한 산업화와 그에 따른 경제 발전을 압축적으로 경험한 우리 역사에서 '세대 차이'는 늘 있어왔다. 하지만 그 차이는 대부분 우스개 소리의 소재 정도로 따라다녔을 뿐이며, 얼마 전까지만 해도 젊은 세대는 그다지 커다란 관심사가 아니었다. 그것은 해방 이후 지금까지 한국전쟁, 4·19, 유신(維新), 광주 등등을 숨 가쁘게 거쳐오면서도 자유민주주의와 자본주의 시장경제라는 지향점에 대한 합의가 있었기 때문이다.

극단적 빈곤으로부터 우선 밥을 해결해야 했던 것이다. 게다가 분단 상황에서 비롯된 우리의 항구적 위기 의식은 그 지향점의 바깥에 대한 동경을 쉽사리 허용하지 않았다. 결과적으로 젊은 세대가 누리는 기성세대와의 '차이의 자유'는 그들이 동화되어 오래도록 살아내야 하는 견고한 '동일성의 현실'이 부여하는 아주 잠깐의 사치에 불과했다.

하지만 10여 년 전부터 사정은 바뀌기 시작했다. 1990년대 고도 소비사회의 주역으로 부각된 'X세대', 그 뒤를 이은 정보화 시대의 디지털 세대, 그리고 최근의 월드컵 세대에 이르기까지 그들은 이전의 젊은 세대와는 다른 정체성을 갖고 있다. 그것은 냉전의 종언(終焉)과 연속적인 소비에트 블록의 해체에서부터 시작되었다. '바깥에 대한 사유'를 허용하지 않았던 분단 상황조차도 이러한 외적 지형의 변화에 힘입어 더 이상 위기의 압박 요인이 되지 않는 시대가 온 것이다.

그것의 가장 구체적인 증거는 2000년의 6·15 공동선언이다. 그리하여 이제 젊은 세대는 금강산 관광과 지난 가을의 아시안게임에서 보듯 우리 군대의 엄연한 '주적(主敵)'[1]에 대해서조차도 포용과 환영의 태도를 취하게 되었다. 불과 반세기(半世紀) 전 그 주적으로부터 이 땅을 지키기 위해 함께 피를 흘려준 혈맹에 대해서는 야유와 분노를 터트리기까지 하면서 말이다. 물론 여기에는 지난 동계 올림픽에서의 편파 판정, 미군(美軍) 장갑차에 의한 여중생 압사 사건, 불평등한 주한미군지위협정, 정치·경제적 이득을 취하기 위한 북한의 유화 제스처 등등의 복잡한 변수가 개입되어 있긴 하지만 확실히 이전과는 다른 새로운 세대가 등장하고 있는 것은 부인할 수 없는 사실이다.

외적인 지형 변화 말고도 다른 내재적 요인들이 있다. 우리의 경제적 성장과 그에 따른 민족적 자부심의 고양이 그것이다. 실제로 이번 선거에서 진보 세력임을 자임했던 젊은 세대들은 우리 역사상 그 어느 세대보다도 경제성장의 풍성한 과실을 누렸다. 그들에게 배고픔은 어른들의

---

1) 여러 가지 논란에도 불구하고, 대한민국 국방부는 북한을 '주적'으로 규정한 국방 전략을 그대로 유지하기로 하였다.

기억일 뿐 자신들의 것은 아니었다. 현실에 대한 눈을 뜨고 그들이 바라본 대한민국은 이미 밥을 해결하고, 거기에다 무시 못 할 경제력을 지닌 신흥공업국이었기 때문이다. 그들은 그래서 자신들의 부(富)에 걸맞은 자부심을 갖고자 했다. 지난 여름 월드컵에서 우리가 연승을 거두었을 때, 광장으로 뛰쳐나와 그들이 목이 터져라 외쳤던 것도 바로 그 당당함이었다.

그들에게는 서양의 우월함에 대한 콤플렉스가 상대적으로 적거나 없었던 것이다. 그에 반해 기성세대는 자신들의 노력으로 경제적 부를 쌓았음에도 불구하고 가난에 대한 기억을 원초적으로 갖고 있다. 동시에 그 기억의 저편에 신화처럼 자리 잡고 있는 서양에 대한 환상을 지워내지 못한다. 미국으로 상징되는 서양은 우리를 구해준 은인이자 후견인이며, 우리는 아직 강력한 서양의 영향력 안에 있다는 조심스러움 말이다.

그러나 젊은 세대의 눈에 기성세대의 그 조심스러움은 비굴함이거나, 혹은 적어도 소심함에 가까워 보인다. 그들은 서양 앞에서 주눅 드는 것을 쉽사리 받아들이지 못한다. "대~한 민국, 세~계 최강"이라는 월드컵 응원 구호는 젊은 세대의 그 같은 당당함을 잘 보여준다. 따라서 그러한 민족적 자부심이 동족에 대한 관심과 애정으로 표현되는 것은 결코 이상한 일이 아니다. 자신의 정체성, 그것도 자랑스러움을 확인하고자 하는 존재의 움직임은, 잊을 만하면 자존심을 건드리는 이(異)민족보다는 동족에 대한 애정으로 나타날 것이기 때문이다.

더구나 식민 침탈에 대한 뼈아픈 역사를 갖고 있는 민족이기에 더욱 그러하다. 그러니 기성세대에게는 위험한 것으로 보이겠지만, 북한을 대하는 그들의 감성적 태도는 지극히 자연스러운 변화인 것이다. 젊은 세대들이 자신들의 민족주의 성향에 진보라는 절대적 가치를 부여하기 시작하는 것도 그 때문이다. 상식적으로는 납득하기 어려운 북한 정권

에 대한 그들의 호의는 반복하지만 민족적 자부심의 확인이라는 맥락에
서 나온 것이다.

주류(主流)의 불감증(不感症)

이와는 달리 생존을 위해 반공(反共)과 친미(親美)를 양보할 수 없는 계
율로 삼아온 기성세대에게 북한은 지금까지의 성취를 한꺼번에 무너뜨
릴 수 있는 여전히 위험한 세력이다. 이미 한국전쟁으로 그러한 위험성
을 목격한 주류로서는 북한 지도층에 대한 신뢰가 없으며, 그들이 '악
(惡)의 축'이라는 말에 별다른 거부감을 갖지 않는다. 실제로 북한 정권
은 많은 수의 주민들을 아사(餓死) 상태에 몰아넣고서도 체제 찬양과 정
권 유지에 엄청난 비용을 쏟아 붓고 있는 것으로 알려져 있다. 그러하기
에 기성세대의 '레드 콤플렉스'는 젊은 세대와는 달리 해소되지 않고
여전히 집단 무의식으로 남아 있는 것이다. 그들에게 민족주의는 아직
까지 옥시덴탈리즘보다 더 멀리에 있다.

문제는 기성세대가 그러한 집단 무의식 속에 안주해왔다는 점이다.
이것은 두 가지의 부정적인 결과를 낳았다. 하나는 그들이 표방한 보수
적 가치가 현실 속에서 제대로 구현되지 않았다는 것이다. 분단 체제를
이유로 경쟁의 공정함과 분배의 정의가 등한시되었음에도 불구하고 이
를 바꾸려는 노력은 미미했다. 특히 'IMF 위기' 이후 심화된 빈부 격차
는 이러한 모순을 확연히 드러내는 계기가 되었고, 소외된 자들에게 우
리 사회의 '주류'에 대한 반감을 증폭시켰다. 다른 하나는 투표율 저조
로 나타나는 젊은 세대의 정치적 무관심을 과신했다는 것이다.

그리하여 젊은 세대가 '보수'라는 중성적 어휘 대신 '수구(守舊) 꼴통'
이라는 비판적 어휘를 동원하여 거세게 저항했음에도 불구하고, 그들의

힘을 그다지 높이 평가하지 않았다. 실제로 기성세대가 옹호한 보수주의의 가치가 젊은 세대의 진보주의 가치와 함께 우리의 현실과 국익(國益)을 위해 반드시 필요한 것임에도 이제는 낡고 부패한 것이라는 오명까지 뒤집어쓰게 만들었다.

다시 언급하지만, 우리가 해방 이후 반세기 넘게 추구했어야 할 보수주의 가치들, 예를 들면 자유민주주의에서의 최소한의 평등을 위한 약자 보호와 자본주의 시장경제에서의 공정한 경쟁 등은 아직 충분히 현실화되지 않았다. 이런 미완의 현실이 애초의 그 본질적 가치들마저 부정하게 만들어서는 안 된다. 이런 가치들은 지금껏 인류의 역사 속에서 증명된 최선의 것들이기 때문이다. 그러니 지금까지의 노력을 부정하고 방향을 바꿔야 하는 것이 아니라 우리가 이뤄온 것들을 신뢰하며 더 나아갈 수 있도록 해야 한다.

청년 문화의 한계

그래도 어쨌든 새 정권 출범과 함께 젊은 세대가 진보적이라고 주장하는 가치들이 보다 목소리를 높일 것이다. 경제에 있어서는 생산보다는 분배가, 통일 정책에 있어서는 기존 우방과의 협력을 통한 힘의 우위보다는 동포애에 호소하는 민족주의가 예상된다. 김대중 정권이 특정 지역의 피해 의식을 없애는 일에 있어 역사적 필연이 있었듯이, 젊은 세대를 대변하는 가치들 또한 우리 역사 속에서 검증된 바 없는 것이기에 당분간은 우리 현실에 들어맞을 수 있는지를 조심스럽게 지켜보아야 한다.

오히려 걱정스러운 것은 젊은 세대에 의해 진보적이라 주장되는 가치 그 자체보다는 그들이 보여줄 이후의 태도다. 그들에게 과연 관념으로서의 이상적 가치가 현실 속에서 검증되기까지의 짧지 않은 시간을 기다릴 인내심이 있으며, 또한 그것이 성공적인 결과로 나타나지 못했을 때, 그 사실을 인정할 만한 용기가 있는가 여부다. 이러한 우려는 이들 세대가 기성세대에 비해서 무책임할 수밖에 없다는 데서 나온다.

사실 우리의 청년 문화처럼 허약한 것도 찾아보기 힘들다. 부모의 전적인 과보호와 비효율적인 대학 제도가 우리의 젊은 세대를 전혀 생산 활동을 하지 않음에도 불구하고 구매력이 가장 높은 소비 집단으로 만들었기 때문이다. 부모들은 그들에게 과도한 용돈을 주고 있고, 대학은 그들에게 거의 무제한의 여가 시간을 내주고 있다. 기성세대가 일 속에서 성취의 땀을 흘려왔다면, 젊은 세대는 부모의 희생을 바탕으로 구매 자금과 여유 시간을 거저 얻어온 셈이다. 이를 통해 젊은 세대는 우선 TV와 대중문화를 점령했고, 인터넷 공간을 주무르며, 마침내는 자신들의 입맛에 맞는 대통령까지 만들어낸 것이다. 결과적으로 자신들의 원하는 것에다 개성, 가능성, 진보와 개혁 등등의 온갖 긍정적인 가치를 부여하는 데에 성공했다.

하지만 이들은 현실과 이상이 만나 행복한 결합보다는 훨씬 더 많은 파열음과 굴절을 보여줄 수밖에 없다는 것을 미처 경험하지 못했다. 한 여자 소설가가 적은 것처럼, 우리의 삶이 최선보다는 차선과 최악 사이에서 이루어진다는 것을 알지 못하는 것이다. 그래서 기성세대에게 여러 가지 면에서 도덕적 비난을 하고 있으나, 어떤 면에서 그들은 아직 타락할 기회(?)조차 갖지 못한 미숙아일 수도 있다. 그런데도 그들은 사회 속에서 아무런 책임도 지지 않은 채 자신들의 취향을 쉽게 진(眞)과 선(善)이라는 도덕적 가치로 절대시한다.[2]

---

[2] 몇몇 사회언어학자들이 젊은 세대의 의사 표현에서 "개인적으로", "솔직히" 등의 말이 불필요하게 많이 쓰인다는 점을 지적하고 있다. 모두 다 자신의 의견을 절대시하려는 의식·무의식적 표현이다.

이런 면모는 투표권을 갖는 성인이 되면 경제적으로 독립하는 것을 원칙으로 하는 서양의 젊은이들과 비교해볼 때 쉽게 드러난다. 일찍부터 자신의 경제적 삶을 책임져야 하는 훈련에 들어가는 그들의 성숙함에 비해, 결혼을 하고서도 부모에게 얹혀사는 것을 부끄러워하지 않는 우리의 젊은 세대가 상대적으로 무책임하다는 것은 부인할 수 없다.

독립을 하더라도 많은 경우 자신들의 자유를 위해서이며, 심지어는 그럴 경우에도 부모에게 경제적 원조를 바라는 것이 우리 주변의 현실이다. 책임은 지지 않으려 한 채, 누리기만을 꿈꾸는 미숙함에서 그들은 쉽게 벗어나지 못하는 것이다. 이런 비현실적 실존이 그들로 하여금 기성 정치인의 상징적 이념 조작에 자주 휘말리게 만들기도 한다.

서양에서는 사회복지 제도와 책임 의식을 강조하는 생활 방식으로 인해 장년과 노년층이 가장 부유하며, 시간 여유가 있고, 그 결과 구매력이 높다. TV를 비롯한 일상의 공간은 자연스럽게 노년과 장년층에게 맞춰져 있다. 서양의 젊은이들은 자신들의 독립에 책임을 지기 위해서 엄정한 현실과 부딪치느라 여유가 없다. 학교에서도 그리고 사생활의 공간에서도 그들은 죽기 아니면 까무러치기로 삶에 충실할 수밖에 없다.

그러니 시간과 돈의 여유 덕분에 일찍부터 온통 사회의 아양에, 심지어는 기회주의적 정치인들의 사탕발림에 노출되어 있는 우리의 청년 문화와 비교하여 그만큼 그들의 문화는 성숙하다. 자녀에게 유산을 남기는 대신에 기부를 하는 문화 또한 서양 젊은이들의 성숙함을 뒷받침하고 있다.

적어도 이런 점에서도 우리는 더 나아가야 한다. 미숙한 젊음이 주장하는 진보란 그것의 진정한 가치를 신뢰하기 어렵기 때문이다. 그들의 말을 액면 그대로 받아들여 진보가 도덕이 될 수 있으려면, 그것은 성숙한 존재만이 그려낼 수 있는 삶의 아름다움이어야 한다. 미숙한 존재의 맑음은 순수가 아닌 순진함일 뿐이다. 우리의 순진한 젊은이들이 자신들의 입맛대로만 현실을 주무르도록 내버려둘 수 없는 이유가 거기에 있다.

기성세대의 변화

물론 젊은 세대의 한계를 그들만의 문제라고 할 수는 없다. 적어도 기성세대의 주류가 그들의 미성숙을 용인하고, 때로는 조장해온 것도 사실이기 때문이다. "내 아이는 달라요"라는 야만적인 가족 이기주의는 분명히 기성세대의 잘못이다. 내 가족을 위해서라면 물불을 가리지 않은 맹목이 바로 부패의 면죄부가 되었으며, 사회 구성원 모두의 행복을 가로막은 가장 큰 장애물이 되었다. 그리하여 기성세대가 키워온 이기주의, 물신주의(物神主義), 권위주의는 서로가 서로를 먹이로 하여 급격한 자가 증식을 거듭했다. 그 둥지 뒤쪽의 어둠에서 자칫하면 낡은 이상주의가 매혹적인 독버섯처럼 자라날 위험이 있다. 이미 지난 20세기 내내 무수한 실패가 확인된 것임에도 불구하고 말이다.

그것을 피하기 위해서라도 우선 진보라는 것이 도덕적 선이 아닌, 현실이라는 양면(兩面)의 한 얼굴이라는 것을 확인시켜야 한다. 보수주의가 다른 한 얼굴인 것처럼. 따라서 보수주의의 가치와 보수적 현실 사이의 거리를 최대한 좁히려는 노력이 필요하다. 사회의 약자에 대한 배려, 다름에 대한 관용, 공동체에 대한 헌신, 즉 '노블레스 오블리제(noblesse oblige)'의 정신을 기성세대가 먼저 실천해 보여야 한다.[3] 그럴 때에야

---

3) 프랑스의 이 격언은 "지도층이 되려면 지도층으로서의 의무를 다해야 한다"는 뜻을 갖고 있다. 지난해 출판된 한 책은 우리의 전통 속에 이런 정신이 살아 있었음을 잘 증명하고 있다. 조용헌, 《명문가 이야기》, 푸른역사, 2001년.

자신들이 지키고 간직해온 보수주의적 가치가 낡고 타락한 것이 아니라, 더 노력해서 성취해야 할 하나의 지향점이라는 것에 대해 젊은 세대가 고개를 끄덕일 수 있을 것이다.

경쟁과 조화의 에너지

현실을 구성하는 여러 가지 제약 조건을 미처 많이 경험하지 못한 젊은 세대가 세계를 이상적으로 그리는 것은 어떤 면에서 당연하다. 동시에 생의 많은 한계와 굴곡을 경험한 기성세대가 상대적으로 보수주의를 지지하는 것도 마찬가지로 자연스럽다. 그것은 경영자와 노동자가 함께 공존하며 조화를 이룰 때 기업이 제대로 굴러가는 이치와 같다. 따라서 기성세대는 젊은 세대의 꿈을 가능한 한 이해하고 현실화될 수 있도록 도와주고, 동시에 젊은 세대는 기성세대의 경험과 지혜를 존중하여 있을 수도 있는 시행착오를 최대한 줄여나가야 한다. 그것이 조화의 이치다.

이런 이치를 받아들인다면, 지난 대선이 꼭 젊은 세대의 승리만도 아니며, 기성세대의 패배 또한 아니다. 진보주의는 아직 우리 현실에서 검증된 바 없기에 조심스런 시도를 해볼 필요가 있기 때문이다. 단지 그것이 전통과의 지나치게 급격한 단절이 됨으로써 지금껏 우리가 많은 희생을 치르며 쌓아온 성과를 헛되게 만들지 않도록 해야 한다. 우리의 현대사는 여러 가지 문제점을 드러냈음에도 불구하고 분명히 자유와 민주와 평등을 향해 놀랄 만한 발걸음을 보여주었고, 앞으로도 그러해야 하기 때문이다.

오히려 젊은 세대가 애써야 할 것은 정보화 시대의 기득권자인 그들이 사이버 정치에서 소외된 기성세대를 품어 안는 일이다. 인터넷을 자신들의 도덕적 우월성을 주장하고 동일성을 강화하는 배타적 공간이 아니라, 마당처럼 다양한 의견이 쏟아져 나오는 보다 더 열린 '판'으로 이끌어나가는 것 말이다. 이러한 성숙한 민주주의의 규범을 세워나간다면, 조만간 패자인 기성세대가 오히려 그들의 가장 든든한 지원자가 되기도 할 것이다. 그리하여 갈등으로서의 세대 단절이 아니라, 선의의 경쟁을 하는 주체로서 세대 사이의 조화가 이루어져야 한다. 그럴 때에야 비로소 우리의 청년 문화도 존재 의의를 획득할 수 있을 것이다.

민족주의의 두 얼굴

우리의 시선과 바깥의 시선

미군 장갑차에 의한 두 여중생 사망 사건은 노무현 당선자의 대미 입장 표명과 맞물려 증폭되었다. 그래서인지 촛불 추모 집회의 시작은 SOFA, 즉 주한미군지위협정의 개정 요구였지만, 지금은 민족 자주와 반미(反美)로까지 변모했다. 그 사이에는 북한의 핵을 둘러싼 한미(韓美) 간 불화와 주한 미군의 재배치 문제가 자리하고 있다. 공교롭게도 여러 가지 요인이 복합적으로 개입되어 있어서인지 지금의 이 논란이 어떻게 여기까지 오게 되었는지 쉽게 드러나지 않는다. 물론 시작은 문제의 장갑차를 몬 미군 병사들에게 내려진 미군 법정의 무죄 평결이다. 하지만 그 이전부터 이런 갈등과 논란의 싹이 없었던 것이 아니다. 동계 올림픽에서 미국 선수의 '할리우드 액션'으로 금메달을 놓친 아쉬움은 일과성

의 일이라 쳐도, 거듭된 미군 범죄와 미군 영내의 기름 유출 문제 등등
은 우리의 자존심을 건드리기에 충분했다. 따라서 보다 평등한 관계를
보장해줄 SOFA 개정의 요구는 충분히 있을 수 있고, 또 있어야만 하는
것이다.

그런데 이 논란이 벌어지고 있을 때, 프랑스의 한 신문은 다음과 같은
요지의 기사를 실은 적이 있다. "한국에서 학교 주변의 교통안전에 대한
의식은 대단히 낮다. 매년 적지 않은 숫자의 학생들이 '스쿨 존(School
Zone)' 안에서 자동차 사고로 죽거나 다친다. 그때 한국인들은 그 사고
에 대해 별다른 반응을 나타내지 않았다. 그런데 '스쿨 존'도 아닌 시골
의 한적한 도로에서 군사훈련에 동원된 장갑차에 두 여중생이 깔려 죽
는 사건이 일어났다. 해당 미군 병사들에게 미군 법정에서 무죄 평결이
내려지자 한국인들은 들고일어났다. 하지만 그 장갑차를 한국 군인이
몰았고, 한국의 군사 법정이 군사훈련이라는 특별한 상황을 고려하여
문제의 군인들에게 무죄를 선고하였다고 하더라도 이렇게까지 분노하
고 흥분했을까?"

물론 이 기사에 대해, 제1세계 제국주의자들의 공통적인 오만한 시선
이라는 비판을 퍼부을 수 있다. 그러나 문제는 간단치 않다. 프랑스는
이번 이라크 전쟁에서도 무기 사찰 시한 연장을 요구하며 미국에 반대
하는 입장을 밝혔고, 지난 반세기 넘도록 일관되게 미국을 견제해온 나
라 가운데 하나이기 때문이다. 미국의 일방주의와 패권주의를 국가적
차원에서 거부하고 있는 프랑스이기에 이번 사태에 대한 그들의 지적은
한번 귀담아들어볼 만하다. 오히려 식민 통치를 경험한 우리가 콤플렉
스에 가까운 민족 감정에 휘둘려 객관적 판단을 그르치고 있는 것일 수
도 있기 때문이다.

더구나 추모 집회가 거듭될수록 이민족인 미국에 대한 반감과 비례하

여 같은 민족인 북한에 우호적인 담론이 튀어나왔다. 통일이 되면 북한의 핵이 우리 모두의 것이 되니 좋은 일이 아니겠느냐, 북한은 전쟁을 일으킬 생각이 없는데, 미국이 자국 이익을 위하여 한반도에서 일부러 긴장 분위기를 조성하고 있다, 민족의 염원인 통일을 이루는 데에 있어 주한 미군의 존재는 장애물이라는 식의 주장 말이다. 과거에 수도 없이 도발을 일삼으며 우리를 위협했던 것은 물론이고, 요즘도 입만 열면, 적의 심장을 불바다로 만들겠다는 북한 정부의 공식 입장을 수없이 듣고서도 말이다. 혈맹으로 다져진 한미 관계에 대해서는 한없이 인색하게 낮춰 보면서, 반세기 넘도록 엄청난 인명을 살상하고 고통을 안겨준 북한에 대해서는 턱없이 관대한 이 기묘한 현상을 어떻게 설명할 것인가? 민족주의 말고는 다른 답을 찾을 수가 없다. 그런데 과연 민족 감정이 국가의 정책과 방향을 정하는 데에 있어 최우선의 판단 요소가 될 수 있는가?

민족과 국가

민족과 국가가 일치하는 우리의 경우 국가를 떠올림에 있어 민족 감정이 앞서는 것은 어쩔 수 없는 일이다. 늘 외침에 시달렸던 우리로서는 민족의 자존심을 회복하는 일이 무엇보다도 중요하기 때문이다. 게다가 지금의 분단 상황도 우리가 선택한 것이 아니다. 스스로 준비하지 못한 모자람을 잠시 접어두면, 어떤 면에서 일방적인 희생자인 것이다. 그러니 민족 통일은 절체절명의 과제처럼 보인다. 하지만 국가의 존립에 있어 민족 동질성의 추구가 반드시 보편적인 과정은 아니다. 다(多)민족, 다(多)인종으로 이루어진 신생국가 미국은 말할 나위도 없고, 상대적으로 오래 역사와 전통을 갖고 있는 유럽도 사정은 많이 다르기 때문이다.

예를 들어 프랑스의 경우, 국민의 성(Name)을 조사해보면, 프랑스계는 4분의 1에 불과하다. 나머지는 이민족인 것이다. 따라서 그들에게 민족 감정이란 대부분의 경우 국가 이익에 비해 부차적이다. 대서양 너머 캐나다의 퀘벡인들이 프랑스 이민자의 후손임에도 불구하고 통일을 말하지 않으며, 국경을 접하고 있는 벨기에나 스위스의 적지 않은 지역에서 프랑스어를 사용하고 있지만 그 주민들과의 동화를 꾀하지 않는 것은 그 때문이다. 게다가 나치즘과 파시즘을 경험한 서양인들로서는 민족 감정의 과잉은 경계해야 할 두려움의 대상이기도 하다. 그들은 같은 민족의 동질성 따위를 묻지 않는다. 국적(國籍)도 자국의 국토 안에서 태어나기만 하면 자동으로 부여되는 속지주의(屬地主義)를 택하고 있다. 이런 사정은 우리를 제외한 대부분의 국가에서 마찬가지다.

차이와 동일성

여기서 잠깐 내가 전해들은 이야기를 하나 적겠다. 필자에게는 유학을 하는 동안 여러 가지 도움을 준 외국인 친구가 하나 있다. 1970년대 후반 5년가량 한국에서 외교관 생활을 하였고, 한국을 좋아한 나머지 은퇴한 뒤에 고국으로 돌아가 대학에서 한국어를 배우고, 부인도 한국인을 얻은 프랑스 노인이다. 그가 프랑스인 친구를 만났을 때였다. 친구가 그에게 광화문을 아느냐고 물었다. 안다고 하니, 광화문이 월드컵경기장 근처에 있느냐고 또 물어왔다. 아니라고 하니, 그럼 그곳에서 응원을 하면 선수들에게 응원의 함성이 들리느냐고 물었다. 역시 아니라고 하니까, 그러면 응원하는 모습이 운동장 스크린에 비치기는 하느냐고 의아해하며 물었다. 경기 중의 운동장 전광판에 그 모습을 비출 수 있겠느냐고 반문을 하니, 그러면 왜 거기에 그렇게 많은 사람이 모여 응원을 했느냐고 물었다 한다. 유럽에서 그렇게 많은 수의 사람이 모인 것은 나치 전당대회 때를 제외하곤 없다는 말을 덧붙이면서 말이다.

물론 나는 지난여름 우리가 시청 앞 광장에 모여 한판의 축제를 즐긴 것을 두고 나치즘의 망령이 떠올랐다는 박노자 식의 지적을 옳다고 생각하지 않는다. 그것보다는 고통과 억압의 근대사 속에서 억눌려 있던 우리 민족 특유의 신명이 표출된 것으로 생각한다. 우리는 스스로 판을 벌려 축제를 벌였고, 아주 멋지게 그 속에서 하나가 되었다. 그 축제 속에 약간의 냄비 근성, 그리고 미분화된 군중심리가 들어 있을 수는 있다. 조금만 다르면 '왕따'를 시키는 비(非)관용의 나라에서 무의식적으로 집단을 쫓아가게 되는 동화(同化) 심리 말이다. 하지만 적어도 그 안에 억압은 없었고, 단 한 건의 불미스런 사고도 일어나지 않았다. 박노자의 모국 러시아는 물론이고, 제1세계 국가들에서도 패전 뒤에 훌리건들의 난동이 이어졌지만, 우리는 준결승전에서의 패배도 평화롭고 명예스럽게 받아들였다. 3, 4위 결정전에서는 상대국 터키의 대형 국기를 펼치며 그들에 대한 응원까지 아끼지 않았다.

하지만 그 순간 그렇게 많은 사람이 거리로 쏟아져 나온 것을 두고 억눌렸던 민족 자존심의 회복으로 설명하는 일도 충분히 가능하다. 세계 속에 당당한 주역으로서 자리 잡게 된 자신감이 아니라면, 불편을 감수하며 땡볕 아래 아스팔트 바닥에 나와 앉지 않았을 것이다. 그렇기에 단순한 스포츠 축제의 한 장면으로서가 아니라, 맹목적 민족주의의 유령이 되살아나는 일로 보는 것도 터무니없지만은 않다. 마찬가지로 그 자존심에 상처를 받은 것이 아니라면, 불쌍하게 죽은 두 소녀를 추모하기 위해 지난겨울 그 추위를 무릅써가며 찬바람 부는 광장에 그토록 많은 사람이 모이지 않았을 것이다. 그 자체로는 나쁜 것도 좋은 것도 아닌, 분명한 민족의식의 표출이다.

　문제는 그 민족의식이 맹목적인 하나 됨을 지향할 때 발생한다. 이미 반세기가 넘도록 헤어져 살아온 결과, 주변의 이민족보다도 더 커다란 차이를 안고 있고, 적대국으로서 서로 총부리를 겨누고 있음에도 불구하고 말이다. 격정의 이산 상봉 현장에서도 예외 없이 입만 열면 장군님의 은혜를 외치는 사람들과 하나라고 믿는 것은 눈물겨운 이해심이지만 지나친 순진함이 아닐까? 1950년의 한국전쟁도 그런 순진함이 극적으로 전도된 표현이 아니었을까? 우리는 어떻게든 하나여야 한다는 순진함 말이다. 한국전쟁 때야 바로 어제까지 하나였으니 그렇다 쳐도, 지금 남북한 사이의 이 엄연한 차이가 단지 같은 민족이라는 이유 하나만으로 해소되어야 한다고 믿는 것은 순진함을 넘어 광기(狂氣)에 가까운 동일성의 집착이다.

　따라서 그것보다는 남과 북이 엄연한 두 개의 국가임을 현실로 인정하는 일이 훨씬 더 지혜롭고 용기 있는 일일 것이다. 이산가족이 만나 눈물을 흘리는 일은 오래도록 헤어진 친구와 만나 흘린 눈물보다 특별히 더 감동적인 것이 아니다. 응원석에서 남북한이 하나가 되는 것 또한 있을 수 있는 자연스러운 일일 뿐, 그 이상도 이하도 아니다. 그것은 이민족으로 구성된 두 개의 국가 사이에서도 얼마든지 일어날 수 있는 일이기 때문이다. 그러한 감정적 교류를 내세워 무리한 통일의 당위성을 주장하는 것은 사안의 복잡함에 비추어볼 때, 이치에 맞지 않는다. 한때 고구려의 땅이었다는 중국의 만주와, 한때 우리에게 조공을 바쳤다는 일본의 대마도와 통일을 꿈꾸지 않듯이, 한때 같이 살았다는 북한과도 통일을 꿈꾸지 않을 수 있다. 별개의 국가로 얼마든지 평화롭게 서로 도움을 주며 살 수 있기 때문이다. 가난한 통일국가보다는 부유한 두 개의 분단국가가 더 나은 선택이다.

차이의 실리주의

세계사 속으로 눈을 돌리면, 이런 예를 얼마든지 볼 수 있다. 유럽의 많은 국가가 민족에 대한 집착을 버림으로써 평화를 유지하고 있기 때문이다. 실제로 덴마크와 스웨덴 그리고 노르웨이는 모두 바이킹의 후예로서 같은 민족으로 이루어졌다. 그런데 스웨덴은 한때 덴마크의 영토였으나 떨어져 나왔고, 노르웨이는 그 스웨덴의 식민지였으나 역시 20세기 초에 독립했다. 하지만 그들 사이에 통일을 위한 적대적 대치가 있다는 이야기를 들은 적이 없다.

물론 이런 유럽에서도 적대 행위가 아주 없는 것은 아니다. 민족적 동일성을 지향하는 곳에서는 예외 없이 발견되는데, 바로 스페인 북부의 바스크 지역과 영국령 북아일랜드가 그곳이다. 여기에는 민족 감정만이 아니라 빈부 격차와 종교의 차이 또한 중요한 요소로 들어 있지만, 그래도 가장 우선적인 것은 민족주의다.

민족 혹은 부족에 대한 집착을 버리지 못하는 아프리카의 국가들 또한 끊임없이 종족 분쟁과 국경분쟁을 겪고 있다. 검은 대륙의 갈등과 반목이 제1세계 제국주의 국가들이 저질러놓은 횡포의 결과인 것은 사실이다. 그렇지만 그것 또한 엄연한 현실이며, 해결의 열쇠는 아프리카인들 자신의 손에만 주어져 있다. 핏줄의 동질성을 추구하려다 살육과 배고픔의 길을 갈 것인가, 아니면 주어진 현실을 받아들여 평화와 번영의 길을 가겠는가? 선택은 자명하다. 실리를 추구하는 것 외에 다른 대안은 없기 때문이다.

선진국과 후진국을 가르는 가장 주요한 지표 중의 하나가 바로 그것이다. '다름'을 인정하는 다원화된 사회인가, 아니면 동일성을 지향하는 닫힌사회인가? 인종 문제가 적지 않은 골칫거리인 것은 분명하지만, 그럼에도 불구하고 세계 최강국인 미국이 바로 그 다원주의의 역동성을 잘 증명하고 있다. 오늘날의 미국이 그러하듯이 한때나마 세계를 이끌었던 나라를 보면, 한결같이 다원주의의 실리를 선택하였음을 알게 된다. 그들은 냉철한 현실주의자였지, 순진한 낭만주의자가 아니었던 것이다. 그런 면에서 승자학(勝者學)의 출발은 철두철미한 실리 추구에 있다 할 것이다. 국가의 존재 이유는 부국강병이며, 국가의 흥망성쇠가 걸린 일에 있어서는 휴머니즘의 도덕조차도 실리가 있기에 선택하는 것이다.

미국과 북한 사이

그렇다면 답은 분명하다. 지난 반세기 넘도록 우리의 후원자이자 협력자였던, 그리고 앞으로도 오래도록 세계를 이끌어나갈 최강국 미국과 우호적인 관계를 맺을 것인가, 아니면 시대착오적인 이념을 붙들고서 세계에서 가장 폐쇄적이고 낙후된 우상숭배 국가로 남아 있는 북한을 선택할 것인가? 물론 이 둘 사이에 미국과 대등한 관계를 정립해야 한다는 당연한 사회적 욕구와, 동족의 비참한 현실을 외면하지 않는 따듯한 가슴이 필요한 것은 사실이다. 민족주의의 맹목성 대신 우리가 지혜를 모아야 하는 것은 바로 그 대목이다. 미국과 대등한 관계를 맺기 위해서도 좀 더 강해져야 하며, 오래전 궁핍의 시절에 우리가 원조를 받았듯이 여전히 기아선상을 헤매고 있는 국가 북한을 도와주기 위해서라도 우리는 좀 더 강해져야 한다. 그리고 그런 강성부국이 되기 위해서라도 미국과의 협력은 반드시 필요하다.

따라서 최근의 반미 움직임은 좀 더 지혜로워질 필요가 있다. 그것은 정부가 미국과의 협상에서 긴요하게 쓸 수 있는 카드가 되어야 한다. 친북(親北)으로 비쳐 부담이 되어서는 안 되는 것이다. 주한 미군의 존재 또한 마찬가지다. 나라가 부유해지기 위해 경제적 자원이 필요한 것은 상식이다. 지난 50여 년 우리는 미국의 방위 우산 아래서 경제 부흥에 전념할 수 있었다. 구소련이 고맙게도 동유럽 국가의 발목을 잡고 있는 사이, 우리는 세계 10위권의 경제력을 갖게 되었다. 하지만 인적 자산을 제외하고는 아무런 자원이 없는 우리로서는 계속해서 앞으로 나아가야 하고, 그 밖에 다른 대안이 없다. 그게 우리에게 주어진 운명이다. 그 길에서 미국과의 협력이 필수적임은 물론이다.

그리고 설령 통일이 이루어진다 하더라도 우리는 한때 적성 국가였던 중국과 러시아와 국경을 마주하게 된다. 바다 건너로는 식민 통치의 쓰라린 역사를 안긴 일본이 있다. 방대한 영토와 자원 그리고 인구를 가진 그들과 맞설 국토방위 자원을 전적으로 혼자서 떠맡을 것인가? 할 수만 있다면, 미국의 군사력을 방패 삼아 우리의 부를 늘려가는 일에 집중하는 것이 지혜다. 작지만 강한 나라가 되기 위해서라도 용미(用美) 외교는 필수인 것이다. 세계화의 핵심이자 국력의 척도 가운데 하나가 바로 국가 간의 우호 관계 정립이다. 국가의 자존심이란 우리끼리 사는 데 있는 것이 아니라, 세계 속에서 더 강한 나라를 만드는 데 있다. 우리끼리 살자고 '자주'를 내세우다 국민을 굶어 죽인 바로 곁의 북한을 쫓아갈 수는 없다.

지나간 우리 역사 속에는 대의명분만을 쫓다 나라를 위기에 빠트린 예가 몇 번 있다. 명나라와 청나라 사이에서 실리 외교를 펼치던 광해군을 쫓아내고, 사대부들만의 의리와 도덕을 내세우다 처참하게 유린당한 병자호란의 치욕이 그 대표적인 예다. 그런 실패는 과거의 것으로 족하다. 그래서 만약 어느 하나를 편들어야 한다면, 나는 이념을 좇아 자진 월북한 내 친고모의 고국이자 나와 같은 민족의 국가 북한보다는, 일가붙이 하나 없는 이민족의 국가 미국을 택하겠다. 미국이 더 이상 필요 없어질

만큼 우리가 강해지기까지는 말이다. 그러니 질문을 바꿔야 한다. 북한을 도울 수 있는 길로 나갈 것인가, 북한과 함께 도움을 받는 위치로 전락할 것인가? 한민족이라는 정체성보다는 극한의 궁핍에서 오늘날의 상대적 풍요에 이른 나의 조국 대한민국이 더 소중하기 때문이다.

교육과 위험한 평등주의

철학의 부재

몇 번의 논란 끝에 새로운 교육부 총리가 임명됐다.[1] 그만큼 교육제도
와 정책을 둘러싼 이해 당사자들이 많고, 국민의 관심이 지대하기 때문
이기도 하며, 또 지난 대통령 선거에서의 승리에 따른 논공행상의 목소
리도 적지 않게 들어 있음을 증명한다. 이런 여러 가지 요구 사항을 만족
시키는 인물을 찾기란 쉽지 않았을 것이다. 그래서일까? 새로운 정부 아
래서도 교육정책이 오락가락할 것만 같은 불안감이 벌써 고개를 쳐든다.
다른 각료들이 정해지고도 며칠을 더 끈 끝에 간신히 선정된 분이 처음
부터 자신이 한 말을 주워 담아야 하는 상황이 벌어지는 것을 보면 말이

---

1) 노무현 정부의 윤덕홍 초대 교육부 총리.

다. 개혁은 말로 이루어지는 것이 아니다. 실제로 개혁을 내세웠던 김대중 정부에서 대북(對北) 정책과 함께 가장 많은 비판을 받은 분야 가운데 하나가 교육이다. 특히 초대 수장(首長)을 지냈던 사람은 대학 입시 파동과 맞물려 '이해찬 세대'라는 신조어(新造語)를 낳으며 교육기관 종사자들이나 학부모들에게는 혐오와 환멸의 대상이 되기도 했다. 그가 가졌던 개혁에 대한 의지와는 무관하게 오히려 혼란만 남긴 것이다. 어쨌거나 교원 수급 현황을 예측 못 한 갑작스런 정년 단축, 현실을 무시하고 서양의 모델을 쫓아간 입시 제도, 강제에 가까운 학부제 시행, 졸속 집행과 사후 감독 소홀로 여론의 도마 위에 오른 BK21 사업 등등, 교육 분야에서의 김대중 정부가 어질러놓은 문제는 한두 가지가 아니다.

그 가운데서도 가장 커다란 문제는 교육에 철학이 없다는 것이다. 오래도록 우리의 교육 이념은 '홍익인간(弘益人間)'이었다. 그런데 너무 거창한 나머지 이제 더 이상 현실성을 갖지 못하는 이 구호로는 21세기의 새로운 인간을 길러낼 수 없게 되었다. 거기에다 직접적 효율성을 강조한, 김대중 정부의 '신지식인' 논의까지 가세해 교육목표에 혼선을 가져왔다. 다시 말해서 공허한 이념과 과도한 효용성 집착 사이에서 우리의 교육철학은 자리를 잡지 못하고 떠돌게 된 것이다. 아니나 다를까? 그 허황함에 가려 공교육은 불신 당하고, 교육 종사자의 이미지는 끝 간 데 없이 추락했으며, 학교는 입시를 위한 도구에 불과한 장소가 되어버렸다. 우리 교육이 지향하는 목표가 무엇인지 보이지 않는다는 말이다. 제대로 된 철학이 없으니, 예를 들어 네덜란드처럼 '건강한 시민 양성'과 같은 구체적인 프로그램이 나오질 못한다. 네덜란드는 실제로 교육 제도를 통해 사회체육에 힘쓴 나머지 작은 나라임에도 불구하고 유럽에서 최고 수준의 스포츠 강국이 되었다. 단순히 국제대회에서 몇몇 선수의 메달 획득을 말하는 것이 아니라, 국민들의 체육 활동과 그로 인한 건강 유지 그리고 공정한 경쟁과 협동 등의 스포츠 정신을 통한 건전한 시민 정신의 함양을 말하는 것이다. 반면에 우리의 교육은 철학이 없기 때문에 입시라는 욕망의 괴물에 늘 휘둘릴 수밖에 없다.

경쟁을 통한 자원 확보

그런데 흔히 오해하는 것과 달리 입시 경쟁 그 자체가 나쁜 것은 아니다. 오히려 경쟁을 통해서 각 개인의 능력을 고양시키는 것이 교육의 목표이기도 하다. 이 점은 다른 나라에서도 마찬가지다. 미국의 명문 대학에 들어가기 위해서는 우리의 입시 지옥 못지않은 어려운 관문을 통과해야 하며, 프랑스에서도 '그랑제콜(Grandes Ecoles)'이라 불리는 특수 학교에 들어가기 위해서는 엄청난 경쟁을 뚫어야 한다. 그리고 그런 경쟁을 통해서 선발된 우수한 인적 자원에 대해서는 국가와 사회의 명운(命運)을 걸고 보호 육성한다. 교육에서 경쟁이 존재하지 않는 곳이란 없으며, 있다면 저 행복지수 세계 1위라는 방글라데시의 가난과 무지(無知)가 있을 뿐이다. 문제는 그 경쟁이 보다 효율적인 것이 되어야 한다는 점이다. 다양한 관점에서 능력 있는 인재를 선발하고, 그 인재들이 우선 자신을 위해, 그리고 나아가서는 국가와 사회를 위해 능력을 발휘할 수 있도록 이끄는 것이다. 요즘 유행하는 말로 하자면, 차별은 없어야 하지만 차이는 분명히 있어야 고된 경쟁을 이겨내려는 동기가 부여된다.

실제로 국권 침탈과 한국전쟁을 경험한 뒤 폐허 위에서 반세기 만에 지금의 자리에 오를 수 있었던 것은 전적으로 교육 덕분이었다고 해도 과언이 아니다. 여기에는 우선 배움을 중시한 우리의 전통적인 유교 문화가 원동력으로 작용했다. 그러나 보다 직접적으로는 식민 지배와 분단을 겪으면서 해체된 신분제도 속에서 교육만이 사회 상층부로의 계층

이동을 가능케 했다는 점을 잊어서는 안 된다. 글을 깨우치고 외국어를 구사하는 단순한 지식으로부터 어렵사리 마친 고등교육과 유학에 이르기까지 교육을 통해 얻은 것을 바탕으로 신분 상승이 가능했던 것이다. 그러니 우선 자신과 가족을 위해서라도 모든 역량을 교육에 투입해야 했던 것이다. 그 결과로 우리는 세계에서 유례없이 좋은 인적 자원을 확보할 수 있게 되었다.

사실 우리는 불행하게도 국가 발전을 위한 별다른 자원을 갖고 있지 못하다. 요즘 한창 문제가 되고 있는 석유와 같은 연료도, 고(高)부가가치를 창출하는 지하자원도 없으며, 그렇다고 유럽의 관광 대국들처럼 조상이 남겨준 특색 있는 관광자원이 있는 것도 아니다. 오직 있는 것이라곤 노력하면 이룰 수 있다는 의지와, 그 결과로 양산된 우수한 인적 자원뿐이다. 바로 그것을 가능케 한 것이 교육이다. 따라서 교육은 우리에게 국가와 민족의 사활이 달려 있는 문제라 할 수 있다. 실제로 요즘 우리 경제를 떠받치고 있는 국가 기간산업인 반도체와 IT제품 그리고 조선업과 자동차 등은 모두 그러한 우수한 인적 자원 없이는 불가능한 것이었다. 이 땅의 부모들의 저 유별난 교육열이 바로 국가 발전의 초석이었던 것이다. 그러니 우리에게 입시 경쟁은 어떤 면에서 반드시 필요한 것이며, 교육철학은 양질의 인적 자원 확보라는 관점을 전제하고 세워져야 한다.

자율의 역동성

그러기 위해서는 인재 선발 권한을 교육 주체에게 돌려줘야 한다. 중등교육이 되건, 고등교육이 되건, 교육 주체가 책임지고 인재를 선발하여 교육시킬 수 있는 환경을 마련해줘야 하는 것이다. 여러 가지 단서

조항이 붙겠으나 어쨌든 다양한 방식의 중·고등학교 입시를 부활시키고, 등록금 책정을 학교 자율에 맡기며, 학생 선발 방식도 자율에 맡기고, 대학에 기부금 입학을 허용하는 일 등이 검토되어야 한다. 교육부는 그 과정에서 개별 교육 주체들의 행정이 투명하고 공정하게 집행되는지를 감독하는 것으로 충분하다. 비대한 관료제보다는 자유로운 경쟁이 훨씬 효율적이라는 점은 이미 공산주의와 자본주의 사이의 완결된 싸움에서 입증되지 않았는가.

그런데 새 정부에서도 그럴 가능성은 그다지 없어 보인다. 여전히 개혁이라는 이름 아래 갖가지 권한을 교육부가 가질 것이기 때문이다. 게다가 지난 대통령 선거에서 어느 정도 논공행상의 자격을 얻었다고 생각하는 전교조와 같은 개혁 표방의 교육 단체들은 우수한 인적 자원의 확보보다는 계층 간 위화감 해소 따위의 평등 문제에 더 집착하고 있다. 심지어는 기존의 학교 경영자들을 불신하며, 행정권을 써서라도 학교의 자율성을 제한하려는 움직임까지 보이고 있다. 얼마 전에 교육부 총리 후보에 올랐던 한 대학교의 총장도 바로 '기여입학 제도' 반대라는 그들의 주장에 희생되었다. 또 다른 한 대학교의 총장도 특정 명문 고에 명문 대학 출신이라는 점만으로도 그들로부터 상당한 모욕적 언사를 들어야 했다. 개혁을 내세운 사람들에게는 자율의 역동성을 바탕으로 한 우수한 인재 확보를 통한 국가 발전보다는 지금 당장의 심리적 만족감이 우선하는 것이다. 이것은 우선 세계적 추세인 작은 정부를 거스르는 행위로서 결국은 교육을 관료적 비대화의 제물로 만들 위험이 있다.

기계적 평등주의의 위험

실제로 사회주의 성향이 강하여 대학까지 의무교육 제도가 정착된 프랑스에서 교육부의 비대화와 비효율성에 대한 지적은 오래전부터 있어 왔다. 그나마 초·중등 교육은 유지되고 있으나, 이미 프랑스의 대학 교육은 황폐화되었다. 늘어나는 학생 숫자와 그를 따라가지 못하는 대학의 시설 투자는 양질의 교원이 해외로 유출되는 결과를 낳았다.[2] 심지어는 프랑스 문학을 제대로 공부하기 위해서는 미국으로 가야 한다는 말이 나올 정도다.[3] 그래서 우파 정부가 집권할 때마다 어느 정도의 교육비용을 수혜자가 부담하는 것으로 정책을 바꾸고자 하였으나 그때마다 엄청난 저항에 부딪쳐 제대로 시행되지 않았다. 그 사이 진퇴양난의 딜레마에 빠져 프랑스의 대학은 1980년대 이후 이전의 활기를 잃고 시들어가고 있다.[4] 우리보다 훨씬 나은 경제력을 가진 프랑스의 경우가 이러함에도 불구하고, 지난 대통령 선거에서 한 진보 진영의 후보는 대학의 무상교육을 공약으로 내걸기도 하였다. 그 이상은 이론상으로는 아름다운 것일지 모르나 현실을 전혀 고려하지 못한 망상이다. 더 냉정하게 말하자면 미필적 고의성을 띤 사기다.

이 점은 초·중등 교육에 있어서도 마찬가지다. 자본주의의 본산 미국은 물론이려니와 프랑스에서도 상당한 액수의 등록금과 기숙사비를 지불해야 하는 사립학교는 엄연히 존재한다. 좋은 학교를 가기 위한 과외 수업도 있다. 좋은 환경에서 수준 높은 교육을 받게 하려는 부모의 마음은 당연한 것이며, 능력에 따라 그런 교육을 받게 할 권리가 학부모에게

---

2) 1960년대 후반에 조성된 파리 10대학 캠퍼스는 파리에서 유일한 대학 캠퍼스다. 당시에는 5천 명을 예상하고 조성되었는데, 현재는 2만 명을 훌쩍 넘는 숫자의 학생들이 다니고 있다. 강의실이 모자라 대학원 수업이 바닥에 앉아 진행될 정도다.

3) 미국의 동부 명문 예일 대학에서 발간하는 저널 《Yale French Studies》는 불문학 분야에 있어 세계 최고의 학술지다. 프랑스 현대시의 시조인 《악의 꽃》의 시인 보들레르 연구자들은 미국 테네시 주 내쉬빌에 위치한 밴더빌트 대학의 '반디Bandy 연구소'에 가 공부하는 것이 꿈이다.

4) 경제학에서의 조절이론과 인문학에서의 구조주의 이후 프랑스에서는 새로운 학문 조류가 나오지 않고 있다.

는 있다. 냉혹한 경쟁이 기다리고 있는 세계사의 주역으로 성장해야 할 당사자인 학생은 물론이고. 그런데도 불구하고 진보적임을 자처하는 사람들은 계층 간의 위화감을 들먹이며 능력 있는 인재 양성이라는 국가적 과제의 발목을 잡고 있다. 그들이야말로 낡은 가치관에 사로잡힌 수구세력들이자, 경쟁에서 도태될 나약한 패배자들인 것이다.

공교육의 외면

그러한 평등주의가 교육 현장에서 목소리를 내는 동안 공교육은 거의 궤멸되다시피 했다. 능력 있는 학생들은 학습 의욕을 잃고, 사교육에 호소하고 있으며, 그것도 성에 차지 않은 학생들은 자기 능력 계발을 위해 국경을 넘어 떠나고 있다. 국경이 무의미해진 이 전 지구적 단일화의 세계 속에서 우리가 낙후된 교육 시스템을 고수하는 사이 매년 무역 수익의 절반 가까이 되는 돈이 조기 유학과 어학연수, 그리고 해외 유학과 직무 연수 비용으로 지출되고 있는 것이다.[5] 국부(國富)의 엄청난 유출인 셈이다. 그런데 더 무서운 점은 교육 시스템이 정비되지 않는 한 이 비용은 더 늘어날 것이며, 결코 해결될 수 없다는 것이다. 게다가 자본 유출을 넘어 유일한 자원인 인재의 손실로까지 이어진다는 점을 생각하면, 이것은 거의 국가적 재앙에 가깝다. 배 아픈 일이 눈앞에서만 벌어지지 않으면 그만이라는 식의 근시안적 사고가 국가의 몰락이라는 결과를 가져올 수도 있는 것이다.

이 난제를 풀기 위해서는 다른 해결책이 있을 수 없다. 초·중등 교육

---

5) 2003년 2월 20일자 〈동아일보〉 경제 1면의 보도에 따르면, 지난해 유학 경비는 총 45억 8천만 달러로, 우리가 무역 흑자로 벌어들인 108억 달러의 42.4퍼센트를 차지했다고 한다. 여기서 직무 연수로 사용된 3억 6천만 달러를 제하더라도 그 액수는 40퍼센트에 가깝다.

을 이원화하여 사립학교에서 경제적 능력에 상응한 고품질의 교육이 이루어질 수 있도록 할 것이며, 중·고등학교의 입시를 부활하여 학습 능력에 맞는 교육을 받도록 하고, 마지막으로 대학에 기여입학 제도를 도입하여 시설 투자에 필요한 재원을 확충할 수 있도록 해야 한다. 그리고 모든 입시는 자율적으로 하되 그 결과에 책임지는 제도를 만들면 된다. 그러면 사립학교에 대해 지원하던 재원을 공립학교로 돌림으로써 공교육의 질적 향상도 꾀할 수가 있을 것이다. 최적의 교육 여건을 제공하고, 그 속에서 최고의 인적 자원을 얻을 수 있는 길은 이처럼 의외로 단순하다. 치졸한 기계론적 평등주의만 제거하면 되는 것이다. 그것은 결국 국부의 해외 유출을 막음으로써 우리 경제의 내실을 다지는 데에도 기여한다. 이 점 교육 시스템이 잘 갖추어진 나라들이 거꾸로 우리 유학생들을 통해 손쉽게 벌어들이는 외화를 생각하면 반박의 여지가 없을 것이다

시민 정신 교육

물론 치열한 경쟁만이 유일한 길이냐는 항변의 목소리가 나올 수 있다. 하지만 미리 답하자면, 분명히 그렇다. 앞에서 이미 언급했듯이, 우리가 가진 것이라고는 고품질의 인적 자원이 전부이기 때문이다. 단지 여기에는 전제가 하나 있다. 시민 정신에 대한 철저한 교육이 이루어져야 한다는 점이 그것이다. 공정한 경쟁 속에서 약자를 보호하고 배려하는 성숙한 승리자가 바로 우리 교육이 지향해야 하는 철학의 한 모습이다. 우선 공정한 경쟁이란 무조건적인 평등을 의미하지 않는다. 각자에게 주어진 환경과 습득한 능력에 따른 성취가 바로 공정이다. 현실로부터 출발하여 더 나은 삶을 꿈꾸는 그것은 차별은 거부하나 차이는 오히

려 존중하는 정신이다. 이 차이가 자기 계발을 위한 노력의 계기가 되기 때문이다. 그리고 약자를 보호하고 배려하는 정신은 자부심의 표현이다. 승자로서 존중받고 누리는 것을 다시 사회에 환원함으로써 진정한 엘리트로 태어나는 일이다. 그것이 많은 우여곡절에도 불구하고 결국 승자로 살아남은 자본주의의 진정한 정신이다.

사실 우리의 시민사회의 역사는 짧다. 더구나 스스로 그 사회를 쟁취한 것도 아니다. 근대화가 어느 정도 주어진 것이듯이 근대 시민사회의 이념도 몸으로 육화(育化)되는 경험 없이 교과서를 통해 지식으로만 습득된 것이다. 그래서 말로는 천박한 자본주의를 비난하면서도 행동은 그에 못지않게 더 천박하다. 차이에 대한 존중 그리고 약자에 대한 보호와 배려는 그래서 더욱 절실하다. 그것이 바로 진정한 개혁이며 진보다. 차이에 대한 존중 없이 자기와 다른 것은 다 적이며, 타인에 대한 배려와 보호의 정신이 없어 합리적인 토론조차 못하는 사람들이 말로만 떠드는 개혁은 오히려 성숙한 시민사회의 일차적 장애물이다. 그러니 교육은 기계적 평등주의의 동일성에 집착하는 미숙한 의식을 깨우고, 차이의 다양함을 향해 더 나아가야 한다.

국내적으로는 이해관계가 부딪치는 냉혹한 현실이며, 세계사 속에서는 절체절명의 싸움이고, 전체 인간의 관점에서는 사랑의 자리인 교육의 복합성에 대한 인식 속에서 새로운 세기의 교육을 이끌어나갈 우리의 교육철학이 탄생할 수 있을 것이다. 새 정부의 교육부 총리에게 주어진 과제는 바로 여기에서 출발한다.

공허한 도덕주의

전쟁과 평화

쉽게 제어되지 않는 인간의 욕망, 다양한 민족, 상이한 종교 등등의 여러 가지 요인으로 인해서 인간의 역사에는 늘 전쟁이 있어왔다. 그래서 반전(反戰) 운동의 목소리가 설득력을 얻는 것도 사실이지만, 그럼에도 불구하고 전쟁이 계속된다는 것도 마찬가지로 사실이다. 전쟁을 불러일으키는 요인들이 사라질 가능성이란 전혀 없기 때문이다. 물론 전쟁이 없으면 최상이다. 그러한 이상(理想)을 모르는 것이 아니다. 하지만 많은 사람의 노력에도 불구하고 욕망은 제 갈 길을 가고 말며, 민족 감정은 수시로 타오르고, 평화의 종교는 어느 순간 증오의 풀무로 몸을 바꾼다. 함께 이불을 덮고 자는 부부 사이의 싸움도 끊이질 않는데, 하물며 국적이 다르고, 피부색이 다르며, 종교가 다른, 피 한 방울 섞이지 않은 사람들 사이에서 싸움이 없길 바라는 것은 지나치게 순진한 생각이다. 단지 그 싸움이 가급적 적게 일어나기를, 일어나더라도 무고한 희생자가 적게 나오길, 그리고 더 큰 전쟁으로 확대되지 않고 빨리 끝나기를 바랄 뿐이다.

그래서 평화를 갈구하는 목소리는 때때로 그 절박함에도 불구하고 공허하다. 영원한 반전 평화란 불가능한 이상이기 때문이다. 게다가 모든 전쟁이 이유가 있는 것은 아니지만, 그렇다고 전쟁이 다 나쁘다고 말할 수도 없다. 나치즘에 대항한 미국의 제2차대전 참전은 옳은 것이며, 공산주의의 확산을 막고자 많은 희생을 치른 한국전쟁에의 참전 또한 옳은 일이었다. 그 전쟁이 없었다면 유럽의 민주주의는 지켜지지 못했을 것이고, 오늘날 자유민주주의 체제를 살고 있는 우리 또한 존재하지 않을 것이다. 그러니 어떤 전쟁은 불가피한 것이다. 그리고 하나의 전쟁을 놓고서도 입장이 달라질 수 있다. 미국의 아프가니스탄 전쟁은 아랍 진영에게는 침략 전쟁이겠지만, 포악한 탈레반의 회교 근본주의에 짓눌려 모든 권리를 빼앗기고 살아야 했던 아프간 여성들에게는 해방 전쟁이다.

따라서 모든 전쟁을 반대한다는 것은 휴머니즘이라는 근사한 포장지에도 불구하고 실질적인 내용은 없는 공허한 구호에 가깝다. 한 예를 들어, 피카소가 뛰어난 예술가인 것은 맞지만, 반전 주장을 공공연하게 화폭에 옮기던 시절의 피카소는 정치적으로는 올바르지 않았다고 할 수 있다. 그는 한국전쟁 기간 동안의 미국의 민간인 학살에 대해 비판하는 그림을 그렸지만, 같은 시기에 같은 장소에서 벌어진 공산주의의 폭력에 대해서는 눈을 감았다. 따라서 그의 반전 입장은 그 휴머니즘이라는 이상에도 불구하고 반드시 옳은 것은 아니다. 그는 스페인 내전에서 프랑코에 의해 짓밟힌 공화파 지지자였던 데다, 한 시절 공산당원이었기에 자본주의의 대변자인 미국을 비판했던 것뿐이다. 한 예술가의 천진한 이상주의를 꼭 잘못되었다고 말할 수는 없으나, 그래도 피카소의 처신이 미숙한 것이었음은 분명하다. 이처럼 전쟁과 평화의 주장이 반드시 선과 악으로 명확하게 나뉘는 것은 아니다. 그것이 불완전한 인간 세계의 양면성이다.

이라크 전쟁 파병 논쟁

말 많던 이라크 전쟁도 이제 미·영 연합군의 승리로 굳어가고 있다. 한쪽에게는 해방 전쟁이었고, 다른 한쪽에게는 침략 전쟁이었던 이 모호한 사안을 두고 전 세계적으로 반대와 지지의 목소리가 혼란스럽게 터져 나왔다. 물론 연합군의 주축인 미국과 영국은 전쟁 지지의 목소리가 많았으나, 그 밖의 나라에서는 반대의 목소리가 훨씬 높았다. 특히 공공연하게 미국의 세력 확대를 견제해온 프랑스와 같은 유럽 국가들에서는 사정이 심각했다. 처음에는 은근히 반미 시위를 부추기던 프랑스 정부가 부랴부랴 나서서 그 분위기를 진정시켜야 할 정도였다. 심지어 참전 국가인 호주에서는 시위가 폭력의 양상으로 나타나기도 했다.

그러한 사정은 이 땅에서도 마찬가지다. 적지 않은 사람들의 반대에도 불구하고 노무현 정부는 공병 부대와 의무 부대를 이라크에 파견하기로 결정하였고, 우여곡절 끝에 의회는 이를 지지하였다. 하지만 아직도 상당수의 시민 단체들은 파병을 반대하고 있다. 학생들은 파병반대를 위한 동맹휴업을 결의하고 있고, 노동단체들은 심지어 총파업 계획까지를 들고 나오기도 했다. 여기에 조금은 놀랍게도 교수들까지 합세하였다. 대학 캠퍼스에서 교수와 학생들이 한목소리를 내는 드문 현상이 벌어진 것이다. 비록 연합군의 승전이 확실시됨에 따라 그 목소리가 많이 약해지기는 하였지만 말이다.

사실 이 논란을 자세히 들여다보면, 우리가 스스로 상이한 입장을 피력하며, 그 입장의 정당성을 증명하고자 애쓰는 선진 민주정치의 단계에 들어선 것이 아닌가 하는 생각이 들기도 한다. 두 가지 입장 모두가 다 근거가 있기 때문이다.

우선 파병 반대자들의 주장에는 도덕적 정당성이 있다. 이 나라의 신성한 군대가 침략과 학살에 동원될 수 없다는 것이다. 유엔의 승인이 없는 일방적 전쟁에 참여하는 것이 옳지 않다는 그 주장은 일리가 있다. 거기에다 다른 아랍 진영과의 관계, 전쟁에서 어쩔 수 없이 발생하는 교전국 이라크의 민간인 피해를 생각하면, 선뜻 우리의 군대를 내보내기 어렵다. 특히 그러한 침략을 용인하고 나면, 이후 미국의 북한에 대한 적대 정책을 반대할 명분이 없다는 주장은 나름대로 설득력이 있다.

그렇다고 파병 지지자들의 주장이 그른 것도 아니다. 우선 오랜 동맹 관계를 맺고 있는 미국의 요청을 거부할 수가 없기 때문이다. 한미상호 방위조약에 따르면, 어느 한쪽이 전쟁 상황에 처하였을 때, 다른 쪽에서 곧바로 자동 참전하여 상대방을 지원하게 되어 있다. 불과 반세기 전에 끔찍한 전쟁을 벌인 북한과 임시 휴전 상태에 놓여 있는 상황을 감안하면, 이 조약을 어기는 일은 심각한 결과를 초래할 수가 있다. 그리고 어쨌든 이라크의 통치자 사담 후세인은 국제사회가 금지하고 있는 대량 살상 무기로 주변국 이란과 자국 내의 이민족인 쿠르드족을 무참히 학살한 위험한 인물이다. 게다가 비밀경찰 기구를 통해 엄청난 숫자의 국민들을 고문, 감금, 폭행, 학살해온 무자비한 독재자다. 국제사회의 시한폭탄인 그를 제거하겠다는 연합군 측의 주장에도 충분한 도덕적 근거가 있는 것이다. 또 무엇보다도 이번에 나서서 외로운 미국을 돕지 않으면, 북·미 대립과 갈등을 풀어나가는 데에 있어 우리의 독자적 목소리를 내기 어렵다는 곤혹스러움도 그 안에는 들어 있다. 그러니 파병 지지

자들의 시각에서 보면, 결코 명분 없는 전쟁이 아니다. 우리의 안보 상황을 고려해서라도 그렇고, 앞으로 미국과의 관계를 원만히 풀어나가기 위해서라도 파병이 이루어져야 한다는 실리적 주장 또한 만만치 않은 설득력을 갖고 있는 것이다.

유엔과 이라크 전쟁의 성격

사실 이러한 상반된 주장이 저마다의 근거를 갖는 것은 그만큼 이번 전쟁의 성격이 단순하지 않다는 것을 증명한다. 우선 이번 전쟁이 유엔의 승인을 얻지 못했다는 것이 가장 큰 논란거리다. 석유 자원 확보를 위한 연합군 측의 일방적인 전쟁이라는 것이다. 하지만 사정을 들여다보면 그렇게 간단한 문제가 아니다. 실제로 안전보장이사회에서 프랑스와 러시아, 중국은 공공연하게 미국과 영국의 결의안에 찬성하지 않을 것임을 표방했다. 그런데 그들은 지난 1991년의 걸프 전쟁 이후 이라크의 석유 채굴권을 어느 정도 확보한 국가들이다. 따라서 새롭게 미국과 영국이 그들의 이권이 걸린 영역을 뚫고 들어오는 것을 받아들일 수가 없는 것이다. 그러니 미국과 영국 입장에서 그들의 동의를 얻고자 마냥 기다릴 수만은 없는 형편이었다. 결과가 뻔한 유엔의 결정 앞에 순순히 따를 수도 없었다. 연합군의 입장에서 보자면, 전쟁을 반대한 국가들이 유엔의 권위를 빌어 오히려 일방적인 태도를 취한 것이다.

게다가 유엔은 지난 걸프 전쟁에서 사담 후세인 제거를 가로막은 장본인이기도 하다. 당시의 유엔 결의안이 쿠웨이트로부터 이라크군을 축출하는 데에 중점을 두고 있었기 때문이다. 실제로 당시 연합군은 후세인 제거를 눈앞에 두고서도 유엔의 주장대로 그냥 물러났다. 그 결과 후세인 제거를 위한 이번 전쟁이 필요해진 측면도 없지 않다. 물론 이번처럼 연합군의 주축이었던 미국이 적극적인 후세인 제거 의사를 갖고 있었다면 다른 상황이 벌어졌을 수도 있다. 미국은 후세인이 제거될 시에 보다 더 회교 근본주의 성향을 띠는 남부의 시아파가 득세할 것을 우려해 유엔의 권고를 받아들였다. 이라크와 이웃한 이란이 미국에 극단적인 적대 정책을 취하고 있는 상황에서 그들과 같은 종파인 시아파가 세력을 잡는 것을 두고 보기 어려웠을 것이다. 그렇다 하더라도 어쨌거나 후세인이 건재하게 된 데에 대해 유엔의 책임이 면제될 수는 없다.

그러니 유엔의 승인이 없었다는 한 가지 이유로 이번 전쟁의 정당성이 없음을 주장하는 견해는 아주 틀린 것은 아니지만, 그렇다고 반드시 타당한 것도 아니다. 자기 나라의 심장부가 아랍 테러범에 의해 짓밟힌 일을 두고 박수를 쳐댄 사담 후세인을 어떻게든 제거하려는 미국의 입장은 도덕과 실리 그 이전의 것이기 때문이다. 만일 여의도의 63빌딩이 어떤 적대 세력에 의해 짓밟힌다면, 거기에 대해 책임을 져야 할 범죄 국가를 향해 어떤 식으로든 최대한 응징해야 할 것이 아닌가? 그것은 도덕과 실리를 넘어 하나의 국가가 존립하기 위한 엄연한 원칙인 것이다.

실리 추구의 세계 현실

전쟁 불가를 고수한 프랑스와 독일, 러시아와 중국 등의 입장도 이런 각도에서 좀 더 깊이 살펴볼 필요가 있다. 사실 독일 정도를 제외하면 그들은 모두 어떤 식으로든 미국을 견제하려는 나라들이다. 미국과는 어느 정도 거리를 두고 늘 유럽 대륙의 독자적 목소리를 대변하려는 프랑스, 냉전 시대의 옛 라이벌인 러시아, 가까운 미래의 잠재적 경쟁 국가인 중국 등은 모두 미국의 제국화를 경계하고 있다. 게다가 자국(自國) 안에 살고 있는 회교도의 목소리를 외면할 수 없는 것도 모두 마찬가지

다. 프랑스는 북아프리카 이민, 러시아는 중앙아시아의 회교 세력, 중국
은 신강 자치구의 위구르족 회교도들을 무시할 수가 없다. 자칫 미국을
편들었다가는 국내문제로 불똥이 옮겨 붙을 위험을 안고 있는 것이다.
그리고 이들 나라 모두 전통적으로 아랍과 이스라엘 사이에서 등거리
외교를 펴나감으로써 아랍권과 원만한 관계를 유지하며 영향력을 행사
해오고 있다는 점도 무시할 수가 없다. 그러니 아랍권의 반발을 무릅써
가며 이라크 전쟁을 지지할 수는 없는 것이다.

하지만 그들도 전쟁이 연합군의 승리로 굳어짐에 따라 급격하게 입장
을 바꾸어나가고 있다. 이러한 선회(旋回)가 가능한 것은 전후 이라크의
재건과 석유 자원을 두고 엄청난 이권이 걸려 있기 때문이다. 세계 2위의
매장량을 가진 이라크의 석유 개발권은 누구에게나 탐나는 것이며, 그러
한 석유 자원을 바탕으로 조달될 막대한 재건 비용은 떨쳐버리기 어려운
유혹이다. 물론 미국과의 불편한 관계는 그들에게도 감내하기 버거운 손
해란 계산도 깔려 있을 것이다. 당장 미국 안에서 실추된 이미지로 인해
경제적 손실을 떠안게 될 프랑스, 경제 회복을 위해 미국의 도움을 필요
로 하는 러시아, 수출 시장으로서 미국을 무시할 수 없는 중국은 그들의
국가 이익을 위해 입장을 바꾸고 있다. 나치즘의 쓰라린 악몽 때문에 전
쟁 알레르기를 갖게 된 국민의 눈치를 봐야만 하는 독일을 제외하곤 적어
도 겉으로는 연합군의 승전에 박수를 보내고 있는 것이다. 도덕과는 무관
한 실리 추구의 냉엄한 국제 현실이 여기서 분명하게 모습을 드러낸다.

실제로 이번에 전쟁 불가 입장을 고수함으로써 평화의 사도처럼 처신
한 프랑스도 1990년대 중반 전 세계의 반대를 무릅쓰고 남태평양에서
핵 실험을 강행한 바 있고, 러시아는 종족과 종교가 다른 체첸과 여전히
무자비한 전쟁을 치르고 있으며, 중국도 티베트와 대만 문제에 있어서
는 유엔의 권고 따위는 아랑곳하지 않고 있다. 그러니 필요한 것은 무엇

보다도 스스로를 지켜나갈 수 있는 힘이며, 그러기 위해서라도 세계정세를 읽는 눈과 지성을 갖춰야 한다. 후세인과 그 주변의 이라크의 통치자들은 그 두 가지를 다 갖고 있지 못했다. 그래서 스스로 몰락했으며, 국민들을 희생시켰고, 잠깐이나마 나라의 주권을 내주게 되었다.

이라크 전쟁과 도덕성

그런데 이러한 바깥의 움직임과는 달리 우리에게서 파병 반대의 목소리는 지나치게 도덕이란 갑옷을 입고 있다. 수시로 우리를 위협하는 적대국 북한과 얼굴을 맞대고 있고, 주변의 러시아, 중국, 일본 등 강대국에 둘러싸여 있는 우리에게 필요한 것이 정말 도덕일까? 물론 국제 관계 속에서도 도덕은 필요하다. 때로는 커다란 무기가 되기도 한다. 그렇지만 위에서 이미 보았듯이 도덕이 절대적인 가치는 아니다. 힘이 뒷받침되지 않으면 그것은 입에 올리기조차 공허한 메아리일 뿐이다. 지나치게 이상적인 나머지 아무런 현실적 구속력을 갖지 못하는 것이다. 그런 점에서 파병 반대자들의 도덕론을 검토해볼 필요가 있다.

우선 파병 반대자들이 지적하는 우리의 헌법. 그들의 주장을 받아들여 이번 이라크 전쟁이 침략 전쟁이며, 헌법에 침략 전쟁 금지 조항이 있다고 하자. 그것이 파병을 결정하는 데에 있어 결정적인 요소는 아니다. 왜냐하면 어느 국가의 헌법도 침략 전쟁을 옹호하고 있지는 않지만, 그럼에도 불구하고 전쟁은 일어나며, 거기서 승자와 패자는 갈린다. 패자가 된 연후에 헌법의 위반을 승자에게 물을 것인가? 그것은 하나마나한 탁상공론이다.

다음으로 민간인 피해. 첨단 전자전에도 불구하고 피할 수 없는 오폭(誤爆)과 전투 현장에서 불행하게 다치거나 죽어나간 민간인들을 보면 새삼 인간의 폭력에 가슴이 저려온다. 하지만 이번 전쟁에서 죽거나 다친 민간인들의 숫자보다 훨씬 더 많은 이라크인이 후세인의 철권통치 아래서 목숨을 잃거나 사라졌다. 이민족인 쿠르드족이나, 다른 종파인 시아파의 피해는 말할 것도 없고, 같은 수니파 국민들도 비밀경찰과 민병대의 일상적인 감시와 폭력 아래서 신음해야 했다. 실제로 후세인의 동상이 쓰러진 자리에서 환호하는 이라크인들을 보면 그 점 부인하기 어려울 것이다. 그들에게는 연합군의 주장대로 이번 전쟁이 압제로부터의 해방이기도 한 것이다.

그리고 미국의 석유 이권. 물론 북한과 달리 이라크에는 석유라는 황금이 묻혀 있다. 미국을 비롯한 참전국들에게 그 에너지 자원이 탐나는 것은 사실이다. 그래서 침략 전쟁의 성격이 없지 않다. 그러나 그것을 비난할 수만은 없다. 사담 후세인은 지난 20년이 넘는 통치 기간 중에 그런 중요한 자산을 무기를 사들이고 주변국과 전쟁을 하는 데 탕진했다. 개인 우상화와 가족 친지들만의 치부에도 적지 않은 돈을 낭비했다. 그 사이 국민들에게는 그 엄청난 자원에도 불구하고 세계에서 가장 열악한 경제가 주어졌을 뿐이다. 더 나아가 후세인은 석유 자원을 무기로 국제경제 질서를 교란했다. 석유 증산과 감량을 수시로 오가는 입장 변화로 인해 그때마다 석유 시장과 세계 경제가 요동쳤다. 그는 이라크 국민의 적이자, 인류의 적이었던 것이다. 침략 전쟁이라는 비난에 맞서 연합군이 해방 전쟁이라고 주장한 것은 그런 점에서 나름의 근거를 갖는다.

도덕과 도덕주의

이처럼 이번 전쟁은 도덕의 잣대를 들이댄다 하더라도 섣불리 선악을 판단하기 어렵다. 따라서 반전과 인류 평화라는 원론적인 도덕을 내세

우며 이라크 전쟁과 국군 파병을 반대하는 것은 지나친 도덕주의라 할
수 있다. 물론 개인과 국가 그리고 세계 어디서나 도덕은 필요하다. 하
지만 그것만으로 충분하지는 않으며, 불충분한 도덕으로 다른 모든 관
점을, 즉 불완전한 인간들의 삶과 관계를 덮으려는 것은 또 다른 종류의
억압이다. 지나친 도덕주의는 그런 점에서 무지몽매함에 가깝다. 자신
과 다른 입장을 모두 비도덕적이라 몰아붙이며 대화와 소통을 거부하기
때문이다. 겸손함이 빠져 있는, 냉철함이 들어 있지 않은 그 도덕주의가
한 국가의 명운(命運)을 좌우하기도 했다는 것은 우리의 역사가 잘 증명
하고 있다. 병자호란이 바로 그것이다. 우리가 청나라의 속국이나 마찬
가지였다가, 일본의 식민지가 된 것이 도덕이 모자라서였는가? 도덕주
의는 그래서 위태로운 함정이다.

이번 전쟁을 두고 우리보다 국력이 훨씬 센 나라들도 명분과 실리 사
이에서 신중한 줄타기를 하고 있다. 나는 그것이야말로 한 국가의 입장
에서 도덕이라고 말하고 싶다. 어떻게든 살아남는 것, 더 부유하고 강한
국가가 되는 것, 그것이 바로 냉엄한 국제 질서 속에서의 비극적 도덕이
다. 그런 용기를 필요로 하는 도덕의 비극성이 없는 맹목의 도덕주의는
순진하다 못해 유치하다. 순수의 일탈인 그것은 공허한 도덕주의다. 한
국가에 있어 진정한 순수는 영악하고 냉철한 실리주의다. 자존심 따위
를 넘어 분단국이자, 주변의 열강(列强)에 비해 약소국 국민인 나는 파병
을 지지한다. 그것이 국가의 이익을 위한 길이라고 믿기 때문이다.

덧붙이는 말

이라크 전쟁의 성격에 관한 많은 비밀이 그 뒤로 밝혀졌다. 그럼에도 불구하고
위의 의견을 바꿀만한 이유는 찾지 못했다. 나는 지금도 이라크의 안정과 우리
자신을 위해 파병을 지지한다.

께 주인공 주율이 고뇌와 고통 속에서 그 자신의 삶을 완성해가는 과정을 그리고 있다. 민족의 자긍심 고취가 그 어느 시대보다 요구되던 당시의 시대상과 암울한 현실을 뚫고 자아 실현에 따른 생의 총체적인 모습을 볼 수 있는 작품이다.

물 속의 사막

김이정 지음 | 값 8,000원

사랑을 할 땐 누구나 생에 대해 진지해진다. 명확했던 모든 것들이 불분명해지는 대신 찰나를 통찰하는 혜안을 얻게 된다. 사랑하는 동안, 우리는 타인에 너그러워지는 대신 자신에게는 몹시 가혹해진다.

열정의 습관

전경린 지음 | 값 7,500원

이 책의 주제인 섹스에 대한 편견을 미홍, 인교, 가현 등 30대 여성 주인공들을 통해 작가 특유의 도발적이고 불온한 언어로 소독해주었으며 육체에 대한 감각적이며 섬세한 묘사를 저자 특유의 매혹적인 문체로 담아내고 있다.

운주 1~5

박혜강 지음 | 값 각권 8,000원

80년대와 90년대 한국 리얼리즘 문학의 든든한 허리 역할을 해온 소설가 박혜강이 7년이라는 세월을 바쳐 완성한 역사소설. 운주사 천불천탑의 대역사(大役事)를 둘러싼 전설과 신비의 역사를, 생생하게 펼쳐지는 시대 배경 속에서 감동적으로 소설화한 《운주》는 박혜강 문학의 자존심인 것이다.

부엌

오수연 지음 | 값 7,500원

오수연의 부엌은 인간관계의 무대를 가득채운다. 모든 일들은 부엌에서 일어나며, 먹고 먹히는 것으로 단순화되어 있다. 인도라는, 이국적인 배경에서 펼쳐지는 다소 엽기적인 이야기를 소설에서 보기 드문, 완전한 구어체 문장으로 표현했다.

외등

박범신 지음 | 값 8,500원

해방 후의 현대사의 흐름을 같이 걸어온 주인공 서영우와 민혜주, 노상규. 작가는 이 세 인물들을 통해 잃어버린 사랑의 원형을 찾아 결국엔 죽음에 이르는 핏빛 사랑을 그려내면서 해방 후 현대사를 전해준다.

나는 이제 니가 지겨워

배수아 지음 | 값 7,500원

이지적이면서 자기 주장이 강한 문체를 통해 남녀 관계의 속물성을 파헤치고, 독신녀의 시선을 통해 보여지는 경제, 섹스, 결혼관, 자기 세계에 대한 솔직하고 쿨한 느낌의 세계를 보여주는 작품이다.

사슴벌레 여자

윤대녕 지음 | 값 7,500원

이미지 대신 서사를, 서정적인 자연 묘사 대신 스피드한 플롯으로써 소설이 갖는 '이야기'의 힘을 유감없이 발휘하였다. SF 영화를 보는 듯한 느낌의 공상과학적 모티프를 적극 수용, 인간이 현실 공간에 존재한다는 것의 진정한 의미를 엄밀하게 탐색한 흔적이 역력히 드러나 있다.

문주

양선미 지음 | 값 7,500원

관념성과 과장을 말끔히 씻어낸 듯한 담담하고 정직한 문장이 특징인 작가의 첫 장편소설. 삶에 대한 구체성과 치열함이 잘 드러나 있는 작품.